HEYNE BÜCHER

Das Buch:
Teheran nach dem Sturz des Schahs. Am Azadi Square, dem »Platz der Freiheit«, tragen am Tag nach der großen Demonstration die iranischen Frauen ihre Hoffnungen auf Freiheit, Gleichberechtigung und Menschenwürde zu Grabe. Islamische Fundamentalisten haben die Macht übernommen.
Vier Frauen erleben die Revolution aus ihrer Sicht – der Perspektive des traditionell unterdrückten Geschlechts. Mit der Machtübernahme der Mullahs wird die alte Ordnung wieder eingeführt. Der Schleier, Symbol der Unterdrückung, verhüllt wieder die Gesichter der Frauen, die im Gottesstaat des Ayatollah nur noch als Dienerinnen und Mütter einen Platz finden. Aber die vier Frauen, alle Mitglieder der iranischen Frauenbewegung, wehren sich. Berufsverbot, Schläge, Beschimpfungen und Vergewaltigung sind die Folgen.

Die Autorin:
Manny Shirazi, 1946 im Iran geboren, arbeitete dort fünf Jahre als Lehrerin. Sie schrieb Prosa und Lyrik, engagierte sich in der iranischen Frauenbewegung und machte sich als Fotografin einen Namen. Heute lebt sie in London, wo 1984 ihr Buch *»Eine Frau hat keine Rechte«. Ein Schicksal im Iran* (Heyne Sachbuch Nr. 175) ein englischer Sprache erschien.

MANNY SHIRAZI

ZERRISSENER SCHLEIER

Tatsachenroman aus dem Iran der Mullahs

Deutsche Erstausgabe

WILHELM HEYNE VERLAG
MÜNCHEN

HEYNE ALLGEMEINE REIHE
Nr. 01/8411

Titel der Originalausgabe
SIEGE OF AZADI SQUARE
Aus dem Englischen übersetzt
von Karina Of

6. Auflage
Redaktion: Gertraude Kurz

Printed in Germany 1992
Umschlagillustration: ZEFA/Vloo, Düsseldorf
Umschlaggestaltung: Atelier Ingrid Schütz, München
Satz: (1051) IBV Satz- uund Datentechnik GmbH, Berlin
Druck und Bindung: Elsnerdruck, Berlin

ISBN 3-453-05627-2

Dieses Buch ist gewidmet:

Farideh Bahaie aus Ardabiel, die im Januar 1980 wegen Ehebruchs zum Tode verurteilt wurde. Nach einem gerichtlichen Schnellverfahren wurde sie von einem Exekutionskommando erschossen. In der Leichenhalle wurde festgestellt, daß sie noch am Leben war. Auf Befehl des islamischen Gerichtshofs wurde sie dort ein zweites Mal hingerichtet.

Den drei Prostituierten Maryam, Fatemeh und Zahra, die bei lebendigem Leibe verbrannten, als Fundamentalisten das alte Rotlichtviertel Schahr-No in Teheran in Brand setzten.

Der siebzehnjährigen Pooneh, die angegriffen wurde, weil sie keinen Schleier trug. Ihr wurde Säure ins Gesicht geschüttet, die das halbe Gesicht und ihren Schädel verbrannte.

Für ihren Mut und ihre Liebe zum Leben.

VORBEMERKUNG

Ich danke meinen Freundinnen Anna Fairtlough, Penny Henrion, Hilary Lester, Rachel Langton, Zoë Fairbairns und Marla Bishop, die den ersten Entwurf des Buches lasen und mir viele Ratschläge erteilten. Zu besonderem Dank bin ich Elizabeth Smith verpflichtet, die sich einen Monat lang Urlaub nahm und von Auckland zu mir nach London flog, um in meinem Wohnzimmer das Manuskript abzutippen.

Viele Publikationen, Bücher, Zeitschriften und Broschüren – darunter *In the Shadow of Islam* (Im Schatten des Islam), Hsg. Azar Tabari und Nahid Yequaneh, *Women in Iran – The Conflict with Fundamentalist Islam* (Frauen im Iran. Der Konflikt mit dem fundamentalistischen Islam), Hsg. Farah Azari, *Women's Rights Novements in Iran* (Frauenrechtsbewegungen im Iran) von Eliz Sanazarian sowie *Im Iran* von Kate Millett – habe ich als Hintergrundinformationen für dieses Buch herangezogen. Auch die Erzählungen vieler Freunde und Verwandten sowie die persönlichen Zeugnisse iranischer Frauen, die seit der Revolution im Exil leben, gaben mir wertvolle Anregungen und ermutigten mich, diese Geschichte zu erzählen.

Ich bin im Besitz eines elfminütigen Videofilms über die Protestmärsche der iranischen Frauen gegen die Einführung des Schleierzwangs vom 8. bis 12. März 1979, aufgenommen von der französischen Gruppe *Des Femmes du Groupe Politique et Psychoanalyse*. Ich bin ihnen sehr dankbar dafür, daß sie einige Szenen gefilmt haben, in denen die tiefen Gefühle, die Leiden und Schmerzen der Frauen zum Zeitpunkt dieses Ereignisses zum Ausdruck kommen.

Ich halte es außerdem für erwähnenswert, daß das

schöne, große viktorianische Haus mitsamt seinem Garten, in dem ich während des Schreibens wohnte, abgerissen wurde, als ich die erste Hälfte des Manuskripts beendet hatte. An seiner Stelle wurden Büros und ein Parkplatz für die örtliche Verwaltung errichtet. Es erschien mir schicksalhaft, daß ich inmitten von Zerstörung über die Zerstörung schrieb.

Das erste Gedicht im 20. Kapitel stammt von der frühen iranischen feministischen Aktivistin Zand Dokht Shirazi. Das zweite Gedicht ist von Eshqi Gazvini, dem berühmten Dichter, Freund und Anhänger von Zand Dokht. Zand Dokht gründete die *Society of Revolutionary Women* und das Magazin *Women's Liberation*. Sie verlor den Verstand und war bis zu ihrem Tod fünfzehn Jahre lang ans Haus gefesselt. Eshqi wurde wegen seiner radikalen Ansichten hingerichtet. (Aus meinem Artikel in: *The Leveller*, No. 69, 1981).

1

Es war der 17. Esphand (8. März), der Internationale Frauentag. Der Morgen war klar und kalt, es schneite leicht – der Frühling ließ in diesem Jahr lange auf sich warten.

Zareen blickte vom Fenster ihres Friseursalons ›Ziba Style‹ hinaus auf die Straße. Es war noch sehr früh am Tag, und die Händler auf dem Obst- und Gemüsemarkt am gegenüberliegenden Seh-Rahe-Jaleh-Platz waren gerade dabei, ihre Stände aufzustellen und einzuräumen. Zareen hielt nach ihrer Freundin Malihe Ausschau. Die beiden Frauen hatten ausgemacht, sich hier im Laden zu treffen und gemeinsam auf die für diesen Tag angesagte Frauendemonstration zu gehen. Ihr Personal und ihre Stammkundinnen waren bereits informiert, daß sie ihr Geschäft den ganzen Tag lang schließen wollte, um an dem Protestmarsch teilnehmen zu können. Als sie gerade dabei war, für eventuelle neue Kundinnen eine Notiz mit der Aufschrift ›Heute geschlossen! Bin bei der Frauendemonstration‹ am Schaufenster anzubringen, traf Malihe ein.

»Nein, das würde ich an deiner Stelle nicht schreiben«, meinte sie. »Für solch freimütige Erklärungen ist es noch zu früh, besonders in diesem Stadtviertel. Schreib einfach nur ›Heute geschlossen‹. Es gehen nämlich bereits allerlei böse Gerüchte um.«

»Jetzt schon?« gab Zareen ungläubig zurück. Doch sie sah ein, daß sie besser vorsichtig war, und schrieb einen neuen Zettel.

Um acht Uhr, als sie Proviant, Thermosflasche mit heißem Tee und belegte Brote, in ihren Taschen verstaut hatten, brachen die beiden Frauen auf. Es schneite noch ein wenig, aber der Schnee blieb auf den allmählich belebter werdenden Straßen nicht mehr liegen. Zareen, eine junge, sehr gepflegte Frau, und Malihe, eine Frau mittleren Alters von kleiner, stämmiger Statur, hatten sich in Mäntel, Wollmützen, Schals und Handschuhe warm eingemummt und suchten gemeinsam Schutz unter Malihes Regenschirm.

»Was meinst du, welchen Weg sollen wir gehen? Durch die Shookofeh-Straße, dort ist es ruhiger, oder lieber durch die belebtere Shahbaz-Avenue?« fragte Zareen.

Sie entschieden sich für die Shahbaz-Avenue, in der Hoffnung, dort mehr Frauen zu begegnen, denen sie sich anschließen konnten. Den Gedanken, angesichts des ungemütlichen Wetters mit dem Bus zu fahren, verwarfen sie gleich wieder, weil ihnen dann die Gelegenheit entgangen wäre, unterwegs auf andere Frauen zu treffen und mit ihnen ins Gespräch zu kommen. Während sie das weiträumige Stadtviertel durchquerten, fragten sie sich, woran sie überhaupt erkennen sollten, welche Frauen ebenfalls zur Demonstration unterwegs waren. Sie selbst trugen ja auch keinerlei Plakate vor sich her. Zareen hatte zwar ein kleines gemalt und es zusammengerollt in ihrer Tasche verstaut, sie wollte es aber erst dann herausholen, wenn sie sich inmitten einer größeren Gruppe von Frauen befänden. In diesem unübersichtlichen Gedränge von Menschen, Bussen und Taxis fühlte sie sich zu unsicher.

»Frauen, wohin man auch sieht! Bald werden wir wissen, ob sie das gleiche Ziel haben wie wir!« rief Malihe hoffnungsfroh.

Ihr Ziel, die Teheraner Universität im Stadtzentrum, lag fast fünf Kilometer von ihrem Ausgangspunkt entfernt, und ihr Weg führte sie aus südöstlicher Richtung zum Jaleh-Platz, dem späteren ›Platz der Märtyrer‹, und von dort aus über den Phooziyeh-Platz zur Schah-Reza-Avenue, an deren westlichem Ende die Universität lag.

Seit ein paar Tagen ging das Gerücht um, ein führender Geistlicher habe einer Gruppe fundamentalistischer

Frauen bei einer Privataudienz unmißverständlich zu verstehen gegeben, daß Frauen in einem islamischen Staat wieder einen Schleier tragen müßten und daß die Übergangsregierung erwäge, in Kürze eine entsprechende Verordnung zu erlassen. Diese Nachricht hatte sich wie ein Lauffeuer unter den Einwohnerinnen Teherans und anderer Städte verbreitet. Die Vorbereitungen für die Feiern des Internationalen Frauentages, dem ersten öffentlichen Fest von Frauen für Frauen unter der neuen Revolutionsregierung, waren zu diesem Zeitpunkt bereits in vollem Gange. Das Gerücht war am Vorabend der Demonstration durch eine Meldung im Fernsehen bestätigt worden. Tausende von Frauen hatten daraufhin eine unruhige Nacht verbracht. Erste Befürchtungen befielen sie, kaum daß die Revolution gesiegt hatte. Dies war ein Warnsignal. Die geheimen Zweifel, die sie vor der Revolution einer islamischen Regierung gegenüber gehegt hatten, drangen nun an die Oberfläche. Furcht vor dem, was auf sie zukommen mochte, erfaßte sie. Ihr revolutionärer Kampfgeist war zwar noch immer wach, doch bereits ein wenig abgekühlt. Die Aktivistinnen der Revolution, die von Anfang an skeptisch gewesen waren, ob eine zukünftige islamische Regierung für die Interessen der Frauen eintreten würde, betrachteten die über das Fernsehen ausgestrahlte Verlautbarung, daß die Frauen sich in einem revolutionärem islamischen Staat von Kopf bis Fuß verschleiern müßten, als deutliches Alarmzeichen. Enttäuscht und empört, wurden sie um so mehr in ihrem Beschluß bestärkt, den Internationalen Frauentag öffentlich zu feiern. Nur drei Wochen nach dem Sieg der Revolution, mit dem die alte Ordnung gestürzt worden war, wollten einige ihrer Anführer einen rückständigen, frauenfeindlichen Brauch wieder einführen, nunmehr im Namen Gottes! Die Freude über den Sieg bekam einen bitteren Beigeschmack. Es hieß keine Zeit zu verlieren, die Frauen mußten sofort handeln, mußten eine Versammlung einberufen, Gegenerklärungen abgeben und Widerstand leisten.

Die Mitläuferinnen der Revolution – zum größten Teil handelte es sich dabei um Arbeiterinnen und Angestellte – wollten dem Gerücht zunächst keinen Glauben schenken. Sie überlegten hin und her, was sie tun könnten. Sollten sie demonstrieren? Sollten sie ihren Protest auf andere Weise zum Ausdruck bringen oder einfach nur abwarten? Welche Art von Widerstand war am aussichtsreichsten? Sie waren unschlüssig und warteten daher erst einmal ab.

Die Frauen aus dem fundamentalistischen Lager und begeisterte Mitstreiterinnen der Revolution dagegen betrachteten es als ein gutes Zeichen, daß die neuen Führer den Frauen so große Aufmerksamkeit zuteil werden ließen. Die Moral im Land konnte durch eine solche Maßnahme zur gestärkt werden. Unklar war ihnen nur, wie die Vorschrift durchgesetzt werden sollte. Wie konnte ein Gesetz die Frauen dazu zwingen, einen Schleier zu tragen, vor allem die Generation, die noch nie einen getragen hatte? Doch erwogen sie sogar, die Einführung der neuen Verordnung aktiv zu unterstützen.

Am Morgen nach der offiziellen Bekanntmachung wurden unzählige Frauen in der Stadt aktiv und begannen impulsiv mit Protestaktionen. Von überall her strömten sie aus den Häusern: aus den ärmeren Wohngegenden im Süden, wo die Bahn Teheran mit den anderen Städten verband, von den schneebedeckten Bergen im Norden, wo die vornehmeren Wohnviertel lagen, bis zu den neuen Vorstadtsiedlungen im Osten und dem Westen Teherans, wo der Flughafen Mehrabad über den Luftweg die Verbindung mit fremden Ländern herstellte. Tausende von Frauen gingen in einer ersten spontanen Reaktion auf die Straße. Viele waren aber auch unsicher, standen ratlos herum, warteten auf Freundinnen oder Nachbarinnen und versuchten herauszufinden, was die anderen tun würden. Sie berieten sich an der Haustür, am Fenster oder per Telefon miteinander, überlegten gemeinsam, wie sie reagieren sollten.

Der Widerstandsgeist, der während des Kampfes gegen den Schah Schülerinnen, Studentinnen und Lehrerinnen, Ärztinnen und Krankenschwestern, Textilarbeiterinnen, Teppichweberinnen, Sekretärinnen, Arbeiterinnen und Angestellte in der Mineralölindustrie, bei den Medien, im Fernmeldewesen und in der Schwerindustrie gleichermaßen ergriffen hatte, erwachte aufs neue, mit dem Unterschied, daß es diesmal um ihre eigene Sache, um ihre persönlichen Rechte ging.

Der morgendliche Schnee fiel in kleinen, leichten Flokken vom Himmel und tanzte in die trübe Stimmung des Tages. Die Schülerinnen, die die Vorhut der Demonstration bildeten, schienen die Kälte nicht zu spüren. Einzeln oder in kleinen Gruppen, mit Freundinnen und Familien, kamen sie aus den Schulen von Ameeriyeh, Mokhtari, Nazi-Abad und Javadiyeh und den Oberschulen von Ebrat, Poorandokht und Scharebanoo im Süden der Stadt. In diesen Vierteln hatten sich die neu entstandenen Arbeiter- und Wanderarbeiterschichten angesiedelt, die mühsam sparten, um ihre Kinder zur Schule schicken zu können. Denn ohne eine ordentliche Schulausbildung gab es keinen Weg aus der Armut und keine Hoffnung auf eine bessere Zukunft. Diese Familien wollten, daß auch ihre Töchter mittels einer Berufsausbildung ihren Lebensunterhalt einmal selbst verdienen konnten, und hatten den religiösen Eifer der islamischen Fanatiker in ihren Gemeinden bereits zur Genüge zu spüren bekommen.

Mit zusammengerollten Transparenten unter dem Arm waren die Mädchen unterwegs in Richtung Innenstadt. Sie waren zwar nervös und von Zweifeln geplagt, doch es war ihnen klar, daß sie durch das geplante Gesetz viel zu verlieren hatten und daß sie sich dagegen wehren mußten. Sie durchkreuzten das Labyrinth von schmalen Straßen und Gassen und erreichten schließlich die breite Pahlavi-Avenue. Ihre Zahl war mittlerweile beträchtlich angewachsen – das gab ihnen ein Gefühl der Sicherheit. Gemeinsam zogen sie weiter, während der Schnee sich auf ihre Haare und ihre zusammengerollten Spruchbänder setzte.

Der Zorn der Frauen aus den nördlichen Stadtvierteln Tajrish, Scheemran, Vanak, von den Schulen in Azadeh, Saba, Alborz und Danesh hatte bereits vor dem Beginn der Revolution zu brodeln begonnen, denn sie hatten der Einsetzung einer religiösen Regierung von Anfang an skeptisch gegenübergestanden. In diesem Gebiet, in der Nachbarschaft der königlichen Familie, lebten Angehörige der oberen Mittelschicht, Akademiker und Intellektuelle der Rechten und der Linken. Die Frauen, gleich welcher politischen Richtung sie angehörten, waren sich einig in ihrer Forderung nach Gleichberechtigung der Frau und waren entschlossen, mit aller Macht gegen die Schleierverordnung zu protestieren. Sie gingen mit ihren weiblichen Familienangehörigen auf die Straße, mit ihren Müttern und Großmüttern, deren Generation die erste gewesen war, die gegen den Schleierzwang gekämpft hatte, und mit ihren kleinen Töchtern, die sie fest an der Hand hielten. Unter lautstarken Protestrufen, mit erhobenen Fäusten, Plakate und provokative Spruchbänder tragend, strömten sie die breiten, von hohen Pappeln gesäumten und parallel zu den Gebirgsbächen verlaufenden Alleen hinab. Diese Frauen waren elegant gekleidet und trugen ihr dick aufgetragenes Rouge wie ein Banner zur Schau. Ihre Kinder waren teilweise ebenso modisch gekleidet, teilweise absichtlich schlampig angezogen, so daß sie wie Studentinnen wirkten. Alte und junge Frauen hielten Transparente mit militanten und feministischen Parolen in den Händen: ›In der Morgendämmerung der Revolution ist kein Platz für die Frau‹; ›Der Befreiungskampf ist weder östlich noch westlich, sondern international‹. Kinder trugen Plakate mit marxistischen Parolen: ›Frauen sind Arbeiterinnen‹; ›Arbeiter, nationale Minderheiten, Studenten, vereinigt euch gegen reaktionäre Kräfte‹. Die Demonstrantinnen aus diesem Stadtbezirk waren die lautstärksten, hitzigsten und kompromißlosesten.

Die westlich von der Universität verlaufende Straße führte in ein relativ neues Viertel. Hier gab es nur wenige Wohnhäuser, es überwogen Firmenansiedlungen sowie öffentliche Einrichtungen. Der Azadi-Platz (Platz der Freiheit) mit dem riesigen Triumphbogen in seiner Mitte galt seit den unruhigen Tagen der Revolution als Symbol der Freiheit. Zuvor hatte dieser größte Platz des Landes ›Schahyad‹ geheißen, was soviel bedeutet wie ›Zum Gedanken an den Schah‹. In seiner Umgebung lebten hauptsächlich Angehörige der oberen und unteren Mittelschicht, und die Frauen waren in den anliegenden Institutionen, Kliniken, Krankenpflegeschulen und Universitätsinstituten beschäftigt. Der Großteil der sich hier formierenden Demonstrantinnen war mittleren Alters, trug dezente Kleidung und meist ein Kopftuch. Sie waren bereits geübt im friedlichen Protest, wirkten selbstsicher, ernst und entschlossen. Einige jüngere Schwesternschülerinnen und Sekretärinnen mischten sich unter sie. Dieser Protestzug schob sich die meiste Zeit schweigend voran, nur hin und wieder ertönten gellende Sprechchöre. Auf den in die Höhe gehaltenen kleinen Plakaten standen Parolen wie ›Wenn der Körper der Frau den Mann erregt, dann sollten Männer den Schleier tragen und ans Haus gefesselt bleiben‹; ›Wenn wir Frauen einen Schleier tragen müssen, dann sollen alle Männer eine *aba* tragen‹. Diese Frauen machten auf den grundlegenden Widerspruch aufmerksam, daß nämlich die neue Regierung nur den Frauen den islamischen *hejab* aufzwingen wollte, die Männer jedoch weiterhin westliche Kleidung tragen durften.

Zahlreiche männliche Kollegen, darunter sogar einige ältere Männer, schlossen sich ihnen an, wenn ihr Motiv dafür auch teilweise nur die Vorahnung sein mochte, daß nach der Unterdrückung der Rechte der Frau die Demontage anderer demokratischer Freiheiten folgen würde.

Aus östlicher Richtung strömten die Frauen sogar aus so entfernten Stadtteilen wie Teheran-Pars, Narmak und Farah-Abad und aus den Schulen von Esmat, Ayandeh, Jehan und Bahar herbei.

Ihr Weg führte zum Jaleh-Platz und von dort aus entweder in nördlicher Richtung zum Phooziyeh-Platz oder südwärts zum Baharestan-Platz (Parlamentsplatz) und nach Schah-Abad, wo die Textilindustrie konzentriert war. In den oberen Stockwerken der Fabriken arbeiteten Frauen an den Textilmaschinen und stellten Pullover, Strümpfe, Bettwäsche und dergleichen her. Von dort aus ging es weiter über die Laleh-Zar-Straße zur Ferdosi-Straße und schließlich in die Schah-Reza-Avenue. Die Frauen führten ihre Kinder an der Hand und gingen meist in kleinen Zweier- oder Dreiergruppen. Ihnen war Unsicherheit und die Besorgnis anzusehen, sie könnten die einzigen Demonstrantinnen sein. Im Osten Teherans lebten zum größten Teil Frauen, die aufgrund einer beruflichen Ausbildung, durch Heimarbeit oder kleinere Gewerbe finanzielle Unabhängigkeit erlangt hatten und ein angenehmes Leben führen konnten. Sie waren traditionell konservativ, wenn auch parteiunabhängig, sie befolgten den Islam, legten aber die innewohnenden Widersprüche so aus, wie es ihnen für ihre Zwecke am besten erschien. Was sie erhofften, waren Fortschritt und eine bessere Zukunft für ihre Kinder. Von einem Tag auf den anderen schienen nun ihre Anstellung, ihr mühsam erarbeiteter Wohlstand und ihre zerbrechliche Sicherheit in Gefahr.

Unter dieser Gruppe befanden sich auch Zareen und Malihe. Schon seit einiger Zeit hegten sie Mißtrauen gegenüber der Regierung, hatten aber bislang gehofft, alles würde sich zum Guten wenden. Ihre Freundin Fatima, die an der Universität Teheran studierte, hatte die beiden über die umgehenden Gerüchte und die geplante Demonstration unterrichtet. Sie hofften, Fatima an diesem Tag an ihrem Bücherstand auf dem Universitätsgelände treffen zu können. Auf dem Weg zum Jaleh-Platz fragten sie sich, welche der vorübergehenden und vorbeifahrenden Frauen, welche der noch in den Läden stehenden Verkäuferinnen wohl auch an der Demonstration teilnehmen würden. Wußten diese Frauen überhaupt, was ihnen drohte? Hegten sie gar keinen Argwohn? Hatten sie keine Angst? Die Straßen waren immer noch von den Spuren der Revolution gezeichnet: Wandschmierereien, niedergebrannte Kinos, geschlossene Banken, eingeschlagene Fensterscheiben. Am Jaleh-Platz angekommen, mußten sich Malihe und Zareen entscheiden, ob sie nun in nördlicher Richtung zum Phooziyeh-Platz und dort in die Schah-Reza-Avenue einbiegen oder durch die Jaleh-Straße in Richtung Baharestan-Platz gehen sollten. Sie entschieden sich für die zweite Variante. Fatima wohnte in der Nähe des Jaleh-Platzes in der Khorshid-Straße, ein Gebiet, das ihnen vertraut war. Die Frauen aus dieser Gegend würden sich mit Sicherheit auch an dem Protestmarsch beteiligen, denn Hunderte von ihnen waren an den dortigen Schulen und Institutionen sowie der Schahfa-Klinik beschäftigt und mußten nun ebenfalls um ihre Arbeitsplätze bangen.

Erleichtert beobachteten Zareen und Malihe, wie sich außerhalb der Klinik Krankenschwestern und andere Angestellte mit Spruchbändern in den Händen versammelten und sich dann gemeinsam in Marsch setzten. Sie schlossen sich dieser Gruppe an und erreichten nach kurzer Wegstrecke den Schah-Abad-Platz, wo es von Demonstrantinnen nur so wimmelte. Zahllose Schülerinnen und Lehrerinnen von Schah-Dokht, einer Schule mit militantem Ruf, warteten ungeduldig und mit neu erwachter Wut darauf, losmarschieren zu können. Schneeflocken tanzten auf ihrem dampfenden Atem.

Zareens und Malihes Zuversicht wuchs, während sie sich mit den Krankenschwestern unterhielten. In der Menge wurde es immer enger und wärmer. Auf dem Baharestan-Platz strömten aus allen Richtungen kleine Gruppen von Frauen herbei, und während sie vereint weiterzogen, nahmen sie weiter an Zahl und Lautstärke zu. Mehr und mehr Spruchbänder wurden auseinandergerollt: ›Der Befreiungskampf ist weder östlich, noch westlich, sondern international‹; ›Wir werden bis zum Tod für die Gleichberechtigung der Frau kämpfen‹; ›Der Schleier ist das Grab der Frauen‹. Die Menge wuchs und wuchs. Verkäuferinnen in den Läden feuerte sie an. Die Frauen auf der Straße erfüllte das Anwachsen des Zuges mit wachsendem Mut. Auch der Trupp der Schah-Dokht-Schule hatte sich mittlerweile in Bewegung gesetzt.

Zareen gab einen Seufzer der Erleichterung von sich.

»Und wir haben befürchtet, wir wären die einzigen, die protestieren wollten. Sieh dir diesen Massenauflauf an!«

Die Demonstrantinnen zogen langsam voran, nahmen die sonst stets vom Autoverkehr verstopfte Straße ein, marschierten vom Schah-Abad-Platz in Richtung Laleh-Zar, dem vornehmen Einkaufsviertel. Ein kleines Transparent kündete die Frauen von Mohades an, einer Oberschule im Basar-Viertel, der Hochburg des Fanatismus. Ein aufsehenerregendes Bild – selbst diese Frauen wagten es, aufzubegehren!

Eine dünne Schneedecke bedeckte mittlerweile die Ränder der Gehsteige, die schmalen Maueroberflächen und die Straßenecken. Die Luft war eisig, der Himmel aschgrau, der Tag wie beladen mit einer schweren Last, eine Last, deren Gewicht auf den Schultern einer jeden Frau spürbar war. Würde es im Laufe des Tages aufklaren? Würde die Sonne herauskommen und den Tag erwärmen? Ebenso zahllos und gemächlich wie die herabrieselnden Schneeflocken bewegten sich die Frauen voran, riefen mit erhobenen Fäusten: »*Azadi!*« – Freiheit! –, zornig und schrill.

Am hinteren Ende des Zuges ging es zuerst noch ruhig und entspannt zu, aber allmählich wuchs auch dort die Entschlossenheit. Einige männliche Zuschauer wußten offenbar nicht, worum es bei dieser Demonstration eigentlich ging, und sahen mit Erstaunen dem Treiben zu. Zum Glück war nur wenigen Männern bekannt, daß an jenem Tag der Internationale Frauentag gefeiert wurde. Einige hielten den Aufmarsch für einen der mittlerweile gewohnten revolutionären Demonstrationszüge. Ganz anders die weiblichen Zuschauerinnen, die Ladeninhaberinnen, Boutiquenbesitzerinnen, Textilarbeiterinnen und die Hausfrauen, die aus ihren Fenstern im zweiten oder dritten Stock auf die Straße hinabschauten. Sie zeigten offen ihre Begeisterung und Zustimmung, lächelten, winkten und jubelten den Demonstrantinnen zu, einige machten Siegeszeichen, andere schwenkten Taschen- oder Kopftücher. Die Demonstrantinnen erwiderten ihre Reaktionen, lächelten zurück, klatschten, forderten die Zuschauerinnen auf, sich ihnen anzuschließen und warfen ihnen Kußhände zu. Die wenigen Gegner wurden einfach ignoriert.

Der Troß der Demonstrantinnen bog ab in die Ferdosi-Straße und bewegte sich auf die Teheraner Universität zu, die Brutstätte der Revolution. Auf den Straßen hallten die Rufe Tausender entrüsteter, zum Widerstand entschlossener Streiterinnen wider. Dies war das erste Mal, daß die Frauen sich zusammenschlossen – die erste große Oppositionsbewegung, eine mutige Frauenrebellion. In einigen Abschnitten des Zuges wurden die Rufe allmählich schwächer, die Frauen waren von dem unermüdlichen Protestgeschrei außer Atem, sie verschluckten Schneeflocken, kühlten immer mehr aus, ihre Stimmen klangen tief und heiser, versagten teilweise ganz. Aber fanden ihre Stimmen überhaupt Gehör? Würde die Revolutionsregierung auf sie hören? Konnte sie denn einen solch massiven Protest überhaupt ignorieren?

Der Demonstrationszug war mittlerweile so lang, daß er nur noch im Schneckentempo vorankam. Am Ferdosi-Platz vereinte er sich mit anderen Zügen aus nördlicher, westlicher und südwestlicher Richtung. Die Menge bog vereint in die Schah-Reza-Avenue ab; bis zur Universität war es nun nicht mehr weit. Da geriet der Troß auf einmal ins Stocken. Nichts ging mehr voran, niemand konnte sich mehr vorwärtsbewegen. Auch die angrenzenden Straßen waren verstopft. Der Andrang war einfach zu groß. Sämtliche zur Universität führenden Straßen waren überfüllt von protestierenden Frauen. Es war ein ergreifender Anblick. Daß Frauen öffentliche Plätze besetzten und rebellierten, das hatte es noch nie zuvor gegeben.

Erneut ertönten die Stimmen der Frauen. »Gleichheit und Freiheit!« schallte es mit frischer Kraft und Leidenschaft aus Tausenden von Kehlen. Überall wurden Transparente und Plakate hochgehalten, viele Frauen streckten kleine, handgeschriebene Zettel mit persönlichen, bitteren und zuweilen humorvollen Aufschriften nach oben: ›Eine Revolution, die Frauen zurück in die Küche schickt, stinkt‹.

Es war ein faszinierendes Bild: Tausende von Frauen, die vereint ihre Rechte verteidigten, ihre Macht demonstrierten und offen ihre Leidenschaft zeigten. Dies an sich war schon revolutionär und gefährlich. Eine Sprecherin zwängte sich durch die Menge und informierte sie über Megaphon, daß auf den Straßen zur Universität kein Durchkommen mehr sei. Sämtliche Zufahrtswege seien verstopft.

Mittlerweile hatte die Veranstaltung zum Internationalen Frauentag an der Universität schon begonnen. Die Organisatoren waren von dem enormen Ansturm völlig überrascht worden und konnten so schnell nicht darauf reagieren. Es hatten sich mehr Frauen angemeldet, als

Plätze zur Verfügung standen, und es war kein Zulaß mehr möglich.

»Bitte habt Geduld und seid wachsam! Es sind einige Drohungen von Fanatikern bei uns eingegangen! Männer, die an der Demonstration teilnehmen, mögen sich bitte an die Außenseiten des Zuges begeben, um so einen Schutzwall zwischen den Frauen und den Fanatikern zu bilden!«

Malihe und Zareen, dicht aneinandergepreßt in dem Gewühl, warfen sich freudige und triumphierende Blicke zu.

»Erinnerst du dich, was für eine Angst wir noch heute morgen hatten? Wer hätte so etwas aber auch ahnen können!« rief Zareen begeistert, während sie hin und her geschubst wurde.

»Ja, einfach fantastisch, dieser riesige Ansturm!« stimmte Malihe ihr zu, »ein großartiger Anblick, eine wahre Augenweide. Wir sind eine Macht, mit der man rechnen muß, daran dürfte es keinen Zweifel mehr geben. Uns kann niemand mehr einschüchtern!«

»Ich wünschte, ich hätte einen fliegenden Teppich. Was für ein Bild muß das erst aus der Luft sein«, schwärmte Zareen. »Ich könnte jauchzen vor Freude. Komm, laß uns singen«, rief sie euphorisch und stimmte an. »›Wir marschieren, für Brot, für Gleichheit, für Befreiung, wir marschieren ...‹«

Der Schnee bedeckte jetzt sämtliche ebenen Oberflächen und schmalen Kanten, hatte sich auf Haar und Schultern der Frauen gesetzt. Allmählich ließ er nach, die letzten weißen Federn schwebten auf die eng zusammenstehenden, müden Körper der Frauen. Erneut faßten sie Hoffnung, daß der Himmel aufklaren und die Sonne herauskommen würde.

»Laßt uns doch die Kundgebung und unsere Ansprachen hier abhalten«, drängte eine Demonstrantin laut und ungeduldig. »Ich kann einfach nicht mehr länger stillhalten!« Wie durch Geisterhand wurde plötzlich aus dem Nichts ein Stuhl hervorgezaubert, und die Frau kletterte hinauf.

»Ich bin Biologielehrerin in der heiligen Stadt Ghom. Seit einiger Zeit wird dort auf uns Frauen immer mehr Druck ausgeübt. Das Tragen des Schleiers ist bereits Pflicht, ohne daß eine entsprechende Verordnung überhaupt erlassen worden wäre. Frauen, die sich weigern, einen Schleier anzulegen, werden aus der Schule und von anderen Arbeitsstätten entlassen. Mädchenoberschulen sollen geschlossen werden, bestimmte Themen wurden aus ihren Biologiebüchern herausgestrichen... Frauen sollen aus verschiedenen öffentlichen Ämtern verbannt werden...«

Ein paar Meter weiter ergriff eine andere Sprecherin das Wort: »Ich bin Wissenschaftlerin an der Universität Schiras und darf zukünftig nicht mehr im Labor arbeiten, da die Zusammenarbeit mit Männern auf wissenschaftlichem Gebiet verboten werden soll...«

Eine Frau mit einem Kind auf dem Arm, den Schleier tief ins Gesicht gezogen, rief: »Meine ältere Tochter wurde von einem männlichen Kollegen aufgefordert, einen Schleier anzulegen. Doch sie weigerte sich und wurde deshalb ein paar Tage später auf ihrem Nachhauseweg von ihm verfolgt und so brutal geschlagen, daß sie ins Krankenhaus eingeliefert werden mußte. Wir haben zwar Anzeige erstattet, doch keiner kümmert sich darum. Es sieht so aus, als käme der Kerl ungeschoren davon. Ich war bis jetzt eine fromme moslemische Frau, aber ich möchte, daß meine Töchter eine gute Ausbildung erhalten, um ein selbständiges Leben führen zu können. Wenn das der Islam sein soll, *ihr* Islam, dann entsage ich meiner Religion!« Sie war sehr erregt und nervös. Die Frauen riefen ihr aufmunternde Worte zu und schrien im Sprechchor: »›Die Befreiung ist weder östlich noch westlich, sondern international‹.«

»Ich bin Nachtwächterin in einer Textilfabrik. Man hat mir vorgeworfen, eine weibliche Nachtwächterin könnte die Aufmerksamkeit der Männer erregen, und behauptet auf einmal, Frauen, die Nachtschicht machten, führten die Männer in Versuchung, und es könnten gewisse Dinge passieren. Dabei übe ich diese Tätigkeit schon seit zehn Jahren aus, ohne daß je etwas vorgefallen wäre. Von einem Tag auf den anderen wird plötzlich meine Befähigung in Frage gestellt...«

»Ich bin Musiklehrerin. Meine Stelle soll gestrichen werden, weil der Musikunterricht an den Schulen abgeschafft werden soll...«

Eine ältere Frau zog ihren Tschador dicht zusammen und erhob ihre Stimme: »Ich spreche für meine Enkelin, eine Gehirnchirurgin an der Jondi-Shapoor-Klinik. Ich habe sie ermutigt, Gehirnchirurgin zu werden, da es mir selbst verwehrt war. Jahrelang hat sie ihre Arbeit zur Zufriedenheit aller verrichtet. Jetzt heißt es auf einmal, daß es sie erregen könnte, wenn sie das Gehirn eines Mannes operiere. Hat man schon einmal solch einen Unfug gehört? Ein Männergehirn soll eine Frau in Erregung versetzen!«

Die Frauen applaudierten und lachten, teils belustigt, teils aber auch nervös. Aufgebracht von dem, was die verschiedenen Rednerinnen berichtet hatten, erhoben sie ihre Stimmen zu einem wütenden Protestgeschrei: »›Nieder mit den Reaktionären! Nieder mit dem geschichtlichen Rückschritt! Alle Macht dem Fortschritt!‹« Ihre Stimmen klangen laut und schrill und erfüllten die schneidend kalte Luft mit Entschlossenheit, Kraft und Solidarität – Solidarität mit allen Frauen, denen unter der neuen Revolutionsregierung Gefahr drohte.

Es hatte jetzt ganz aufgehört zu schneien, nur noch ein paar einsame Flocken trudelten über den Köpfen der Frauen. Der Himmel klarte endlich auf, ein mildes, winterliches Nachmittagslicht breitete sich aus. Regenschirme wurden zugeklappt, Hüte und Kopftücher abgenommen, Regenmäntel ausgeschüttelt. Die Frauen reckten erleichtert die Köpfe aus ihren zuvor hochgezogenen Schultern.

Zareen wurde allmählich müde und ungeduldig vom Herumstehen. »Was hältst du von einer Stärkung? Halt doch bitte mal die Tasche, damit ich unseren Proviant herausholen kann«, bat sie Malihe. Malihe schlug vor, sich lieber erst einen ruhigeren Platz an der Mauer zu suchen. Sie drängelten sich zur Mauer durch, die auf halber Höhe in einen Gitterzaun überging, wischten den Schnee vom Rand, stellten die Tassen darauf und gossen heißen Tee ein. Sie reichten die Tassen an die umstehenden Frauen weiter, ebenso die Brote. Sie lehnten sich zurück an den Zaun, aßen, tranken und ruhten sich aus.

Der heiße Tee verbrannte ihre Lippen, doch das kümmerte sie nicht. Die Sprechchöre, Rufe und Gesänge erstarben allmählich. Die gelöste Atmosphäre, das Essen und das sanfte Geschubse der Frauenkörper aneinander erzeugten eine Art Küchenatmosphäre, und die Frauen begannen miteinander zu plaudern.

»Wie haben Sie davon erfahren?« fragte Zareen eine neben ihr stehende Frau.

»Durch meine Tochter. Sie ist Krankenschwester und nimmt zusammen mit ihren Kolleginnen ebenfalls an dieser Demonstration teil. Sie war außer sich, als sie erfuhr, welche Art Dienstkleidung Krankenschwestern zukünftig tragen sollen: einen weißen Tschador, der den ganzen Körper verhüllt und nur das Gesicht freiläßt. Das ärztliche Personal in ihrem Krankenhaus wurde durch Mullahs ersetzt, die keine medizinische Ausbildung haben und nichts anderes können, als Moral und Gehorsam zu predigen. Die Schwestern fühlen sich jetzt völlig hilflos und verzweifelt. Sie wissen nicht, wie sie sich wehren können. Was soll man auch tun, wenn man keine Wahl hat und befürchten muß, die Arbeit zu verlieren?«

»Ich weiß«, erwiderte Zareen verständnisvoll, »ich selbst bin Friseuse, und auch meine Arbeit ist gefährdet. Es werden uns so viele Beschränkungen auferlegt. Bald werden wir nicht einmal mehr atmen können, ohne einen Mullah vorher um Erlaubnis fragen zu müssen!«

»Aber solch ein Proteststurm kann doch nicht einfach ignoriert werden«, sagte Malihe, die die Situation weniger pessimistisch sah. »Darum haben wir uns doch hier versammelt, und wir dürfen uns nicht einschüchtern lassen. Dies ist die größte Frauendemonstration, die ich je erlebt habe, vielleicht sogar die größte in der Geschichte des Irans und in der des Nahen Ostens.«

»Mit Sicherheit ist es die größte Protestdemonstration, die Frauen je veranstaltet haben«, warf eine andere Frau ein. »Aber macht euch trotzdem keine Hoffnungen, daß sie sich davon beeindrucken lassen. Entweder du unterwirfst dich den Gesetzen des Islam, oder du verlierst deinen Kopf! Das war doch schon immer so. Glaubt nur nicht, daß die Mullahs davor zurückschrecken, einige Millionen Frauen zu töten. Sie sind Fanatiker und überzeugt davon, daß sie im Recht sind und daß Gott auf ihrer Seite steht.«

»Nichts wird sie von ihrer festgefahrenen Meinung abbringen«, setzte eine andere Frau hinzu. »Da brauchen wir uns gar nichts vorzumachen.«

»Nein, wir werden es auf keinen Fall zulassen, daß sie ihren Willen durchsetzen!« rief Malihe aus.

»Wir werden dagegen kämpfen, und wenn wir dabei unser Leben lassen müssen!« fiel eine andere Frauenstimme ein.

»Sagen Sie so etwas nicht! Der Tod ist doch ihr Geschäft. Wir werden nicht für sie sterben, aber wir werden sie bekämpfen. Ja, wir werden sie bekämpfen«, entgegnete Malihe mit Nachdruck.

Die Menge setzte sich langsam wieder in Bewegung. Zareen schlug ihrer Freundin vor, sich aus dem Zug herauszuzwängen und Fatima an ihrem Informationsstand auf dem Universitätsgelände aufzusuchen. Malihe bezweifelte, daß es ihnen gelingen würde, sich aus dem Gedränge zu befreien, doch sie wollten es trotzdem versuchen, verabschiedeten sich von den anderen Frauen und begannen, sich durch die engen Reihen einen Weg zu bahnen.

»Komm, wir nehmen den Weg durch die Bobby-Sands-Straße, an der Britischen Botschaft vorbei«, schlug Zareen vor.

»Nein, das ist ein zu großer Umweg. Laß uns lieber die Palestine-Avenue entlanggehen. Dort ist es hoffentlich ruhiger und kein solches Gedränge«, erwiderte Malihe.

Sie warfen noch einen Blick zurück auf die bis auf den letzten Winkel von Frauen eingenommene Hauptstraße: auf den Gehsteigen und Mauern, in den Fenstern und selbst auf den Häuserdächern – Frauen, wohin man auch sah! Sie bogen ab in eine ruhigere Seitenstraße und klammerten sich erschrocken aneinander, als ein paar auf einem Balkon stehende Fanatiker ihnen Beleidigungen zuriefen.

»Schande über euch! Schande über euch, ihr verdammten Huren! Verräterinnen der Revolution! Anhängerinnen des Schahs! Auslandsagentinnen!«

»Keine Angst, sie werden es schon nicht wagen, herunterzukommen«, sagte Zareen, die sich schnell wieder gefaßt hatte.

Sie durchquerten ein Gewirr von Nebenstraßen und Seitengäßchen, lange, schmale Wege, die von der Farvardin-Straße in die Ordibehescht-Straße führten. Schließlich erreichten sie wieder die Schah-Reza-Avenue und erblickten auf der gegenüberliegenden Straßenseite das Tor zum Universitätsgelände. Es war von einer unpassierbaren Schranke aus Frauenkörpern fast völlig verdeckt. Dies war die letzte Hürde, die sie nehmen mußten, und sie schlängelten sich durch das schmiedeeiserne Tor hindurch, das aussah wie ein aufgeschlagenes Buch – jeder Torflügel eine Buchhälfte. Direkt hinter dem Tor hatten alle möglichen linksgerichteten Parteien und Gruppierungen ihre Informationsstände aufgebaut. Fatima stand hinter dem Stand der ›Radikalen Moslems‹. Die Stände wurden von Menschen, Diskussionen und Streitgesprächen umkreist. Ging es hier darum, verschiedene Ansichten zu verfechten, oder war es ein Kampf um Persönlichkeiten? Zareen war sprachlos. Hinter einer in einen Wortstreit vertieften Gruppe erblickte sie Fatima, die mit einigen Frauen diskutierte. Zareen winkte und rief ihr zu, doch ihre Stimme wurde von den Menschenreihen verschluckt, und es dauerte eine Weile bis Fatima sie hörte. Endlich hatte sie sich zum Stand durchgekämpft, und die beiden Frauen tauschten ihre Eindrücke über die Ereignisse dieses Tages aus. Fatima hatte am Morgen ihr Auto auf halber Strecke stehen lassen müssen, da auf den überfüllten Straßen ein Durchkommen unmöglich gewesen war.

Zareen betrachtete die auf dem Tisch ausgelegten Bücher, Poster und Broschüren und blätterte ein Heft durch, das den Titel ›Frauen in einer fortschrittlichen islamischen Gesellschaft‹ trug. Fatima half hin und wieder am Verkaufsstand der ›Radikalen Moslems‹ aus. Einem Großteil der politischen Ansichten dieser Gruppe stimmte sie zu, sie verwarf aber insbesondere deren Einstellung zur Schleierverordnung und zur weiblichen Sexualität. Ihrer Ansicht nach hielt sich die Gruppierung zu sehr an eine strenge Auslegung des Korans, in dem es hieß, daß der weibliche Körper von Natur aus für den Mann sexuelle Anziehungskraft besitze und der bloße Anblick eines Frauenkörpers Störungen in der Gesellschaft verursache, weil der Mann seine Triebe nicht kontrollieren könne. Um die Reinheit der Männer zu bewahren, müßten sich darum die Frauen in einen Schleier hüllen. Dies war im großen und ganzen die gleiche Position, wie sie die islamische Fraktion vertrat, die in der gegenwärtigen Regierung die Mehrheit besaß. Bei allen anderen Themen standen die ›Radikalen Moslems‹ mit den Fanatikern im Widerspruch und hielten deren Auslegung des Korans für rückständig und hemmend. Im Gegensatz zu den fanatischen Moslems lehnten sie es ab, einen Schleierzwang einzuführen. Sie glaubten vielmehr, daß die Frauen so erzogen werden müßten, daß sie den Schleier freiwillig tragen würden – sie machten allerdings nicht deutlich, welche Mittel sie einsetzen würden, wenn die Frauen sich weigerten, sich ›erziehen‹ zu lassen und den Schleier zu tragen. Welche Methoden der Gehirnwäsche hatten sie überhaupt im Sinn? Immerhin waren sie so liberal, daß sie unverschleierten Frauen gestatteten, in ihrer Gruppe mitzuarbeiten, wenn auch nur als freiwillige Helferinnen, nicht als offizielle Mitglieder.

Fatima war ebenfalls kein eingetragenes Mitglied. Sie hoffte ganz einfach, durch ihre Mitarbeit und indem sie mit den anderen über die Widersprüche in deren Programm diskutierte, sie schließlich davon überzeugen zu können, daß sie ihre Interpretation des Islam bezüglich Sexualität und Rechten der Frau demokratisieren und modernisieren müßten.

Zareen teilte Fatimas politische Ansichten nicht, doch das tat ihrer Freundschaft keinen Abbruch. Sie fand die Broschüre deprimierend, legte sie zurück auf den Tisch und befragte Fatima nach den jeweiligen Gruppen an den verschiedenen Ständen.

»Ich dachte, es interessiert dich nicht, wie viele Fraktionen die Linke hat«, sagte Fatima erstaunt.

»Wenn ich schon einmal hier bin, will ich die Gelegenheit nutzen, um wenigstens einen groben Überblick über die unterschiedlichen Ansichten innerhalb dieser Stätte des Geistes zu bekommen«, erwiderte Zareen.

»Diese Stände sind nur das Sprachrohr, nicht der Geist selbst«, belehrte Fatima sie.

Malihe unterbrach die beiden und schlug vor, gemeinsam zur Aula zu gehen. Auf dem Weg dorthin erklärte Fatima ihnen die verschiedenen Gruppierungen.

Der größte Stand gehöre den ›Radikalen Moslems‹, außerdem seien die ›Militante Linke‹, die ›Iranische Demokratische Front‹, die ›Sozialistische Arbeiterpartei‹ und die ›Kommunistische Partei‹ vertreten, jeweils mit eigenen Frauengruppen und Frauenzeitungen. Die Frauengruppen hätten eigene Stände, unter anderem die ›Nationale Union der Frauen‹, die ›Emanzipation der Frauen‹, die ›Militanten Frauen‹, das ›Frauenrechtsverteidigungs-Komitee‹, der ›Verband der Rechtsanwältinnen‹, das ›Solidaritätskomitee der Frauen‹, die ›Revolutionäre Union militanter Frauen‹, die ›Gesellschaft moslemischer Frauen‹ und die ›Moslemische Frauenbewegung‹.

Zareen zeigte sich über die große Zahl und Vielfalt der Frauengruppen überrascht.

»Ja, die Zeiten ändern sich«, meinte Malihe. »Wie gut, daß Bücher und Broschüren endlich offen auf dem Tisch liegen können und nicht mehr unter dem Teppich oder unter den Dielenbrettern verrotten müssen!«

Vor der Aula standen dichtgedrängt Hunderte von Frauen, versperrten die Eingänge und belagerten die Treppen. Einige Frauen versuchten, über die anderen hinwegzuklettern. Es war eine solche Enge, daß man nicht einmal eine Stecknadel hätte fallenlassen können, weder in der Aula, noch in den Eingangshallen. Selbst auf den Fensterbänken kauerten sich Frauen. Über Lautsprecher konnte man die Rednerinnen auch in der Vorhalle hören, und Fatima, Zareen und Malihe ließen sich dort in einer Ecke nieder.

Eine Rednerin verdeutlichte gerade, welche Gefahren den Frauen außerdem drohten, wenn sie sich von dieser neuen Revolutionsregierung, die offensichtlich die persönliche Freiheit nicht respektierte, zwingen ließen, den Schleier zu tragen. Sie war aufgeregt, drückte sich aber klar und deutlich aus. Sie gab einen Überblick über die Geschichte des Kampfes der Frau gegen die Schleierverordnung und verteidigte das Recht der Frau, selbst zu wählen, ob sie einen Schleier tragen wolle oder nicht. Der Zwang, ihn zu tragen, verstoße gegen menschliche Grundrechte.

»Der Schleier ist zu einem Symbol geworden, dem Symbol für den Weg, den diese Revolution einschlagen wird. Wird es ein demokratischer oder ein tyrannischer Weg sein? Falls es ein tyrannischer ist, wird das Tragen des Schleiers zur Pflicht gemacht werden, und das bedeutet Diskriminierung der Frau in der Familie, in der Öffentlichkeit und in allen anderen Lebensbereichen – am Arbeitsplatz, in der Gesellschaft und vor dem Gesetz... Wir dürfen uns den Schleier nicht aufzwingen lassen... Wir müssen weiter dagegen protestieren, denn der Protest ist unsere einzige Chance!«

Sie beendete ihre Rede mit der Parole: »Mit und ohne Schleier bekämpften wir den Schah, mit und ohne Schleier kämpfen wir nun für unsere Freiheit!« Die Zuhörerinnen applaudierten begeistert, die Beifallsrufe nahmen kein Ende, die Stimmung war aufgeheizt.

Die nächste Sprecherin wurde als Vertreterin der erwerbstätigen Frauen, die seit der Revolution entlassen worden waren, vorgestellt. Sie konnte ihren Zorn nur schwer unterdrücken, doch sie bemühte sich, ruhig und sachlich zu bleiben. Sie sprach von der Diskriminierung der Frauen in den Betrieben, über die ungenügenden Sozialleistungen für Arbeiterinnen im Vergleich zu ihren männlichen Kollegen und die gefährlichen und ungesunden Arbeitsbedingungen, denen die Mehrzahl der Arbeiterinnen ausgesetzt waren.

»Das Ziel unserer Revolution war es, die Situation der Arbeiter und Arbeiterinnen zu verbessern. Doch was macht die neue Revolutionsregierung? Anstatt die Wunden zu heilen und für bessere Arbeitsbedingungen zu sorgen, führt sie Entlassungen und Arbeitslosigkeit herbei, und das alles im Namen des Islam! Im Namen der Tradition ist die einzige soziale Funktion, die eine Frau innehaben darf, die der Hausfrau. Die Regierung tut so, als ob es bei dieser Revolution um die Stärkung der Macht des Mannes über die Frau gegangen wäre, und hält es für richtig, daß der Mann alle Macht besitzt.« Sie beendete ihre Rede mit einer Aufforderung an alle Frauen: »Wir müssen uns wehren gegen die Tyrannen der Revolution, die Schlägertrupps an den Fabriktoren, die die Frauen einzuschüchtern versuchen! Wir werden uns nicht beugen! Dies ist ein Kampf für Brot und Rechte!«

Die Frauen klatschten begeistert Beifall, denn den notleidenden Geschlechtsgenossinnen aus der Arbeiterschicht brachten sie tiefes Mitgefühl entgegen.

Zareen atmete auf: »Endlich hat einmal jemand über die Diskriminierung der Frauen am Arbeitsplatz gesprochen. Ich wünschte, jemand würde meine verdammte Gewerkschaft ebenfalls aufs Korn nehmen.«

Fatima lächelte ihr aufmunternd zu. »Du kannst dich doch selbst zu Wort melden, wenn du möchtest! Die Rebellion wird solange weitergehen, bis das Regime die Kleiderverordnung zurückzieht. Morgen werden wir uns erneut hier versammeln, und dann werden weitere Zuhörerinnen die Möglichkeit haben, sich zu Wort zu melden.«

»Ich soll vor der Öffentlichkeit sprechen? Unmöglich, das würde ich mich niemals trauen!« rief Zareen erschrokken aus.

Malihe war sehr still, lauschte interessiert und nachdenklich und beobachtete, was um sie herum geschah.

Die nächste Sprecherin wurde als Genossin der ›Revolutionären Arbeiterpartei‹ angekündigt. Sie kam gleich zum Thema.

»Die Revolution hat gesiegt, weil die Frauen, der Arbeiterstand, die ethnische Minderheiten, ja unsere ganze Gesellschaft sich geschlossen gegen die Diktatur des Schahs und gegen seine imperialistischen Anhänger gestellt haben. Wir dürfen diesen Zusammenhalt nicht aufgeben. Die Linke muß vereint für die Gleichberechtigung der Frau kämpfen. Heute sind es die Rechte der Frauen, die unterdrückt werden sollen, morgen schon sind es vielleicht die Rechte der Linken, der Arbeiter oder jeder beliebigen anderen Gruppe. Unser größter Feind ist der internationale Kapitalismus, der Imperialismus, nicht die Frau! Die Frauen haben mit an der Spitze dieser Revolution gestanden. Unsere Schwestern aus der Arbeiterklasse haben Seite an Seite mit unseren Brüdern aus der Arbeiterklasse gekämpft. Wir fordern umwälzende Veränderungen! Die neue Revolutionsregierung muß die bestehenden Gesetze im Interesse der erwerbstätigen Frauen abändern! Frauen haben ein Recht auf Arbeit und gleiche Bezahlung wie die Männer, sie müssen ein Recht auf Abtreibung haben! Es müssen mehr und bessere Kinderkrippen an den Arbeitsplätzen eingerichtet werden, von Eltern arrangierte Zwangsheiraten müssen abgeschafft werden! Frauen muß das Recht auf ein Studium ihrer Wahl zugestanden werden. Das sind staatsbürgerliche und demokratische Grundrechte der Frau. Der Schleier darf nicht als Deckmantel verwendet werden, unter dem der Frau ihre Rechte entzogen werden!« Sie fuhr fort, die Rechte und die Gleichheit der Frau zu verteidigen. Ihre Rede war logisch aufgebaut und sachlich. Sie redete mehr in der Sprache und mit der Autorität eines Parteimitglieds als eine Frau, die für ihre eigenen Interessen kämpft. Sie baute Schlagwörter aus dem Jargon der Linken, wie ›Unabhängigkeit‹, ›Freiheit‹, Gleichberechtigung‹, ›Schwestern und Brüder‹, ›Regierung der Arbeiter‹, in ihre Rede ein.

Es war erstaunlich, ja fast ein Wunder, daß in dem bis zum Bersten gefüllten Raum, trotz der stickigen Luft und der Hitze keine Panik ausbrach. Den Teilnehmerinnen schien das alles nichts auszumachen, sie verhielten sich ruhig, hörten aufmerksam und gespannt zu und stießen lediglich hin und wieder zustimmende oder mißbilligende Rufe aus.

Als die Ansprachen beendet waren, hatte das Publikum Gelegenheit, Fragen zu stellen. Anschließend sollte ein Komitee zur Verteidigung der Rechte der Frau gegründet werden. Es entstand eine leichte Unruhe im Saal, weil die Mikrofone nicht bis zu jeder Fragestellerin gereicht werden konnten und das Publikum meist nur die Antworten verstand. Zareen, Malihe und Fatima waren nach einer Weile von dem Hin- und Hergerufe so frustriert, daß sie beschlossen hinauszugehen, um frische Luft zu schnappen und ein Glas Tee zu trinken.

Immer noch drängelten sich Frauen und Männer um die Infostände. Eine Frau war auf einen Stuhl gestiegen und verkündete ihre Vision von der Revolution, von Unabhängigkeit und Gehorsamsverweigerung. Eine andere Frau war von fünf Männern umzingelt, die sie davon zu überzeugen versuchten, daß der Schleier, die Kleidung der Frau und die persönliche Freiheit doch nur unwesentliche Dinge seien.

»Ihr Frauen solltet euch als Ganzes sehen, ohne euch hätte ich die Revolution nicht durchsetzen können«, erklärte einer der Männer.

Ein paar Meter weiter attackierte eine Gruppe von Frauen die Linken: »Wenn ihr jetzt nicht zu uns haltet, dann seid ihr gegen uns. Aber das ist ja nichts Neues! Wenn wir Frauen einmal Hilfe brauchen, dann haben die Sozialisten keine Zeit, sondern müssen dringend den Kapitalismus bekämpfen! Wenn ihr diesen Aufstand der Frauen ignoriert, dann begeht ihr Verrat an uns!«

Zwei Männer diskutierten mit zwei Frauen über Sexualität und Abtreibung.

»Wenn ihr mit mehr als einem Mann ins Bett geht, was ist dann mit dem Kind?« fragte einer der beiden Männer.

»Ach, eure größte Sorge gilt demnach der Vaterschaft?« rief Malihe erstaunt aus.

»Das ist ja unglaublich!« rief Zareen ebenfalls völlig verdutzt. »Ich glaube, mir reicht es für heute. Eigentlich sollte mich ja gar nichts mehr so verwundern! Wir befinden uns in einer Zeit des Umbruchs, der schnellebigen Ideen, müssen ständig dazulernen und umdenken ... Die Revolution hat die Menschen über Nacht verändert. Sieh dir doch nur den lebhaften Ausdruck in ihren Gesichtern an – als ob sie alle elektrisiert wären! Auf den Gehsteigen schwirrt es vor Argumenten, überall auf den Straßen Sprechchöre, Aufruhr, Kundgebungen, rebellierende Frauen! Unser Verstand und unser Gefühl werden geschärft – man wächst an einer Revolution!«

Malihe strahlte. Die Demonstration hatte ihr Selbstvertrauen beträchtlich gestärkt. »Die Menschen sind voller Hoffnung, Hoffnung auf Besserung ihrer Lebensbedingungen, sind voller neuer Ideen! Die Ideen sprießen über Nacht, die Köpfe platzen fast vor neuen Erkenntnissen und neuen Ansichten. Das ist eine große Herausforderung, die Menschen sind entschlossen, die alte Ordnung umzustoßen, eine neue einzuführen, Neues zu erschaffen, endlich zu tun, was sie schon seit langem erträumt haben. Mit diesem Aufruhr ist ein Traum Wirklichkeit geworden!«

Sie waren inzwischen an einem anderen Universitätsgebäude angelangt und fanden dort im dritten Stock eine ruhige Ecke, wo sie sich auf die Fensterbank setzten, ihren am Morgen aufgebrühten Tee tranken und sich entspannten. Sie beobachteten das Treiben unten auf den Straßen. Dort war es inzwischen etwas ruhiger geworden, aber die Straßen waren immer noch voller Leben. Bunte Transparente überall, Gedränge in allen Richtungen, Händeschütteln, ermüdete Frauen, die immer noch weiterzogen. Zareen wünschte wieder, sie säße auf einem fliegenden Teppich, der ihr einen besseren Überblick ermöglichen würde.

Fatima dachte über die verschiedenen Themenbereiche

nach, die an den Ständen kontrovers diskutiert worden waren – angefangen von Mohammed bis zu Marx, von der Sexualität bis zur Religion. Es war befreiend gewesen.

»Endlich können wir offen über alle Tabus reden«, sagte sie mit einem Seufzer der Erleichterung.

»Wozu sollen wir denn über Sex reden? Man tut es einfach und damit hat sich's...«, entgegnete Zareen.

»Früher war ich der gleichen Meinung: Darüber spricht man nicht, das gehört zur Privatsphäre, ist eine Schlafzimmerangelegenheit. Doch heute denke ich anders... wir müssen noch eine Menge lernen über dieses Thema. Wir sind ja so unbedarft, ganz besonders die Männer«, gab Fatima zurück.

»Also wirklich! Das ist doch mehr als langweilig! Lernt ihr so was an der Universität?« fragte Zareen verärgert.

»Ach komm, Zari. Warum so abfällig? Schließlich geht es hier um unsere Gefühle, um unsere körperlichen Bedürfnisse, darum, daß wir sie offen und ehrlich eingestehen... meine Güte... öffentlich über Sexualität und Liebe reden zu können... unser Recht, an bestimmte Tabus zu rühren und offen darüber zu reden. Auch das Thema ›Schleier‹ gehört dazu, Monogamie für Frauen, Polygamie für Männer, das Gebot der Jungfräulichkeit, Homosexualität, Heterosexualität... daß Studenten mehrere Freundinnen haben, ihre Freundinnen jedoch nicht mehr als einen Freund haben dürfen...«

»Ist denn *ein* Mann nicht schon mehr als genug? Gibt es etwa jemand, der davon gleich mehrere will? Ehrlich gesagt, Fati, das Gerede über Sex interessiert mich nicht im geringsten. Mir geht es nur darum, die Schleierverordnung zu bekämpfen. Ich habe so hart gearbeitet, um meiner Tochter eine gute Ausbildung ermöglichen zu können, damit sie ein selbständiges Leben führen kann... und sich nicht mehr wie eine Krähe in dieses schwarze Leichentuch hüllen muß«, sagte Malihe mit müder Stimme.

»Aber merkst du denn nicht, daß all diese Dinge miteinander zusammenhängen? Sexualität, der Schleier – das kann man doch nicht voneinander trennen, diese Probleme muß man zusammen angehen! Genauso wie du unter den Dielen und Teppichen versteckte Bücher über die unterschiedlichsten Themen hervorholst, sie abstaubst und nebeneinander auf das Regal stellst!«

Doch Zareen ließ sich nicht überzeugen. »Wenn du so viel über Sex sprichst, bleibt dir ja gar keine Zeit mehr, ihn überhaupt noch zu genießen!«

»Ach Zari, hör doch auf, dich über mich lustig zu machen!« Fatima wollte ein ernsthaftes Gespräch führen, aber Zareen und Malihe verspürten offenbar keine Lust mehr dazu. Sie hatten an diesem Tag bereits genug gehört, genug diskutiert.

»Warum sollte ich nach einem solchen Tag nicht ausgelassen sein, nicht lachen, tanzen, feiern und die Stadt rot anmalen dürfen? Denk doch, dieser grandiose Proteststurm! Wann haben wir jemals so viele Tausend Frauen an einem Ort versammelt gesehen, alle zur gleichen Stunde, zur besten Arbeitszeit? Am liebsten würde ich jede mit in meinen Friseursalon nehmen und wunderschön zurechtmachen!«

Fatima schwieg. Sie gab es auf, mit den beiden zu diskutieren. Sie waren eben in zu verschiedener Stimmung. Also ruhten sie sich einfach nur aus, plauderten und scherzten eine Zeitlang, bis Zareen schließlich sagte, sie müsse nach Hause gehen.

»Es wird allmählich dunkel, mein Alter wird Hunger haben. Nicht daß er unsere Kinder auffrißt! Au weia«, stöhnte sie, als sie sich aufrichtete, »wie sollen wir bloß den weiten Weg bis nach Hause schaffen? Ich kann mich kaum noch bewegen – meine Beine wollen nicht mehr!«

»Was? Ein kleiner Zehn-Stunden-Marsch, und du hast müde Beine, Frau? Du mußt sie eben besser trainieren, damit sie so kräftig werden wie die Beine eines Kamels!

Schließlich war das heute erst der Anfang«, witzelte Malihe.

»Laßt uns doch einfach ein Taxi anhalten«, schlug Zareen vor. »Man sagt, seit der Revolution nehmen sogar Privatpersonen andere Leute mit, und zwar kostenlos!«

»Na so was!« rief Fatima überrascht aus. »Die Männer verzichten plötzlich auf ihren Profit? Das ist ja kaum zu glauben!«

Sie bot den beiden an, sie in ihrem Auto mitzunehmen, und so verließen sie das Universitätsgelände und machten sich auf den Weg zu Fatimas Wagen.

Die Dunkelheit brach herein, und der Himmel färbte sich azurblau, so wie ihre Mütter früher weiße Tücher mit Azurit eingefärbt hatten. Sie konnten jetzt laufen, ohne herumgeschubst oder gedrängelt zu werden, doch immer noch waren an jeder Straßenecke, vor den Buchläden und vor den Tabakläden Menschen in ein nicht enden wollendes Hin und Her von Worten vertieft. Die drei Frauen gingen an ihnen vorbei und bogen in immer schmaler werdende Seitenstraßen ab, um die Hauptstraßen zu umgehen.

Es sei zwar ein ziemlich weiter Weg bis zu ihrem Auto, aber er sei zumindest leicht zu finden, meinte Fatima. Malihe machte sich immer noch Gedanken über die Ansichten der Linken und auf welche Weise die die Frauendemonstration unterstützten.

»Zwar befürworten alle sozialistischen Parteien den Frauentag und die Gleichberechtigung der Frau im Rahmen ihres allgemeinen anti-imperialistischen Kampfes, doch die Sozialistische Arbeiterpartei ist liberaler eingestellt als die anderen Gruppen«, sagte Malihe nachdenklich. »Die Bauernpartei und der Radikale Islam waren gegen die Protestaktionen der Frauen. Die Kleiderverordnung halten sie für ein Randproblem im Vergleich zu Problemen der Arbeiterklasse. Von meinen Argumenten ließen sich die Mitglieder des Radikalen Islam nicht überzeugen, sondern erwiesen sich als ebenso dogmatisch wie ihre marxistischen Genossen. Die Mehrzahl von ihnen will sich nur bei den Frauen einschmeicheln, um sie für ihre Partei zu gewinnen. Die Meinungsverschiedenheiten der linken Gruppen untereinander habe ich noch nie verstanden – in meinen Augen sind das alles Haarspaltereien!«

»Ich glaube, es liegt in der Natur der Studenten, daß sie immer Dinge finden müssen, die sie kritisieren können«, meinte Zareen.

»Sei doch nicht so überheblich«, erwiderte Fatima verärgert.

»Das bin ich doch gar nicht! Ich mißtraue solchem Gerede einfach nur ein wenig.«

Sie gingen an einer Straßenlaterne vorbei, die ihren Weg schwach beleuchtete. Die langen Gassen lagen zum größten Teil im Dunkeln und waren menschenleer – ganz im Gegensatz zu dem Bild, das sich ihnen noch vor ein paar Stunden geboten hatte. Zareen und Malihe murrten, daß es so weit sei, doch Fatima versicherte ihnen, daß sie es bald geschafft hätten. Dunkelheit umhüllte ihre Schatten, ihr Schweigen und sie selbst. Sie waren erschöpft und hörten nichts als ihre schlurfenden Schritte und ihren schweren Atem. Es wurde ihnen unheimlich in den finsteren Gassen.

»Es ist plötzlich alles so düster und leer hier! Ich habe Angst«, sagte Zareen. »Kommt, laßt uns ein Lied singen... ›wir Frau-en marschie-ren, wir Frau-en marschie-ren...‹ Los... singt mit!«

»Ja, du hast recht, es ist plötzlich so still, so dunkel und menschenleer«, antwortete Malihe.

Zareen sang weiter: »›Wir Frau-en marschie-ren, wir Frau-en marschie-ren...‹« und hüpfte im Rhythmus ihres Gesanges auf dem schneenassen Straßenpflaster.

Die Gegend, in der sie sich befanden, war kein Wohngebiet. Große, verlassene Büroblocks umgaben sie. Zareens Lied hallte in den engen Gassen wider, stieß an die Mauern, wurde zu ihnen zurückgestoßen und erstarb schließlich.

»O mein Gott, hoffentlich haben wir es bald geschafft«, betete Malihe in ihrem Inneren.

Plötzlich wurde die Stille von einem erstickten Schrei durchbrochen. Erschrocken verlangsamten die drei Frauen ihren Schritt. Sie spürten, daß sich jemand in ihrer Nähe befand, konnten aber in der Dunkelheit nichts erkennen. Furchtsam schlichen sie weiter die dunkle Gasse entlang.

Wieder hörten sie einen schwachen, dumpfen Schrei. Er klang, als käme er vom Grund eines Brunnens. Es schien die Stimme eines Kindes, eines Mädchens zu sein. Sie blieben stehen. Ihre Herzen schlugen ihnen vor Angst bis zum Hals. In der Dunkelheit war nichts zu erkennen, so sehr sie ihre Augen auch anstrengten.

»Wer ist da?« rief Zareen angstvoll. Ein paar Sekunden später hörten sie jemand ›Hilfe‹ rufen; die Stimme klang wie die eines Ertrinkenden. Sie rannten so schnell sie konnten bis ans Ende der Gasse.

Drei große Schatten rangen mit einem kleinen. Die Gestalten erstarrten und ließen voneinander ab, als sie das Geräusch rennender Füße hörten. Die Frauen merkten, daß man sie gesehen hatte und blieben abrupt stehen. Sie hörten einen heftigen Schlag. »Miststück!« Drei Silhouetten beugten sich nach unten und richteten sich wieder auf, streckten sich, ließen die kleine Gestalt jedoch nicht los.

Es waren drei Männer in Armeejacken und schweren Stiefeln. In der einen Hand hatten sie ihr Gewehr, mit der anderen hielten sie ihre Hosen fest.

»Ihr verdammten Bestien!« Die drei Frauen machten einen Schritt zurück, als die Männer plötzlich ihre Gewehre auf sie richteten.

Tödliche Stille. Während die Männer sich langsam rückwärts bewegten, blieben die Frauen starr und stumm vor Angst stehen.

Plötzlich machten die Männer eine Kehrtwendung und rannten davon. Zareen und Fatima folgten ihnen. »Widerliche Bestien! Scheißkerle! Männer, verdammte!« schrie sie.

Malihe lief sofort zu dem auf dem Boden liegenden Wesen, richtete es auf und klopfte vorsichtig den Schmutz von den Kleidern.

Fatima und Zareen kamen zurückgerannt und kauerten sich neben die Gestalt. Sie konnten sie in der Dunkelheit nicht richtig erkennen. Malihe suchte in ihrer Tasche nach einem Feuerzeug; beim Schein der Flamme erkannten sie das Gesicht einer jungen Frau, zerkratzt und zerschlagen. Aus den aufgerissenen Lippen rann Blut, Haare und Gesicht waren feucht und verschmutzt. Die Frau hielt ihre Augen geschlossen, war blau gefroren und halb ohnmächtig. Ihre Bluse war zerrissen, ihr Hals wies bläuliche Druckstellen auf, als hätten die Männer versucht, sie zu würgen; der Reißverschluß ihrer Hose war kaputt, ihr Haar wirr, und ihre Hände waren zerkratzt und schmutzig.

Schockiert saßen die Frauen da, verschreckt und sprachlos, hielten die Hände und den Kopf der Mißhandelten, streichelten sanft ihre Stirn und flüsterten ihr beruhigende Worte zu. Sie waren ratlos, was sie als nächstes tun sollten. Was macht man in einem solchen Fall? Was kann man tun?

Es kam ihnen wie eine Ewigkeit vor, bis sie sich soweit gefaßt hatten, daß sie ein Wort laut aussprechen, einen zusammenhängenden Satz sagen konnten.

»Wie heißt du, Mädchen? Wo wohnst du? Sollen wir dich nach Hause bringen?«

Die Fremde murmelte ein paar unmißverständliche Worte. Die Frauen wiederholten ihre Fragen. Schließlich versuchte sich das Mädchen aufzurichten, faßte sich an die Brust, wandte sich von ihnen ab und verbarg ihr Gesicht. Erneutes Schweigen, während dem sie sie streichelten; dann richteten sie wieder einfache Fragen an sie. »Ist dir kalt? Hast du Schmerzen? Dein Name? Wo wohnst du?«

Immer noch Schweigen. Leise Geräusche. Langsames Atmen.

»Go... li.« Sie hustete. Die Frauen warteten geduldig darauf, daß sie weitersprach.

»3...5...8...Is...la...mische Re...vo...lu...tion.«

Die halb verschluckten Worte kamen zögernd, Silbe für Silbe. Die drei Frauen verstanden nicht, was sie meinte. Doch dann fiel Fatima ein, daß dies der Name für die ehemalige Aryamehr-Straße war. Die drei erhoben sich. Sie halfen Goli auf und stützten sie gemeinsam. Der matschige Schnee, in dem sie gelegen hatte, blieb an ihren Kleidern hängen. Sie gingen die gleiche Gasse wieder zurück, in der Zareens Lied noch in der Luft hing. Sie liefen langsam, mit zitternden Knien, erschüttert und traurig, die Köpfe gesenkt und völlig benommen.

2

17. Esphand: Golis Nacht

Die drei Frauen brachten Goli nach Hause. Sie gingen durch den Hintereingang, denn Goli wollte nicht, daß jemand sie sah. Sobald das Mädchen sicher in seinem Zimmer war, verließen die Frauen rasch das Haus, damit sie niemandem ihre Anwesenheit erklären mußten. Jede der vier Frauen ging mit dem Gefühl zu Bett, daß ein Tag der Feier durch eine Nacht der Gewalt ausgelöscht worden war.

Goli ließ sich auf ihr Bett fallen. Sie fühlte sich schwer – als ob eine Steinplatte sie erdrückte. Sie zitterte am ganzen Körper, alles schmerzte, und ihr Kopf war völlig wie umnebelt. Ihr Gedächtnis versagte – sie brachte nichts mehr zusammen, der Schock saß in allen Gliedern. Sie lebte, atmete, alle Körperteile waren noch da, nur sie selbst nicht. Schlief sie ein, verlor sie das Bewußtsein oder starb sie einen lautlosen Tod? Es schien alles zugleich zu geschehen.

Mitten in der Nacht schreckte Goli von einem schrecklichen Alptraum auf, in dem sie alles noch einmal erlebte. Sie sah sich am Ende der Gasse, wie sie sich neben dem schmiedeeisernen Tor eines großen Gartens dicht an die Mauer preßte. Die drei *pasdaran* schrien ihr Beleidigungen zu, schalten sie eine Hure, verlachten sie höhnisch. Weit und breit war kein Mensch zu sehen, keine Hilfe. Die Haltung der Männer wurde immer bedrohlicher. Sie schlugen ihr ins Gesicht und zerrten an ihren langen Haaren.

»Du willst also Freiheit, willst selbst bestimmen, was du anziehst, was? Vielleicht wäre es dir am liebsten, gar nichts anzuhaben!« Sie rissen ihr den Pullover vom Leib, zerrten ihre Hosen herunter und schlugen ihr auf die nackten Beine. »Du willst diese Beine also der ganzen

Stadt zeigen und weigerst dich, einen Schleier zu tragen! Weißt du etwa nicht, was ich denke, wenn ich diese nackten Beine sehe? Dann werde ich's dir zeigen!« Einer der drei ließ seine Hosen herunter. Sie schrie. Seine Kollegen drückten sie gegen die Mauer. Sie biß ihm in die Hand und schrie um Hilfe.

»Ihr wollt die Gleichberechtigung der Frauen, damit ihr so viele Liebhaber haben könnt wie ihr wollt? *Ein* Mann ist euch wohl nicht genug, was? Wir werden's dir zeigen, wir drei werden uns die größte Mühe geben, um dich zufriedenzustellen, was, Freunde?« rief er seinen Kumpanen zu.

»Du zuerst, Mohammed«, grölte einer von ihnen. »Diese verdammte Universität! Die Toiletten dort sind verstopft mit Fötussen. Wie oft hast denn du schon abgetrieben, hä?« Er warf sich gegen sie, stieß in ihren Bauch, zerriß ihre Bluse, griff ihr schmerzhaft an die Brust.

Haß und Gewalt standen in den Augen der Männer. Sie wehrte sich gegen ihre Griffe, gegen die rohen Worte. Die drei hielten sie fest und stießen sie nach hinten. Sie strauchelte erneut, wand sich und spannte die Muskeln an, schlug um sich, konnte ihren Mund befreien und rief: »Hilfe«, so laut sie nur konnte, schrie: »Bestien! Schweinehunde!« Ein harter Schlag brannte als Antwort auf ihrer Wange. Die Männer wurden immer brutaler, hielten sie fester und verhöhnten sie noch mehr. Sie konnte nichts anderes mehr tun, als verzweifelt zu hoffen, daß ein Mensch auftauchte und sie rettete.

Plötzlich ging quietschend das Gartentor auf und zwei Männer traten heraus, gerade als zwei ihrer Peiniger sie festhielten und der dritte sich auf sie werfen wollte. »Äh... hm...«, brummten die beiden. »Entschuldigen Sie die Störung... wir wollten uns nicht in anderer Männer Angelegenheiten einmischen.« Sie gingen zurück und schlossen das Tor hinter sich.

Mit einem Ruck schreckte Goli in ihrem Bett hoch. Wo

war sie? Träumte sie? War sie wach? Sie versuchte sich zu bewegen, hatte aber kein Gefühl in ihren Gliedern, konnte ihren Bauch nicht spüren. Es war zu schmerzhaft, sich zu bewegen. Wieder und wieder stieg das grauenhafte Erlebnis in der finsteren Gasse in ihr hoch, ihre Gedanken überschlugen sich. Obwohl sie versuchte, nicht daran zu denken, rasten ihre Gedanken in alle Richtungen und ließen sich nicht kontrollieren. Der Alptraum. Die drei Frauen, die sie gerettet hatten. Wenn sie doch nur ihre rasenden Gedanken unter Kontrolle bringen könnte. Wie war sie dorthin gekommen, in diese Sackgasse mit diesen drei Männern? Für die Zeit zwischen der Universität, den Demonstrationen, den anschließenden Diskussionen und dem grauenvollen Erlebnis in der menschenleeren Gasse klaffte eine Erinnerungslücke. Sie hatte einen bitteren Geschmack im Mund. Hatte sie sich übergeben? Hatte sie einen Schock erlitten? Sie betastete ihren Bauch, ihre Beine, ihre Füße. Sie waren noch da. Sie befühlte die neben ihr liegenden Kleider, die Lederjacke und die Cordhose. Wie waren die Sachen in ihr Bett gekommen? Sie konnte sich nicht daran erinnern. Sie war nicht einmal überrascht. Ihre Hand berührte den Stoff, das Leder, strich dann vorsichtig über ihre Haut, bewegte sich nach unten zwischen ihre Beine zu dem dichten, warmen Haar und blieb dort beschützend liegen. Sie zog die Beine an und klemmte die Hand damit fest. Sie hatte ihren Körper um ihr Zentrum gefaltet und blieb so sitzen.

Goli war einundzwanzig Jahre alt und Soziologiestudentin im vierten Semester an der Universität Teheran. Sie war in einer Familie der oberen Mittelschicht aufgewachsen. Ihre Mutter war Kunsthistorikerin, ihr Vater Zahnarzt. Sie hatte zwei Brüder, die ständig miteinander stritten und sie herumkommandierten. Ihr jüngerer Bruder studierte im sechsten Semester Geographie, ebenfalls an der Teheraner Universität. Er war politisch aktiv und hatte sich im vergangenen Jahr einer kleinen trotzkistischen Gruppierung angeschlossen. Goli war erleichtert darüber, daß er so beschäftigt und selten zu Hause war, denn dadurch blieb ihm kaum Zeit, sie zu überwachen, sich in ihre Freundschaften einzumischen und sie zu schelten, daß sie so oft unterwegs war, statt brav zu Hause zu sitzen. Er und die weiblichen Mitglieder seiner Gruppe hatten sie bedrängt, den Trotzkisten beizutreten, doch der einzige Bereich, in dem sie bereit war mitzuarbeiten, waren die Frauenfragen, die sich hauptsächlich auf die Situation der Arbeiterinnen bezogen. Sie hatte sich an den Emanzipationsbewegungen an der Universität beteiligt und bei anderen während der Revolution ins Leben gerufenen Frauengruppen mitgearbeitet. Seit dem Sieg der Revolution und den zunehmenden Einschränkungen der Rechte der Frauen hatte sie sich nur noch bei den Frauengruppen an der Universität engagiert, die für die Rechte und Gleichheit der Frauen kämpften. Sie beteiligte sich häufig an langen und hartnäckigen Debatten mit Studenten auf dem Universitätsgelände, aus denen sich oft heftige Wortgefechte entwickelten, wobei sie mit Ausdrücken wie reiche Bürgerin, Snob, verwöhntes kleines Mädchen, jung und naiv, beschimpft wurde.

Goli hatte während der Tage der Revolution, als sie aktiv für die Rechte der Frauen eingetreten war, eine Menge gelernt. Sie war von ihrer Mutter und ihrer Großmutter beeinflußt. Als einzige Tochter und das jüngste Kind wurde sie in einem Ausmaß geliebt und umsorgt, das sie schon beengend und drückend empfand. Sie hatte einen festen Willen und wußte genau, was sie wollte. Es war schwer, sie zu beeinflussen oder zu versuchen, ihre Meinung zu ändern: ihre Mutter hielt sie für verzogen und eigensinnig.

Sie war eine kontaktfreudige und fröhliche junge Frau, intelligent, aufgeschlossen und geradlinig. Sie war klein und hielt sich selbst für zu dunkel, zu dicht behaart und unscheinbar. Ihre dicken, .schwarzen Augenbrauen und Wimpern auf ihrer mandelbraunen Gesichtshaut mißfielen ihr. Doch wenn man sie genauer ansah, bemerkte man den hellen Glanz ihrer Augen, und ihre Augenbrauen formten eine energische, elegante Linie über ihren hohen Wangenknochen. Wenn sie lachte, kräuselte sich das Grübchen in ihrer Wange und verbreitete Lachfalten über das ganze Gesicht.

17. Esphand: Zareens Nacht

Als Zareen nach Hause kam, bereitete sie rasch für ihre beiden Kinder und ihren Mann das Essen zu, schützte dann Müdigkeit vor und legte sich schlafen. Das Bild von Goli ließ sie nicht los. Das Bild, wie Goli gegen die Mauer gedrückt dalag, ihre Jacke neben sich auf dem Boden, ihre Bluse zerrissen, die Hosen bis zu den Knien heruntergezerrt, ihr Schlüpfer halb zerrissen. Ihre Kleider waren durchnäßt vom Schnee, ihre Arme, ihre entblößte Brust und das Gesicht blau vor Kälte und von den Schlägen. Ihr Haar war völlig zerzaust, die Männer mußten daran herumgezerrt haben, ihr Schläge auf den Kopf versetzt und ihr gesagt haben, daß sie ihr Haar absichtlich zur Schau stelle, um sie aufzureizen.

Ich habe meinen Arm um sie gelegt, erinnerte sich Zareen, habe ihr Haar in Ordnung gebracht, habe den Schmutz von ihren Kleidern abgeklopft, aber ich habe ihren Kopf nicht gestreichelt. Nur weil Golis Haar unbedeckt gewesen war, weil sie keinen Schleier getragen hatte, mußte sie dieses Trauma erleiden. Wie sehr hat sie gelitten? Wie mochte sie sich jetzt fühlen? Würde sie überhaupt schlafen können, nachdem ihr Körper so geschändet und beschmutzt worden war? Unmöglich. O mein Gott, sie ist noch so jung und mußte solch eine Brutalität erleiden! Wäre ich doch nur bei ihr geblieben! Warum bloß habe ich das nicht getan?

Nie zuvor in ihrem Leben hatte Zareen Gewalt gegen

Frauen in einem solchen Ausmaß mit eigenen Augen gesehen. Sie hatte über solche Fälle in der Zeitung gelesen, hatte gehört, wie Brüder, Väter, Ehemänner oder Onkel aus unterschiedlichen Gründen ihre Schwestern, Töchter, Ehefrauen oder Mütter getötet, verstümmelt oder zum Krüppel geschlagen hatten, um ihre ›Ehre‹ zu wahren. Doch sie hatte so etwas noch nie selbst miterlebt. Ihr war es bislang höchstens einmal passiert, daß Männer ihr auf der Straße in den Hintern gekniffen, sie betätschelt oder absichtlich geschubst und ihr anzügliche Sachen ins Ohr geflüstert hatten. Ihr Mann hatte sich einige Male brutal über sie geworfen, als sie keine Lust hatte, mit ihm zu schlafen, doch sie hatte dann jedesmal nachgegeben und gehofft, es würde ihr vielleicht auch Spaß machen, was natürlich ein Trugschluß gewesen war. Nach einiger Zeit hatte sie es dann mit ihm genauso gemacht, wenn sie Lust auf Sex hatte. Und was für ein Vergnügen war es, das zu bekommen, was sie wollte. Sie wußte, daß viele Männer ihre Ehefrauen schlugen – viele Frauen klagten darüber, während sie ihnen in ihrem Salon die Haare schnitt und ihre Gesichter schminkte –, andererseits hörte sie auch von Frauen, die sich an ihren Männern wieder rächten, indem sie ihnen nichts zu essen kochten und sich gegen eine Vergewaltigung dadurch wehrten, daß sie ihnen in die Weichteile traten, bis sie schrien.

Zareen rollte sich auf die andere Seite. Sie war körperlich und geistig völlig erschöpft, konnte aber trotzdem nicht einschlafen. Das Bild von der mißhandelten Goli ging ihr nicht aus dem Kopf. Wie mochte es ihr jetzt gehen? Wie könnte sie das herausfinden? Befand sich Goli auch wirklich in Sicherheit? Quälende Fragen ohne Ende.

Zareen wußte nicht so recht, was sie von der Revolution halten sollte. Die Mehrzahl ihrer Bekannten wie auch fast alle ihrer Kundinnen waren dafür und erhofften sich bedeutende Fortschritte. Auch ihr Mann war ein Befürworter der Revolution. Er war mit seiner Arbeit im Basar, wo er ein Delikatessengeschäft führte und Trockenfrüchte und Nüsse verkaufte, unzufrieden. Die Geschäftslage war sehr unsicher. Um die Landwirtschaft stand es schlecht, denn die im Inland produzierten Güter waren von geringer Qualität und wurden nicht in ausreichender Menge hergestellt. Somit wurde immer weniger exportiert, während man zunehmend auf Importe angewiesen war. Darum, so klagte er, sei alles so teuer. Zareen hingegen war der Meinung, daß es im Basar schon immer gute und schlechte Zeiten gegeben habe. Seit zehn Jahren war sie nun mit ihrem Mann verheiratet, und soweit sie zurückdenken konnte, hatte er ständig über zu hohe Kosten, zu niedrige Einnahmen und Steigerung oder Rückgang der landwirtschaftlichen Produktion geklagt – das gehörte einfach dazu.

Zareen war keineswegs davon überzeugt, daß sich durch die Revolution der Markt stabilisieren oder es dadurch mit der Landwirtschaft bergauf gehen würde – und daß ihr Mann aufhörte zu klagen! Statt dessen würde er eben andere Probleme finden, über die er jammern könnte. Ihre Zweifel gegenüber der Revolution konnte sie jedoch nicht offen aussprechen, denn es gab zu viele Befürworter. Hin und wieder berichteten Kundinnen voller Stolz darüber, wie ihre Söhne Kinos in Brand gesetzt oder Läden überfallen hätten, und jedesmal hatte sie dann vorsichtig gefragt, was ihre Söhne wohl erst im Erwachsenenalter täten, wenn sie schon als Schüler Kinos und Läden zerstörten. Sie befürwortete die Aktionen der Frauen und Schulkinder – insbesondere den Aufstand der Schülerinnen –, Demonstrationen, Sitzstreiks und Unterrichtsboykotts; die Aktionen der Männer und Jungen fand sie dagegen fragwürdig.

Zareens Mißtrauen gegenüber der Revolution gründete sich vor allem auf die Veränderungen innerhalb ihrer Gewerkschaft. Die Revolution fand nicht nur auf den Straßen, in der Armee und an den Arbeitsplätzen statt, sie erstreckte sich auf sämtliche Lebensbereiche. Ohne die Gewerkschaftsmitglieder zu befragen, wurden innerhalb ihrer Organisation Neuerungen eingeführt. Seit jeher hatten Frauen dort die Mehrheit der Gewerkschaftsmitglieder gebildet. Wenn auch unter westlichem Einfluß die Zahl der männlichen Mitglieder ständig wuchs, waren immer noch dreimal mehr Frauen gewerkschaftlich organisiert als Männer. In den letzten Monaten der Revolution waren weibliche Mitglieder, insbesondere wenn sie Ämter wie das einer Vorsitzenden, Schriftführerin oder Kassenführerin innehatten, verdrängt worden, und Männer, die niemand je zuvor gesehen hatte, besetzten diese Positionen. Mit ihren Bärten, Gebetsketten und ihren finsteren Blicken sahen sie keineswegs so aus, als übten sie das Friseurhandwerk aus. Nein, sie waren in Wirklichkeit islamische Fundamentalisten! Sie übernahmen den Vorsitz bei den Versammlungen und handelten nicht etwa Themen ab, die sich auf die Arbeit, die Mitgliedschaft oder andere gewerkschaftsspezifische Dinge bezogen, sondern hielten vielmehr stundenlange Vorträge über Gott, über die Stellung der Frau im Islam und darüber, wie unvereinbar es mit dem islamischen Glauben sei, daß Frauen sich die Haare frisieren ließen. Make-up und Haare durften nur innerhalb des Hauses offen getragen werden – allein der eigene Ehemann durfte seine Frau so sehen.

Zareen hielt dies alles für völligen Unsinn. Welche Frau hatte ein Interesse daran, sich eine schöne Haarfrisur machen zu lassen, ihr Gesicht zu schminken und hübsche Kleider zu tragen, wenn sie all das nur zu Hause, nur ihrem Mann zeigen durfte? Das war doch reizlos. Warum sollten sich Frauen überhaupt für ihre Männer schön machen? Dafür ist das gute Make-up doch viel zu schade, dachte sie. Wie konnte eine Gewerkschaft, deren Aufgaben darin bestand, die Interessen ihrer Mitglieder zu vertreten, für bessere Arbeitsbedingungen und bessere Bezahlung zu kämpfen, männliche Führer einsetzen, die kein Interesse am Friseurhandwerk hatten und die die Mitglieder sogar dazu bringen wollten, ihren Beruf aufzugeben! Das war doch mehr als lächerlich. Da sie aber keine Möglichkeit sah, ihre Meinung zu äußern oder etwas an der Situation zu ändern, war sie, wie viele andere Frauen auch, aus der Gewerkschaft ausgetreten.

Wenn man es sich recht überlegte, so war das doch nichts anderes als Gewalt. Gewaltsam entzogen diese fanatischen Männer ihr und vielen anderen Frauen das Recht, sich zu organisieren, für eine Verbesserung ihrer Arbeitsbedingungen und ihrer Verdienstmöglichkeiten einzutreten. Das Eindringen in ihre Gewerkschaft war, wie das Eindringen in Golis Körper, eine Vergewaltigung. So ähnlich jedenfalls.

Sie hatte sich einschüchtern lassen und war einfach aus der Gewerkschaft ausgetreten: War das wohl die richtige Reaktion auf den Druck und die Gewalt, die die Männer auf die Frauen ausübten? Bedeutete das, daß nun auch Goli ihr Studium aufgeben sollte? Ihre politischen Aktivitäten? Ihr Recht, sich frei auf der Straße zu bewegen? War das eine Lösung? Nein. Auf keinen Fall. Ich kann auch ohne die Gewerkschaft meinen Beruf ausüben, dachte Zareen, aber was wäre, wenn Goli ihr Studium aufgäbe? Nein, das dürfte sie nicht tun. Das wäre einfach ungeheuerlich. Zareens Ärger schwoll in dem Maße an, wie die Dunkelheit der Nacht nachließ. Der Morgen dämmerte bereits, sie wollte wenigstens noch ein paar Stunden schlafen. Sie mußte ja schließlich am Morgen zur Arbeit gehen. Sie konnte es sich nicht leisten, den Friseursalon schon wieder zu schließen. Sie machte ihre Augen zu und legte ihre Hände darüber, um jeden Lichtschimmer abzuschirmen.

Zareens Friseursalon befand sich im Erdgeschoß ihres Hauses. Sie war dreißig Jahre alt, hatte ein fröhliches Wesen, war stets gut gekleidet und sehr gepflegt. Sie wußte, wie sie ihr lockiges Haar, ihre helle Haut und ihren schönen Körper pflegen mußte. Freundinnen und Kundinnen schätzten ihre humorvolle Art, und dank ihres herzlichen und aufgeschlossenen Wesens genoß sie das Vertrauen vieler Frauen. Manchmal jedoch hatte sie das Gefühl, daß sie ihre andere, nachdenkliche Seite bei ihrer Arbeit und in ihrem Familienleben verleugnen mußte.

17. Esphand: Fatimas Nacht

Fatima lief völlig verwirrt und in Gedanken versunken nach Hause. Dort angekommen, schickte sie das Dienstmädchen weg, denn sie wollte weder essen noch trinken, und stieg an dem geschnitzten Holzgeländer entlang hinauf in ihr Zimmer. Sie schloß die Tür hinter sich und lehnte sich gegen die Holzvertäfelung. Hier fühlte sie sich sicher, aber sie war immer noch sehr durcheinander. Wie konnten ›Soldaten Gottes‹, die ›Wächter der Revolution‹, so etwas tun? Sie ging in ihrem großen, rechteckigen Zimmer auf und ab und warf einen Blick aus dem Fenster. Die hohen Zedern und Kiefern draußen im Garten wirkten bedrohlich. Sie zog die schweren Samtvorhänge zu, um dem unheimlichen Anblick zu entgehen. Im Zimmer herrschte nun ein schwaches, aber beruhigendes Dämmerlicht. Sie ging zu ihrem Spiegel hinüber – sie sah müde aus, und es kam ihr vor, als betrachtete sie eine Fremde. Sie wischte den Spiegel ab, aber das änderte nichts an dem Bild, das sich ihr bot. Sie zog ihren Pullover aus und warf ihn in eine Ecke. Wie war so etwas möglich? Wie konnten unsere Revolutionäre so unmenschlich sein? Arme Goli. Wieder schritt sie in ihrem Zimmer auf und ab, den Blick auf die fein geschwungenen Ornamente ihres Täbris-Teppichs gesenkt. Seine natürlichen, leuchtenden Farben und die klaren Muster und Motive standen im Gegensatz zu ihrer Stimmung. Sie hob ihren Blick und starrte an die Wand.

Fatima war das einzige Kind ihrer Eltern, und ihr Vater zögerte, sie zu verheiraten, da sie ihm den Sohn ersetzen mußte. Ihre Mutter jedoch – mit der sie sich über frauenspezifische Themen unterhielt und von der sie ihre Kenntnisse in Kunst und Geschichte hatte – fand es besorgniserregend, daß sie mit fünfundzwanzig noch immer keinen Mann hatte und sie selbst kein Enkelkind. Dennoch war sie die Stütze und die treibende Kraft in der Familie. Ihre Eltern liebten sie und konnten sie in ihrem Haus nicht entbehren. Auch die Hausangestellten mochten sie. Ihre Mutter war mit der Gemeindearbeit, mit religiösen und sozialen Aufgaben, wie der Verteilung von Almosen an die Armen in ihrer Gemeinde, und nicht zuletzt mit der Organisation des großen Haushaltes sehr beschäftigt und hatte wenig Zeit für Fatima.

In ihrem Garten hielt ihr Vater häufig religiöse Versammlungen ab. Bei einer dieser Gelegenheiten hatte die Familie Zareen kennengelernt, und seither kam diese einmal wöchentlich zu ihnen ins Haus, um ihnen die Haare zu schneiden, sie zu frisieren oder zu färben und Gesichtspflege zu machen. Fatima und Zareen fanden sich sympathisch und wurden enge Freundinnen. Zareen war von Fatimas Zimmer begeistert und genoß die Ruhe darin, wenn sie bei ihr war. Die Nachmittage, an denen sie Fatimas Haar schnitt oder es mit Henna färbte, empfand sie als reine Erholung gegenüber ihrem sonst so hektischen Beruf. In diesem Zimmer fand sie Frieden, Trost und für kurze Zeit zu sich selbst, was sonst kaum der Fall war.

Fatima lebte ein privilegiertes, behütetes Leben und glaubte, daß jeder, der den Islam befolgte, gütig, vernünftig und mitfühlend sei und Gewalt in jeder Form ablehne. Ihr Vater verabscheute Gewalt, nachdem er zwei Jahre im Gefängnis verbracht hatte, weil er sich offen gegen den Schah gestellt hatte. Von ihrer Mutter wußte sie, daß ihm bei Folterungen ein Fußnagel herausgerissen worden war. Sie hatte oft versucht sich vorzustellen, wie schmerzhaft das gewesen sein mußte und wie der Körper wohl solche Schmerzen ertragen konnte. Ihr Vater hatte sie gelehrt, daß die Geschichte des Islam voll von Kriegen, Eroberungen und blutigen Schlachten war; doch dies, so hatte er eingeräumt, sei nunmehr Vergangenheit. Was würde er zu Golis Vergewaltigung sagen? Wie würde er das sehen? Sollte sie mit ihm sprechen? Fatima hatte zwar ein gutes Verhältnis zu ihrem Vater, doch in diesem Fall war sie unschlüssig, ob sie ihn auf dieses schreckliche Erlebnis ansprechen sollte.

Eine ohnmächtige Wut und Haß auf diese Männer stiegen in ihr auf. Zutiefst erschüttert erinnerte sie sich an Golis verzerrten Blick, als diese halb bewußtlos, in Malihes Tschador gehüllt, auf dem Rücksitz von Fatimas Wagen gelegen hatte, unfähig zu sprechen. Die Erinnerung daran schmerzte sie. Noch nie zuvor hatte sie so viel Angst und Schrecken auf einem solch kleinen Gesicht konzentriert gesehen. Welche Höllenqualen mußte sie durchlitten haben! Sie versuchte, sich die Schmerzen von Golis mißhandeltem Körper vorzustellen und mit welchem Gefühl sie am nächsten Tag erwachen würde, aber es gelang ihr nicht, sich die schrecklichen Qualen dieser physischen und psychischen Vergewaltigung vorzustellen. Sie zog die Bettdecke über ihren Kopf und hoffte, daß die völlige Dunkelheit und die Stille ihre Nerven beruhigen würden. Erst als der Morgen dämmerte, fiel sie in einen unruhigen Schlaf.

Fatima war in einer religiösen Familie aufgewachsen, die der oberen Mittelschicht angehörte. Sie war schlank, hatte kurzes, glattes schwarzes Haar, das sie normalerweise bedeckt hielt, große braune Augen und eine sehr zarte, honigfarbene Haut. Sie hatte ein abgeschlossenes Jurastudium, war jetzt aber arbeitslos. Sie verbrachte immer noch die meiste Zeit an der Universität, wo sie ihren Kameraden bei der Organisation von Aktivitäten für die Revolution half. Sie stand ihrem Vater, einem islamischen Intellektuellen, sehr nahe und war stark von seiner oppositionellen Haltung gegenüber dem alten System beeinflußt. Sie kleidete sich unauffällig, trug außerhalb des Hauses meistens ein Kopftuch und grüne, schwarze oder weiße Kleider, aus Respekt vor ihrem Vater, der es nicht mochte, wenn Frauen sich in farbenfroher Kleidung zeigten. Nur wenn ihr Vater auf Vortragsreisen in anderen Städten unterwegs war – was häufig vorkam –, zog sie an, was ihr gefiel. Sie sprach leise, aber selbstsicher, war sehr nachdenklich und hatte meist einen ernsten Gesichtsausdruck. Sie war gutmütig und großzügig, manchmal aber auch unberechenbar.

17. Esphand: Malihes Nacht

Kaum daß Malihe zu Hause ankam, verlor sie die Fassung, die sie bis dahin mühsam bewahrt hatte. Ihr ganzer Körper zitterte vor Angst. Bis dahin war es ihr gelungen, sich zusammenzunehmen, doch jetzt war es mit ihrer Fassung vorbei. Sie zündete ihr kleines Heizgerät an und setzte sich dicht daneben, lehnte fast daran, obwohl ihr eigentlich gar nicht kalt war. Sie war hungrig, konnte aber trotzdem nichts essen. In dem Dämmerlicht des kleinen viereckigen Zimmers fühlte sie sich in Sicherheit, hatte aber trotzdem Angst. Die Erinnerungen an das, was sie gerade erlebt hatte, verfolgten sie. Immer noch zitterte sie an allen Gliedern. Sie hatte bei Golis Füßen gesessen, hatte sie warm gerieben, während sie für sie betete. Goli war brutal vergewaltigt und geschlagen worden. Auch ihr waren Folter und Vergewaltigung angedroht worden, als sie während der Regierungszeit des Schahs ins Gefängnis gesteckt worden war.

Malihe war fünfundvierzig Jahre alt, kräftig gebaut und dynamisch. Den Tschador trug sie nur, wenn ihr danach zumute war. Ihr rundes Gesicht mit den gütigen Augen war bereits von vielen Fältchen übersät und ließ sie älter erscheinen. Ihre Hände waren von der vielen Näharbeit rauh geworden; sie war eine Witwe, die sich ihren Lebensunterhalt als Schneiderin verdiente. Vor zwanzig Jahren war sie mit ihrem Mann auf der Suche nach Arbeit von ihrem in der Nähe von Yazd gelegenen Heimatdorf nach Teheran gezogen. Er war Bauarbeiter, und sie hatten zwei Kinder. Sie hatte insgesamt sechs Kinder geboren, aber bis auf einen Jungen und ein Mädchen waren sie alle gestorben. Sie mußte sehr hart arbeiten, um den beiden eine gute Ausbildung bieten zu können; ihre Tochter wurde Krankenschwester und ihr Sohn Chemiker. Zwischen den beiden Kindern war nur ein Jahr Altersunterschied, und die beiden waren enge Freunde, ungeachtet ihres verschiedenen Geschlechts und den damit verbundenen gesellschaftlichen Beschränkungen.

Beeinflußt durch die Gewerkschaftstätigkeit ihres Vaters, waren die beiden während ihrer Studienzeit bei sozialistischen Gruppen politisch aktiv. Nach Beendigung ihrer Ausbildung beschlossen sie, ins Ausland zu gehen, um dort zu arbeiten. Da sie auf der schwarzen Liste standen, rechneten sie nicht damit, zu Hause eine Stelle zu finden. Malihe brach fast das Herz, als sie von ihrem Entschluß hörte, aber die Kinder versprachen ihr, nur ein paar Jahre wegzubleiben, und überzeugten sie davon, daß Reisen den Horizont erweitere. Sie war ja im Grunde genommen der gleichen Meinung und sich sicher, daß sie in einem anderen Land viel dazulernen würden. Gerüchten zufolge waren sie der Palästinensischen Befreiungsfront beigetreten, und nur durch Fremde bekam sie hin und wieder kurze Nachrichten von ihnen übermittelt. Da sie die Adresse nicht kannte, konnte sie ihnen nicht schreiben; ihre beiden Kinder hielten das aber für besser so.

Ein Jahr nach ihrer Abreise erlitt ihr Mann einen schweren Arbeitsunfall und starb kurz darauf. Dadurch wurde die Abwesenheit ihrer Kinder noch schmerzhafter für sie. Sie fühlte sich von ihnen im Stich gelassen; anstatt sich um ihre älter werdende Mutter zu kümmern, setzten sie sich für fremde Dinge ein und kämpften für die Sache anderer. Sie fühlte sich einsam und vermißte ihre Kinder, ganz besonders in kalten, trostlosen Wintern wie diesem.

Vor allem ihre Tochter fehlte ihr sehr – bis Zareen sie teilweise ersetzt hatte. Eigentlich war Malihe mit Zareens Mutter befreundet gewesen, aber seit Eröffnung von Zareens Friseursalon ›Ziba Style‹ war sie eine regelmäßige Kundin und genoß es, dort mit anderen Frauen zusammenzukommen, besonders nachdem ihre zahlreichen Versuche, eine Kooperative mit anderen Schneiderinnen zu gründen, fehlgeschlagen waren.

Eines Tages – kurz vor Ausbruch der Revolution – waren Soldaten gewaltsam in ihr Haus eingedrungen, hatten sie festgenommen und ins Gasr-Gefängnis gesperrt. Sie mußte mehrere Wochen in Einzelhaft verbringen, bis sie schließlich verhört wurde. Malihe erinnerte sich an diese schreckliche Zeit. Sechs Wochen war sie im Gefängnis gewesen, war verhört worden, hatte man ihr mit Folter und Vergewaltigung gedroht, hatte man sie geschlagen und sie hungern lassen. Die an sie gerichteten Fragen konnte sie nicht beantworten: Sie wußte doch selbst nicht, wo ihre Kinder waren, wußte auch sonst nichts über sie – außer daß sie am Leben waren. Man sagte ihr, daß die beiden dem militanten Flügel der PLO beigetreten seien, daß sie an gegen Israel gerichteten Unternehmungen beteiligt gewesen seien und daß sie verhaftet würden, sobald sie ihr Heimatland wieder beträten. Sie wußte nicht, ob sie den Vernehmungsbeamten Glauben schenken sollte oder nicht; aber das war eigentlich auch egal, denn sie stimmte mit den politischen Ansichten ihrer Kinder überein und unterstützte ihre Ziele.

Goli brachte die Folterqualen, die sie erlitten hatte, die schreckliche Angst, die sie noch Monate nach ihrer Freilassung beherrscht hatte, wieder überdeutlich in Erinnerung. Nach dem Gefängnisaufenthalt war sie vollkommen zusammengebrochen, und nur der Unterstützung und Hilfe ihrer Freunde – insbesondere Zareens – war es zu verdanken, daß es ihr gelungen war, sich wieder zu fangen und ihre Energie und Tatkraft wiederzuerlangen. Wenn ihre Kinder für eine Sache kämpften, die so bedeutsam war, daß sie, die Mutter, deswegen gefoltert wurde, dann wollte sie es auch erleben, sie wohlbehalten und siegreich wiederzusehen. Sie mußte ihren Fatalismus überwinden und Stärke sammeln, um dem Leben ins Auge zu sehen, und durfte sich von der Folter nicht einschüchtern lassen, hatte sie sich im Gefängnis immer wieder gesagt. Es hatte Monate gedauert, bis sie nach der Freilassung wieder richtig hergestellt war, aber sie hatte alles erstaunlich gut überstanden und fühlte sich jetzt um einiges weiser und wußte das Leben viel mehr zu schätzen.

An jenem Abend jedoch war sie hilflos. Goli war so jung und mußte es erleiden, daß man sich an ihr verging. Wie würde ihr am nächsten Morgen zumute sein, am Tag nach dieser brutalen Nacht? Ob sie wohl genausoviel Angst hatte wie Malihe damals, als die Folterknechte im Gefängnis ihr androhten, sie zu vergewaltigen? Wie mochte es ihr nun gehen? Fror sie? Konnte sie schlafen? Fühlte sie sich mitschuldig? Machte sie sich selbst Vorwürfe, diese dunkle Gasse entlanggegangen zu sein? Haßte sie ihren Körper nun? O nein, Gott sei mit ihr. Beschütze ihre Jugend, ihre wertvolle Jugend. Sie wollte zu Goli eilen und ihr ihre eigenen Erfahrungen aus der Haftzeit erzählen, um sie zu trösten, ihr Hoffnung zu machen und sie in den Arm zu nehmen. Goli sollte wegen dieses Ereignisses keine Furcht leiden. Sie sollte sich nicht unsicher und demoralisiert fühlen. Goli mußte sich erholen, vergessen – und einen möglichst hohen Schutzwall aufbauen.

Malihe saß allein in der kalten Einsamkeit ihres Zimmers, und ihr wurde allmählich ein wenig wärmer. Doch Schlaf fand sie in jener Nacht nicht.

Sie war Damenschneiderin und liebte ihren Beruf, der es ihr nebenbei ermöglichte, alle Arten von Frauen zu treffen, potentielle Freundinnen und neue Kundinnen; einige Frauen kamen sogar zum Maßnehmen und zur Anprobe zu ihr in die Wohnung.

Ihr Leben und ihre Bedürfnisse waren nicht anspruchsvoll, aber sie hatte ein waches Auge für Ungerechtigkeiten. Seit die Revolution aus ›Ziba Style‹ eine Art ›Konferenzraum‹ der Frauen gemacht hatte, ging sie regelmäßig dorthin und beteiligte sich daran, Nachrichten zusammenzutragen und auszuwerten.

3

Der Morgen des darauffolgenden Tages war trüb und kalt. Müde zog Zareen die Vorhänge zurück und schloß die Tür ihres Friseursalons auf. Reste von Schnee lagen noch auf dem gegenüberliegenden Platz. Sie machte erst den Ofen an und dann den Samowar.

Ihr war schwindelig wegen all der Aufregungen und weil sie kaum geschlafen hatte. Sie machte sich große Sorgen um das Mädchen, wollte Goli jedoch erst am Nachmittag anrufen, da sie am Morgen sicher ausschlafen würde. Ungeduldig zählte Zareen die Stunden.

Muneer und Schabnam, ihre zwei Angestellten, trafen ein und bereiteten ihre Arbeitsplätze vor. Zareen hoffte, es würde ein ruhiger Tag werden. Die ersten Kundinnen kamen zur Gesichtspflege. Muneer begann, mit einem Baumwollfaden die Haare im Gesicht zu entfernen, und Shabnam fing an, einer Kundin die Haare zu waschen. Zareen schaltete das Radiogerät ein, drehte aber sogleich die Lautstärke herunter, da statt der erhofften Nachrichten nur Gebete zu hören waren.

Ihre Gedanken kreisten unaufhörlich um Goli. Als eine Kundin sie fragte, warum sie denn so bedrückt sei, antwortete sie ausweichend, sie habe Kopfschmerzen. Sie hoffte, daß niemand sich nach der Demonstration erkundigen würde. Was hätte sie denn antworten sollen? Die Revolution sei in die Vergewaltigung einer Frau ausgeartet? O nein, bitte laßt mich in Ruhe, dachte sie. Sie entschuldigte sich bei einer Kundin, die warten mußte. Die Frau aber antwortete, daß es ihr nichts ausmache und es entspannend sei, Muneer bei ihrer Arbeit zuzusehen, sie habe keine Eile und werde Tee machen, sobald das Wasser im Samowar zu kochen begänne.

›Ziba Style‹ war ein kleiner Damenfriseur- und Schönheitssalon. Er bestand aus einem einzigen mittelgroßen, einfach eingerichteten Raum, zu dessen Ausstattung drei Trockenhauben, drei Frisiertische mit ovalen Spiegeln, zwei Waschbecken und einige fahrbare Frisierwagen gehörten, deren Körbe mit allen möglichen Utensilien wie Scheren, Haarklammern, Pinzetten, Nagelscheren, Fußnagelzangen, Nagelfeilen und dergleichen gefüllt waren. In den Regalen eines Einbauschranks in einer Ecke des Raums waren Vorratsmaterialien verstaut sowie Besen, Bürsten, Staubtücher und Reinigungsmittel. Arbeitskittel und Frisierumhänge hingen an Kleiderhaken an einer Wand. Die Wände des Salons waren mit aus Zeitschriften herausgeschnittenen Fotos von Frisurmodellen, Postern und einem gerahmten Zitat aus dem Koran dekoriert. Das Fenster zur Straße gab den Blick auf einen kleinen Platz frei, auf dem sich ein lebhafter kleiner Obst- und Gemüsemarkt befand.

Eine weiße Spitzengardine hing vor den Scheiben und nach Geschäftsschluß konnten noch zusätzlich die bunten Baumwollgardinen zugezogen werden. Das Stimmengewirr und die Schreie der Straßenhändler drangen zuweilen vom Markt bis in den Friseursalon hinein, und umgekehrt konnte man von hier aus den farbenfrohen Anblick all der an den Ständen ausgelegten Früchte, wie Berge von Wassermelonen, leuchtende Trauben und Paprikaschoten, genießen. Der Salon war für Zareens Kundinnen günstig gelegen. Wenn sie morgens ihre Kinder zur Schule brachten oder zum Einkaufen gingen, kamen sie hier vorbei.

Vor Beginn der Revolution war die Zahl ihrer Kundinnen so groß gewesen, daß sie vier Angestellte beschäftigen und oft bis spät in die Nacht hinein arbeiten mußte. Doch nun kamen von Tag zu Tag weniger Frauen – die Hetzreden der Fundamentalisten gegen Friseursalons, Schönheitssalons, gegen Make-up und modische Kleidung zeigten Erfolg. Vielleicht würde sie bald schon gezwungen sein, auch Schabnam zu entlassen.

Zareens geistiger Dämmerzustand hielt den ganzen Morgen über an. Rein mechanisch verrichtete sie ihre Arbeit und durchlebte dabei immer wieder von neuem die Schrecken der vorangegangenen Nacht. Fatima rief an und berichtete ihr, daß auch sie eine unruhige Nacht verbracht habe und vorhatte, Goli noch am selben Tag zu besuchen.

Während der Mittagspause – die anwesenden Kundinnen unterhielten sich gerade über die Demonstration – traf Malihe ein. Zareen führte sie ins Wohnzimmer und bot ihr eine Tasse Tee an. Im Schneidersitz lehnten sie sich an die großen, auf dem Boden liegenden Kissen, die Teegläser zwischen den Händen haltend. Beide sahen besorgt und erschöpft aus und nippten schweigend und nachdenklich an ihrem Tee.

»Ich habe diese Nacht so gut wie nicht geschlafen, so sehr hat mich das gestrige Erlebnis schockiert«, gestand Malihe.

»Mir ist es nicht anders ergangen – ich habe die ganze Nacht kein Auge zugetan. Und heute morgen konnte ich mich nicht auf meine Arbeit konzentrieren, weil mir der Kopf nur so schwirrte. Ich habe noch mit niemandem darüber gesprochen... wüßte auch gar nicht, was ich sagen soll...«, murmelte Zareen und spielte nervös an ihrem Haar herum.

»Eine furchtbare Nacht war das... ich mußte ununterbrochen an Goli denken und, was alles noch schlimmer machte, dadurch kam mir meine eigene Gefängniszeit wieder überdeutlich in Erinnerung...«

Zareen beugte sich vor und strich Malihe sanft über die Schulter. »Oh, Mali, warum bist du denn nicht zu mir gekommen? Du hättest nicht allein bleiben sollen!«

»Ja, ich weiß«, erwiderte diese, »es wäre besser gewesen, wenn wir noch eine Weile zusammengeblieben wären. Ich hatte das Gefühl, als hätte mich jemand stundenlang in Eiswasser getaucht, so sehr habe ich gezittert!«

Zareen rieb ihre Hände und ihre Schultern. »Geht es dir jetzt wieder besser?« fragte sie besorgt, Malihes Hand haltend. »Sag mir, wenn ich dir irgendwie helfen kann! Ich will nachher Goli anrufen und werde sie auch von dir grüßen. Fati rief heute morgen schon an und sagte mir, daß sie Goli heute noch besuchen möchte.«

»Das ist eine gute Idee! Aber für uns wäre der Weg zu weit bis dorthin. Was hat Fati sonst noch erzählt?«

»Sie wollte wieder zur Universität gehen – auch heute finden wieder den ganzen Tag lang Demonstrationen statt...«

»Wenn ich nur wüßte, was das alles zu bedeuten hat. Was wird bloß aus uns werden? Ich habe Angst um uns Frauen«, sagte Malihe und nestelte an ihrem Tschador herum.

»...vielleicht war das ja nur ein Einzelfall«, gab Zareen zu bedenken.

»Wenn es um uns Frauen geht, gibt es keine Einzelfälle«, erwiderte Malihe bestimmt.

Mit Spannung und Ungeduld warteten sie an jenem Tag auf die Abendnachrichten. Doch sie wurden enttäuscht: weder in den Zwanzig-Uhr-Nachrichten im Radio noch in den Fernsehnachrichten eine Stunde später wurde auch nur ein Wort über die Ereignisse der vergangenen zwei Tage verloren. Niemand hielt es offenbar für nötig, über ein für die Frauen in allen iranischen Städten bedeutendes Ereignis zu berichten. Was mochte der Grund dafür sein, der Bevölkerung zu verschweigen, daß eine der größten Frauendemonstrationen zeitgleich in vielen Städten des Landes stattgefunden hatte? In den Spätnachrichten im Radio hörten sie eine kurze Meldung, laut der eine kleine Gruppe Schah-Anhängerinnen den Justizminister mit Gewehren bedroht hätten. Sie hofften, daß wenigstens in den Tageszeitungen des darauffolgenden Tages etwas über die Demonstrationen zu lesen sein würde.

Und tatsächlich: Am nächsten Morgen entdeckten sie in verschiedenen Zeitungen entsprechende Berichte – allerdings waren diese an unauffälligen Stellen plaziert und beschränkten sich auf die Meldung, daß ein paar tausend Frauen auf dem Universitätsgelände demonstriert hätten – weder ihre Beweggründe oder Forderungen, noch die Angriffe auf sie fanden Erwähnung. Fotos oder Stellungnahmen von Behörden waren keine dabei. Wie war das zu verstehen? Kam das nicht einer Nachrichtensperre gleich? Eine Unverschämtheit!

Ein paar Tage später hörte Zareen von Goli, daß es ihr wieder besser gehe, daß sie auch schon wieder an der Universität gewesen sei und eine Menge Neuigkeiten zu berichten habe. Sie verabredeten sich zum Mittagessen bei Zareen; Malihe und Fatima waren ebenfalls eingeladen. Zareen hatte bereits *ash reshteh*, einen beliebten und nahrhaften Eintopf vorbereitet, damit ihnen genügend Zeit bliebe, um miteinander zu reden. Während sie am Fenster saß und das fertige Essen auf dem Herd warmhielt, sah sie Goli herannahen.

Sie war ein wenig blaß und wirkte nervös. An ihrem Hals waren immer noch Schrammen, doch ihre Lippen waren schon fast verheilt, und sie lächelte und erzählte gleich drauflos. Als auch die anderen ankamen, gab es ein großes Hallo zwischen Goli und den drei Freundinnen. Sie umarmten sie, küßten ihr Stirn und Wange, schüttelten ihre Hände und vergewisserten sich, daß sie wieder wohlauf sei. Sie waren überglücklich, Goli nach jener schrecklichen Nacht lächelnd wiederzusehen.

Sie war gekommen, um den Frauen für ihre Hilfe zu danken. Die freuten sich unheimlich, mit ihr zusammenzutreffen, mit ihr zu sprechen und sie reden zu hören, und überhäuften sie mit Fragen: »Wie geht es dir? Wie lange hast du geschlafen? Hast du deiner Mutter etwas erzählt? Hast du überhaupt jemandem etwas davon erzählt? Hast du einen der Mistkerle erkannt? Was gibt's Neues an der Universität?«

Goli saß mit gekreuzten Beinen dicht neben dem *korsi;* Zareen entschuldigte sich dafür, daß sie das Kohlenfeuer wegen des langen Winters in diesem Jahr noch nicht weggeräumt habe, doch Goli war froh darüber, denn die Wärme tat ihr gut. Sie lehnte sich an ein Kissen, holte tief Luft und begann zu erzählen.

»Ja, ich habe nicht nur in jener Nacht, sondern sogar fast den ganzen darauffolgenden Tag geschlafen – vielleicht war es aber auch kein richtiger Schlaf – mir kam es eher so vor, als wäre ich immer wieder bewußtlos geworden... Ich hatte einen Alptraum nach dem anderen, bin ein ums andere Mal hochgeschreckt und habe dann wieder versucht einzuschlafen. Der Tag danach war die Hölle: Ich mußte mich am laufenden Band übergeben... ich hatte das Gefühl, als wäre mein Körper völlig verdreckt, ich haßte ihn und habe mich ein paarmal hintereinander geduscht, um das Gefühl loszuwerden. Außer mir war niemand im Haus... anfangs war ich darüber ganz froh, aber am Abend, als es mir wieder ein bißchen besser ging, hätte ich gern mit jemandem gesprochen, doch es war niemand da, dem ich es hätte sagen können. Meiner Mutter habe ich nichts davon erzählt – sie würde sonst in Zukunft jedesmal vor Angst vergehen, wenn ich einmal spät nach Hause komme. Und meinen Brüdern, o Gott, nein, denen gegenüber kann ich erst recht nichts erwähnen. Sie hätten dann nur eine gute Ausrede, mich von nun an ständig zu bewachen, würden mir selbstgerecht sagen, daß sie es ja schon immer gewußt hätten, daß die Straßen für Frauen gefährlich seien, daß ich gefälligst daheim zu bleiben hätte und nur noch gemeinsam mit ihnen das Haus verlassen dürfte. Oder aber sie würden Rache üben, um die Ehre wiederherzustellen. Nein, ich kann mich ihnen nicht anvertrauen! Mit einer Freundin an der

Universität habe ich schließlich darüber gesprochen. Meiner Mutter werde ich es erst erzählen, wenn die Lage im Land sich wieder beruhigt hat. Meine Freundin und ich haben uns lange unterhalten – dieses Gespräch hat mir sehr geholfen.

Aber abgesehen davon, ist an der Universität und überall sonst in der Stadt eine Menge los, und es gibt so wahnsinnig viel zu tun! Ich möchte den Kontakt zu meinen Kameraden nicht abbrechen lassen und habe mich auch schon wieder an einigen Demonstrationen beteiligt – diesmal jedoch in weniger gefährlichen Gegenden.«

Malihe und Fatima, die sich in Zareens Haus auskannten, holten das Essen herein und stellten es auf die *sofreh*, die auf dem Boden ausgebreitet war. Die vier Frauen setzten sich in einem Kreis darum – ihre über die Suppenteller gebeugten Köpfe ließen sie wie Verschwörer aussehen. Goli äußerte Bedenken wegen des Knoblauchgeruchs, doch Zareen erwiderte, daß es im Moment wohl Wichtigeres zu tun gäbe, als sich wegen so etwas Sorgen zu machen. Sie alle lachten.

Anschließend tranken sie Tee und lehnten sich entspannt in die Kissen zurück, bis Goli das Schweigen brach und anfing, ihnen zu erzählen, was sich in der Zwischenzeit an der Universität getan hatte.

»Jeden Tag passieren so viele große und kleine Dinge, daß ich gar nicht weiß, wo ich anfangen soll... Überall tauchen Männerbanden auf, die versuchen, Frauen am Betreten ihrer Seminare zu hindern, besonders Studentinnen der Agrarwirtschaft, des Bergbau-, Erdöl- und Gasingenieurwesens, der Mathematik und der Physik... Sie pöbeln sie an und sagen ihnen, sie sollten lieber Geisteswissenschaften und Hauswirtschaftslehre studieren. Weibliche Führungskräfte bei staatlichen Einrichtungen, in Fabriken und an Universitätsinstituten werden aufgefordert, ihre Stellen aufzugeben und gefälligst zu Heim, Herd und Kindern zurückzukehren. Eine Schulleiterin wurde von zwei Halbwüchsigen entführt und fünf Stunden lang verhört. Sie beschimpften und schlugen sie und drohten ihr an, daß sie wiederkommen würden, wenn sie an ihrer Schule das Tragen des Schleiers nicht für alle siebenhundert Mädchen zur Pflicht mache. Sie hat jetzt von sich aus gekündigt. An dieser Schule herrscht jetzt ein totales Durcheinander; die Lehrerinnen sind eingeschüchtert und haben Angst, daß eine von ihnen die nächste sein wird.

Derlei Nachrichten hört man jeden Tag! Bei allen Demonstrationen, Streiks und Flugblattaktionen, an denen wir beteiligt sind, stellt man auch uns ständig Hindernisse in den Weg!«

»Ich verstehe nicht, warum über die Protestaktionen der Frauen nicht berichtet wird«, sagte Zareen. »Ist denn über die Frauendemonstration eine Nachrichtensperre verhängt worden?«

»Ja, so ist es... Der neue Intendant des iranischen Fernsehens hat es untersagt, Bilder von den demonstrierenden Frauen zu zeigen«, erwiderte Goli.

»Hat er Angst, daß diese Nachrichten schädlich wären und noch mehr Frauen zum Protest ermutigen, oder befürchtet er, daß die Demonstrantinnen ihn sexuell erregen könnten – ihn und seine Geschlechtsgenossen?« fragte Malihe.

»Vielleicht beides!« rief Fatima lachend.

»Ich glaube, er will verhindern, daß damit die wahren Forderungen und Ziele der Frauen ans Licht kommen. Gerüchte bekämen dann keine neue Nahrung mehr«, fuhr Zareen fort. »Seit fünf Tagen halten Frauen nun schon alle wichtigen Ämter besetzt: das Justizministerium, die Gerichte, Fernseh- und Radiostationen, das Büro des Premierministers – und das ist erst der Anfang! Es geht nicht allein um die Kleidervorschriften, um die Entlassung von Frauen bei Fernseh- und Radiostationen oder um die Trennung der Studenten nach Geschlechtern

– sämtliche Bereiche sind betroffen, und die Zahl der Probleme wächst von Tag zu Tag. Richterinnen werden entlassen, weil die islamische Regierung behauptet, Frauen könnten nicht rational denken, die Inhalte von Schulbüchern werden abgeändert – Darwins Evolutionstheorie wird zum Beispiel herausgestrichen –, Biologiebücher werden umgeschrieben... es geschieht so viel Unsinniges, das wir bekämpfen müssen!«

»Ich habe mich am Sitzstreik vor dem Justizministerium beteiligt«, erzählte Fatima. »Siebentausend Frauen belagerten die Gerichtsgebäude! Die Mauern des Bauwerks gerieten von den Sprechchören, die die Wiedereinsetzung der Richterinnen forderten, ins Wanken! Auch ich habe im Moment nicht die geringste Chance, eine Stelle zu bekommen«, endete sie.

»Ja, sie fordern uns auf, als Sekretärinnen zu arbeiten«, sagte Goli. »Sie glauben, daß wir Frauen widerspruchslos weitere Opfer für die Revolution bringen werden. Da haben sie sich aber getäuscht!«

»Aber ich habe gehört, daß selbst die Sekretärinnen im Verteidigungsministerium gefeuert werden...«, entgegnete Fatima.

»Was?« rief Malihe. »Dann kann das Ministerium nicht einmal herausfinden, ob sie gute Spioninnen wären!«

»Nein, sie behaupten, die Sekretärinnen würden ausländische Diplomaten sexuell erregen, und dadurch würde der Imperialismus erst recht zu einer dreckigen Sache«, antwortete Zareen.

»Wie dem auch sei – wie kriegen sie es fertig, das alles nur als die Aktivitäten von ›einer Handvoll Schah-Anhängerinnen‹ abzutun?«

»Das ist mir auch schleierhaft«, meinte Fatima. »Aber es gelingt ihnen offensichtlich. Vielleicht tun sie es, um unsere Sache ins Zwielicht zu bringen.«

»Und dann können sie mit der Unterdrückung beginnen...«, fügte Malihe hinzu.

»Meinem Gefühl nach hat die schon längst begonnen«, unterbrach Zareen sie düster. »Ich habe nämlich Angst, und normalerweise kann man mir nicht so schnell Angst einjagen!«

»Ich habe auch Angst«, gestand Malihe. »Aber wir können etwas dagegen tun: Sogar im Gefängnis, in der Einzelhaft haben wir damals ein System erfunden, uns mittels Klopfzeichen durch die Backsteinmauern hindurch zu verständigen.«

»Was, du warst im Gefängnis?« fragte Goli erstaunt. Malihe nickte.

»Wie schrecklich! Du mußt mir unbedingt davon erzählen!«

»Ein andermal – im Augenblick hilft uns das nicht weiter.«

»Mein Vater hat mir berichtet, daß er im Gefängnis furchtbar zugerichtete Frauen gesehen habe: Frauen, die entsetzlich gefoltert worden waren, denen man Elektroschocks versetzt und die man vergewaltigt hatte«, sagte Fatima.

»Bitte, laß uns nicht mehr über diese schreckliche Vergangenheit sprechen«, rief Zareen aus.

»Möglicherweise ist sie noch nicht Vergangenheit«, murmelte Malihe kaum hörbar.

»Sie *ist* Vergangenheit«, beruhigte Fatima sie. »Das kann man einfach nicht miteinander vergleichen. Was bisher geschehen ist – die Entlassung von Frauen, der Versuche, uns den Schleier aufzuzwingen und die Gewalttätigkeiten – das alles waren keine Maßnahmen dieser Regierung, dahinter steckten vielmehr einzelne männliche Fanatiker oder Banden. Wir werden immer noch durch das Gesetz geschützt.«

»Du hast doch Jura studiert! Kannst du uns nicht sagen, auf welche Gesetze wir uns berufen könnten?« fragte Zareen.

»Ich glaube kaum, daß es ratsam ist, auf die Gesetze zu

vertrauen«, warf Malihe ein. »Die Revolution hat Gesetz und Ordnung sowie die alte Verwaltungsstruktur zerstört. Nichts und niemand schützt uns noch!«

»Ich dachte, du seist von Anfang an für die Revolution gewesen, Malihe. Die Regierung des Schahs war korrupt, brutal und eine Marionette des westlichen Imperialismus. Hast du deine Meinung geändert?« fragte Zareen, die die große Unruhe ihrer Freundin spürte.

»Nein, noch nicht«, erwiderte Malihe. »Ich versuche immer noch, mir eine Meinung über das neue Regime zu bilden. Bislang bin ich allerdings keineswegs davon überzeugt, daß dies das System ist, das ich mir gewünscht habe.«

»Gib der Regierung eine Chance, sich zu bewähren, Malihe«, riet ihr Fatima. »Es ist doch noch viel zu früh, um ein Urteil fällen zu können.«

»Du magst ja recht haben«, sagte Goli, »aber du mußt doch selbst zugeben, daß das, was in der Anfangsphase der neuen Regierung schon alles geschehen ist, ganz schön bedenklich stimmen muß. Es bedarf keiner großen Fantasie, um sich auszumalen, was uns Frauen noch bevorsteht!«

Jede der vier Frauen spürte den Druck der Gewalt, die Furcht vor dem, was sie auf den Straßen erwarten mochte, wenn sie daran dachten, was Goli in der düsteren Seitenstraße passiert war. Dennoch wehrten sie sich dagegen, ihrer Furcht mit Selbstbeschränkung und Selbstzensur zu begegnen und damit der schmutzigen Arbeit der Fanatiker zuvorzukommen. War es nur eine kleine Gruppe von Rowdys, die die Ungewißheit und das Durcheinander einer revolutionären Periode mißbrauchten, oder war das der Beginn einer neuen Zukunft für die Frauen? Sollten sie ruhig abwarten oder sofort etwas dagegen unternehmen? Derlei Fragen quälten die vier. Aber sie fanden weder eine Antwort darauf, noch fiel ihnen sonst eine Lösung ein. Zweifel, Verwirrung und Furcht lähmten sie, während sie schweigend dasaßen. Malihe atmete schwer in ihrem Tschador, Zareen preßte ihre gefalteten Hände fest zusammen, Goli lehnte sich mit zurückgeworfenem Kopf an das Kissen und starrte an die Decke. Fatima schien so ruhig wie ein Teich, wenn kein Kieselstein hineingeworfen wird. Die wohlige Wärme, die der *korsi* ausstrahlte, verstärkte die Spannung in ihnen, statt sie zu mildern.

4

Für den nächsten Montag war wiederum eine große Demonstration angesetzt, bei der dagegen protestiert werden sollte, daß die Regierung stillschweigend über die Verletzung der Rechte der Frauen durch die Fundamentalisten hinwegging. Im Gegensatz zu den spontanen Massendemonstrationen am 17. Esphand sollte der Protestmarsch diesmal sorgfältig organisiert werden, und es war geplant, den Revolutionsführern Forderungen und Resolutionen zu übergeben. Die Teilnehmerinnen wollten sich vor der Universität versammeln und von dort aus zum Azadi-Platz, dem für die Revolution symbolischen Platz marschieren, wo eine Kundgebung abgehalten werden sollte.

Am Sonntag vor der Demonstration fand ein Treffen statt, auf dem die organisatorischen Einzelheiten besprochen wurden. Golis größte Sorge galt der Sicherheit der Frauen, und sie nahm sich vor, dieses Thema zur Sprache zu bringen.

Wie sie erwartet hatte, platzte die Versammlung aus allen Nähten, und die Rednerinnen der verschiedenen linken Gruppierungen oder Frauengruppen gaben politische Erklärungen ab, diskutierten die Parolen für die Transparente, Planungen für Ausweichrouten, das Mitführen von Megaphonen und andere organisatorische Dinge – doch niemand machte sich Gedanken darüber, was die Frauen im Falle eines Angriffs von seiten der Fanatiker tun sollten.

Goli wurde ungeduldig. Die Frage der Sicherheit war doch der wichtigste aller Punkte, und ausgerechnet dieser schien auf der Tagesordnung nicht vorgesehen zu sein. Sie wartete ab, bis die Zuhörerinnen Fragen stellen konnten. Kaum war es soweit, schnellten unzählige Hände in die Höhe, und Goli mußte aufstehen und laut schreien, um sich bemerkbar zu machen.

Sie war sehr nervös, sprach mit zittriger Stimme und geriet immer wieder ins Stottern. »Es hat sich bislang noch niemand Gedanken über Sicherheitsvorkehrungen für die Demonstrantinnen gemacht. Wir alle wissen, daß die Fundamentalisten inzwischen bei Frauendemonstrationen systematische Angriffe starten und auch einzelne Frauen angreifen, und daß dies immer schlimmer wird. Welche Möglichkeiten gibt es, für die Sicherheit der Frauen auf den Straßen während und nach dem Protestmarsch zu sorgen?«

Völlig außer Atem setzte sie sich wieder hin. Schweigen. Wer würde ihre Frage beantworten?

Die Vorsitzende erhob sich und ging auf Golis Frage ein, indem sie ein paar Vorschläge machte, wie die Frauen sich schützen könnten. Sie verglich die Situation mit der bei den Streiks der Arbeiter unter dem alten Regime, als Polizisten und Sicherheitskräfte in Zivil diesen folgten, sie bedrohten und mit Schlagstöcken auf sie einhieben, wenn sie sich weigerten aufzugeben. Sie riet den Frauen, nicht allein, sondern in Gruppen zu gehen – insbesondere nachts – und schmale Gassen und menschenleere Straßen in den Geschäftsvierteln zu meiden. Sie sollten es den Arbeitern gleichtun und nur auf den Hauptverkehrsstraßen und innerhalb der Wohnsiedlungen bleiben, stets eine Taschenlampe mit sich führen, um einen etwaigen Angreifer damit blenden zu können.

Goli fand diese Vorschläge keineswegs zufriedenstellend. Eine andere Sprecherin machte den Vorschlag, einem Angreifer Wasser oder Erde ins Gesicht zu schleudern, falls eins von beiden gerade verfügbar sei. Die Frauen sollten stets auf der Hut sein und immer einen Gegenstand zur Selbstverteidigung dabeihaben. Wenn es schneite, zum Beispiel einen Regenschirm mit einer

Spitze, oder einen Schlüsselbund, eine Nagelfeile oder andere kleine Metallgegenstände. Gefährliche Werkzeuge wie Messer oder Scheren sollten sie nur dann mitnehmen, wenn sie gut damit umgehen könnten, denn wenn diese in die Hände des Angreifers gelangten, könnte dieser behaupten, er habe die Frau aus Notwehr damit verletzt.

Jemand anderes warf rasch ein paar Worte dazwischen: Frauen, die ein Auto besäßen, sollten andere Frauen Mitfahrgelegenheiten bieten und, was das Wichtigste sei, sie alle sollten stets flache Schuhe und weite, bequeme Hosen tragen, damit sie nicht behindert würden, wenn sie einmal die Flucht ergreifen müßten. Ebenso wie die Taschenlampe sei ein Schal oder ein Kopftuch sehr nützlich, um es dem Angreifer ins Gesicht zu werfen, vorausgesetzt natürlich, es mache der Frau nichts aus, daß der Kerl dann ihr Haar sehen würde. Die Zuhörerinnen lachten.

Eine der Veranstalterinnen gab bekannt, daß man vorhabe, alle männlichen Mitglieder linksgerichteter Gruppen zu bitten, sich an dem Protestmarsch zu beteiligen und die Frauen zu schützen. Sie war der Meinung, daß die Frauen nichts zu befürchten hätten, wenn die Linke sich geschlossen hinter ihre Forderungen und ihr Demonstrationsrecht stellen würde.

Goli fand all diese Maßnahmen zwar hilfreich, aber sie waren ihr immer noch zu dürftig. Sie bezweifelte, daß die Linke die Frauen unterstützen würde: höchstens einige wenige, aber auch das schien ihr keineswegs sicher.

Vor der Versammlungshalle erwähnte eine Frau, daß an der Universität Karatekurse angeboten wurden, allerdings nur für Männer. Eine andere schlug daraufhin vor, den Lehrer zu fragen, ob er bereit wäre, auch ihnen Unterricht zu erteilen. Von dieser Idee waren alle Umstehenden begeistert. Goli forderte alle Interessentinnen auf, sich später auf dem Universitätsgelände zu treffen, um weitere Einzelheiten zu besprechen. Ihr wurde auf einmal bewußt, daß sie sich so sehr in diese Diskussion vertieft hatte, daß ihr einige der für den kommenden Tag vorgeschlagenen Sicherheitsmaßnahmen schon wieder entfallen waren.

Einige Stunden später gesellte sich Goli zu einem Kreis enthusiastischer Frauen, darunter auch ihre Freundin Marjan, die nach jener traumatischen Nacht zu ihrer Vertrauten und fast ständigen Begleiterin geworden war. Marjan besaß ein Auto, einen alten Käfer, und da sie in ihrer Nachbarschaft wohnte, nahm sie Goli regelmäßig mit zur Universität. Marjan war ein Jahr älter als Goli, groß und schlank, hatte langes schwarzes, lockiges Haar und große braune Augen, die im Sonnenlicht honigfarben schimmerten. Goli beneidete Marjan um ihre Körpergröße, denn sie hielt sich selbst für klein und pummelig. Die beiden zogen sich häufig wegen ihres unterschiedlichen Körperbaus auf: »Warum bist du gewachsen wie eine lange, gerade Bohnenstange, wo wir anderen alle krumm und rundlich sind?« – »Sag nicht Bohnenstange zu mir, sondern lieber *Sarv Schiras* (Zypresse). Woher soll ich wissen, warum ich so gewachsen bin – vielleicht hat meine Mutter den richtigen Zeitpunkt bei Neumond abgepaßt. Wenn du willst, kann ich mir ja ihr Rezept geben lassen!« Mit einem Lachen wandten sie sich dann einem anderen Thema zu.

Ihre politischen Ansichten gingen in einigen Punkten auseinander: Marjan gehörte der militanten Linken an und arbeitete in deren Frauengruppe und dort speziell bei der Herausgabe ihrer Zeitung mit. Goli dagegen hatte sich bislang noch nicht entschließen können, einer linksgerichteten Partei beizutreten, denn ihrer Meinung nach befaßten sie sich zu wenig mit Frauenfragen, wie zum Beispiel Gewalt gegen Frauen und deren Ursachen. Sie zog es vor, unabhängig zu sein und keiner Gemeinschaft anzugehören, wenn Marjan sie auch schalt, nur Zaungast zu sein. Goli verteidigte sich mit den Worten, sie würde nur dann einer Gruppierung beitreten, wenn sie deren politischen Zielen theoretisch, praktisch und persönlich hundertprozentig zustimmen könne.

Einige der Frauen übten bereits Sportarten wie Wettlauf, Diskuswerfen oder Tischtennis aus und ermunterten die anderen, ihrem Beispiel zu folgen, um ihre Bein- und Armmuskulatur sowie ihre Fäuste zu trainieren. Sie vereinbarten, daß eine Delegation von drei Frauen an dem Tag, an dem die nächste Karate-Stunde stattfinden würde, mit dem Lehrer sprechen sollte, während die anderen in der Mensa warteten.

Goli war zufrieden – endlich bewegte sich etwas. Sie war froh darüber, aktiv etwas gegen ihre Furcht vor den Fanatikern tun zu können. Der Montagsdemonstration sah sie nun schon viel gelassener entgegen.

Nach dem Treffen beschlossen Marjan und Goli, in ein Café in der Schah-Reza-Avenue zu gehen und sich dort eine Weile auszuruhen, bevor Goli wieder losziehen mußte, um einige Plakate für den kommenden Tag zu drucken.

Das Café war klein und gemütlich. Marjan holte schwarzen Tee und belegte Brote und setzte sich zu Goli an den Tisch. Sie wollte wissen, wie es ihr denn inzwischen gehe.

»Na ja, ich versuche, so schnell wie möglich darüber hinwegzukommen«, berichtete Goli. »Ich muß es einfach schaffen, denn ich darf meine Energien nicht unnötig vergeuden, brauche in diesen ereignisreichen Tagen meinen Verstand und meine ganze Kraft, um aktiv an den Aktionen der Frauen mitarbeiten zu können. Trotzdem denke ich ständig daran. Ich hasse meinen Körper, besonders die betroffenen Stellen. Ich bade mich mehrmals am Tag, weil ich das Gefühl habe, als wäre ich immer noch an den Körperteilen beschmutzt, an denen diese Saukerle mich angefaßt haben! Ich habe keine Ahnung, wie lange es dauern wird, bis ich darüber hinweg bin. Vielleicht werde ich das niemals sein. Kann man überhaupt über so etwas, über diese Art von Körperverletzung hinwegkommen? Ich muß es einfach!«

Goli klammerte sich am Tisch fest. »Bei dem Gedanken, wieder zur Universität zu gehen, fing ich in den ersten Tagen jedesmal an zu zittern. Weil es damals dunkel war und ich die Männer nicht richtig erkennen konnte, bilde ich mir bei jedem Mann, der mir begegnet ein, der könnte einer von ihnen gewesen sein. Ich weiß einfach nicht, was ich dagegen tun kann, wie ich dieses Problem überwinden soll. Bei der Vorstellung, ihnen wieder zu begegnen, krampft sich mein Magen zusammen.«

»Du mußt unbedingt versuchen, darüber hinwegzukommen«, erwiderte Marjan. »Sollen wir beide – oder gemeinsam mit ein paar anderen – diese Gasse aufsuchen, damit du den Tatort noch einmal siehst, dich erneut der Situation gegenüberstellst und sie dadurch überwindest, indem du sie diesmal unbeschadet überstehst? Komm, laß es uns versuchen«, drängte Marjan.

»Nein! Bist du verrückt geworden?« rief Goli entsetzt. »Das ist viel zu früh. Vielleicht später einmal, wenn ich vollkommen darüber hinweg bin. Die Idee an sich ist nicht schlecht, Marjan, aber ich habe einfach Angst davor, den Männern wieder zu begegnen.«

Marjan legte beruhigend einen Arm um sie. »Das ist doch völlig unmöglich, daß du sie dort triffst. Hast du inzwischen mit anderen darüber gesprochen?«

»Nein.« Goli schüttelte den Kopf.

»Du könntest doch mit deinen Brüdern und deren Freunden darüber reden«, schlug Marjan vor, »oder melde es der Miliz an der Universität. Das könnte auf keinen Fall schaden...«

Doch Goli blieb hartnäckig. »Nein, ich möchte meinen Brüdern nichts davon sagen. Sie können mir ja doch nicht helfen, und die Miliz würde mich nur verhören. Das bringt mich nicht weiter.«

»Ich versichere dir, du wirst diese Männer nicht treffen«, beharrte Marjan. »Sie haben Angst davor, von dir gesehen zu werden.«

»Aber sie haben Gewehre ...«, erwiderte Goli.

»Glaub mir, Goli, sie wurden doch von drei Frauen beobachtet: Insgesamt sind es vier Frauen, die gegen sie aussagen können! Sie werden sich hüten, sich in dieser Gegend noch einmal blicken zu lassen ...«

»Das heißt aber noch lange nicht, daß sie es nicht irgendwo anders tun. Ich möchte mich an ihnen rächen ... ihnen große Schmerzen zufügen!« Goli ballte die Fäuste.

»Aber ...« Marjan verstummte. Golis Gesicht, ihre Lippen mit den frisch verheilten Wunden waren schmerzverzerrt. Sie hörte Marjan gar nicht, war völlig abwesend.

Die beiden Frauen sahen sich an, blickten auf ihre halbleeren Teegläser und die halbverzehrten Sandwiches.

Marjan dachte darüber nach, was Goli soeben gesagt hatte, wollte etwas erwidern, blieb aber stumm. Sie saßen still da, das Schweigen sickerte ein wie verschütteter Tee in ein weißes *sofreh*-Tuch.

Goli traute ihren Ohren nicht, als sie am Abend die Nachrichten hörte. Müde und hungrig war sie nach Hause gekommen, nachdem sie an zwanzig verschiedenen Stellen Plakate abgeliefert und viertausend Flugblätter verteilt hatte. In den Nachrichten wurde verkündet, daß die Regierung, die bislang sämtliche Protestveranstaltungen der Frauen ignoriert hatte, die Frauen aufforderte, nicht an der für den Montag geplanten Demonstration teilzunehmen. Nicht nur über den Rundfunk, sondern offenbar auch über das Fernsehen ließ die Regierung die Anweisung verbreiten, daß die Frauen nicht zum Azadi-Platz marschieren sollten, weil es keinen Grund für einen Protestmarsch gäbe. Der Premierminister der Übergangsregierung habe erklärt, daß es keineswegs zur Pflicht gemacht werde, einen Schleier zu tragen, und daß gegenteilige Verlautbarungen auf einem Mißverständnis beruhten. Die Frauen hätten nichts zu befürchten, ihre Rechte seien keinesfalls bedroht und würden von der Revolutionsregierung respektiert. Folglich sei die geplante Demonstration völlig unnötig und richte sich gegen die Revolution. Außerdem wurde erklärt, daß die Regierung für die Sicherheit der Frauen, die diese Warnung ignorierten, nicht garantieren könne.

Goli war verängstigt und verärgert. Sofort rief sie die anderen Organisatorinnen an. Was hatte das zu bedeuten? Zumindest hatte die Regierung mittels dieser landesweiten Erklärung zugegeben, daß Pläne für eine Demonstration von Frauen existierten. Es stand jedoch zu befürchten, daß die Regierung dies nur zugegeben hatte, um zukünftige Demonstrationen zu unterbinden. Womöglich ließen sich die Frauen dadurch einschüchtern und würden am nächsten Tag zu Hause bleiben. Und wenn nur wenige Demonstrationswillige erschienen, käme das einer Niederlage gleich. Ein Keil würde damit zwischen die Frauen getrieben, die zuvor weitgehend einer Meinung gewesen waren.

Die Organisatorinnen vereinbarten, sich am nächsten Morgen in aller Frühe vor der Universität zu treffen, um das weitere Vorgehen zu besprechen.

Goli und Marjan machten sich am Montagmorgen gemeinsam auf den Weg. Als sie die Universität erreichten, stand schon eine Anzahl von Frauen außerhalb des versperrten Haupttores in der Kälte. Das wie zwei geöffnete Buchseiten aussehende Tor war zusammengekettet. Die Frauen wollten ihren Augen nicht trauen.

Wut packte sie. »Macht das Tor auf! Macht das Tor auf!« schrien sie zornig. Die Wachposten blieben ungerührt. Die Frauen schrien noch lauter, und einige von ihnen begannen schließlich über das Gitter zu klettern und ermunterten die anderen, es ihnen gleichzutun. »Schande über euch! Diese Kette gehörte dem Schah, gehört sie nun etwa der Revolution?« riefen sie. Schließlich ließen sich die Wachen umstimmen – entweder durch die über das Tor kletternden Frauen oder durch das Geschrei –, lösten die Kette und ließen die Frauen hinein.

Die Versammlung begann in erregter Stimmung. Zwei gegensätzliche Meinungen wurden im Saal hin und her geschleudert. Einige Frauen waren davon überzeugt, daß den Worten der Regierung kein Glauben geschenkt werden dürfe. Sie waren fest entschlossen, den Protestmarsch durchzuführen, dem Premierminister ihre Resolution zu übergeben und auf einer Antwort zu bestehen. Der andere Teil war dagegen, den Marsch zu unternehmen. Sie hielten es für geraten abzuwarten, da die Regierung ja erklärt habe, daß das Tragen des Schleiers nicht zur Pflicht gemacht werde. Ein Protestzug käme zu diesem Zeitpunkt einer Provokation gleich.

Daraufhin entbrannte eine erregte Diskussion. Würde die Linke sich wie abgesprochen am Protestmarsch beteiligen? Einige der Anwesenden befürchteten mögliche Vergeltungsmaßnahmen von Seiten der Fanatiker, wenn die linken Gruppen sie nicht unterstützen und schützen würden. Der Kreis um Goli und Marjan wollte sich auf keinen Fall einschüchtern lassen und den Protestmarsch wagen. Hinter ihnen rief eine Schar von Frauen im Sprechchor: »*Rahpaymai* – Wir wollen marschieren! Wir wollen marschieren!«

Es hieß, daß ein Teil der Militanten Linken und des Radikalen Islam gegen den Marsch sei. »Typisch«, meinte Goli, »unsere Revolutionäre vertreten wieder die am wenigsten revolutionäre Ansicht.« Ein Teil von ihnen hatte sich jedoch bereit erklärt, die Frauen zu unterstützen und zu schützen. Jemand schlug vor, einfach abzustimmen, um dem ewigen Hin und Her ein Ende zu machen. Doch daraufhin brach ein erneutes Gerangel aus. Wie weit sollte der Demonstrationszug marschieren? Einige Frauen wollten die Demonstration auf das Universitätsgelände begrenzen. Eine große Zahl Frauen bestand darauf, die

Kundgebung wie geplant auf dem Azadi-Platz abzuhalten. Kaum hatte es sich bei der Abstimmung herausgestellt, daß die Mehrheit für die Durchführung des Protestmarschs war, verloren sie keine weitere Zeit, sondern zogen mit den Parolen ›Wir haben eine Revolution gemacht, damit wir marschieren können‹ und ›Auf, wir marschieren zum Azadi-Platz!‹ auf den Lippen in Richtung Tor.

Singend strömten sie aus dem Hof hinaus, an zwei Rednerpodesten vorbei, auf denen Regierungstreue standen, die sie anwiesen, der Regierung zu gehorchen und nicht zu demonstrieren. Sie warnten die Vorbeiziehenden, daß die Regierung nicht auf ihrer Seite stünde, falls Gewalt ausbrechen würde. Doch die Demonstrantinnen schenkten ihnen keine Beachtung und drängten vorwärts in die Schah-Reza-Avenue.

In jenen Tagen war der Universitätsbetrieb eingestellt. Vor Beginn der Revolution hatten sich in der Universität die Gruppen versammelt, die den Schah stürzen wollten. Diese waren dann abgelöst worden durch verschiedene linksgerichtete Parteien, die revolutionäre Aktivitäten planten, und in der vergangenen Woche schließlich waren es die Frauen gewesen, die die Universität zum Zentrum ihrer Aktionen machten.

Goli fand, sie habe im vergangenen Jahr mehr über das Leben, den Lebenskampf, die Geschichte der Kämpfe in aller Welt und speziell über den endlosen Kampf der Frauen gelernt als während ihres ganzen Studiums. Und sie hatte schnell gelernt. Die Universität war eine wirkliche Stätte der Gelehrsamkeit für sie. Die Protestschreie der Frauen rissen sie aus ihren Gedanken.

Sie befanden sich auf der Straße, im Freien, in der Öffentlichkeit, inmitten all der anderen Menschen, die sich im Stadtzentrum Teherans aufhielten. Sie demonstrierten, machten auf sich aufmerksam, protestierten öffentlich vor allen Leuten. Die Öffentlichkeit war Zeuge ihres Protestes.

»O Gott«, seufzte Goli aus Erleichterung über diesen ersten kleinen Sieg. Welcher Anstrengungen bedarf doch das Recht, öffentlich zu protestieren. Die Menge strömte die lange Avenue entlang und gewann an Kraft und Schwung. Goli befand sich geschützt inmitten eines Kreises von Freundinnen – ein wenig ängstlich und nervös zwar, aber doch voller Begeisterung, auf dem langen Marsch zum Azadi-Platz dabeizusein, einer Strecke von ungefähr sechs Meilen. Sie wagte sich nicht aus diesem sicheren Kreis heraus. Erinnerungen an den 17. Esphand und die damalige Demonstration stiegen in ihr auf.

Die Menge war kleiner, als sie erwartet hatte. Die Organisatorinnen hatten gehofft, dieser Demonstrationszug würde doppelt so lang werden wie der vorhergehende, insbesondere weil sie wußten, daß Frauen in anderen Städten – Isfahan, Schiras, Täbris und Ahvas – gleichzeitig demonstrieren wollten. Die über den Rundfunk verbreitete Warnung schien die Frauen eingeschüchtert und in zwei Lager gespalten zu haben.

Bunte Transparente flatterten über den Köpfen der Frauen im blassen Sonnenlicht. In großen Blockbuchstaben standen darauf ihre Forderungen nach Gleichberechtigung und Achtung der Würde der Frau: ›NEIN ZU EINEM ISLAM, DER DIE FRAUEN VERSKLAVT!‹; ›DIE IRANISCHEN FRAUEN WERDEN IHRE FESSELN SPRENGEN!‹; ›EIN ANGRIFF AUF UNS FRAUEN IST EIN ANGRIFF AUF DIE REVOLUTION!‹; ›WEG MIT DER ZENSUR!‹. Einige der Plakate waren handbeschriebene Papierbahnen, beidseitig mit Slogans beschriftet wie: ›Die Befreiung der Frau ist das Maß für die Befreiung der gesamten Gesellschaft‹; ›Wir verurteilen Diktatur in jeder Form; Rückschritt in jeder Form ist nicht akzeptabel‹; ›Wir zerbrechen keine Fensterscheiben, wir zerbrechen Götzenbilder‹. Auf kleinen Papierbögen standen Sätze wie ›Laßt die Geistlichen den Schleier tragen!‹; ›Liefert uns nicht den Mullahs aus!‹.

Die Menge bewegte sich vorwärts und nahm an Größe und Dynamik zu. Die Nachzüglerinnen schienen ihre anfänglichen Bedenken verworfen zu haben und nahmen nun doch an der Demonstration teil, zeigten damit, daß sie der Regierungserklärung keinen Glauben schenkten. Eine mißtrauische Stimmung, das Gefühl verraten worden zu sein, war vorherrschend. Die Wut der Frauen, der hohe Grad ihrer Frustration und Enttäuschung, war aus ihren Protestliedern herauszuhören: »›Jede Minute, hier und dort und überall, unter Folterqualen, haben wir es gesagt und werden wir es immer wieder sagen: entweder Tod oder Gleichberechtigung... jede Minute...‹«

Die Rufe wurden immer leidenschaftlicher, die Luft war erfüllt von Protest. Die Frauen verlangsamten hin und wieder ihren Schritt, und die Männer von der Linken – Parteigenossen, Kollegen, Freunde, Cousins, Ehemänner und Väter – hielten sich an den Händen und bildeten an beiden Seiten des Zuges eine Kette, um die Frauen vor der feindlichen Menge zu schützen, erklärten sich damit solidarisch mit ihnen. Die Zahl der Zuschauer auf den Gehsteigen wuchs ebenfalls, ein Teil von ihnen winkte dem Zug zu, andere beschimpften die Frauen. Gruppen von Fanatikern riefen: »Prostituierte!« – »Nur Prostituierte zeigen ihre Haare in der Öffentlichkeit!« – »Schleier auf oder Schläge drauf!« Ihre Stimmen klangen hart und gnadenlos. Ihre Blicke waren erbost, ihre Gesichter verschlossen und verzerrt, Haß auf die Frauen sprach daraus. Ihr Hohngelächter und ihre selbstgerechten Anschuldigungen brachten die Frauen in Wut.

Die unverschleierten Haare der Frauen, die unverhüllten Gesichter und die farbenfrohen Kleider hatten diese offene und heftige Feindseligkeit provoziert. Die Frauen hatten sich absichtlich bunt und hübsch gekleidet, hatten sich auffällig geschminkt, ihre Haare schön zurechtgemacht. Der Schneefall hörte auf, die Luft war trocken und frisch, und das dunkle, glänzende Haar der Frauen wehte unter den großen Transparenten. Viele hatten an jenem Tag besonders viel Sorgfalt auf ihr Haar verwandt, stolz auf dessen Macht, stellten sie es zur Schau. Ihr Haar war der Paß für die Freiheit oder der Stempel für die Gefangenschaft – der Ausgang dieser Revolution würde zeigen, welche der beiden Möglichkeiten zutraf.

Befürworterinnen der Regierung standen unruhig auf den Gehsteigen, einige hielten Plakate hoch mit Aufschriften wie: ›Wir sind moslemische Frauen und sollten die Regierung unterstützen!‹ Auf Plakaten linker, aber regierungstreuer Gruppen standen Slogans wie ›Spaltet die Revolution nicht!‹. Doch die Demonstrantinnen ließen sich davon nicht beirren und reagierten darauf mit Sprechchören wie ›Keine Einheit auf meine Kosten!‹; ›Ich bin mein eigener Gott!‹; ›Wir verdammen Rückschritt jeder Art!‹; ›Wir verdammen Unterdrückung in jeder Form!‹; ›Freiheit, Gleichheit, Unabhängigkeit!‹; ›In der Morgendämmerung der Freiheit haben Frauen keine Freiheit!‹.

Goli fühlte sich unwohl. Die Gesichter der Fanatiker ängstigten sie. Würde sie hier ihren Peinigern begegnen? Würde sie diese erkennen? Mit Sicherheit würde sie deren Stimmen wiedererkennen. Was könnte sie tun, falls sie sie zwischen den Umstehenden entdeckte? Sie stimmte in die Sprechchöre mit ein, doch ihre Gedanken jagten hin und her. Sie hängte sich bei Marjan ein und versuchte, sich auf die Demonstration zu konzentrieren.

Auf den Gehsteigen sammelten sich immer mehr Zuschauer an. Geschäftsleute, Hausfrauen und Arbeiter liefen neugierig auf die Straßen und beobachteten die vorbeiziehenden Protestierenden oder winkten ihnen zu. Auf den Balkonen der neunstöckigen Schafa-Klinik standen Krankenschwestern, Helferinnen und Küchenpersonal, warfen den Demonstrantinnen Kußhände zu oder streckten ebenfalls ihre geballten Fäuste nach oben. Die marschierenden Frauen erwiderten ihre Solidaritätsbekundungen und riefen: »*Oorood bar parastar!* – Wir grüßen euch Krankenschwestern!«

»Sie werden ihre Schwesterntracht nicht mehr lange tragen können«, meinte Marjan. »Bald werden auch sie sich von Kopf bis Fuß in einen langen *kafan* einhüllen müssen.«

»Und anstatt die Kranken zu pflegen, werden sie dann für sie beten«, fügte Goli hinzu.

Der Protestzug bewegte sich gemächlich und kraftvoll voran. Der Marsch verlief friedlich und gewaltfrei, nur einige der erst vor kurzem entlassenen Angestellten der Fernsehstationen riefen den islamischen Fanatikern und Reaktionären wütend zu: »Wir werden nicht aufgeben!« – »Tod oder Freiheit!«. Ihre Stimmen klangen heiser. Unter ihnen waren Moderatorinnen, Ansagerinnen, Nachrichtensprecherinnen, Programmgestalterinnen und Produzentinnen, die allein wegen ihrer Geschlechtszugehörigkeit entlassen worden waren. Teilweise waren ihnen niedriger dotierte Stellen auf einer niedrigeren Stufe angeboten worden, bei denen sie unsichtbar geblieben wären und hinter den Kulissen gearbeitet hätten. Sie waren dem neuen Intendanten des islamischen Fernsehens ein Dorn im Auge gewesen. Ihre unverhüllten Gesichter, ihre alleinige Anwesenheit auf der Mattscheibe wurden von den männlichen Fundamentalisten als Affront empfunden. Und jetzt schlugen sie zurück. »Prostituierte!« – »Schah-Anhängerinnen!« – »Auslandsagentinnen!«. Die Worte schossen wie Gewehrkugeln aus ihren Mündern, wie um sie zu verletzen. Die Heftigkeit, das Ausmaß des zutage tretenden Hasses, war haarsträubend.

Der Block parteiunabhängiger Feministinnen lief schweigend im Protestzug mit. Der Trupp wurde wieder langsamer, da die Frauen ermüdet waren, aber ihr Enthusiasmus ließ nicht nach. Sie genossen ihre Macht, nun schon seit einer Woche so wirkungsvoll und ausdauernd gegen das frauenfeindliche Regime protestieren zu können. »*Azadi! Azadi!*« – »Freiheit! Freiheit!« riefen sie im Chor. »›Wo wir auch sind, wir singen *azadi, azadi* – unter dem Schah, unter dem Islam, unter den Mullahs! *Azadi, azadi!*‹«

Zwei in schwarze Tschadors gehüllte ältere Frauen tanzten zwischen den gegnerischen Zuschauern auf dem Gehsteig zum Rhythmus des Wortes *azadi*. Mit der einen Hand hielten sie den Schleier dicht vor ihrem Gesicht zusammen, aber ihre Arme und Körper wiegten sich im Rhythmus der Sprechchöre: »›Unter dem Schah, unter den Mullahs, *azadi, azadi, azadi*...‹«

Ein ausländisches Kamerateam filmte den Protestmarsch; die Kameras surrten und dokumentierten das Ereignis. Als eine elegante junge Frau inmitten der Demonstrantinnen das Kameraobjektiv erblickte, zog sie ihren Lippenstift heraus und übermalte damit dick ihre Lippen. Eine Frau unter einem bunten Schleier rief einem weiblichen Mitglied des Kamerateams zu: »Madam, Madam, bitte hören Sie mir zu... berichten Sie der Welt... wir kämpfen hier für unsere Freiheit.« Das Mikrofon wurde auf sie gerichtet. »... für die Freiheit unserer Kinder... wir fordern ihre Freiheit, denn sie sind unfrei! Ist das vielleicht Freiheit? Wir haben gegen den Schah protestiert, viele von uns sind für die Revolution gestorben. Wir haben für die gesamte Gesellschaf gekämpft, jetzt kämpfen wir für unsere eigenen Rechte... Madam, meine Tochter ist im Krankenhaus. Fanatiker haben ihr das Nasenbein zertrümmert; ihre Lippen mußten mit zehn Stichen genäht werden! Niemand hört auf uns, niemand schützt uns! Sind diese Greueltaten etwa typisch für den Islam? Berichten Sie der Welt davon, ich danke Ihnen!« Die Kamera filmte sie, das Mikrofon zeichnete ihre Stimme auf, machte ihre Worte unsterblich.

Plötzlich geriet der Demonstrationszug ins Stocken. Panik kam auf. Doch die Organisatorinnen beruhigten die Menge, informierten sie über Megaphone, daß der Zug an eine große Kreuzung gelangt und durch das Aufeinanderstoßen mit einem Zug aus nördlicher Richtung ins Stocken geraten sei. Auch Goli und Marjan mußten stehenbleiben.

»Ist dir aufgefallen, daß die neue Regierung bislang nur zum Schlag gegen Frauen in höheren Berufen ausholt? Die mit einer guten Ausbildung, einer einflußreichen Stellung und mit einem hohen Ansehen?« bemerkte Goli. »Wenn es der Regierung gelingt, ihren Widerstand zu brechen, dann wird der Rest – Arbeiterinnen, Angestellte im Dienstleistungsgewerbe, Bäuerinnen und Teppichweberinnen – bald auch verloren sein.«

Marjan stimmte ihr ernst nickend zu. »Diese Revolutionsregierung glaubt anscheinend, es sei einfacher und billiger, ein Land ohne Universitäten, Ausbildung, Wissenschaft, Krankenhäuser und Unterhaltung zu regieren, dafür nur mit Gebeten, Grundnahrungsmitteln, Krieg, Märtyrertum und gen Himmel gerichteten Augen«, fuhr Goli fort.

»Sei doch nicht so zynisch«, erwiderte Marjan scharf. »Natürlich wollen sie Krankenhäuser, Universitäten und das Fernsehen, doch soll es das alles nur für die Männer geben und unter der Kontrolle der Männer sein.«

»Trotzdem ließe sich ein Land doch rationeller regieren, wenn man nur um das Wohl der einen Hälfte der Bevölkerung bedacht sein bräuchte – auf Kosten der anderen Hälfte. Und wenn diese dann protestiert, macht man sie einfach kalt«, fuhr Goli fort, im Sinne des islamischen Fatalismus zu argumentieren.

»Wenn du wirklich glaubst, daß sich die Dinge in diese Richtung entwickeln werden, dann vergeuden wir hier nur unsere Zeit«, entgegnete Marjan, die mit dieser Vereinfachung nicht einverstanden war.

»Vielleicht tun wir das wirklich.« Golis Stimme und Stimmung war gedrückt.

»Ach, Goli, sieh doch nicht alles so pessimistisch. Unterschätze diese Demonstration unserer Stärke nicht. Laß uns weitergehen und es genießen. Schließlich erleben wir nicht jeden Tag eine so große Ansammlung von Frauen.«

Nach einer Weile setzte sich die Menge wieder in Bewegung, wälzte sich langsam unter der blassen Wintersonne voran. Das Jahr neigte sich dem Ende zu. In jedem anderen Jahr wären die Frauen um diese Zeit mit Großeinkäufen, Kuchenbacken, Frühjahrsputz, dem Einweichen von Körnern und der Aussaat neuer Pflanzen beschäftigt, außerdem mit dem Nähen neuer Kleider und dem Einkaufen von Geschenken für ihre Kinder – mit all den traditionellen Vorbereitungen für *nouruz*, das Neujahrsfest.

In diesem Jahr jedoch hatten die Frauen keine Zeit für derartige Vorbereitungen. Sie hatten Wichtigeres zu tun: es galt, um ihre Existenz zu kämpfen. Das alte Jahr schien nicht vergehen zu wollen, das Jahresende kam und kam nicht näher. Und außerdem ging das Gerücht um, daß die Neujahrsfeiern wegen ihrer vor-islamischen und weltlichen Bezüge verboten werden sollten.

Müdigkeit befiel die Frauen. Sie waren mittlerweile mehr als fünf Meilen gelaufen. Sie spürten die Erschöpfung zwischen ihren Schulterblättern, und ihre Fußsohlen schmerzten. Das riesige Monument am Azadi-Platz war schon in Sichtweite, ein weiß-blauer Marmorbogen, dessen einfache Geometrie erhaben wirkte. Der Schah hatte es zum Gedenken an seinen vierzigsten Geburtstag bauen lassen, doch der riesige Platz, auf dem es stand, war inzwischen zu einer Stätte geworden, an der zahlreiche revolutionäre Versammlungen abgehalten wurden.

Als die Frauen das Monument in einiger Entfernung erblickten, atmeten sie erleichtert auf, die Sprechchöre verstummten, um die Energien für die zentrale Kundgebung auf dem Platz und für die restlichen Stunden des Tages aufzusparen. Auf den Gehsteigen standen jetzt Frauen mit ihren Töchtern, die gerade aus der Schule gekommen waren und nun eingehakt bei ihren Müttern, lachend, erstaunt oder ergriffen zusahen, mit dem offenen, breiten Lächeln der Jugend. Die neue Generation.

Die Frauen hatten es bald geschafft. Ein organisierter, friedlicher Protestzug näherte sich seinem Ziel. Aufatmen, Scherzen, hoffnungsfrohe Erwartung, Männer, die den durstigen Frauen Wasser reichten.

»Nur noch ein paar Meter, dann sind wir da! Dort vorne ist schon der Azadi-Platz zu sehen«, sagte Goli.

»Wie schön das große, elegante Monument doch aussieht! Stolz und erhaben, als reiche es bis zum Himmel. Vielleicht finden wir darunter einen Platz, wo wir uns niederlassen können«, sagte Marjan.

Die Frauen strömten auf den Platz zu. Dies war der Beginn eines Ereignisses, das Geschichte machen würde. Die Spannung ließ nach, vom Springbrunnen wehte eine kühle Brise herüber. Viele lachten in Vorfreude auf das kühle Naß, in das man die Hände eintauchen konnte, sich den Schweiß abwischen und das Haar befeuchten konnte. Die Spitze des Zuges erreichte den Platz.

Zögern, Gemurmel, aufsteigende Zweifel. Leichte Panik. Ordner liefen hin und her. Die Frauen wurden aufgefordert, sich hinzusetzen. Wellenartig, als würden Flaggen zusammengefaltet, setzten sich die Frauen hin. Aus der Hocke hatten sie einen besseren Blick auf die umliegenden Häuserdächer. Auch darauf saßen winkende Frauen. Hinter den Wohnhäusern ragten die schneebedeckten Berge auf, rahmten den Platz ein.

Plötzlich vernahm Goli eine bekannte Stimme.

»Oh, Gott sei Dank, endlich haben wir dich gefunden. Wir haben dich doch in dieser Menge von dreißigtausend Frauen gesucht!« Freudestrahlend begrüßten Malihe und Fatima Goli.

»Wo habt ihr Zari gelassen?« fragte diese die beiden und blickte sich suchend um.

»Sie konnte ihr Geschäft heute nicht schon wieder schließen. Sie sagte, sie wolle ein anderes Mal wieder teilnehmen, denn es würde sicher noch mehrere Demonstrationen geben. Schade, daß sie nicht kommen konnte«, antwortete Fatima.

Sie standen am Rand des Platzes und blickten auf das Meer von farbenfroh gekleideten Frauen, das sich von einem Ende der Schah-Reza-Avenue bis ans andere ausdehnte. Ein erhebender Anblick, leuchtend und schön wie ein Perserteppich, unter Schmerzen gewebt.

Auf einmal ging ein Raunen durch die Menge, wellenförmige Bewegungen entstanden, als die Frauen sich erhoben. Laute Schreie ertönten, dazu zornige, drohende Männerstimmen. Während sie sich erhoben, stimmten die Frauen wütende Sprechchöre an. Furcht ergriff Goli. Nein! Was ist da vorne bloß los? Warum gehen wir nicht weiter? Von ihrem Standpunkt aus konnte sie nichts erkennen. »Was geht da vor?« riefen die Frauen ängstlich.

Panik bemächtigte sich Goli. »Bitte, Marjan, bring mich nach Hause«, flehte sie. »Ich habe Angst.«

Ihre Freundinnen nahmen sie in die Mitte. »Wie sollen wir denn aus dieser Menge herauskommen? Sie zu verlassen ist gefährlicher als hierzubleiben«, beschworen sie sie.

»Mein Magen krampft sich zusammen, ich halte das nicht aus, mir ist schlecht. Ich mache mir vor Angst gleich in die Hose«, erwiderte Goli. Sie zitterte am ganzen Körper. Ihre feuchten Hände klammerten sich an die anderen. Es blieb ihnen nichts anderes übrig, als sich einen Weg durch die unruhige Menge zu bahnen; sie entschuldigten sich, erklärten, versuchten, zu einem Taxi zu gelangen oder wenigstens einen Platz zu finden, an dem sie sich verstecken konnten.

Malihe und Marjan beschlossen, Goli zu begleiten. Fatima wollte bleiben, half den anderen bis zum Gehsteig und kehrte zu ihren Freundinnen zurück, sobald die drei zwischen den Zuschauern verschwunden waren. Eine große Zahl aufgebrachter Männer drängte sich auf den Platz und forderte die Frauen wütend auf, nach Hause zu gehen und der Revolution zu gehorchen. Hinter ihnen war alles durch grüne Busse abgeriegelt.

Doch die Frauen ließen sich nicht einschüchtern, sondern stimmten laute Protestrufe an: »Wir lassen uns nicht unterwerfen – mit und ohne Schleier stürzten wir den Schah, mit und ohne Schleier kämpfen wir für unsere Freiheit!« und »Wir wollen eine Kundgebung! Wir wollen eine Kundgebung!« Die Rufe der Frauen schürten nur den Zorn der Männer. Eine immer größer werdende Menge bewegte sich mit gesteigerter Wut auf die Frauen zu und versuchte, sie zu umzingeln. Sie sahen brutal, arm und zerlumpt aus. Sie waren bewaffnet – ihre Jacken beulten sich durch die darunter versteckten Waffen aus. Ein paar gutgekleidete, bürgerlich aussehende Männer waren ihre Anführer.

Die Frauen hielten verzweifelt nach der Miliz Ausschau. Wo waren sie, die Wächter der Revolution? Warum waren nur vereinzelt welche von ihnen zu sehen? Warum drängten sie die Fanatiker nicht zurück? Panik griff auf die Frauen über wie Feuer auf einen trockenen Wald. Einige Frauen riefen um Hilfe, ihre Rufe vermischten sich mit den Sprechchören. Aus allen Richtungen tauchten die Fanatiker auf, schienen die Frauen an Zahl zu übertreffen, versuchten sie einzukreisen. Die Frauen außerhalb des Platzes waren immer noch entschlossen, auf den Platz zu gelangen. Das Gedränge explodierte zur Gewalt, der Geruch von Tränengas breitete sich aus, Kanister wurden in die Menge geworfen. Das Gas brannte in ihren Augen, sie husteten, ihre Augen wurden blind vor Tränen. Männer gingen auf die Reihen der Frauen los, versuchten, sie aufzubrechen.

Die Kette der männlichen Schutzpersonen war auseinandergerissen, verzweifelt versuchten sie, die eindringenden Fanatiker abzuwehren. Doch sie wurden ebenfalls angegriffen und waren gezwungen, sich selbst zu verteidigen. In ihre Reihen waren tiefe Breschen geschlagen. Die Angreifer hatten jetzt ihre Waffen gezückt und trieben die Menge auseinander; Frauen wurden herumgestoßen und geschlagen. Sie versuchten, wegzulaufen, sich in Sicherheit zu bringen, aber überall herrschte nun Verwirrung und Durcheinander. Die Furcht der Frauen stachelte die selbstgerechte Gewalt der Männer an. Niemand stellte sich ihnen entgegen, niemand gebot ihnen Einhalt – weder die Miliz, noch die Zuschauer. Hier war ihre Chance, die Frauen niederzuschlagen, sie ein für allemal zur Unterwerfung zu zwingen. Die unbewaffneten und auf einen solchen Kampf nicht vorbereiteten Demonstrantinnen spürten, wie ihr Widerstand schwand. Eine verschleierte Frau neben Fatima stolperte über ihren Tschador und wurde niedergeknüppelt. Fatima wollte ihr zu Hilfe eilen und wurde ebenfalls angegriffen. Ein Schlagring traf ihr Auge. Herablaufendes Blut machte ihr Auge blind, und sie fiel auf den Boden. Über ihr ging der Kampf weiter. Es war ein langanhaltender Kampf. Die unbewaffneten Frauen waren einfach eingefangen worden. Man hatte sie umzingelt und eingekesselt.

Am Abend, als die Fanatiker in ihren grünen Bussen abgefahren waren, war der Azadi-Platz ruhig und menschenleer, eingehüllt in eine Decke aus Dunkelheit und Schweigen. Die rechteckigen weißen Marmorplatten, mit denen der Platz gepflastert war, waren übersät mit Haarbüscheln in allen Farben, Haarnadeln, zerrissenen Schals, Blut, leeren Handtaschen, Schminkkassetten und zerbrochenen Spiegeln. Ein Kinderschuh schwamm einsam im Brunnen. Überall lagen Papierschnitzel, Plakatfetzen und mittendrin ein kleiner handgeschriebener Zettel, zerknittert und zertreten, auf dem zu lesen stand: ›Laßt uns nicht allein mit den Mullahs!‹. Auf dem Rasen lag eine Schultasche. Schweigende Mahnmale. Kostbarer Schrein einer verlorenen Hoffnung.

5

Zareen war völlig fassungslos, als sie am gleichen Abend noch erfuhr, daß Fatima wegen einer Verletzung am Auge ins Krankenhaus eingeliefert worden war, und hätte sie am liebsten gleich besucht. Doch ihr Mann riet ihr, dies auf den nächsten Tag zu verschieben, denn auf dem Weg zum Krankenhaus müßte sie mindestens sechs Kontrollposten des Komitees passieren, und an jedem einzelnen würde sie zahlreiche unangenehme Fragen beantworten müssen. Während sie im Bett lag, spukten Bilder von verletzten, blutüberströmten Körpern in ihrem Kopf herum, von Fatima, wie sie hilflos und verwundet, vielleicht sogar erblindet, auf dem Pflaster lag.

Zareen konnte nicht einschlafen. Bei dem Gedanken an die Schmerzen, die Fatima zu ertragen hatte, und bei der Vorstellung, daß ihr Auge möglicherweise erblindet war, stockte ihr das Herz. Sie stand wieder auf, wanderte rastlos durch das Haus und schwor den Männern Rache, die ihrer engsten Freundin dies angetan hatten. Gegen Morgengrauen weinte sie sich in den Schlaf.

Goli war unbehelligt nach Hause gekommen, erwachte aber am nächsten Morgen mit einem unguten Gefühl. Sie hatte von der Schlacht auf dem Azadi-Platz gehört, auch daß Fatima angegriffen worden war. Obwohl sie selbst nicht dabei gewesen war, kam es ihr vor, als hätte sich das Trauma, das sie vor ein paar Tagen als Einzelperson erlitten hatte, nun in einem vertausendfachten Ausmaß wiederholt.

Der Gedanke daran, daß all die Demonstrantinnen den brutalen Männern gegenübergestanden hatten, die sie selbst angegriffen hatten, war entsetzlich. Die ganze

Nacht über war ihr schlecht, ihre Eingeweide spielten verrückt und ließen sie nicht zur Ruhe kommen. Ihre Mutter setzte sich zu ihr ans Bett, und Goli erzählte ihr von der Demonstration, wie diese durch angreifende Fanatiker niedergeschlagen worden war und wie sehr sie um die Zukunft fürchtete. Sie hatte ihrer Mutter nicht in vollem Ausmaß über den auf sie verübten Überfall berichtet, doch die Mutter hatte sich sehr verständnisvoll gezeigt und hatte ihr von eigenen, ähnlichen Erfahrungen erzählt. Dies sei nicht das erste Mal, daß die Frauen systematisch eingeschüchtert würden, meinte sie, und es sei mit Sicherheit auch nicht das letzte Mal; sie erzählte von Demonstrationen während ihrer Schulzeit, die von Polizisten mit Schlagstöcken niedergeknüppelt worden waren.

Ihre Mutter hatte ihre eigenen Sorgen. Sie fürchtete um ihre Stelle und ebenso um die Arbeitsplätze ihrer Kolleginnen an der Kunstakademie. Denn es war offensichtlich, daß die Revolutionsregierung die Schönen Künste für überflüssig hielt.

Goli erkundigte sich bei Zareen und Malihe, wie es Fatima gehe, fand aber nicht den Mut, sie zu besuchen. Sie beschloß, ein paar Tage zu Hause zu bleiben, bis sich ihre Nerven wieder beruhigt hatten. Sie erfuhr, daß die Einschüchterungsversuche und die Gewaltanwendung der Männer Wirkung gezeigt hatten und die Frauen nicht mehr wagten, weiterhin zu demonstrieren. Die Organisatorinnen für die Verteidigung der Frauenrechte hatten beschlossen, keine Demonstrationen mehr zu veranstalten und sich statt dessen darauf zu konzentrieren, erst einmal eine starke Organisation aufzubauen, ein Büro zu finden und eine Satzung auszuarbeiten.

Goli empfand es zwar als frustrierend, zu Hause zu bleiben, während ihre Freundinnen am Wiederaufbau der Frauenbewegung arbeiteten und Wege suchten, sie gegen die Zerschlagungsversuche der Regierung und ihrer Gefolgsleute zu schützen, aber sie wußte auch, daß sie in ihrem gegenwärtigen Zustand sowieso keine große Hilfe wäre.

Marjan versorgte sie regelmäßig mit den neuesten Nachrichten und überbrachte ihr Botschaften von ihren Freundinnen. Außerdem brachte sie ihr Stöße von Büchern aus der Bibliothek mit. Während Goli sie las, machte sie sich Notizen für Artikel, die sie zu schreiben beabsichtigte. Sie konzentrierte sich auf historische und analytische Bücher über Befreiungskämpfe des iranischen Volkes und anderer Völker. Überall schienen die Frauen für das wenige, das sie erreicht hatten, hart gekämpft zu haben, und noch schwieriger schien es zu sein, für die Erhaltung des Erreichten zu kämpfen, denn jedes politische System schien die Ausbeutung der Frauen zu unterstützen – in Pakistan, Indien und Ägypten beispielsweise, aber auch im Westen ging es nicht besser zu, besonders was sexuelle Gewalt gegen Frauen betraf.

Goli war erstaunt, mit wieviel Raffinesse manche Kämpfe geführt worden waren. Am meisten beeindruckte sie, was sich im 19. Jahrhundert im Iran abgespielt hatte. Die Menschen hatten einfache, doch wirkungsvolle Mittel eingesetzt, wie Sitzstreiks in Telegrafenämtern, von wo aus die Demonstranten die neuesten Nachrichten gleich per Telegramm verbreiten und um Hilfe bitten konnten, wenn die Behörden ihre Forderungen abwiesen oder ignorierten. Diese Taktik hatte sich als äußerst effektiv erwiesen. Sie las darüber, wie Frauen in Männerkleidung in Postkutschen durch das Land gezogen waren und auf diese Weise überall im Land gesprochen und Mitstreiter gewonnen hatten. Keine schlechte Idee, dachte Goli. Vielleicht sollten sie es ihnen gleichtun und sich auch als Männer verkleiden, ja vielleicht könnten sie sogar das Beispiel mit den Pferdekutschen aufgreifen, falls die Medien ihre Nachrichtensperre weiterhin aufrechterhalten würden. Je mehr

Goli über die beharrlichen Kämpfe der Menschen in früheren Zeiten erfuhr, um so mehr wuchsen ihr eigener Mut und ihre Zuversicht.

Gelegentlich schaltete Goli das Radio oder den Fernseher ein, um die neuesten Nachrichten zu hören oder sich einfach nur abzulenken. Aber es war hoffnungslos. Die Meldungen beschränkten sich auf Propagandalügen über Amerika und Israel. Sämtliche Musiksendungen waren aus dem Programm gestrichen worden. Es wurde fast ausschließlich durch Gebete und Predigten bestritten – nur die monotonen Stimmen und Gesichter der Mullahs waren zu hören und zu sehen. Es war kein Wunder, daß das Fernsehen nur noch die ›bärtige Mattscheibe‹ genannt wurde.

Nach drei Tagen hielt Goli es vor Langeweile und Ungeduld kaum noch zu Hause aus. Es drängte sie, wieder zur Universität zu gehen und wieder aktiv zu werden. Außerdem wollte sie endlich Fatima und die anderen wiedersehen.

Marjan überbrachte ihr die Nachricht, daß Herr Hamadi, der Karatelehrer, von dem Kampf gegen die Frauen gehört habe und bereit sei, ihnen zu helfen, selbst auf die Gefahr hin, seine Stelle zu verlieren. Die Universität war jetzt in der Hand von Geistlichen, und laut Stellenbeschreibung durfte er nur Männer trainieren. Er wolle sich aber eine Lösung einfallen lassen, auch andere verständnisvolle Dozenten um Rat fragen und ihnen dann Bescheid geben.

Bereits nach ein paar Tagen ließ er ihnen mitteilen, daß er bereit sei, das Risiko auf sich zu nehmen und den Frauen Karateunterricht zu geben. Er hatte sogar schon einen Termin festgesetzt. Goli konnte es kaum erwarten, wenn ihre Aufregung auch von Besorgnis getrübt war. Sie war froh über ihre wiedergewonnene Zuversicht und über die Möglichkeit, wieder auf das alte Schlachtfeld zurückkehren zu können, bereit, den Wunden, die der Krieg geschlagen hatte, offen gegenüberzutreten und sie heilen zu sehen. Marjan holte sie zur ersten Unterrichtsstunde mit ihrem Auto ab. Schweigend fuhren sie zur Universität. Goli bemerkte die Veränderungen in der Stadtlandschaft. Wände, Bürofenster und sogar Parks und öffentliche Plätze nahmen die Formen und Farben des fanatischen Islam an – überall waren in fetten Lettern Slogans sowie die finsteren Gesichter der Märtyrer auf Mauern gemalt, schwarz-weiße Plakate überall, eine Atmosphäre von Tod, Depression und Zerstörung. Nur Schwarz und Weiß, dazwischen gab es keinen anderen Farbton. Goli angelte sich vom Rücksitz ein Flugblatt mit dem Bild eines Mitglieds der SAVAK, gefesselt und mit verbundenen Augen, erschossen, blutüberströmt. Die SAVAK war die berüchtigte Geheimpolizei des Schahs gewesen, die zahllose politische Gefangene brutal gefoltert hatte. Die Menschen waren eingesperrt und hinter geschlossenen Türen verhört worden, ohne öffentliche Gerichtsverhandlung und ohne das Recht auf Verteidigung. Sie waren einfach umgebracht worden, und die Wahrheit wurde mit ihnen begraben. Und nun nahm eine Gruppe junger, arbeitsloser Männer hohe Beamte der Armee oder der Polizei gefangen, fesselte sie, schlug sie und schoß Kugeln in ihre Köpfe. Wie konnten sie bloß Vergnügen daran finden, die Machtverhältnisse jetzt einfach umzudrehen? Fanden sie etwa Gefallen an der Gewalt? Die gesamte männliche Bevölkerung schien auf Gewalt zu setzen. Was für ein kranker Staat, dachte Goli deprimiert. Die Häuser flogen an ihnen vorbei, und überall an den Wänden hingen die schwarzen Plakate mit den Bildern der Märtyrer. Goli wandte sich erneut um und nahm ein weiteres Exemplar von dem Stapel Flugblätter, die Marjan dabei hatte, um sie zu verteilen. Sie überflog die Überschriften und betrachtete die Fotos.

»Warum berichtet ihr eigentlich nicht über die gewaltsamen Übergriffe auf die Frauen?« fragte sie.

Marjan zögerte ein paar Sekunden vor Überraschung, bevor sie antwortete: »Du hast recht. Darüber habe ich noch gar nicht nachgedacht. Über die zunehmenden Angriffe auf Frauen und das damit zusammenhängende soziale Problem haben wir noch gar nicht berichtet...«

»Vielleicht, weil es kein typisches Problem ist, das ausschließlich die Frauen aus der Arbeiterschicht betrifft?« frotzelte Goli.

»Das ist es ja auch wirklich nicht, aber es ist in der Tat ein Frauenproblem«, erwiderte Marjan.

»Ihr berichtet über Lebensmittelengpässe, Probleme in der Landwirtschaft und die damit verbundenen Auswirkungen auf die Frauen, über Gewalt gegen Frauen am Arbeitsplatz, jedoch nicht über die Gewalt in der Ehe, Vergewaltigungen, Angriffe auf der Straße. Warum schweigt ihr zu diesen Themen? Kümmert es die Linke nicht, was im privaten Bereich geschieht, in dem die Menschen die meiste Zeit verbringen?«

»Sei nicht ungerecht, Goli. Du mußt berücksichtigen, daß wir erst seit kurzem öffentlich politisch aktiv sind, nachdem wir jahrelang gezwungen waren, im Untergrund zu arbeiten. Es gibt noch tausend andere Frauenfragen, zu denen wir noch keine Stellung bezogen haben! Laß uns etwas mehr Zeit! Gib uns eine Chance!«

»Hier geht es nicht um Chancen! Hier geht es doch um das schlimmste und größte Problem, mit dem sich die Frauen heute herumschlagen müssen! Aber die Linke nimmt dazu nicht Stellung, sondern ignoriert es einfach. Seit ich selbst überfallen worden bin, habe ich mir viele Gedanken darüber gemacht, während ich die Zeitungen las, die Nachrichten hörte, und mir ist aufgefallen, daß dieses Thema vollkommen tabuisiert wird. Ich finde es irgendwie zynisch, wenn ihr Themen wie Frauenarbeit, Lohnerhöhungen und Kindertagesstätten ganz oben auf eure Liste setzt und unbequeme Themen wie körperliche Gewalt ganz unten. Fürchtet ihr vielleicht, bei euren männlichen Führern und bei den Arbeitern Anstoß zu erregen?«

»Wenn du damit sagen willst, daß wir bewußt bestimmte Themen ignorieren, um unsere männlichen Mitglieder nicht vor den Kopf zu stoßen, dann irrst du dich aber gewaltig! Wir diskutieren mit ihnen über sämtliche Frauenfragen, und sie zeigen sich aufgeschlossen und verständnisvoll. Wenn dir aber diese Themen so am Herzen liegen, warum trittst du dann nicht einfach unserer Gruppe bei und setzt dich selbst dafür ein?«

»Das finde ich unfair! Von meinen Brüdern bekomme ich genau die gleiche Antwort, sobald ich kritisiere, daß sie sich zu wenig für die Probleme der Frauen einsetzen: ›Warum trittst du nicht unserer Gruppe bei und setzt dich selbst dafür ein?‹ Als ob jedes Mitglied eine Beitrittsgebühr zahlen müßte, um die Gruppe von ihren Pflichten und Verantwortlichkeiten zu befreien. Ich habe als Sympathisantin mit eurer politischen Einstellung schon genug Probleme! Ich mache euch auf Fehlendes aufmerksam, und es wäre eure Pflicht, meine und anderer Leute Vorschläge als Anregung zu betrachten und sie bei euren Aktivitäten zu berücksichtigen! Verdammt noch mal! Wenn ich wegen jedem Vorschlag, den ich einer Gruppe mache, dieser gleich beitreten müßte, dann hielte ich bereits hundert Parteiausweise für hundert verschiedene Parteien in meiner Hand!«

»Braus doch nicht gleich so auf! Ich verstehe dich ja! Trotzdem bin ich überzeugt davon, daß du ein gutes Mitglied in unserer Gruppe wärst.«

»Nein, ich will lieber unabhängig bleiben! Also wirklich, Marjan, du willst mich doch wohl nicht etwa hier im Auto anwerben und damit mein momentanes Tief und meine Hilfsbedürftigkeit ausnützen? Verwende deine Energien lieber darauf, auf mich aufzupassen! Und jetzt muß ich dringender als alles andere aufs Klo. Kannst du mitkommen und draußen auf mich warten?«

»Nachdem du mir mangelndes Engagement in Sachen Frauenfragen vorgeworfen hast, muß ich mir das schwer überlegen... Also gut, ich werde meine Pflichten gegenüber den Frauen weiterhin wahrnehmen und dich mit dem größten Vergnügen zum Klo begleiten.«

Goli war leicht verstimmt, aber nicht ernstlich; es war nicht das erste Mal, daß Marjan und sie eine Meinungsverschiedenheit hatten. Ihre Nerven spielten immer noch verrückt, aber sie merkte ja, wie sehr Marjan sich bemühte, sie aufzumuntern, und darum antwortete sie versöhnlich: »Das ist *die* Chance meines Lebens – eine eigene Anstandsdame –, ich werde das zu schätzen wissen!« Sie hielt Marjans Hand, berührte die weiche Haut und empfand die Verbindung wie einen Silberfaden. Sie war nicht alleingelassen. Sie war in Sicherheit. Es war ein beruhigendes Gefühl.

Auf dem Universitätsgelände war es ruhig. Kein aufgeregtes Stimmengewirr mehr wie an den Tagen, an denen die Frauen sich hier versammelt hatten, obwohl immer noch überall große Menschengruppen herumstanden. Goli und Marjan schlenderten um die Diskussionsgruppen, die Infostände und Plakate. Diese revolutionäre Politik der Straße war der Puls der vorrevolutionären Tage und war für den explosiven Moment des Sieges am meisten verantwortlich gewesen. Sie allein hatte den Umsturz der dreitausend Jahre alten Monarchie und Oligarchie bewirkt. War diese Szene dann ein bloßes Ritual? Wurde die Straßenpolitik nun einfach aus Gewohnheit weitergeführt? Goli hatte das Gefühl, auch sie stünde auf Treibsand. Die Straße hat keine Macht mehr, nicht einmal mehr die Macht, Informationen und Ideen zu verbreiten. Ihre Bewegungen sind nur noch Reflexreaktionen. Sie beabsichtigen gar nicht mehr, zu rebellieren; sie haben die Fähigkeit zu rebellieren verloren, dachte Goli, als sie an den Gruppen vorbeigingen.

Herr Hamadi und neun Frauen waren in einer Ecke der Sporthalle bereits ins Gespräch vertieft, als Goli und Marjan eintrafen. Herr Hamadi gab zunächst eine kurze Einführung und erklärte, daß die wichtigste Voraussetzung für diesen Sport der gesunde Menschenverstand sei. Außerdem sollten sie unbedingt noch eine andere Sportart betreiben, um körperlich fit und beweglich zu werden. Es sei wichtig, die Umgebung ständig genau zu beobachten, dunkle Straßen zu meiden, nicht allein zu Demonstrationen zu gehen und keine unpraktischen und hinderlichen Kleidungsstücke zu tragen wie Schuhe mit hohen Absätzen oder enge Hosen. Wenn sie bedroht würden, müßten sie versuchen, ruhig zu bleiben, müßten rasch und ohne zu zögern handeln und stets darauf eingestellt sein, sich selbst zu verteidigen. Sie durften weder Angst noch Nervosität zeigen, denn damit gebe man sich vorzeitig geschlagen. Er zählte die empfindlichsten Körperteile auf, die die Frauen anvisieren sollten – Knie, Kehle, die Augen, die Hoden, die Mulde unter dem Adamsapfel, Nase, Finger und Ellbogengelenke –, und erklärte, wie man am effektivsten darauf schlug. Schließlich teilte er Bücher und Fotos aus, auf denen die Karatestellungen verdeutlicht wurden. Es war nur eine kurze Unterrichtsstunde. Die Frauen sollten die Bücher mit nach Hause nehmen, sie studieren und während der Semesterferien gemeinsam üben. Zu Semesterbeginn wolle er sich wieder mit ihnen treffen und ihnen praktischen Unterricht erteilen.

Gemeinsam zogen sich die Frauen auf einen ruhigen Platz auf dem Rasen zurück, blätterten die Bücher durch und betrachteten die Fotos. Ihre Zuversicht sank, denn die darauf abgebildeten Figuren – miteinander ringende Männer – vermittelten den Eindruck, als erforderten die Übungen große körperliche Kraft. Die Wichtigkeit von guter körperlicher Kondition, schnellem Reaktionsvermögen und die Notwendigkeit, bei einem Angriff einen kühlen Kopf zu bewahren, erschreckten sie.

Sie verteilten die Bücher untereinander und vereinbarten, sich während der Neujahrsferien zu treffen.

»Wie sollen wir all diese Figuren erlernen, uns körperlich fit und beweglich machen, wenn wir bislang nie im Leben irgendwelche Sportübungen gemacht haben, aus Furcht, unsere verdammte Jungfräulichkeit zu verlieren? Das wird doch eine Ewigkeit dauern, bis wir uns daran gewöhnt haben«, beklagte sich Goli bei Marjan, nachdem die Gruppe auseinandergegangen war.

»Sei doch nicht so verzagt – wir fangen ja gerade erst an«, erwiderte Marjan. »Selbstverständlich wird es einige Zeit dauern, natürlich sind wir das alles nicht gewöhnt... und die Sache mit der Jungfräulichkeit ist wirklich ein Problem, das ich lösen muß... doch das ist wirklich kein Grund, so niedergeschlagen zu sein!«

Aber Goli war untröstlich. Außerdem hatte sie Fatima unter den anderen vermißt. Würde sie an der nächsten Unterrichtsstunde teilnehmen können? Sie fiel wieder in tiefe Depression. Sie war sich ihrer körperlichen Schwäche bewußt geworden. Wie sollte es ihr jemals gelingen, einen Angreifer auf den Boden zu werfen, wie es auf den Fotos abgebildet war, wie sollte sie ihn überwältigen, um selbst weglaufen zu können? Eine kalte, gnadenlose Furcht ließ sie erstarren wie einen Eiszapfen. Wie sollte sie diese Furcht bekämpfen? Zweifel hingen in der Luft wie das Seil eines Henkers.

6

Es war nur noch eine knappe Woche bis zum Neujahrsfest. Ein neuer Frühling begann. Offiziell war die Universität geschlossen, aber die Aktivisten standen weiter hinter den Ständen und hielten ihre Debatten im Freien ab. Über die Probleme der Frauen und Frauenrechte wurde nach wie vor nicht diskutiert; sie wurden höchstens einmal nebenbei erwähnt. Die meisten Frauen waren eingeschüchtert, und die übriggebliebenen Mitglieder der Widerstandsbewegung konzentrierten sich nun auf praktische Themen im Bereich Arbeitsplatz, Hochschule und Kindertagesstätten.

An den Arbeitsstätten protestierten die Frauen nach wie vor gegen Massenentlassungen, und an den technischen und theologischen Hochschulen wurden Sitzstreiks gegen den Ausschluß von Studentinnen veranstaltet. Mütter besetzten Fabriken, weil die Kinderhorte geschlossen werden sollten und sie aufgefordert wurden, ihre Stellen arbeitslosen Männern zu überlassen.

In Kaschan hielten Frauen, denen eine Anstellung als Lehrerin verweigert wurde, den verantwortlichen leitenden Beamten als Geisel fest und wollten ihn erst dann wieder freilassen, wenn ihre Forderungen erfüllt würden und ihnen eine Einstellung zugesichert worden sei. Arbeitslose Frauen besetzten einige Tage lang das Arbeitsministerium, bis ihre Forderungen erfüllt wurden. Es gab nur vereinzelt solche Widerstandszentren; die Berichterstattung über sie war stets verfälscht und von den Medien manipuliert; doch zumindest hielten sie die Hoffnung ein wenig wach.

Die *pasdaran* hatten umgehend vor Fabriktoren und Büros Stellung bezogen, um zu verhindern, daß sich Betriebsfremde mit den Arbeitern solidarisieren konnten. Sie isolierten die Frauen in den Fabriken, damit sie keine Botschaften verbreiten konnten. Die Zahl der Frauen, die an der Universität demonstrierten, war dahingeschwunden wie Milch, die kochte und kochte, bis sie überlief: nur einzelne Tropfen verblieben in den verschiedenen Gruppen an der Universität – dem alten Dampfkessel der Revolution.

Normalerweise waren die Frauen kurz vor Neujahr mit dem Frühjahrsputz beschäftigt, kauften neue Kleider für ihre Kinder, backten Kuchen und andere süße Sachen, und überall hing der Duft von Frischgebackenem in den Straßen. Doch die islamischen Fanatiker hatten bei ihrer Suche nach weiteren Restriktionen gegen das Volk behauptet, daß das Neujahrsfest kein Fest islamischen Ursprungs sei, und versucht, die Feiern zu verbieten. Der Aufschrei der Empörung war jedoch so groß gewesen, daß sie das Verbot widerrufen mußten.

Zareen traf große Vorbereitungen für die Neujahrsfeier. Sie ließ Getreidekörner und grüne Linsen in einer Schale am Fenster im Wasser keimen; die Keimlinge waren mittlerweile schon zwei Zentimeter groß. Sie hatte den *korsi*, das Symbol des Winters, weggeräumt, ihren Frühjahrsputz erledigt und Stoff gekauft, aus dem Malihe für sie und ihre Kinder neue Kleider nähen sollte. Sie hatte ihre *haft sin* (›sieben S‹) eingekauft: sieben Dinge, die mit dem Buchstaben S beginnen – *sir, serke, samovar, sabazi, somagh, sib* und *samano* – Knoblauch, Essig, Samowar, ein Gemüse, ein Gewürzkraut, einen Apfel und ein süßes Getreidegericht. Diese Dinge hatte sie auf eine weiße Spitzen-*sofreh* gestellt, dazu eine Fischsuppe, eine Schale mit Münzen sowie einige traditionelle Süßigkeiten, getrocknete Früchte und Nüsse. Ihre Neujahrsfeier würde sie sich auf keinen Fall verbieten lassen.

Auch mit ihren Kundinnen feierte sie das Neue Jahr. Sie plante einen festlichen Tag, einen sogenannten *henna-ban-*

dan, was bedeutete, daß der ganze Tag darauf verwendet wurde, den Kundinnen die Haare, Hände und Füße mit Henna einzufärben.

Die Idee mit dem *henna-bandan* kam eigentlich von ihrer Mutter: sie hatte vorgeschlagen, dergleichen für ältere Frauen anzubieten, die verbergen wollten, daß ihr Haar schon weiß geworden war und die sich Hände und Füße färben lassen wollten. Zareen hatte einen solchen Tag ursprünglich einmal im Monat speziell für ihre Mutter und deren Freundinnen veranstaltet. Doch ein Jahr vor der Revolution war es bei den Frauen der Mittel- und Oberschicht Mode geworden, ihr Haar in verschiedenen Henna-Tönen färben zu lassen, von einem hellen glänzenden Bronzeton bis zu einem dunklen, matten Kupferton. Zunächst war Zareen unschlüssig gewesen, ob sie einen solchen *henna-bandan*-Tag veranstalten sollte, weil das einen langen, arbeitsreichen Tag bedeutete und die Arbeit ziemlich schmutzig war; doch weil es immer mehr in Mode kam, nahm die Nachfrage zu, und es begann ihr Spaß zu machen. Schließlich wurde daraus ein richtiges gesellschaftliches Ereignis, das regelmäßig alle vierzehn Tage stattfand. Die Kundinnen brachten Nüsse, getrocknete Früchte, Rosinen und geröstete Kerne aller Art mit: Kürbiskerne, Melonenkerne und Sonnenblumenkerne. Der Samowar war den ganzen Tag lang in Betrieb, Zareen bereitete *addasi*, ein schlichtes Linsengericht, vor, eine Frau brachte ofenwarmes Brot mit, eine andere frisch gebakkene Kuchen. Malihe nahm an dem *henna-bandan*-Tag nicht nur teil, um sich selbst ihre Haare färben zu lassen, sondern sie traf dort ihre eigenen Kundinnen, konnte bei den Frauen während der langen Wartezeit, in denen das Henna einwirken mußte, maßnehmen und Anproben durchführen. Der bevorstehende *henna-bandan*-Tag fand speziell zur Feier des Neuen Jahres statt. Zareen hatte Goli, Malihe und auch Fatima eingeladen. Diese war zwar schon aus dem Krankenhaus entlassen, aber ihre Wunde war noch zu wenig verheilt, als daß sie hätte kommen können.

Goli hatte Fatima während ihres Krankenhausaufenthaltes doch noch besucht. Die vernähte Wunde verlief von oberhalb der Augenbraue bis unter das Auge. Fatimas Mutter war ziemlich besorgt darüber, daß ihre Tochter so sehr litt und viel an Gewicht verloren hatte. Sie versuchte Fatima dazu zu überreden, sich einer Gesichtsoperation zu unterziehen, damit die Narben nicht mehr zu sehen wären, aber Fatima lehnte das ab. Als Goli sie besuchte, war sie guter Laune und freute sich, sie zu sehen. Sie sprachen über sich und ihre Freundinnen, tauschten die neuesten Informationen aus und diskutierten die politischen Ereignisse. Goli blieb nur kurze Zeit, weil sie den Anblick von Fatima, wie sie mit verbundenem Kopf und hilflos dalag, nicht lange ertragen konnte.

Zareen und Malihe hatten Fatima mehrmals besucht, einzeln und auch gemeinsam. Jedesmal brachte Zareen ihr etwas Selbstgemachtes mit: Kuchen, Süßigkeiten oder eine nahrhafte Suppe. Die Besuche dauerten oft mehrere Stunden, und Fatima richtete es so ein, daß während dieser Zeit niemand anderes kam, nicht einmal ihre Mutter. Zareen hoffte, daß sie so schnell wie möglich wieder gesund würde, denn sie wollte sie unbedingt bei ihrer Neujahrsfeier dabei haben. Fatima bestand jedoch darauf, daß die Feier auch ohne sie stattfinden sollte: Zareen sollte doch ihre Freundinnen und Kundinnen nicht enttäuschen, und sich keinesfalls von den Gegnern der Neujahrsfeier einschüchtern lassen. Also fuhr Zareen mit ihren Vorbereitungen fort.

Am *henna-bandan*-Tag trafen Goli und Malihe kurz nacheinander um die Mittagszeit ein. Zareen hatte vor, mit allen Kundinnen gemeinsam im Friseursalon Mittag zu essen und sich danach mit ihren beiden Freundinnen ins Wohnzimmer zurückzuziehen, während die anderen Frauen ihre Mittagsruhe hielten. Goli war entzückt von dem hübsch hergerichteten Raum. Auf dem Boden standen der Samowar, Teegläser, Schalen mit Süßigkeiten, Pistazien, getrockneten Feigen und Kürbiskernen. Stühle und Trockenhauben waren an die Wand gerückt: Es sah weniger nach einem Friseursalon, sondern vielmehr nach einer Frauenrunde im Umkleideraum eines *hammam*, eines öffentlichen Badehauses, aus. Waren nicht vor siebzig oder achtzig Jahren während der Konstitutionellen Revolution in den Badehäusern tatsächlich politische Versammlungen abgehalten worden? Als sie sich alle um die *sofreh* setzten, war Goli über sich selbst erstaunt: Sie setzte sich zu Frauen, die ihr völlig unbekannt waren – trotzdem spürte sie Vertrautheit und Wärme. Die beieinandersitzenden Frauen, das einfache Mahl, das Geräusch zerknackender Sonnenblumen- und Wassermelonenkerne, die heimelige Atmosphäre, die so ganz anders war als in anderen Friseursalons, die sie kannte, rührte sie. Bei ihrer Ankunft war sie noch verzagt gewesen, doch jetzt war sie ganz gelöst. Sie trug Jeans, eine kurze grüne Jacke und eine dazu passende Bluse. Während sie sich gerade vorstellte, sprang Zareen plötzlich auf, um das Radiogerät lauter zu schalten, damit sie die Zwölf-Uhr-Nachrichten besser hören konnte. Alle Köpfe drehten sich abrupt zum Radio, als der Ansager die Meldung verlas, daß der Erziehungsminister plane, Schulen und Universitäten zu islamisieren und neue Lehrpläne aufzustellen. Außerdem habe das Kulturministerium angekündigt, daß alle Bereiche der Kunst – Musik, Theater und Kino – islamisiert werden sollten. Ein bekannter Mullah habe sich für die Einführung einer Kleiderordnung ausgesprochen und werfe allen Frauen, die sie mißachteten, vor, gegen Gott und den Islam eingestellt zu sein. Die Regierung gab bekannt, daß der Geburtstag von Fatima, der Tochter des Propheten, zu einem nationalen Feiertag erklärt würde. Und die Organisation ›Frauen für den Islam‹ plane eine Demonstration gegen unverschleierte

Frauen und gegen alle Formen korrupter imperialistischer Einflußnahme.

Azadeh, ein junges Mädchen und Freundin von Zareens Mitarbeiterin Muneer, hatte sich in eine Ecke zurückgezogen und las eine Frauenzeitschrift. »Während der Regierungszeit des Schahs waren dessen Frau und dessen Schwester die Schirmherrinnen der Frauenorganisation – jetzt ist es die Tochter des Propheten!« bemerkte sie trocken.

Goli wollte etwas erwidern, aber eine andere Frau kam ihr zuvor und fragte: »Was sind das für Gerüchte, daß tausende von Frauen sich weigern, den Schleier zu tragen?«

Goli war überrascht, daß niemand auf die anderen Nachrichten einging oder auf das, was Azadeh gesagt hatte. Aber vielleicht hatten sie ja gar nicht so genau zugehört. Sie wußte nicht, was sie auf die Frage der Frau antworten sollte, und glücklicherweise lenkte Zareen von dem angesprochenen Thema ab und schlug vor, mit dem Essen zu beginnen. Sie war erschrocken über die neuesten Nachrichten und hätte gerne darüber geredet, jedoch ohne daß die Kleiderordnung schon wieder zum zentralen Thema würde.

Die Frauen setzten sich im Kreis um die *sofreh*, und Zareen stellte den Eintopf, Suppenschalen und Löffel auf das Tuch. Muneer trug das ofenfrische *sangak*, eine Art Fladenbrot, herein. Daraufhin waren eine Zeitlang nur die Eßgeräusche zu hören.

Goli war in Gedanken immer noch bei den Nachrichten und wollte sie ins Gespräch bringen, wußte aber nicht, wie sie beginnen sollte. Erweckte sie etwa den Eindruck einer aufrührerischen Studentin? Welche politischen Ansichten mochten diese Frauen haben? Konnte sie ihnen vertrauen?

»Es ist doch schon über zwei Wochen her, seit diese Frauen an der Universität gegen den *hajab* protestierten, nicht wahr?« Die Frage war an Goli gerichtet; die Sprecherin war die gleiche wie zuvor.

»Ja, so ungefähr«, murmelte Goli.

»Das sind doch alles diese reichen Frauen, die noch nie in ihrem Leben einen Tschador getragen haben und die jetzt Angst haben, sie würden dazu gezwungen! Im Grunde ist er ihnen doch bloß lästig, oder nicht?« fuhr die Frau fort.

Azadeh sprang für Goli ein. »Natürlich ist er unbequem. Warum sollten die Reichen sich ebenso unbehaglich fühlen müssen wie die Armen... aber abgesehen davon glaube ich gar nicht, daß Armut oder Reichtum dabei eine Rolle spielen.«

»Armen Frauen muß ebenso wie den Reichen das Recht zugestanden werden, selbst zu bestimmen, ob sie einen Schleier tragen wollen oder nicht«, sagte Goli. »Viele reiche ältere Frauen tragen den Tschador aus freien Stükken... von einem bestimmten Alter an wird ihnen bewußt, daß sie einmal sterben müssen, und sie wollen ja schließlich alle in den Himmel kommen...«

»Wie dem auch sei – wenn unsere gewählte islamische Regierung es so will, müssen wir uns danach richten. Wir müssen bereit sein, für unser Land und unsere Führer Opfer zu bringen...«, warf eine andere Frau ein.

»Dieses Gebot ist doch in unserem eigenen Interesse«, meldete sich die erste Sprecherin erneut zu Wort. »In Sachen Sex sind die Männer wilde Tiere, und wir müssen uns in einen Schleier hüllen, um uns vor ihrem Blick und ihren schmutzigen Händen zu schützen. Ich verstehe nicht, warum die Frauen so ein Theater um diese Sache machen. Was wiegt schon ein bißchen persönliche Unbequemlichkeit gegen persönliche Sicherheit in schwierigen Zeiten wie dieser?«

»Sie glauben demnach, dank des *hejab* werden keine Sexualverbrechen mehr verübt werden, wird es keine gewalttätigen Männer, keine Familienprobleme und andere soziale Mißstände mehr geben? Die Frauen sollten Ihrer Meinung nach also nur zu Hause sitzen und den Befehlen der Regierung gehorchen?« fragte Goli ungläubig.

»Ja«, gab die Frau zurück, »das Leben wäre dann für uns alle viel einfacher. Warum wollen die Frauen ausgehen oder selbst Geld verdienen? Meiner Meinung nach sind sie verrückt. Zu Hause gibt es doch so viel zu tun, daß die Frauen es nicht nötig haben, auch noch in einem Büro zu arbeiten. Ihren Lohn müssen sie sowieso bei ihren Männern abliefern. Nein danke, *eine* Tätigkeit reicht mir, und den Lebensunterhalt muß mein Mann für mich mit verdienen!«

Malihe, die einige dieser Frauen schon viele Jahre lang kannte, kam Goli zu Hilfe. »Das berechtigt aber noch lange nicht dazu, Gewalt, Gewehre und Messer zu gebrauchen und die Frauen auf den Straßen und an ihren Arbeitsplätzen zusammenzuschlagen, oder?« fragte sie erregt.

»Wer tut denn so etwas?« rief Zareens Mutter entsetzt.

»*Pasdaran*... junge Männer... jedermann hat doch heutzutage ein Gewehr!« erwiderte Malihe.

Zareens Mutter war schockiert. »Aber das ist doch verboten! Warum nehmen denn die Behörden die Gewehre nicht in Beschlag?«

»Weil unsere jungen Männer die Wächter der Revolution und die Beschützer unseres Landes sind«, erläuterte eine andere Frau. »So viele von ihnen haben für die Regierung ihr Leben gelassen, und der *hejab* dient zu unserem Schutz. Gott stehe diesen Männern bei«, schloß sie.

»Die halten sich doch selbst für einen Gott«, sagte Goli kaum hörbar.

»Sind wir denn nicht in der Lage, uns selbst zu beschützen?« fragte Azadeh.

»Was uns mit Gewalt aufgezwungen wird, hat doch

nichts mit Schutz zu tun, oder?« fragte Zareen. »Und ist es vielleicht richtig, daß wir Angst haben müssen, weil bewaffnete Männer uns überfallen könnten?«

Die zweite Sprecherin ergriff noch einmal das Wort. »Ich gehe weder aus, noch habe ich nachts außerhalb meines Hauses etwas zu suchen. Ich hatte schon immer Angst davor, nachts allein wegzugehen. Für mich ist Angst nichts Neues.«

»Lassen wir doch jetzt das Gerede um die Kleiderordnung... in den Nachrichten wurden doch noch andere niederschmetternde Meldungen verlesen...«, unterbrach Azadeh sie.

Goli war erleichtert, daß das Thema endlich gewechselt wurde. Es war einfach unfaßbar! Ausgerechnet die Frau, die die gewehrschwingenden Jungen und Banditen verteidigte, sagte jetzt, daß Angst nichts Neues für sie sei.

»Halten Sie es etwa für gut, daß wir in Furcht und Angst leben?« fragte Goli herausfordernd. »Nennen Sie mir einen Grund dafür!« Nervös knackte sie die Schalen der Kürbiskerne.

Eine ältere Frau, die bislang still in einer Ecke gesessen hatte und strickte, hob ihren Kopf und sagte mit herrischer Stimme: »Sie können doch unangefochtene Tatsachen nicht in Frage stellen, Mädchen! Damit stellen Sie ja die ganze Regierung in Frage! Die Machthaber wechseln, aber das Regierungssystem bleibt immer das gleiche. Solange ich zurückdenken kann, hat sich das System nicht geändert und auch nicht, solange meine Mutter und Großmutter zurückdenken konnten.«

Die zwei auf der Seite der Regierung stehenden Frauen verloren allmählich die Fassung, weil den Männern und den islamischen Werten so wenig Respekt gezollt wurde. Sie seien überrascht, daß die Frauen so aufsässig geworden seien und sich der Regierung nicht unterordnen wollten, sagten sie. Warum sich nicht ein klein wenig unterordnen, wenn das dem eigenen Land zugute käme? Muneer, die selbst oft einen Schleier trug, konnte nur ihren Kopf schütteln und machte dadurch deutlich, daß sie auf Azadehs Seite stand. Die ließ sich nicht einschüchtern und nahm kein Blatt vor den Mund. Sie war sechzehn Jahre alt, besuchte eine höhere Schule und war stets modisch gekleidet. Ihre Freiheitsliebe und ihre Ablehnung von Restriktionen gegenüber den Frauen waren so groß, daß sie vergaß, wie riskant es war, so offen zu reden.

Die Diskussion wurde durch die Mittagsruhe unterbrochen, und Zareen, Malihe und Goli zogen sich in Zareens Wohnzimmer zurück. Dort konnten sie wenigstens offen sagen, was sie über die Tagesnachrichten und die von den anderen Frauen geäußerten Meinungen dachten. Goli war froh, einmal die Ansichten anderer Leute als die von Studenten zu hören. Sie hatte bislang keine Vorstellung davon gehabt, wie Frauen aus den ärmeren südlichen Stadtteilen Teherans die Lage beurteilten, und war erstaunt darüber, daß ihre Ansichten so weit auseinandergingen und wie die Klassenunterschiede dabei mitzuspielen schienen. Als sie Zareen das sagte, ermunterte diese sie, öfters in den Friseursalon zu kommen und sich an den Diskussionen zu beteiligen, die fester Bestandteil des Alltags in ihrem Geschäft waren.

»Was mich stört«, klagte Zareen, »ist, daß die Frauen ihren Standpunkt so schnell aufgeben – immer lassen sie sich von der Meinung der Mehrheit beeinflussen!«

»Aber das ist doch durchaus positiv, zeigt es doch, daß Frauen flexibel sind und nicht stur auf einer Position beharren«, meinte Malihe.

Zareen bezweifelte das. »Hmm... ich bin immer sehr vorsichtig mit meinen Äußerungen den Kundinnen gegenüber, denn einige von ihnen sind total reaktionär.«

Goli beruhigte sie: »Das Gespräch vorhin verlief doch ganz harmlos – an der Uni habe ich da schon viel hitzigere Wortwechsel erlebt!«

Sie schwiegen eine Weile.

»Islamisierung! Was ist eigentlich unter einem islamisch-iranischen Kino zu verstehen?« Goli seufzte tief.

»Daß Frauen der Zutritt verboten ist, was sonst!« gab Zareen zur Antwort.

»Und unter einer islamischen Schulausbildung?« fuhr Goli fort. »Womöglich Unterricht ohne naturwissenschaftliche Fächer wie Biologie und dafür zurück zu den Zeiten, wo Gott die Babys machte und sie durch den Kamin angeliefert wurden!« Sie seufzte erneut. »Befehle von oben, totale Zensur durch die Geistlichen, keine Chance, sich Gott und seinen Vertretern auf der Erde zu widersetzen, ein schneller Abstieg ins Mittelalter, totale Unterwerfung – das ist es, was von allen guten Moslems erwartet wird: Islam *heißt* also Unterwerfung. Umfassende Ausbildung, Kunst und Unterhaltung – lebt wohl!«

»Mit so etwa sind wir doch noch nie besonders verwöhnt worden, folglich werden wir auch nicht viel vermissen«, erwiderte Malihe resigniert.

Daraufhin erzählte Goli ihnen, daß ihr Gerüchte zu Ohren gekommen seien, nach denen Ayatollah Gillani alle Mütter angewiesen habe, ihre Kinder zu ermahnen, nicht zu stehlen. Jedes Kind, das trotzdem beim Stehlen ertappt würde, solle bis zu dreimal verwarnt werden, und wenn es ein viertes Mal erwischt würde, sollten ihm die Fingerkuppen abgehackt werden. Bei jedem weiteren Diebstahlversuch sollten die Finger immer weiter verstümmelt werden.

»So etwas habe ich schon seit einem Jahr kommen sehen! Ich habe instinktiv gespürt, daß es soweit kommen würde«, sagte Zareen.

»Demnach wird die Organisation ›Frauen für den Islam‹ nicht nur gegen die unverschleierten Frauen protestieren, sondern auch gegen unartige Kinder, die Äpfel klauen, und natürlich gegen die Roten...«, folgerte Malihe sarkastisch.

»Und zum ersten Mal in ihrem Leben werden sie das

Gefühl verspüren, Macht zu haben ... politische und gesellschaftliche Macht, die ihnen bislang vorenthalten war«, fügte Goli hinzu.

»Ich finde das alles sehr besorgniserregend«, sagte Zareen.

»Wir haben in der Tat Grund zur Besorgnis, Zareen«, antwortete Malihe ihr. »Aber tröste dich, du bist nicht die einzige, die sich Sorgen macht! Mindestens fünf Millionen Frauen sorgen sich mit dir. Könnten nicht Lehrerinnen, Schulleiterinnen, Dozentinnen, Künstlerinnen, Musikerinnen und Schauspielerinnen in einen Massenstreik treten und eine Anhörung durch die für Kultur und Erziehung zuständigen Minister verlangen?«

»Nein, keine dieser traditionellen Protestmethoden hat Aussicht auf Erfolg«, entgegnete Goli. »Das würde nur zu Massenentlassungen führen, genau wie bei den Juristinnen, und an ihrer Stelle würden dann religiöse Fanatiker eingestellt. Die Gesetzlosigkeit wird zur Regel, und unsere schlimmsten Befürchtungen werden wahr. Wir können nicht mehr sagen, daß die Regierung an den gewaltsamen Übergriffen auf Frauen unbeteiligt ist.«

»Ja, und sie geht dabei sehr methodisch vor«, stimmte Malihe zu. »Es handelt sich keineswegs nur um ein paar Männer, die durchgedreht sind, nicht wahr?«

»Ich würde zu gerne wissen, wie Fatima jetzt die Sache sieht«, sagte Goli. »Ob sie immer noch darauf vertraut, daß die Regierung sich für den Schutz der Frauen einsetzt? Glaubt sie immer noch, sie könne sich auf ihre hochverehrten Gesetze berufen?«

Aber Zareen verteidigte sie. »Sie sollte im Moment lieber nicht an solche Dinge denken, sie soll erst einmal wieder gesund werden! Daß ein nationaler Feiertag nach ihrer Namensvetterin benannt wird, wird ihr gefallen!«

»Ja, und von jeder iranischen Frau wird zukünftig erwartet werden, daß sie sich wie die Tochter des Propheten verhält. Bald wird es Wettbewerbe geben, bei denen es darum geht, wer die beste Fatima ist«, meinte Malihe zynisch.

Alle drei fielen in ein bedrücktes Schweigen. Nur das Geräusch von zerknackenden Sonnenblumenkernen und vom Absetzen der Teegläser auf dem Boden war zu hören.

Golis Blick fiel auf den eingerahmten Vers an der Wand. *Bismi-llahi-r-rahmani-r-rahim* (Im Namen Allahs, des Gnädigen, des Barmherzigen) stand darauf zu lesen. Sie dachte an Fatimas Verletzung – hatte dieser Mann etwa geglaubt, im Namen Gottes zu handeln, als er Fatimas Gesicht mit einem Schlagring verletzte? Der Spruch war kunstvoll in arabischer Schrift gestickt und mit Ornamenten umrahmt. Die Buchstaben waren fantasievoll ineinander verschlungen, jeder Buchstabe ging in den nächsten über, wobei eine reizvolle und geheimnisvolle Verbindung von Formen und Symbolen entstand. Sie wußte nicht, welche Art von Kaligraphie das war – *Kofi* oder *Nastalegh*. Sie betrachtete es eine Weile und bewunderte die künstlerische Schönheit der verzierten Worte. Dann blickte sie wieder zu den anderen hinüber. Sie sahen traurig und mutlos aus.

Die Neujahrsfeiern in diesem Jahr waren mit den sonst üblichen nicht zu vergleichen. Alles unterlag der strengen Kontrolle der Miliz: Frauen- und Kinderkleider, Geschenke, ja sogar die traditionellen Verwandtenbesuche während der ersten zwölf Feiertage.

Zareen spürte deutlich den Druck, den diese Restriktionen auf sie ausübten, obwohl sie sich dagegen zu wehren versuchte. Sie ließ den Saum des Neujahrskleides ihrer Tochter, ein schlichtes, dunkelfarbiges Kleid, aus und trug ihre Make-up dünner auf – erst später wurde ihr bewußt, daß sie sich durch solche Dinge selbst ›zensierte‹.

Gerüchte kamen ihr zu Ohren, denen zufolge Menschen eingesperrt wurden, weil sie zur falschen Zeit die falschen Verwandten besucht hatten. Viele Frauen wurden inhaftiert und verhört, weil sie mit einem Mann, der kein unmittelbarer Verwandter war, zusammen in einem Auto gefahren waren, sogar dann, wenn außer ihnen noch andere Familienmitglieder im Wagen gesessen hatten. Bei jedem Familienbesuch mußten Kontrollposten der Miliz passiert werden, an denen männliche und weibliche Mitglieder der Familie ins Kreuzverhör genommen und ihre Aussagen mit dem ›Familienbesuchskontrollbuch‹, das jeder einzelne Posten führte, auf ihre Richtigkeit überprüft wurden.

In einem Restaurant essen zu gehen wurde zu einem seltenen Ereignis, Würstchen wurden für unrein erklärt und verboten, Wein konnte nur noch heimlich unter dem Tisch oder aus Teekannen serviert werden, statt Musik wurden im Rundfunk nur noch Kriegsmärsche ausgestrahlt. Und was mit jenen geschah, die versehentlich eine Kontrollstelle ausließen oder nach der Ausgangssperre noch unterwegs waren, mochte man sich gar nicht erst ausmalen... Als die Feiertage vorüber waren, kam es Zareen so vor, als habe überhaupt keine Neujahrsfeier stattgefunden. Sie war erleichtert, daß diese Tage vorüber waren und freute sich auf das vereinbarte Treffen mit ihren Freundinnen in ihrem Salon.

Fatima sah erholt aus, aber eine lange, genähte Wunde entstellte immer noch ihr Gesicht. Die Wunde verlief unterhalb ihres Auges um den Wangenknochen herum durch ihre Augenbraue, und mehrere kleinere Schrammen waren drumherum verteilt. Fatima war während der Neujahrsfeiern aus dem Krankenhaus entlassen worden. Zareen und Goli hatten sie seitdem schon besucht, aber dies war seit der Kesselschlacht am Azadi-Platz das erste Zusammentreffen, bei dem alle vier anwesend waren.

Während Zareen Tee ausschenkte, spiegelten sich ihre Hände unwirklich verzerrt in dem Bronzeeinsatz des Samowars. Nun, da auch Fatima anwesend war, diskutierten sie erneut über die Beschränkungen, die seit Jahresanfang in Kraft getreten waren, und suchten nach Wegen, wie sie sich dagegen schützen könnten. Fatima, die es sich auf den großen Kissen bequem gemacht hatte, fragte die anderen, was sie vom Aufbau einer weiblichen Selbstschutzgruppe hielten.

»Das wäre wenigstens ein kleiner Anfang«, meinte sie. »Draußen auf den Straßen passiert so viel, von dem wir keine Ahnung haben... und es wäre doch kein schlechter Einstieg, einfach mal hinauszugehen und alles zu beobachten...«

»Was du das vorschlägst, klingt äußerst gefährlich, Fati...«, sagte Zareen.

Doch Malihe fiel ihr ins Wort. »Fati hat recht, wir sollten etwas unternehmen; wir können nicht nur passiv herumsitzen und diese brutale Vorgehensweise von Seiten der Regierung akzeptieren... wir müssen handeln, wir dürfen nicht klein beigeben...«

»Ihr könnt ja leicht militant werden«, fuhr Zareen fort, »denn ihr seid alleinstehende Frauen. Ich dagegen habe eine Familie – einen Mann, mit dem ich gut auskomme, und zwei Kinder, die ich sehr liebe. Ich möchte ihr Leben nicht in Gefahr bringen... und auch ich selbst habe Angst davor, getötet zu werden... oder für nichts und wieder nichts verhaftet und ins Gefängnis gesteckt zu werden.«

»Und was für eine Alternative schlägst du dann vor, Zari?« fragte Fatima.

»Ich schlage gar nichts vor...«, erwiderte Zareen leise. »Ich habe einfach nur Angst. Diese Regierung hat viele Anhänger beim Volk, viele Frauen unterstützen sie, und ihr wißt doch, wie die iranischen Frauen sind... außerdem stehen die Armee, die Miliz, die Gerichtshöfe, die Geistlichen, die Polizei, der Geheimdienst und jetzt auch die Revolutionsgarde hinter ihr. Und wer steht hinter uns?«

»Na und? Frauen sind nun mal so, sie warten und warten geduldig ab... aber es wird ihnen gar nichts anderes übrigbleiben, als umzudenken«, meinte Malihe.

»Und wieviele Frauen werden dafür ihr Leben lassen müssen?« fuhr Zareen unbeirrt fort.

»Ich hätte keine Bedenken, Streifzüge durch die Straßen zu machen, jedoch nur als Mann verkleidet«, sagte Goli unvermittelt.

»Wie bitte?« Zareen war vollkommen perplex. »Erst heißt es, du willst gar nicht mehr aus dem Haus gehen, weil du Angst davor hast, wieder überfallen zu werden, und jetzt willst du plötzlich in Männerkleidern losziehen... das ist ja wohl nicht zu fassen!« Auch die anderen beiden waren über Golis Äußerung überrascht.

»Ich finde die Idee gar nicht schlecht«, meinte Malihe nach einer Weile zu Golis Verteidigung. »Wir könnten es doch als eine Art von Anschauungsunterricht, was sich in einem islamisch regierten Staat nachts auf der Straße tut, betrachten. Das wird eine ganz neue Erfahrung für uns sein, zu beobachten, wie die *pasdaran* die Straßen kontrollieren, wie sie durch ihre bloße Anwesenheit, durch ihre Körpersprache einschüchternd wirken... ich selbst möchte zwar nicht mitmachen, weil ich mich zu alt dafür fühle, aber für euch drei dürfte das doch kein Problem sein!«

Derart ermutigt, fuhr Goli fort: »Ich habe einige Selbstverteidigungstechniken ausprobiert, mit denen man einen Angreifer überwältigen kann. Ich übe regelmäßig zu Hause mit meinen Brüdern... und...«

»Laß uns zusammen üben«, bat Fatima. »Was Sport anbelangt, habe ich mich schon immer ungeschickt angestellt. Deswegen ziehe ich es vor, Schach zu spielen und die Bauern des Königs zu schlagen, ohne mich selbst bewegen zu müssen. Aber ich muß es jetzt wenigstens versuchen... sobald ich wieder ganz auf der Höhe bin.«

Die anderen blickten unwillkürlich zu ihrer langsam heilenden Wunde am Auge hin.

»Für dich wäre es sicher leicht, passende Männerkleidung zu finden«, sagte Goli zu ihr. »Aber ich mit meiner Figur?« Sie sah zu Malihe hinüber, die das Kleid, das sie gerade nähte, auf ihren Schoß sinken ließ.

»Wie wär's, wenn ich dir eine *aba* nähte?« schlug diese vor. »Darunter könntest du deine Figur gut verbergen. Für einen Herrenanzug bist du zu klein.«

»Bist du ernsthaft entschlossen, diesen Plan durchzuführen?« fragte Zareen. »Nun, Malihe hat auf jeden Fall recht: passende Männerkleidung für dich zu finden, wäre zu schwierig.«

»Nicht unbedingt«, entgegnete Malihe. »Ich könnte ja versuchen, auf dem Second-hand-Markt in Parke-Schahr etwas Passendes zu finden.«

»Und was würdest du dem Verkäufer sagen? Daß du den Anzug für einen Sohn benötigtest, der momentan nicht zu Hause sei? Er würde doch sofort Verdacht schöpfen, es handele sich um einen Terroristen!«

Malihe erstarrte plötzlich, und ein Anflug von Bitterkeit und Schmerz überschattete ihr Gesicht. Da wurde Zareen erst bewußt, was sie da so leichtfertig gesagt hatte. Wie konnte sie nur so unüberlegt daherreden! Beschämt blickte sie nach unten und verbarg ihr Gesicht hinter ihrer linken Hand.

»Kannst du mir meine Gedankenlosigkeit verzeihen?« fragte sie stockend. Goli sah Fatima an und zuckte hilflos mit den Schultern. Beklommenes Schweigen.

Malihe spürte den Blick der anderen auf ihrem Gesicht und sagte schließlich: »Du kannst ja nichts dafür... ich lasse mich immer noch so leicht aus der Fassung bringen, dabei sollte ich eigentlich längst darüber hinweggekommen sein... Ach, warum sind meine Kinder nach der Revolution aber auch nicht zurückgekehrt? Sie hatten es mir doch versprochen! Was hält sie noch dort? Was ist es, das wichtiger ist als ihre eigene Mutter? Es wäre ein günstiger Zeitpunkt für eine Rückkehr gewesen...«

Fatima versuchte sie zu trösten. »Es ist besser, daß sie es nicht getan haben: Hier wären sie ja doch nur gefangengenommen worden – vielleicht nicht sofort nach ihrer Ankunft, aber irgendwann mit Sicherheit!«

»Mali, es tut mir leid, daß ich so dumm dahergeschwätzt habe«, versuchte Zareen es erneut. »Aber auch ich bin davon überzeugt, daß es sicherer für deine Kinder ist, vorerst nicht in den Iran zurückzukehren. Ich verstehe ja, daß es dir lieber wäre, wenn sie wieder bei dir wären, aber denk an ihre Zukunft... denk an unsere Zukunft... wenn wir überhaupt eine haben.«

Zareen bereitete frischen Tee zu in der Hoffnung, die Spannung etwas zu lockern. Aber die gedrückte Stimmung ließ sich nicht vertreiben.

Malihe hielt ihr Teeglas in der Hand, nippte vorsichtig daran und starrte gedankenverloren hinein wie in eine Kristallkugel. Sie wandte sich zu Zareen, die verständnislos dreinblickte: »Ich glaube, du kennst meine Lebensgeschichte noch nicht, oder?« Sie faßte ihre Erlebnisse kurz zusammen; alle hörten ihr betroffen zu, auch die beiden, die sie schon kannten. »Zeitweise kann ich es akzeptieren, daß es Dinge gibt, für die zu kämpfen wichtiger ist als alles andere, die wichtiger sind als alle Familienbande. Aber dann gibt es wieder Momente, in denen ich mich schrecklich verletzt fühle. Wenn ich andere Mütter mit ihren erwachsenen Kindern sehe, wenn ich alte Freunde treffe und sie mir erzählen, was sich in ihrem Leben so alles verändert hat, dann wünsche ich mir, ich wüßte wenigstens, wie es meinen Kindern geht und was sie tun. Ich möchte an ihrem Leben teilhaben können, möchte ein Teil davon sein. Wenn ich gelegentlich spüre, wie mein Körper altert, oder wenn ich einsam bin, dann befällt mich ein Gefühl, von Bitterkeit. Dann denke ich, für meine Kinder dürfte eigentlich nichts wichtiger sein als ihre Mutter. Ich weiß, daß das egoistisch ist, aber warum auch nicht, sage ich mir! Doch im Vergleich zu den ersten Jahren ihrer Abwesenheit werde ich jetzt schon viel besser damit fertig.«

Betroffen und nachdenklich saßen sie da. »Du hast doch uns! Wir halten zu dir, und uns bist du nicht gleichgültig!« sagte Zareen tröstend.

Goli war tief bewegt von Malihes Lebensgeschichte, von ihrer Beharrlichkeit, ihrer Empfindsamkeit und den erlittenen Schmerzen. Sie ging zu ihr hinüber und nahm sie in den Arm, schmiegte sich an ihren fülligen Busen und sagte: »Du bist eine sehr tapfere Frau. Aber Tapferkeit wird bei uns Frauen nicht anerkannt, stimmt's?«

Wieder trat ein Schweigen ein, bis Zareen energisch aufsprang: »Nein, so lasse ich euch nicht gehen! Wir brauchen jetzt ein wenig Musik, um uns wieder aufzumuntern! Ich werde meine *dayereh* holen und euch etwas vorspielen.« Während sie aus dem Zimmer lief, kramte Fatima in ihrer Handtasche und zog schließlich eine kleine, glänzende Mundharmonika hervor.

»Was, du kannst Mundharmonika spielen?« rief Goli überrascht.

»Ja, immer wenn ich mich zu Hause einsam fühle, hole ich sie heraus und spiele mir selbst etwas vor«, antwortete Fatima. »Es ist schrecklich, ein Einzelkind zu sein! Deshalb brauche ich diesen kleinen Begleiter, der mich mit seinen Klängen erfreut. Wenn mein Vater da ist, darf ich nicht darauf spielen, aber er kommt meistens erst spät abends nach Hause, und so spiele ich oft bei Einbruch der Dunkelheit darauf, wenn unser Haus in tiefes Schweigen versinkt.«

Zareen kam zurück mit ihrer *dayereh*, einer großen Handtrommel, an deren Rahmen viele kleine Schellen befestigt waren. Fatima führte die Mundharmonika an den Mund, legte ihre langen, gestreckten Finger um den kleinen Klangkörper und blies hinein. Der erzeugte Ton klang, als platze ein reifer Granatapfel, aus dem der rote Saft herauslief.

Zareen hielt die *dayereh* über ihrer linken Schulter in die Höhe, ihre Finger lagen einsatzbereit auf dem hellen Schlagfell. Fatima spielte ein altes Volkslied, eine melancholische Melodie. Zareen begleitete sie, schlug in langsamem Rhythmus kraftvoll mit ihren Fingerkuppen auf das Trommelfell. Die Melodie ging ihnen unter die Haut und rührte sie.

Zareen steigerte das Tempo ihres Anschlags und schwenkte gleichzeitig die Trommel hin und her, um die Schellen noch mehr zum Klingen zu bringen. Der schnelle Rhythmus der *dayereh* harmonierte nicht mehr mit den zarten Tönen des Volksliedes, das Fatima angestimmt hatte. Sie brach ab und spielte eine schnellere Weise, die zu Zareens lautem Getrommel paßte. Ihre Stimmung stieg, ein Lächeln erschien auf ihren Lippen, sie klopften im Takt der Musik mit ihren Füßen auf den Fußboden. Goli summte die Lieder mit. Malihe betrachtete sie dabei: ihre Lippen und ihr Hals waren verheilt. Die Wunden junger Frauen heilen schnell, dachte sie. Malihe fiel mit ein, pfiff, wippte mit dem Kopf und bewegte ihre Finger im Takt der Musik. Goli schnippte mit den Fingern, und Malihe begann im Rhythmus der Musik zu tanzen.

»Los, Goli, tanz auch mit«, forderte Zareen sie auf.

In diesem Augenblick erschienen zwei kleine Köpfe an der Tür. »Ihr macht solch einen Krach, daß wir uns nicht auf unsere Hausaufgaben konzentrieren können! Dürfen wir hereinkommen?« Zareen verlangsamte ihr Getrommel.

»Nein, geht wieder zurück in euer Zimmer und machte eure Hausaufgaben fertig. Ich komme gleich zu euch«, rief sie ihnen zu. Die Köpfe verschwanden, und Zareen erhöhte wieder das Tempo. Als sie alle gerade wieder so richtig in Fahrt gerieten, wurden sie erneut von einem Klopfen an der Tür unterbrochen.

»Diese Kinder, also wirklich!« rief Zareen und rannte mit ihrer *dayereh* in der Hand hinaus.

Fatima spielte wieder eine langsamere Melodie; die beiden anderen hörten auf zu tanzen und zu pfeifen.

Von draußen drangen auf einmal barsche Worte zu ihnen ins Zimmer. Es hörte sich so an, als spräche Zareen mit einem Mann. Sie spitzten ihre Ohren. Einen Augenblick später stand Zareen wieder in der Tür: mit hängenden Schultern, leeren Händen und einem leeren Blick.

»Sie haben mir meine *dayereh* weggenommen... mit der Begründung, dies sei ein unmoralisches und gefährliches Instrument. Es ist neuerdings verboten, zu musizieren... Die Miliz hat meine *dayereh* konfisziert... hat sie gefangengenommen«, wiederholte sie mechanisch. Entsetzt sahen sie einander an. Fatima versteckte schnell ihre Mundharmonika.

7

Der Gedanke an Malihes leidvolle Lebensgeschichte ließ Goli nicht los. Auch die anderen Ereignisse des Tages gingen ihr nicht aus dem Kopf, vor allem ihr gemeinsames Musizieren, das durch die Beschlagnahme von Zareens *dayereh* gewaltsam abgebrochen worden war. Es wird nicht mehr lange dauern, dann nehmen sie auch unser Lächeln gefangen, dachte sie. Welchen Wortlaut mochten die Gesetze haben, in denen das Musizieren verboten wurde? Daß Musik Freude bereite, Freude aber verderblich für die Seele sei? Dürfen wir uns denn jetzt an gar nichts mehr erfreuen, nicht einmal an den Klängen einer kleinen Handtrommel? Was wird als nächstes kommen?

Sie dachte über Malihe nach, über deren hartes und tragisches Schicksal – eine einsame, ältere Frau, deren Kinder in der Fremde waren oder womöglich längst nicht mehr lebten, eine Frau, die während des Schah-Regimes in Einzelhaft gesteckt worden war und der dort ständig mit Folterungen gedroht worden war. Sie bewunderte Malihe dafür, daß sie trotz allem ihren Lebensmut nicht aufgegeben hatte, daß sie so viel Stärke und Geduld aufbrachte und gesunden Menschenverstand bewies, und schöpfte dadurch selbst wieder Zuversicht.

Sie versuchte, sich Malihes Kinder vorzustellen. Als diese sich dazu entschlossen hatten, das Land zu verlassen, mußten sie etwas älter gewesen sein, als Goli es jetzt war. Sie versuchte, sich in die beiden hineinzuversetzen. Sie mußten fest an ihre Ziele geglaubt haben. Sie kannte nur wenige Menschen, die solche Entscheidungen getroffen hatten, die bereit waren, für die Sache anderer Menschen zu kämpfen und dafür ihr Leben aufs Spiel zu setzen. Die Beweggründe konnte sie nur schwer verstehen.

Sie mußte unwillkürlich an Marjan denken, an ihr Engagement, und begann, sie in einem neuen Licht zu sehen. Ein leichtes Schuldbewußtsein stieg in ihr auf, weil ihr Gemeinschaftssinn so wenig ausgeprägt war.

Auf dem Weg von der Universität nach Hause überlegte sie, ob sie Marjan von Malihe erzählen sollte. Goli hatte ihrer Freundin und ihren anderen Studienkolleginnen gegenüber die Zusammenkunft im Salon ›Ziba Style‹ nicht erwähnt. Sie wußte nicht, wie diese reagieren würden, wenn sie hörten, daß sie regelmäßig einen Friseursalon im armen Süden der Stadt, in der Nähe des berühmten, besser gesagt berüchtigten Armenfriedhofs Mesgar Abad aufsuchte. Ihr war ja auch selbst nicht klar, zu welchem Ergebnis diese Treffen führen würden und was sie sich eigentlich davon erwartete.

Schließlich erzählte sie Marjan doch ein wenig von Malihe und ihren Kindern, jedoch in einem ganz beiläufigen Ton. Marjan empfand zwar Mitgefühl mit der verlassenen Mutter, zeigte aber nicht viel Verständnis für Leute, die nach Palästina oder in andere Länder gingen, um dort zu kämpfen. Sie sprach ihre Zweifel offen aus. Sie sei sich nicht sicher, ob solch ein Engagement Mut beweise oder ob es nicht eher eine Flucht vor der Verantwortung darstelle. Männer und Frauen, die ihr Heimatland verließen, während dort Aufruhr und Chaos herrschten, um in einem fremden Land für die Rechte anderer zu kämpfen, bewiesen ihrer Meinung nach einen utopischen Heroismus, erklärte sie mißbilligend und schroff.

Goli war von Marjans ablehnender Haltung überrascht und gleichzeitig enttäuscht. Sie hatte eigentlich damit gerechnet, daß Marjan die Entscheidung von Malihes Kindern gutheißen würde.

»Die Palästinenser kommen auch ohne die Hilfe eines Haufens iranischer Novizen zurecht«, meinte Marjan. »Warum sind diese Leute nicht hier und unterstützen die Revolution?«

»Ich weiß es nicht, und du weißt es auch nicht. Aber das ist noch lange kein Grund, ihnen vorzuwerfen, sie engagierten sich für etwas weniger Wichtiges und entzögen sich ihren *wahren* Verpflichtungen«, erwiderte Goli verärgert.

»Aber sieh dir doch unseren Staat an: Wir brauchen im Augenblick mehr Hilfe und Unterstützung als die Palästinenser! Warum haben sie keine Brigade aus Palästina geholt, die für uns kämpft, eine Brigade palästinensischer Frauen, die uns zeigt, wie man sich gegen die Fundamentalisten wehrt?« fuhr Marjan fort.

Goli lächelte. Marjan sah sie an und mußte auch lächeln.

»Ausgerechnet du mußt andere Menschen so ungerecht beurteilen«, sagte Goli. »Sie hätten doch unmöglich alles stehen und liegen lassen können, um hierher zu eilen! Du siehst das einfach nicht realistisch. Auch sie haben doch wohl ein Recht auf Selbstbestimmung!«

»Ich wollte damit nur andeuten, daß es manchmal leichter ist und auch prestigeträchtiger, für eine fremde Sache zu kämpfen, die weit weg ist, als gegen die kleinen alltäglichen Schwierigkeiten zu Hause.«

»Und ich meine, daß es manchmal schwer fällt – sogar den Sozialisten –, einen Zusammenhang zu erkennen zwischen dem, für das man selbst kämpft, und dem, wofür andere Menschen anderswo kämpfen. Manche Leute können über ihre eigene Nasenspitze und ihre Lohntüte nicht hinaussehen! Ich finde es gut, daß andere Menschen Dinge tun, zu denen nur wenige von uns bereit wären.«

»Wie dem auch sei – wer ist diese Frau denn nun eigentlich?« fragte Marjan. »Wo hast du sie kennengelernt?«

Goli erschrak. Diese Frage rief sie wieder von der Welt der Ideen in die Realität zurück. »Ach, das ist unwichtig. Ich kenne sie nicht persönlich«, sagte sie, nunmehr fest entschlossen, Marjan keine weiteren Einzelheiten zu erzählen.

Herr Hamadi hatte die Frauen benachrichtigen lassen, daß er bereit wäre, ihnen am Nachmittag des folgenden Mittwochs Karate-Unterricht zu erteilen. Dies sei ein günstiger Termin, denn wegen einer Protestveranstaltung vor dem Parlamantsgebäude würden die meisten Dozenten und Studenten, insbesondere aber die Fundamentalisten die Universität verlassen, und die Sporthalle sei ebenfalls nicht belegt.

Das waren gute Nachrichten. Die Zahl der Teilnehmerinnen würde sich allerdings auf sechs reduzieren, da einige der Interessentinnen ebenfalls an der Protestveranstaltung teilnehmen wollten. Marjan sprach darum noch ein paar andere Frauen an, ob sie Interesse hätten, Karate zu lernen, und am Mittwoch fanden sich dann insgesamt acht Frauen ein, die das Wagnis eingingen, in der Turnhalle mit einem Mann gesehen zu werden. Alle hatten sie die vervielfältigten Blätter und Bücher gelesen, die der Lehrer ihnen vor den Ferien ausgeteilt hatte, und versucht, sich die Stellungen einzuprägen.

Herr Hamadi war von kleiner, aber kräftiger Statur. Wegen der Frauen behielt er seinen langärmeligen Trainingsanzug an, damit seine Arme und Beine züchtig bedeckt waren. Er hatte den Frauen geraten, keine engen Jeans oder Röcke anzuziehen, sondern sich zweckmäßig und bequem zu kleiden. Um jeglichen Körperkontakt mit ihnen zu vermeiden, hatte er einen Kollegen mitgebracht, mit dem er die Übungen demonstrieren konnte. Er forderte die Frauen auf, sich nebeneinander zu stellen und begann mit einigen Aufwärmübungen.

Bevor er sie dann in Zweiergruppen einteilte, um mit den Karateübungen zu beginnen, drückte er sein Mitgefühl mit den Frauen aus. Er habe gehört, daß die Überfälle – insbesondere auf Frauen, die nachts allein unterwegs waren – zunahmen. Er halte es deshalb für sehr wichtig, daß die Frauen Selbstverteidigungstechniken erlernten. Er betonte, daß eine wichtige Voraussetzung körperliche

Fitness sei und daß in einer Gefahrenlage die für die jeweilige Situation effektivste Methode der Selbstverteidigung angewandt werden müsse. Es sei beispielsweise sinnlos, um Hilfe zu rufen, wenn man in einer dunklen Straße in einem Geschäftsviertel angegriffen werde. Damit würde nur wertvolle Energie vergeudet. Als er dies sagte, wurde Goli ganz weich in den Knien, weil sie wieder an jene schreckliche Nacht zurückdenken mußte, in der sie vergewaltigt worden waren. Sie hielt sich an Marjans Arm fest.

»Wenn Sie in einem überfüllten Bus oder auf einer belebten Straße von einem Mann belästigt werden«, fuhr Herr Hamadi fort, »dann schreien Sie laut um Hilfe. Dadurch bringen Sie ihn in Verlegenheit, und er wird Sie in Ruhe lassen. Auch hier ist es wieder wichtig, keine Energien unnötig zu vergeuden. Überlegen Sie schnell, bleiben Sie besonnen und handeln Sie rasch. Dadurch können Sie ihn überrumpeln. Lassen Sie sich nicht einschüchtern, wenn es sich um einen großen oder muskulösen Typ handelt. Wenn Sie die richtige Technik beherrschen, fällt so einer genauso schnell um.«

Anschließend demonstrierte er mit seinem Kollegen, der – weil er der größere von beiden war – den Angreifer spielte, einige Griffe. Als der andere Mann Herrn Hamadi von hinten attackierte, drückte dieser gelassen, aber energisch die Hände seines Angreifers nach unten und befreite seine eigenen Hände mit einem schnellen Stoß. Dann drehte er sich blitzschnell um und schlug dem anderen in die Hoden, bevor der sich wieder gerade aufrichten konnte. Es war eine sehr einfache, aber wirkungsvolle Übung. Er wiederholte diese Technik mehrere Male und forderte die Frauen dann auf, es mit ihren Partnerinnen nachzumachen. Während sie übten, ging er von einer Gruppe zur anderen und korrigierte ihre Stellungen.

Er demonstrierte dann einen weiteren Scheinangriff, bei dem das Opfer auf dem Boden lag, während der Angreifer es mit der einen Hand festhielt und mit der anderen Hand dessen Hosen oder Rock herunterzuzerren versuchte. Er hob seinen Kopf und tat so, als ob er seinem Angreifer in den Hals beißen würde. »Beißen Sie zu, so fest Sie können!« riet er ihnen. Bei einem anderen Beispiel lag der Angreifer auf dem Opfer und versuchte, seine eigenen Hosen herunterzuziehen. Herr Hamadi trat mit seinen Füßen in den Bauch des Angreifers und stieß ihn von sich herunter.

Die Frauen versuchten die Übungen ganz vorsichtig nachzumachen, aus Angst, sie könnten einander weh tun. Es dauerte jedoch nicht lange, bis sie den richtigen Dreh herausgefunden hatten, und am Ende der Unterrichtsstunde waren sie zwar vollkommen erschöpft, hätten aber am liebsten noch weitertrainiert. Herr Hamadi versprach ihnen, sich wieder mit ihnen in Verbindung zu setzen, sobald sich erneut eine günstige Gelegenheiten bieten würde, ohne allzu großes Risiko eine weitere Übungsstunde abzuhalten.

Bevor sie aufbrachen, ging Goli zu ihm hinüber und fragte ihn, ob es möglich wäre, daß er in ihrem oder Marjans Zuhause Privatunterricht erteilte. Er wolle es sich überlegen, meinte er, und würde ihnen Bescheid geben, wie er sich entschieden habe. Goli und Marjan freuten sich, daß er die Bitte zumindest nicht auf der Stelle abgelehnt hatte, und sie nahmen sich vor, eine oder zwei weitere Frauen zu fragen, ob sie mitmachen wollten. Während Marjan neben der radelnden Goli herrannte, vereinbarten sie, von nun an regelmäßig miteinander zu trainieren.

Von Golis bis zu Zareens Zuhause war es ein weiter Weg, doch als Malihe sie anrief und ihr mitteilte, daß der Anzug für sie fertig sei, nahm Goli sofort ein Taxi und ließ sich zum Seh-Rahe-Jaleh-Platz bringen. Als sie eintraf, waren alle anderen schon versammelt. Auf der auf dem Boden ausgebreiteten wunderschön bestickten *sofreh* standen schon der dampfende Samowar, Teegläser und verschiedene Süßigkeiten.

»Oh, wer hat das so hübsch hergerichtet?« rief Goli überrascht aus. »Was ist los? Hat hier jemand Grund zum Feiern?«

»Ja, wir!« rief Zareen grinsend. »Wir feiern deinen Eintritt ins Mannesalter!« Alle lachten.

»Oh, und es gibt sogar *sohan*! Ich bin doch ganz verrückt nach dieser süßen Leckerei aus Ghom!« rief Goli. »Wer hat denn der Heimatstadt der Mullahs einen Besuch abgestattet?«

»Wir haben sie geschenkt bekommen, genauer gesagt, ein Kollege brachte sie meinem Vater mit«, antwortete Fatima und nahm sich ein Stück.

Auch Goli wartete nicht erst ab, bis der Tee fertig war, sondern griff sofort zu. »Hmmm, köstlich! So nussig und knusprig. Nur schade, daß solche Köstlichkeiten aus diesem widerlichen Kaff kommen!«

»Ghom ist kein widerliches Kaff, sondern eine wunderschöne Stadt«, wies Fatima sie zurecht, »der Schrein der Fatima soll älter sein als der schiitische Islam. Auf jeden Fall ist es gut, daß all diese Männer ihr Grab besuchen und vor ihr auf die Knie fallen. Eine der Säulen ihres Schreins soll die Form einer nackten Frau haben, die einen Weizenhalm vor der Brust hält.«

»Wetten, daß das den Mullahs gefällt!« rief Goli lachend, und die anderen stimmten mit ein. Sie reichten den Tee herum.

»Willst du nicht endlich deinen Anzug anprobieren, Goli?« fragte Zareen. »Komm schon, ich sehe dir doch an, daß du es kaum noch aushältst vor Ungeduld!«

Goli verschwand hinter dem Vorhang, um sich die Hosen anzuziehen, schlüpfte dann in die Jacke und trat als eine vollkommen verwandelte Person wieder hervor. Die anderen starrten sie mit offenen Mündern an. Goli stolzierte vor ihnen auf und ab, kerzengerade, mit erhobenem

Kopf und energischen Schritten, während die drei sie unverwandt beobachteten.

»He, ihr habt ja die ganzen Süßigkeiten aufgegessen! Ihr habt mich hereingelegt!« rief Goli mit verstellter Stimme und setzte sich wieder zu ihnen.

»Und was geschieht, wenn sie herausfinden, daß wir Frauen sind?« fragte sie dann.

»Ich habe mich erkundigt«, erklärte Fatima, »es gibt kein Gesetz, das Frauen das Tragen von Männerkleidung verbietet.«

»Wer richtet sich heutzutage noch nach Gesetzen!« warf Zareen ein.

»Die Fundamentalisten sehen sich doch selbst als personifiziertes Gesetz an«, sagte Malihe. »Den Nachrichten zufolge werden sie jetzt sowieso alle Gesetze abändern. Ich wette, sie sind schon längst dabei.«

»Was gibt es da viel zu ändern? Unser Recht basiert doch sowieso auf dem Koran«, warf Fatima ein.

»Revolutionen bedeuten doch gemeinhin Fortschritt. Unsere hingegen scheint uns ins Mittelalter zurückzuwerfen, und darauf sind sie auch noch stolz!« bemerkte Malihe.

»Nun, wie sieht dein Plan aus«, wandte sich Zareen an Goli. »Wen knöpfen wir uns zuerst vor?«

»Au Backe, wenn ich das wüßte! Als ich diesen Vorschlag machte, uns als Männer zu verkleiden, da hielt ich ihn für eine gute Idee ... aber jetzt bekomme ich auf einmal Angst, wenn ich mir vorstelle, ich soll in diesen Kleidern auf die Straße gehen ...«, sagte Goli kleinlaut.

»Ich könnte ja ein paarmal mitkommen«, schlug Zareen vor, »allerdings müßte ich vorher meinen Alten fragen, ob er bereit ist, auf die Kinder aufzupassen ... Frati, würde es dir etwas ausmachen, uns dein Auto auszuleihen?«

»Nein, natürlich nicht! Ihr könnt meinen Wagen jederzeit haben, sofern ich ihn am nächsten Morgen wiederhabe.«

»Du kannst Autofahren?« fragte Goli überrascht.

»Wie bitte?« rief Zareen. »Was sollen dauernd diese überheblichen Fragen... ob ich Autofahren kann... ob Fati Mundharmonika spielen kann... also wirklich! Ihr aus dem reichen und vornehmen Norden...« Sie war verärgert. »Wolltest du mich nicht auch fragen, ob ich deine Sprache verstehe oder ob ich lesen kann? Was bildet ihr reichen, gebildeten Fatzkes euch eigentlich ein?«

»So habe ich das doch nicht gemeint«, erwiderte Goli verlegen.

»Natürlich hast du es so gemeint! Deine Augen sprechen besser als dein Mund!«

Goli schwieg betreten und kaute nervös an ihren Fingernägeln. Bei diesem Geräusch sahen die anderen drei zu ihr hinüber, aber Golis Blick war starr auf die Muster des auf dem Boden liegenden Teppichs gerichtet.

Nach einer Weile blickte sie zu Zareen hoch. »Du hast recht«, sagte sie. »Ich war wirklich überrascht darüber, daß du Autofahren kannst. Und ich war auch neulich überrascht, als ich hörte, daß Fati Mundharmonika spielen kann. Es stimmt... ich gebe es zu, wir reichen Fatzkes sind allen Menschen gegenüber voreingenommen, die nicht der gleichen Schicht angehören wie wir.«

»Was ja wohl eher ein schlechtes Licht auf euch wirft als auf uns«, murmelte Malihe gedankenverloren.

»Ja, das stimmt. Es beweist, wie engstirnig ich doch bin... was aber nicht heißen soll, daß sich das nicht ändern ließe. Seit ich euch kenne, habe ich eine Menge gelernt, und ich lerne immer noch dazu – nicht nur, was Politik anbetrifft und diese fürchterliche Revolutionsregierung, sondern auch über meine persönlichen Unzulänglichkeiten als Frau. Aber ich *lerne*... bitte habt Geduld mit mir.« Sie war völlig zerknirscht und fühlte sich wieder als Außenseiterin.

»Schwamm drüber – laß uns das ganze vergessen... wir sind doch schließlich Freunde«, lenkte Zareen ein.

»Machen wir endlich da weiter, wo wir stehengeblieben waren«, rief Fatima erleichtert.

»Ja, ich bin auch dafür. Wer von uns ist schon frei von Fehlern... Fatima hat recht – wir sollten lieber unseren Plan weiterentwickeln«, stimmte Malihe zu.

Und so kamen sie schließlich überein, daß Zareen Goli anrufen würde, sobald sie mit ihrem Mann ausgemacht habe, an welchem Abend er auf die Kinder aufpassen würde.

»Ich möchte ja zu gerne wissen, wie du deinen Alten dazu kriegst, die Kinder zu hüten«, sagte Malihe.

»Wenn du wirklich wissen willst, wie ich das anstelle, dann werde ich's dir verraten, sobald diese beiden jungen Mädchen gegangen sind«, erwiderte Zareen und sah Malihe dabei verschmitzt an.

Fatima nahm Goli bei der Hand und sagte: »Verdirb sie uns nicht! Schließlich ist sie unsere Denkmaschine und unsere Strategin... Ihr verheirateten Frauen! Jetzt wundert es mich nicht mehr, daß man uns vor dem Umgang mit euch gewarnt hat!«

»Wenn du noch länger hierbleibst, werde ich dich auch verderben«, gab Zareen lachend zurück. »Hast du schon gehört, was Friseusen alles mit ihren Kundinnen anstellen?« fragte sie Goli grinsend.

»Nein, das mußt du mir unbedingt erzählen«, antwortete Goli und spielte die Unschuldige.

»Ja, mit dem größten Vergnügen. Na, dann hör mir mal gut zu...«

8

Bei Eintritt der Dunkelheit spähten Zareen und Goli – beide von Kopf bis Fuß in Tschadors gehüllt – durch einen Spalt des schweren Vorhangs aus dem Fenster von ›Zyba Style‹ hinaus auf die Straße. Niemand war zu sehen, und die Baumwollvorhänge der Nachbarhäuser waren ebenfalls zugezogen. Die beiden stahlen sich rasch aus dem Haus, schlichen auf Zehenspitzen zu Fatimas Auto und fuhren damit davon.

»Fahren wir besser nicht so langsam und vorsichtig«, meinte Goli. »Mach lieber den rücksichtslosen Fahrstil der anderen nach, dann fallen wir weniger auf!« Sie war nervös und aufgeregt.

»Ja gut, wenn du meinst«, entgegnete Zareen. »Aber laß mir etwas Zeit – ich muß mich erst einmal mit diesem Auto vertraut machen.«

Sie hatten vor, an einer geschützten Stelle anzuhalten, ihre Tschadors auszuziehen und sich in einen Mann und eine Frau zu verwandeln, die einen Besuch bei Freunden machen wollten.

»Dieser Teil der Stadt scheint nicht so streng überwacht zu sein wie der Norden«, stellte Goli fest. »Obwohl mehr Soldaten und *pasdaran* herumlaufen, bewegen sich die Leute – insbesondere die Frauen – hier freier.«

»Tja, hier passen die Frauen eben auf sich selbst auf«, erwiderte Zareen. »Sie haben ein viel ausgeprägteres Gespür für drohende Gefahren, spüren es schon ein Jahr im voraus, wenn Gefahr im Anzug ist.«

»Willst du damit ihre Kollaboration mit diesem System und ihre Feigheit entschuldigen?« fragte Goli.

»Nein, natürlich nicht! Paß auf, da vorne biege ich ab,

denn hier scheint kaum ein Mensch unterwegs zu sein. Dann können wir endlich unsere Tschadors ausziehen.«

Zareen fuhr in eine enge Gasse, die beiden legten ihre Tschadors ab, und einige Minuten später reihten sie sich bereits wieder in den Verkehr auf der Hauptstraße ein. Als Goli einen Blick in den Seitenspiegel warf, um ihr Aussehen zu überprüfen, bemerkte sie zu ihrem großen Schrekken, daß sie von einem Auto verfolgt wurden.

»Was sind denn das für Spinner?« sagte Zareen kopfschüttelnd und verlangsamte die Geschwindigkeit. »Die Kerle in dem Wagen scheinen sich über uns kaputtzulachen. Bleib ruhig und schau nicht zu ihnen hinüber.«

Als die Stoßstangen der beiden Wagen schon beinahe zusammenstießen, scherte das Auto hinter ihnen plötzlich aus.

»He, Sie da, leihen Sie uns für heute abend Ihre Frau?« grölten ihnen die Insassen beim Überholen zu.

Goli war starr vor Schreck. Zareen war ebenfalls erschrocken und zitterte an Händen und Beinen. Sie bogen rasch in die nächstbeste Seitenstraße ab und hielten dort an. Sie schalteten die Innenbeleuchtung ein, um sich im Spiegel zu vergewissern, ob sie nicht irgendwie verdächtig aussahen und strichen ihre Kleider glatt. Ihre Herzen hämmerten so laut wie ein die Felsen herunterdonnernder Wasserfall.

»Es geht gleich wieder...«, stieß Goli schwer atmend hervor.

»Ich habe ganz weiche Knie, mein Gott, stell dir vor, was passiert wäre, wenn sie uns gerammt hätten...«, stöhnte Zareen. Sie schaute Goli an. »Aber du siehst doch überzeugend aus, lediglich dein Haar ist ein wenig zu lange, und ein Schnauzbart wäre auch nicht schlecht... Sollen wir hier parken und zu Fuß weitergehen?«

»Laß uns noch einen Augenblick warten«, bat Goli. »Ich habe immer noch Herzklopfen. Vielleicht sollten wir doch lieber noch ein Stück weiterfahren. Je später und dunkler es wird, um so weniger Autos werden uns hoffentlich begegnen!«

»Dafür aber um so mehr Männer«, entgegnete Zareen.

Sie fuhren auf der Schabas-Avenue in Richtung Jaleh-Platz, auf dem während der Revolution eine friedliche Demonstration brutal niedergeschlagen worden war. Auf den Fassaden waren immer noch revolutionäre Parolen zu lesen. Ausgebrannte Kinos standen in dieser fundamentalistischen Bastion. In diesem Stadtteil lebten Mittel- und Arbeiterschicht auf verschiedenen Straßenseiten.

Im Wohngebiet waren um diese Zeit noch viele Männer unterwegs; in langsamem, gebeugtem Gang gingen sie von der Arbeit nach Hause. Manche schleppten Einkaufstaschen, andere hatten nur ihre leeren Vesperboxen unter den Arm geklemmt. Vor einer Bäckerei hatten sich Frauen und Kinder angestellt; der Geruch des frischen Backwerks zog bis in ihr Auto hinein. Banden Jugendlicher standen an dunklen Straßenecken herum, schwatzten, protzten wortreich mit ihrer Stärke, verteidigten ihr Territorium oder prahlten damit, was sie an jenem Tag alles erreicht hatten.

»Die von der Arbeit kommenden Männer sehen so müde, so gebeugt, so geistesabwesend aus... es scheint, als raube eine Revolution den Menschen all ihre Kräfte, meinst du nicht auch?« fragte Goli.

»Ja, gewiß. Ich glaube sogar, sie raubt ihnen so viele Energien, daß sie nicht mehr in der Lage sind, etwas zu unternehmen, wenn sie merken, daß die Revolution in die falsche Richtung läuft«, entgegnete Zareen betrübt.

Goli war dieser Teil der Stadt völlig unbekannt. Sie kam sich vor wie in einer anderen Welt, so sehr unterschied sich die Stadtlandschaft im Süden von dem ruhigen, grünen Vorort im Norden, in dem sie zuhause war. Aufmerksam betrachtete sie während ihrer Fahrt die vorbeiziehenden Straßen, die engen, baumlosen Seitengassen, das Menschengewühl, die erschöpft aussehenden Männer, ärmlich gekleidete Kinder, scheue Blicke von verschleierten Frauen und die dicht aufeinander stehenden dunklen, stickigen, kleinen Häuser. Sie war betroffen über die hier herrschende Armut und darüber, daß alle Hoffnungen auf eine Besserung der Lebensbedingungen trotz der Revolution unerfüllt geblieben waren. Zareen erzählte ihr, daß die Frauen in diesem Viertel normalerweise nach Einbruch der Dunkelheit nicht mehr auf die Straße gingen, daß die Miliz sie aber nicht belästigen würde, wenn sie ausnahmsweise einmal weggingen, da sie ja in diesem Viertel ansässig waren.

»Hier beginnt ein neuer Stadtteil«, erklärte sie. Sie befanden sich mittlerweile hinter dem Parlamentsgebäude und der Sepah-Salar Moschee – auch diese Gegend gehörte noch zum ärmeren Teil der Stadt.

Zareen lenkte den Wagen auf den großen Parlamentsplatz.

Über dem schmiedeeisernen Tor vor dem Parlamentsgebäude hing eine exakt ausbalancierte Waage als Symbol für die Konstitutionelle Revolution.

»Symbole überdauern große Zeitabschnitte«, stellte Zareen fest, als sie daran vorbeifuhren.

»Die Waage ist sehr klein und wäre besser dazu geeignet, Gold oder Perlen auszuwiegen; sie sollte in einem Geschäft aufgestellt werden und nicht so bedrohlich in der Luft baumeln«, meinte Goli.

»Der Aufstand der Basaris endet in der Herrschaft der Mullahs«, murmelte Zareen.

Zahllose Männer scharten sich auf dem Platz um die Springbrunnen – Händler und Arbeiter sowie Gruppen von uniformierten Männern: Soldaten mit ihren Gewehren, Milizen mit Kalaschnikows, Revolutionsgardisten mit Maschinengewehren und Pistolen, Polizisten mit Schlagstöcken und Gewehren, Gendarmen mit Revolvern und Messern und schließlich die Verkehrspolizisten mit ihren Trillerpfeifen.

»Wie sollen wir jemals gegen so viele verschiedene Waffenarten ankommen?« fragte Zareen verzagt.

»Mit Karate, hoffe ich«, antwortete Goli.

»Das hoffe ich auch«, erwiderte Zareen. »Mich schaudert es beim Anblick all dieser uniformierten Männer. Nichts wie weg von hier!«

Ein paar Meter weiter bogen sie in die Schah-Abad-Avenue ab, deren zentraler Blickpunkt die Schah-Dokht-Oberschule war.

»Dort bin ich zur Schule gegangen«, sagte Goli. »Ist das nicht ein imposantes Gebäude – es wurde nach der Prinzessin benannt. Wußtest du, daß die religiösen Fanatiker fordern, diese große Mädchenschule in eine Jungenschule umzuwandeln, weil sie in unmittelbarer Nähe des Parlamentsgebäudes steht? Die Mädchenschule soll in ein kleineres, unscheinbares Gebäude in einer Nebenstraße verlegt werden!«

»Womöglich sollten wir ihnen noch dankbar dafür sein, daß sie die Schule nicht in Brand gesteckt haben«, sagte Zareen zynisch.

»Genau«, erwiderte Goli. »Stell dir vor: Ein mit meinem Vater befreundeter Historiker hat einmal allen Ernstes behauptet, die Toiletten in dieser Schule seien mit Föten verstopft... Diese Scheißkerle! Nur weil diese Schule eine militante Vergangenheit hat.«

»Tja, das ist mal wieder typisch... so werden wir Frauen doch seit eh und je verleumdet...«

Zareen klang deprimiert. Sie bog unvermittelt in die Amir-Kabir-Straße ein und fuhr weiter in Richtung Toopkhaneh-Platz, der später in Sepah-Platz umbenannt wurde. Sie fuhren um den Platz herum und kamen dabei am Kulturministerium vorbei. Dann sprang Goli das Justizministerium mit seinen prachtvollen neoklassizistischen Säulen ins Auge. Zareen machte sie auf eine Waage aufmerksam, die auf dem Gerichtshof stand. Sie war größer als die Waage auf dem Tor des Parlaments und wurde von einer weiblichen Statue gehalten. Goli schüttelte ihren Kopf über die in der Luft baumelnde leere Waage. Was für eine Geschichte mochte dieses Symbol haben? Wie viele Dinge darauf abgewogen worden? Wer hatte sie erfunden, wo und aus welchem Grund?

Sie fuhren zurück in Richtung Schah-Abad-Platz in die Nähe des Basars und kamen am Erziehungsministerium vorbei. Die Entfernung zwischen Sepah- und Schah-Abad-Platz erschien Goli nicht mehr als vierzig Meter zu betragen, doch die Menschen schienen große Klassenunterschiede aufzuweisen. Auf beiden Plätzen ging es hektisch zu, sie wimmelten von Menschen, meist männlichen Geschlechts. An beiden Plätzen befanden sich Geschäfte und viele Ämter. Am Sepah-Platz standen ältere Gebäude in verschiedenen Baustilen; der Schah-Abad-Platz war kleiner und moderner. Auf dem Parlamentsplatz und dem in der Nähe gelegenen Schah-Abad-Platz gab es viele Cafés – auch das große, bekannte Teehaus Khayyam befand sich dort, das nach dem Willen der religiösen Fanatiker geschlossen werden sollte, weil es ein Treffpunkt vieler junger Frauen und Männer war. Snackbars fand man dort, Eisdielen, Fotoläden, kleine Textilwerkstätten, in denen Frauen arbeiteten, und Passagen mit diversen Boutiquen. Straßenhändler verkauften auf dem Platz Marlboro- und Winston-Zigaretten, Foto-Alben, Feuerzeuge und vieles mehr.

Der Sepah-Platz war einmal eines der Tore zu Alt-Teheran gewesen. Hier befanden sich Büros, Institutionen, Druckereien und Buchläden. Auch das Fernmeldeamt (in dem hauptsächlich Frauen arbeiteten) befand sich dort, die Hauptpost, die berühmte Dar-Ol-Foonoon-Jungenschule und daneben eine große Kaserne. In der Mitte des Platzes standen Springbrunnen und Reiterstatuen. Die Straßenhändler verkauften dort Früchte, warme Speisen als Mittags- oder Abendmahlzeit für die Arbeiter sowie gebrauchte Herrenkleidung. Auf dem Gehsteig waren Bücherstände aufgebaut – die Leute wühlten darin herum, aber nur selten kaufte jemand ein Buch. An die Mauern gelehnt standen ärmlich aussehende Männer und lasen. Auf der breiten Freitreppe vor dem Hauptpostgebäude saßen Schreiber, neben ihnen kauerten Analphabetinnen, die sich ihre Briefe vorlesen oder schreiben ließen. Um sie herum hielten Briefmarkensammler ihren eigenen kleinen Markt.

Goli gewahrte den deutlichen Unterschied zwischen den Menschentypen, die diese beiden Plätze bevölkerten. auf dem Schah-Abad, dem modernen Platz, überwog die jüngere Generation. Die Männer waren lauter, lebhafter und dreister. Viele Studenten, Straßenhändler und Geschäftsleute waren darunter. Mochten sie auch aus verschiedenen Teilen des Landes und aus unterschiedlichen Schichten stammen, so sahen sie doch alle gleich aus: Stadtmenschen. Nur wenige trugen farbenfrohe Trachten und die jeweils dazugehörige Kopfdeckung oder sprachen in ihren regionalen Dialekten. Sie waren modisch gekleidet und schienen die ihnen begegnenden Frauen unbehelligt zu lassen. Sie hasteten hin und her, standen auf den Gehsteigen herum, aber ließen sich nicht darauf nieder. Die Passantinnen bewegten sich auf dem Schah-Abad freier und sahen den Männern unbefangen in die Augen; die meisten waren unverschleiert und trugen Make-up.

Die Männer auf dem Sepah-Platz sahen älter und verhärmt aus; sie waren ärmer und kamen aus ländlichen Gegenden des Irans. Viele trugen ihre Nationaltracht, sprachen ihre eigenen Dialekte und erweckten entweder den Eindruck zielloser Touristen oder Arbeitsloser. Viele von ihnen hatten sich auf dem Bürgersteig niedergelassen, aßen, ruhten sich aus, beobachteten die Passanten oder starrten einfach vor sich hin. Während die älteren Männer bescheiden und gutmütig aussahen, waren die jüngeren laut, ungehobelt und profitgierig. Überall wurde gehandelt, die Atmosphäre hatte etwas Abstoßendes und Zwielichtiges. Auf dem Sepah-Platz waren nicht viele Frauen unterwegs, und der Standesunterschied zwischen Arbeiterinnen aus dem Fernmeldeamt und den verschleierten Hausfrauen war offensichtlich. Hier beobachtete man häufiger, daß Frauen von Männern belästigt wurden.

Zareen fuhr langsam die Sepah-Salar-Avenue entlang, während Goli über die unterschiedlichen Menschentypen auf den beiden Plätzen nachsann. Unvermittelt wandte sie sich an Zareen und fragte: »Was meinst du, welche Männer sind Frauen gegenüber gewalttätiger – Männer von der Art, wie wir sie auf dem Sepah-Platz gesehen haben oder eher die Männer aus der Gesellschaftsschicht, die auf dem Schah-Abad-Platz überwog?«

»Darüber habe ich mir noch gar keine Gedanken gemacht. Ich habe die ganze Zeit über das Erziehungsministerium nachgedacht, und was die Leute in diesem großen Amt wohl den ganzen Tag über tun. Macht das überhaupt einen Unterschied? Wenn ich an die beiden Waagen denke, die wir heute gesehen haben, kommt mir der Gedanke, daß sich letztendlich doch alles gegenseitig aufwiegt.«

»Ich habe den Eindruck, es bestünden Verhaltensunterschiede bei Männern verschiedener Gesellschaftsschichten«, fuhr Goli fort.

»Ja, vielleicht. Zumindest wird immer wieder behauptet, daß die Männer aus den ärmeren Wohngegenden gewalttätiger seien. Aber ich glaube nicht, daß das stimmt. Ich vermute eher, daß die Männer aus der Mittelschicht genauso gewalttätig sind, daß sie das aber nicht so offen zeigen. Die Männer auf dem Schah-Abad-Platz sahen selbstbewußter aus, waren besser gekleidet...«

»... und sie verfügen über mehr Geld«, unterbrach Goli sie. »Sie betrachteten die Frauen objektiver, waren zurückhaltender. Aber ich glaube nicht, daß gewalttätiges Verhalten auf eine bestimmte Schicht beschränkt ist...

Sieh nur dort drüben die Sepah-Salar-Moschee! Ist sie nicht prachtvoll? Ist sie aus der Kadscharenzeit?«

»Ich kenne mich bei sakralen Bauwerken nicht aus, nicht einmal bei den alten, reich verzierten«, antwortete Zareen. »Ich werde jetzt hier in dieser Wohngegend einen Parkplatz suchen, damit wir endlich unseren Rundgang beginnen können. Mach dich seelisch bereit und packe in den nächsten Minuten schon mal deinen ganzen Mut zusammen!«

In dem Gebiet zwischen Jaleh- und Schah-Abad-Platz lebten überwiegend Angehörige des Kleinbürgertums. Es war ein richtiges Labyrinth von Gassen: kurze, lange, breite und schmale, ineinanderführende oder in einer Sackgasse endende Wege. Dunkle, beidseitig von Mauern begrenzte Gassen, die mit handgeschriebenen, gedruckten, übermalten und ausgebesserten Slogans verschmiert waren. Worte wie ›Tod dem...‹ waren ausgestrichen und durch ›Lang lebe...‹ ersetzt.

»Für den Fall, daß uns jemand verdächtig findet und uns fragt, was wir hier zu suchen hätten, werden wir so tun, als suchten wir ein Haus Nummer 30, in dem eine Familie namens Golhari wohnt«, flüsterte Zareen, während sie aus dem Auto stiegen. »Also dann, los geht's!«

Sie liefen ein Stück die gut ausgebaute Straße entlang und bogen dann in eine düstere Gasse ab.

»Wenn wir hier schon Mann und Frau spielen, solltest du dich auch wie ein Mann benehmen! Du müßtest also eigentlich ein paar Schritte vor mir gehen und mit tiefer Stimme sprechen«, sagte Zareen und bezweifelte gleichzeitig, daß Goli dies überzeugend gelingen würde – insbesondere da sie selbst größer und kräftiger war als Goli. Sie liefen trotzdem weiterhin nebeneinander her, ohne ein Wort zu sprechen, Ohren und Augen offen haltend. Als ein Mann im Eiltempo an ihnen vorbeiging, wurde ihnen bewußt, daß ihr gemächliches Schlendern auffällig wirken mußte, und sie beschleunigten ihren Schritt. Die Gassen wurden immer dunkler, Geräusche aus den Häusern drangen gedämpft an ihr Ohr – menschliche Stimmen und das Geplärre aus Radios oder Fernsehgeräten. Hin und wieder hörten sie Menschen miteinander streiten, hörten Frauen, wie sie mit ihren Kindern schimpften. Das Gewirr der dunklen Gassen nahm kein Ende. Die Nacht war mondlos und bedrohlich, der Himmel verhangen, nur ein paar vereinzelte Sterne blinkten herab. Sie liefen weiter. Nur wenige Passanten waren ihnen bislang begegnet. Sie gingen vorbei an verriegelten Haustüren, an Fenstern, deren schwere Vorhänge das Licht im Inneren der Häuser einsperrten, gingen weiter und weiter. Früher hatten die meisten Häuser schöne geschnitzte Holztüren gehabt – jetzt waren diese ersetzt durch eiserne Tore. Schweigend und geisterhaft durchquerten sie eine Gasse nach der anderen. Was mochte wohl hinter den Häuserwänden vor sich gehen, welche Spannungen, Probleme und Ärgernisse gab es da? Bei jedem Geräusch, das die Stille durchbrach, schreckten Zareen und Goli auf: jedesmal, wenn jemand an eine Tür klopfte, eine Tür knarrend geöffnet wurde, wenn ein Vorhang zugezogen wurde oder sich eine Stimme erhob. Alles hatte einen bedrohlichen Klang und flößte ihnen Angst ein, obwohl sie nur wenigen Menschen begegneten und sich nicht einmal Milizen oder herumschnüffelnde Fanatiker darunter befanden.

Mit klopfenden Herzen bogen sie in die nächste Gasse ab, in der es noch dunkler war als in jenen, die sie bereits durchquert hatten. Durch keines der Fenster stahl sich auch nur der dünnste Lichtstrahl. Umhüllt von der Finsternis, tasteten sie sich vorsichtig in dem ihnen völlig unbekannten Gebiet voran.

Auf einmal hörten sie in einiger Entfernung ein undefinierbares leises Rattern.

Goli erstarrte. »Was war das?«

»Laß dich nicht aus der Fassung bringen und gehe ganz gelassen weiter«, versuchte Zareen sie zu beschwichtigen. Das Geräusch wurde immer lauter, es hörte sich an wie das Rasseln einer Kette. Zareen blieb vor Schreck der Atem stehen, und sie klammerte sich an Zareens Arm fest. Ein winziger Lichtkegel bewegte sich aus der Dunkelheit auf sie zu, formte ein Loch in die schwarze Mauer der Dunkelheit. Das Kettengerassel wurde lauter, das Licht greller, die Umrisse eines Radfahrers schälten sich aus der Dunkelheit heraus. Zareen drückte sich dicht an die Mauer, weil die Gasse so schmal war, daß Fußgänger und Radfahrer kaum aneinander vorbei kommen konnten, ohne sich gegenseitig anzurempeln. Als Goli den jungen Mann auf seinem Fahrrad auf sie zufahren sah, versteckte sie sich vor Schreck hinter Zareen. Der Radfahrer fuhr an ihnen vorbei, hielt ein Stück weiter vor einem Haus an und schaute flüchtig zu ihnen zurück. In dem Dämmerlicht konnte er die beiden Frauen nur undeutlich erkennen. Zareen versuchte energisch, Goli hinter sich hervorzuziehen. Einen Augenblick später schloß der Radfahrer die Haustür auf und schob sein Fahrrad in den Hausflur hinein. Zareen seufzte erleichtert auf, ergriff verärgert Golis Hand und zog sie wortlos hinter sich her. Sie gingen an dem Haus vorbei, in dem der Radfahrer soeben verschwunden war, und bogen in die nächste Gasse ein. Als sie drei oder vier Gassen hinter sich gelassen hatten, ließ sie Golis Hand endlich los und zischte sie an: »Warum hast du dich hinter mir versteckt, du Feigling! Was meinst du, wie verdächtig wir dadurch ausgesehen haben, verdammt verdächtig! Ich dachte, du wolltest den starken Mann spielen... und versuchen, ein paar *pasdaran* zu schnappen und ihnen eine Lektion zu erteilen... du bist mir vielleicht ein Hasenfuß!«

»Ist ja schon gut! Mach dich ruhig über mich lustig... ich habe ganz einfach die Nerven verloren. Es tut mir leid, aber ich mache das heute zum ersten Mal... da brauchst du nicht gleich so aufzubrausen«, erwiderte Goli gekränkt und lief weiter. Zareen folgte ihr. Sie hatte vor, eine Art

Rundweg zurück zum Auto zu machen, damit sie nicht wieder die gleichen Gassen zurücklaufen mußten und um zu vermeiden, dem Radfahrer ein zweites Mal zu begegnen.

Schweigend trotteten sie mit ein paar Metern Abstand hintereinander her und ignorierten einander. Lichter und Geräusche zeigten an, daß hier Menschen wohnten, doch auf der Straße war kaum eine Menschenseele zu sehen, nicht ein *pasdaran*, keine bewaffneten Fanatiker und auch sonst keine bedrohlich aussehenden Männer lungerten in den Gassen herum. Vermutlich war diese Wohngegend so sicher, daß die Anwohnerinnen hier gefahrlos abends das Haus verlassen konnten. Zareen schritt forsch und ohne zurückzusehen voran, als kenne sie sich in diesem Viertel aus. Vielleicht war sie auch nur wütend auf Goli. Goli folgte ihr blind, denn sie hatte nicht die geringste Ahnung, wo sie sich befanden. Alles was sie hoffte war, möglichst rasch wieder das schützende Auto zu erreichen. Zareen verlangsamte auf einmal ihr Tempo, damit Goli sie einholen konnte, legte dann den Arm um ihre Taille und bat sie leise, ihr die unüberlegten Worte zu verzeihen. Goli ergriff ihren Arm und nickte. »Manchmal benimmst du dich wirklich unmöglich!«

An der nächsten Wegkreuzung hören sie plötzlich aufgebrachte Stimmen. Sie schienen aus der Gasse zu ihrer Rechten zu kommen, die nur von dem schwachen Licht, das durch die Scheibe einer Balkontür hindurchfiel, erhellt war. Sie schlichen weiter, die Stimmen wurden immer deutlicher – eine Frau, ein Mann und mehrere Kinder schrien durcheinander. Schließlich fanden sie das Haus, aus dem der Lärm drang, stellten sich unter das Fenster und lauschten. Die Frau weinte und bettelte, der Mann brüllte verärgert herum. Goli preßte ihr Gesicht an das Fenster, konnte aber nichts erkennen, weil sie Vorhänge zugezogen waren.

»Mein Sohn blutet! Du herzloses Frauenzimmer!« Lautes Gestampfe, Schläge, Gerangel. »Verlaß sofort dieses Haus!« brüllte der Mann. »Es war ein Fehler, dich arbeiten gehen zu lassen ! Du solltest zu Hause bleiben und auf meinen Sohn aufpassen! Fürs Geldverdienen bin einzig und allein ich zuständig!« – »Nein, laß mich doch... nur noch ein paar Tage... dann wird der Kinderhort eröffnet... vier Tage, haben sie gesagt...«, flehte die Frau.

»Das interessiert mich nicht! Ich brauche dein Geld nicht!«

Die Frau fing bitterlich an zu weinen. Goli und Zareen suchten einen Spalt im Vorhang, durch den sie in das Zimmer spähen konnten, sahen jedoch nichts weiter als den schwachen Lichtschein, hörten nur das Wutgeschrei, die Seufzer, das Gestöhne und die Beschimpfungen. Die Stimme der Frau wurde immer schwächer. »Nein, ich kann das nicht, tu mir das nicht an...«

Goli gab Zareen durch eine Geste zu verstehen, daß sie an die Tür klopfen wollte. Doch Zareen winkte ab. Goli, die sich nicht von ihrem Vorhaben abbringen lassen wollte, fuchtelte ärgerlich mit ihrer Hand herum. Zareen drückte die Hand nach unten und schüttelte den Kopf. »Warum denn nicht?« wisperte Goli und befreite ihre Hand. Zareen tippte sich an die Stirn. Niemand schien sich um das Geschrei zu kümmern, keiner der Nachbarn kam heraus oder zog die Vorhänge zurück, um zu sehen, was denn da los war. Es war eben eine reine Familienangelegenheit, in die man sich nicht einmischte. Die Stimmen verstummten. Zareen ergriff erneut Golis Hand, aus Angst, sie würde trotzdem noch an die Tür klopfen, und zog ihre Freundin energisch hinter sich her.

»Gott sei Dank, da steht unser Auto! Darin können wir uns wenigstens sicher fühlen.« Zareen seufzte tief, als sie einstieg und sich auf den Fahrersitz plumpsen ließ.

»Relativ sicher zumindest.« Goli stieg auf der Beifahrerseite ein. »Warum haben wir nicht an die Tür geklopft und den Mann zur Rede gestellt, verdammt noch mal?«

»Weil es seine Frau war, mit der er herumstritt. Er wäre dadurch nur noch mehr in Rage geraten und hätte uns angeschrien, wir sollten machen, daß wir fortkämen«, entgegnete Zareen.

»Da bin ich mir nicht so sicher. Vielleicht hätten wir ihn so sehr überrascht, daß er sich beruhigt und den Streit beendet hätte«, warf Goli ein.

»Schon möglich, doch dann hätte das Theater spätestens morgen von vorn angefangen.«

»Aber wir sind nun mal zufällig gerade heute nacht hier und hätten zumindest versuchen können, seinem gewalttätigen Verhalten Einhalt zu gebieten«, beharrte Goli.

»Jetzt denk doch mal nach...«, sagte Zareen, »...was du da vorschlägst, ist völlig unsinnig. Wir können uns nicht einfach in die Privatangelegenheiten anderer Leute einmischen, schon gar nicht auf diese Weise. Im übrigen hättest du es ja doch nicht gewagt, an die Tür zu klopfen – du hättest mich wieder vorgeschoben, während du dich selbst hinter mir verstecktest... Aber wie dem auch sei... Gewalt in der Ehe gibt es nun einmal, hat es schon immer gegeben – daran können *wir* nichts ändern!«

»In diesem Fall wäre es uns vielleicht gelungen – wir hätten es eben versuchen müssen!«

»Wenn ich mich in so etwas einmischen würde, dann höchstens in meiner Nachbarschaft, und nicht in einem Wohnviertel, in dem mich niemand kennt«, erwiderte Zareen gereizt. »Hast du denn vergessen, warum wir eigentlich hier sind? Wir sind doch nicht gekommen, um einzelne Ehemänner umzuerziehen. Was wäre passiert, wenn wir ihn durch unsere Einmischung um so mehr aufgebracht hätten? Was hätten wir getan, wenn er auch noch auf uns eingeprügelt hätte? Nein, für Einzelpersonen können wir nichts tun!«

»Wir sprechen hier über Gewalt in der Ehe«, zischte Goli. »Ich frage mich, auf wessen Seite du eigentlich stehst!«

»Ach, Goli, ich bin jetzt müde und kaputt«, war Zareens Antwort. »Im Moment ist mir alles egal. Das einzige, was mich im Augenblick noch interessiert, ist, daß wir heute wieder sicher nach Hause kommen.«

Goli rutschte verärgert auf ihrem Sitz hin und her, zog die Knie hoch und verschränkte ihre Arme darum.

»Vielleicht ist ja das der Grund dafür, daß wir nachts nicht auf die Straße gehen sollen: Wir sollen nicht wissen, daß solche Dinge passieren!«

»Natürlich macht es einen großen Unterschied, ob wir etwas wissen oder nicht«, stimmte Zareen zu. »Heute abend zum Beispiel haben wir in diesem Stadtteil keine *pasdaran*, keine bewaffnete Miliz und keine Fanatiker gesehen, die eine Frau abfangen wollten, die allein unterwegs war – folglich hätten wir eigentlich zu dem Schluß kommen müssen, auf den Straßen drohe uns Frauen keine Gefahr... und schon kommt es uns so vor, als seien die in Wirklichkeit unsicheren Straßen für Frauen sicherer als die eigenen Häuser...«

Zareen startete den Motor. Sie entschied sich, auf den Hauptstraßen zu bleiben, um schneller voranzukommen und Goli einen besseren Überblick über diesen Teil Teherans zu vermitteln. Sie fuhr sehr vorsichtig, obwohl auf den Straßen kaum noch Verkehr herrschte. Sie kamen an dem Palast vorbei, in dem Prinzessin Ashraf, die Zwillingsschwester des Schahs, gewohnt hatte. Das Gelände war dunkel und menschenleer – welch ein Gegensatz zu seiner Glanzzeit. In dieser Gegend liefen zahlreiche mit Gewehren bewaffnete Wachen in Zweier- und Dreiergruppen auf und ab.

Zareen beobachtete während der Fahrt aufmerksam, was sich auf den Gehsteigen rechts und links von der Fahrbahn tat. Eine Person erregte ihr Mißtrauen – eine in einen Tschador gehüllte Frau, die den Eindruck erweckte, als hätte sie sich verlaufen. Alle paar Schritte warf sie einen nervösen Blick nach hinten. Zareen verlangsamte die

Geschwindigkeit und forderte Goli auf, die Frau im Auge zu behalten.

»Komm, laß uns hinter ihr hergehen«, schlug Zareen vor. Während sie den Wagen parkte, bog die Frau in eine dunkle Seitengasse ab. Sie stiegen aus und blickten sich vorsichtig um, bevor sie der Fremden langsam folgten. Ihr schwarzer Tschador verschmolz mit der Finsternis, und manchmal schien sie sich wie ein Geist darin aufzulösen. In einer Wegbiegung blieb sie plötzlich im Schutz der Dunkelheit stehen. Die beiden kamen langsam näher und erkannten unter dem Tschador eine junge Frau. Lässig an die Mauer gelehnt stand sie da. Doch als sie die beiden auf sich zukommen sah, geriet sie in Panik.

»Wer sind Sie?« Ihre Stimme klang schrill.

»Sagen Sie uns lieber, wer *Sie* sind! Warum stehen Sie hier so allein herum?« fragte Goli.

»Wissen Sie nicht, daß es für Frauen sehr gefährlich ist, nachts allein in diesen Gassen herumzulaufen?« fügte Zareen hinzu. »Brauchen Sie Hilfe? Sie sollten nach Hause gehen... wir nehmen Sie gerne in unserem Auto mit... Sie können hier nicht einfach stehenbleiben...«

Goli ging auf die junge Frau zu und streckte die Hand nach ihr aus, um sie fortzuziehen. Die Frau aber machte einen Schritt zur Seite, so daß sie nur einen Zipfel ihres Tschadors zu fassen bekam. Dieser sprang auf, und entgeistert bemerkte Goli, daß die Frau darunter fast nackt war.

»Lassen Sie mich in Ruhe«, fuhr die junge Frau sie an. »Hauen Sie ab, fassen Sie mich nicht an, Sie...«

»Keine Angst, wir tun Ihnen nichts. Es ist hier zu gefährlich für Sie, bitte seien Sie doch vernünftig... die Revolutionswächter lauern überall... nicht, daß die Kerle Ihnen etwas antun!« Während Zareen sie zu überzeugen versuchte, merkte sie, daß hier irgend etwas nicht mit rechten Dingen zuging.

»Gehen Sie endlich! Mir wird niemand etwas antun! Ich

warte hier auf Freunde, aber solange die Sie hier bei mir stehen sehen, werden sie nicht kommen! Bitte gehen Sie... Sie belästigen mich!«

»Warten Sie hier etwa auf einen Mann, vielleicht gar auf einen *pasdaran*? Na?« fragte Zareen herausfordernd.

»Sie gehen mir auf die Nerven! Die *pasdaran* sind völlig in Ordnung, sie sind meine Freunde. Ich kenne sie persönlich. Bitte... ich flehe Sie an, gehen Sie jetzt endlich, sonst kommen sie nicht!«

»Und was ist mit den Anwohnern?« Goli war immer noch fassungslos. »Was ist, wenn jemand Sie hier sieht?«

»Gehen Sie!« kreischte die junge Frau nur, um sie endlich loszuwerden.

Zareen ergriff Golis Hand. »Komm, laß uns gehen. Wir können dieser Frau nicht helfen. Sie muß selbst wissen, was sie tut!«

Widerstrebend eilten sie zum Auto zurück und hofften, unterwegs keinen *pasdaran* zu begegnen. Sie ließen die Fremde im dunklen Bauch dieser unheimlichen Nacht zurück, lieferten sie auf Gedeih und Verderb den Milizen aus. Sie stiegen ins Auto, und Zareen fuhr ein paar Meter weiter, um den Wagen im Schutz eines großen Baumes zu parken. Sie warteten ab, was geschehen würde. Es dauerte nicht lange, da erschienen zwei junge *pasdaran*. Einer von ihnen blieb am Anfang der Gasse stehen und hielt Wache, während der andere hineinging. Einige Minuten später kam er wieder zurück, blickte verstohlen um sich und strich seine Jacke glatt. Dann verschwand sein Kollege in der Gasse, während er den Zugang bewachte. Auch sein Begleiter kam bereits nach ein paar Minuten zurück, und gemeinsam setzten sie ihren Patrouillengang fort.

Kurz darauf tauchte auch die junge Frau wieder auf, dicht eingehüllt in ihren schwarzen Tschador, und eilte in entgegengesetzter Richtung davon. All das hatte weniger als zehn Minuten gedauert.

Goli und Zareen hatten versteinert dagesessen und ließen sich nun in ihre Autositze zurückfallen. Goli schlug erschüttert die Hände vors Gesicht. Zareen war ebenfalls bekümmert, wenn auch nicht schockiert. Ratlos blickte sie zu Goli hinüber. Schweigend saßen die zwei Frauen nebeneinander, unfähig, etwas zu sagen. Sie fanden einfach keine Worte für das, was sie da gesehen hatten.

»Es wird Zeit, daß wir nach Hause kommen«, murmelte Zareen nach einer Weile. »Diese Nacht geht für uns zu Ende... Meine Güte, daß unser erster Streifzug so deprimierend enden mußte...«

»Ja, weiß Gott.«

»Ist es das, was mitten in der Nacht vor sich geht? Daß Frauen von einem gefräßigen Moloch dunkelster Triebe verschlungen werden?« Zareen malte sich aus, was Frauen des Nachts wohl alles widerfahren mochte.

»Hm«, brummte Goli.

»Bitte sag doch auch mal was, *irgend etwas*, bitte!« Zareen drehte sich zu Goli. »Hat es dir die Sprache verschlagen? Na komm... hast du denn noch nie eine Prostituierte gesehen?«

»Doch, schon«, Goli hielt die Hände an ihren Kopf gepreßt, als könnte sie damit ihren Kummer herausquetschen.

»Bist du so naiv oder so weltfremd... lebst du so behütet und versteckt hinter den Mauern der Universität und zwischen Stößen von Büchern, daß es dir vor Schreck die Sprache verschlägt, wenn du eine Prostituierte siehst?«

Verärgert drehte Zareen den Zündschlüssel um und fuhr los. »Ich fahre dich jetzt nach Hause.«

»Nein, das brauchst du nicht! Laß mich in der Darvazeh-Schemiran-Straße aussteigen. Dort kann ich ein Taxi anhalten. Nein, ich bin keineswegs so naiv und lebe auch nicht in einer anderen Welt als die übrigen Bewohnerinnen dieser scheußlichen Stadt. Das ist nicht der Grund, warum ich so erschüttert bin. Es ist etwas anderes...«

»Möchtest du mir jetzt nicht sagen, was es ist? Also gut. Wir können ja später einmal mit den anderen darüber reden.« Zareen gab es auf. Sie fühlte sich plötzlich völlig erschöpft und sehnte sich danach, endlich nach Hause zu kommen.

Sie fuhren die Schabas-Avenue hinauf in Richtung Darvazeh-Schemiran.

»Ich bringe dich bis nach Hause«, beharrte Zareen. »Es ist besser, wenn du um diese Zeit keine öffentlichen Verkehrsmittel benutzt.«

»Ja, du hast recht – vielen Dank. Bei dir im Auto brauche ich wenigstens keine Angst zu haben«, sagte Goli leise.

Zareen berührte sanft ihre Schulter und ihren weichen, warmen Nacken. Sie lächelten einander an. Im Schutz des Blätterdachs fuhren sie auf der von großen Pappeln umsäumten Allee in Richtung Schemiran.

9

Zareen hatte den Friseursalon aufgeräumt und danach im Hinterzimmer den Samowar angemacht. Ihr Mann kam für gewöhnlich erst nach zwanzig Uhr nach Hause, und da sie ihr Geschäft um achtzehn Uhr schloß, würden sie zwei Stunden Zeit haben, um ungestört miteinander reden zu können. Malihe war bereits da und heftete Stoffteile, die sie am Nachmittag zugeschnitten hatte, zusammen.

»Ach, es macht keinen Spaß mehr, maßgeschneiderte Kleidung zu nähen!« jammerte sie. »Ich kann die Frauen gar nicht mehr beraten, was ihnen am besten stünde, seitdem uns Frauen vorgeschrieben wird, daß wir nur noch dunkle Farben und Kleider in einem einheitlichen Stil tragen dürfen. Als ob es nicht bereits genug gäbe, wodurch die Frauen niedergedrückt und entwürdigt werden! Die Regierung hat Angst vor farbenfrohen, zarten Baumwollstoffen, hübschen Mustern und modischen Schnitten, vor schönen Kleidern und überhaupt vor allem, was das Auge erfreuen könnte. Und auch mir wird jegliche Freude genommen – anstatt ein schönes Kleidungsstück zu schneidern, das ich hinterher mit Stolz betrachten kann, muß ich nun diese dunklen, langen, formlosen Säcke nähen...«, klagte Malihe und brummte weiter verdrossen vor sich hin.

Aus dem Radio ertönte die monotone Stimme des Mullahs Haj Ali, der ein Loblied auf die Frauen sang. Jedesmal wenn Zareen das Wort ›Frauen‹ vernahm, drehte sie das Radio lauter, in der Hoffnung, es würde etwas Informatives über sie gesagt. »Liebe und tapfere Schwestern, die ihr an der Seite der Männer den Sieg des Islam errungen habt...«

»Dummes Geschwafel!« zischte Zareen und schaltete wütend das Radiogerät aus.

»Nein, Zareen. Laß es bitte an! Das ist kein dummes Geschwafel, sondern raffinierte und effektive politische Rhetorik. Laß uns anhören, was er da redet – damit wir im Bilde sind – schließlich könnten sich viele Frauen davon beeindrucken lassen.«

Zareen blieb vor Malihe stehen und sah sie an. »Trotzdem ist und bleibt es schwachsinniges Gelabere!«

»Ich danke euch Frauen aus dem Iran und aus Ghom, der heiligen Stadt! Ihr seid mit euren kleinen Kindern auf die Straße gegangen und habt begeistert für den Islam demonstriert. Ihr heldenhaften Frauen wart die Wegbereiter dieses Sieges! Ihr habt den Männern Mut gemacht; wir alle sind euch tapferen und furchtlosen Frauen zu Dank verpflichtet! Der Islam hat große Achtung vor den Frauen – euch hat die Revolution mehr zu verdanken als den Männern. Ihr zieht zukünftige große Männer in eurem Schoß auf. Morgen ist der Geburtstag unserer verehrten Fatima Zahra – ein Feiertag für alle tapferen Frauen dieses Landes. Sie war eine wundervolle Frau, ein menschliches Wesen im wahrsten Sinne des Wortes, die wahre Verkörperung der Menschlichkeit! Sie war keine gewöhnliche Frau. Sie besaß sämtliche Eigenschaften, die Menschlichkeit und das Wesen einer Frau ausmachen: Sittsamkeit, Keuschheit und dazu eine göttliche, engelhafte Erscheinung. Eine Frau, die sämtliche Ideale des Propheten verkörperte. Eine Frau, die alle Weisungen des Propheten befolgte, eine Frau, die – wäre sie ein Mann gewesen – ein Prophet gewesen wäre, ein Prophet unseres Gottes wie Mohammed. Hochverehrte Frauen – ihr habt die Freiheit, das Rechte zu tun, ihr könnt die Universität und dergleichen besuchen. Jeder hat die Freiheit, dies zu tun. Wenn sich jedoch eine Frau weigert, keusch zu leben, oder wenn sie andere Dinge tun will, die schädlich für die Nation sind, dann müssen wir dem einen Riegel vorschieben.

Das ist Fortschritt! Ihr ehrenhaften Frauen! Wachet auf! Seid wachsam! Laßt euch nicht täuschen! Laßt euch nicht von diesen Teufeln verführen, die euch auffordern, auf die Straße zu gehen! Iranische Frauen! Ihr seid so mutig wie die Löwen! Mit eurer grenzenlosen Macht könnt ihr den Satan vernichten...«

Goli und Fatima waren unbemerkt hereingekommen und hörten, an die Tür des Hinterzimmers gelehnt, zu. Als Zareen sie entdeckte, schaltete sie das Radiogerät ab.

»Genug der Lobpreisungen für heute!«

»Wie recht er doch hat«, meinte Goli. »Wir müssen unsere Macht und unseren Mut wiedererlangen.«

»Selbstverständlich sind sie dagegen, wenn die Frauen weiterhin auf die Straße gehen, solange diese nicht für *ihre* Sache demonstrieren«, fiel Fatima ein.

»Ihr habt die Hälfte verpaßt«, sagte Zareen. »Ihr habt die goldenen Worte über Keuschheit, Gehorsam und all die himmlischen Tugenden verpaßt – ich fühle mich ja selbst schon richtig wie ein Engel!«

Zareen forderte die beiden auf, neben Malihe und ihr selbst Platz zu nehmen, und schenkte ihnen Tee ein. Sie wärmten sich an den Gläsern ihre Hände, schlürften ihren heißen Tee und sahen sich eine Weile schweigend und erwartungsvoll an, gespannt auf die jeweiligen Neuigkeiten. Schließlich ergriff Goli das Wort: »Als Zareen und ich letzte Nacht durch die Stadt fuhren, begegnete uns eine junge Prostituierte, die in einer dunklen Gasse auf zwei junge Soldaten wartete. Wir sprachen mit ihr und versuchten, sie zu überreden, nach Hause zu gehen. Doch sie schrie uns nur an, wir sollten sie in Ruhe lassen!«

»Das ist doch nichts Neues, daß Frauen in finsteren Nebenstraßen Geld verdienen«, sagte Malihe. »Glaubt nur nicht, weil Rotlichtbezirke wie Schahre-Nu existieren, würden sich alle Prostituierten dort versammeln. Das ist bloß ein kleiner Kernbezirk. Viele Frauen haben ihre eigenen Apartments, in denen sie reiche Kunden empfangen; sie haben es nicht nötig, ihr Gewerbe an Straßenekken auszuüben. Es ist ein Irrtum zu glauben, die Revolution habe die Prostitution ausgerottet oder würde dergleichen tun.«

»Ich verstehe zwar, daß Goli schockiert ist, daß es so etwas gibt, aber wir dürfen den Frauen nicht die Schuld geben«, fügte Fatima hinzu, »wir müssen uns klar darüber sein, was die Ursache dafür ist...«

»Ich denke, das weiß sie selbst«, unterbrach Zareen sie. »Ihr geht es um etwas anderes. Was ist es, das dich quält? Warum läßt du dich durch so etwas Alltägliches dermaßen erschüttern?« wandte sie sich an Goli, denn sie vermutete, daß es nicht die Prostituierte selbst oder moralische Aspekte waren, die ihr zu schaffen machten. Goli nickte nur mit dem Kopf, sagte jedoch nichts. Sie alle schwiegen und warteten auf Golis Antwort. Sie starrte auf den Samowar, auf die Teegläser und ließ ihren Blick durch den Raum schweifen.

»Du hast recht«, sagte Goli endlich, »es ist nicht die junge Prostituierte, über die ich schockiert bin, sondern darüber, daß ich nach dem, was gestern nacht gesehen ist, nicht mehr weiß, wann Gewalt keine Gewalt mehr ist. Wenn eine Frau Gewalt akzeptiert, ihr nachgibt, daran Geld verdient, kann man dann überhaupt noch von Gewalt sprechen? Ich weiß es nicht. Ich habe nach einem Weg gesucht, wie man sich gegen die Gewalt, die die *pasdaran* den Frauen antun, wehren und ihre Macht über sie brechen kann, wie man sich für die ständigen Belästigungen und Einschüchterungsversuche rächen kann. Dieser Vorfall jedoch hat mir einen Dämpfer aufgesetzt. Ich weiß einfach nicht, was ich davon halten soll!«

»Ich verstehe nicht, worauf du hinauswillst«, sagte Fatima.

»Wenn eine Frau Geld benötigt und sich deshalb Gewalt antun läßt, ist das dann etwa keine Vergewaltigung?« fragte Goli. »Aber trotzdem konnten wir sie nicht verteidigen, konnten die *pasdaran* nicht bestrafen, verprügeln, ihnen ihr Geld abnehmen und es der Frau geben, weil sie das ja gar nicht wollte!«

»Selbstverständlich wollte sie das nicht«, sagte Zareen. »Schließlich verdient sie ja auf diese Weise ihren Lebensunterhalt. Wenn wir die *pasdaran* verdroschen hätten, wäre ihr damit nicht im geringsten geholfen gewesen.«

»Nun, wann ist demnach Gewalt keine Gewalt mehr? Worin unterscheidet sich das, was mir zugestoßen ist, von dem, was diese junge Frau tagtäglich ertragen muß?«

»Das ist doch ein riesengroßer Unterschied – du wurdest gegen deinen Willen dazu gezwungen...«, rief Fatima.

»Ich habe doch gar keinen eigenen Willen«, unterbrach Goli sie. »Der Staat gesteht mir keinen eigenen Willen, keine Entscheidungsfreiheit, kein Recht auf Widerspruch zu. Folglich wurde weder mir durch die Vergewaltigung Gewalt angetan, noch den Frauen durch die Prostitution!«

»Aber wir lassen uns das nicht gefallen«, antwortete Zareen. »Unserer Meinung nach *ist* es Gewalt, und wir werden uns dagegen wehren! Wir verweigern unseren Gehorsam!«

»Frauen bleibt aus vielerlei Gründen gar nichts anderes übrig, als Gehorsam zu zeigen«, beharrte Goli, »aus finanziellen, aus moralischen und aus sozialen...«

»Zum Beispiel aus Verantwortung ihren Kindern gegenüber«, warf Malihe ein. »Frauen gehorchen aus Liebe – sie wollen es vielleicht nicht, aber das Leben ist wesentlich einfacher, wenn sie es tun. Wo soll man also ansetzen?« Malihe zögerte oft lange, bevor sie sich zu Wort meldete, und wenn sie es dann schließlich tat, wurde die Diskussion häufig wieder an den Beginn zurückgeworfen.

»Wir müssen bei uns selbst anfangen, von unseren eigenen Erfahrungen ausgehen, denke ich«, antwortete Fatima.

»Ich habe keine Ahnung, was wir tun könnten, ob wir überhaupt etwas tun können«, sagte Goli resigniert. »Das ist heute alles nicht mehr so einfach...«

»Doch, ziemlich einfach sogar: Auge um Auge, Zahn um Zahn!« Aller Augen richteten sich einige Sekunden lang auf Fatimas verwundetes Auge. Sie verstummte und senkte verlegen den Kopf.

Sichtbare Wunden bedürfen keinerlei Erklärung, dachte Goli, über innere Wunden dagegen läßt es sich nicht so leicht reden. Kann man über eine Vergewaltigung überhaupt sprechen? Aber ich muß es tun. Ich muß das Stillschweigen darüber brechen. Malihes Stimme riß sie aus ihren Gedanken.

»Es ist doch keine Lösung, Rache zu üben, indem man ein oder zwei Männer oder auch ein ganzes Bataillon bestraft – es muß eine bessere Möglichkeit geben!«

»Das würde mir aber großen Spaß machen«, entgegnete Goli.

Zareen beugte sich nach vorn. »Wie willst du das denn anstellen?«

»Wenn ich das wüßte, würde ich nicht hier sitzen, den Samowar anstarren und mir dabei den Kopf zermartern!«

»Wir müssen uns auf ein bestimmtes Ziel konzentrieren – wir können nicht gegen alle Arten von Gewalt, die in unserer Gesellschaft verübt werden, kämpfen: körperliche und geistige Mißhandlungen, Vergewaltigungen, Gewalt in der Ehe, Prostitution, sexuelle Belästigung am Arbeitsplatz und womöglich noch die bei der Geburt eines Kindes zu ertragenden Schmerzen...«

»Was hat denn die Geburt eines Kindes mit Gewalt zu tun?« fiel Zareen Fatima ins Wort.

»Sie ist schmerzhaft und gefährlich für die Frau. Und außerdem explodiert die Geburtenrate in diesem Land sowieso. Doch obwohl es eine schwere Last ist, wollen die Frauen Kinder«, fuhr Fatima fort.

»Das sehe ich anders. Goli greift doch nur die Männer an und will sie bestrafen. Du aber verleugnest die weibliche Natur, die schließlich die Basis der Menschheitsgeschichte überhaupt ist!« Bei diesen Worten blickte Malihe Fatima an und deutete gleichzeitig mit dem Finger auf Goli.

»Ich möchte mich nicht nur an *ein paar* Männern rächen – das würde nichts nützen. Ich habe solch eine Wut im Bauch, ich würde mir am liebsten sämtliche Männer vorknöpfen!« rief Goli.

»Du willst doch wohl nicht etwa behaupten, du heckst das alles hier in meinen vier Wänden aus, oder?« witzelte Zareen, und alle lachten. »Aber wir unterdrückten Frauen halten selbstverständlich zusammen«, fuhr sie fort. »Ich werde dich unterstützen – bis zu einem gewissen Grad –, und ich bin sogar bereit, dich zu chauffieren«, versuchte sie erneut zu scherzen, aber diesmal lachte niemand.

»Auch ich bin anderer Meinung als du«, wandte Goli sich an Fatima. »Trotzdem fände ich es gut, wenn du mich unterstützen würdest. Ich möchte einfach *irgend etwas* tun, möchte nicht tatenlos herumsitzen. Aber ich will deswegen nicht gleich sterben, möchte nicht zur Märtyrerin werden oder im Gefängnis dahinsiechen – für keine Sache in der Welt – nicht einmal für meine eigene Sache. Aber ich möchte mich wehren, möchte endlich handeln und den Beginn einer besseren Zeit noch erleben!«

»So ist's recht – das Leben ist lebenswert, sogar in der Räuberhöhle der Mullahs.« Zareen war plötzlich von Zuversicht erfüllt.

»Warum macht ihr nicht häufiger abends solche Rundgänge, um das nächtliche Treiben und die Gefahren, die es birgt, zu erkunden... um herauszufinden, wie man diese am besten bekämpfen kann«, schlug Malihe vor.

»Das würde mich nur noch mehr deprimieren. Lieber nicht«, entgegnete Goli.

»Aber ich hätte wirklich große Lust, ein paar von diesen halbstarken *pasdaran* in einer dunklen Gasse aufzulauern und sie zu verprügeln, daß ihnen Hören und Sehen vergeht«, sagte Zareen hitzig.

»Ich wußte gar nicht, daß du es gutheißt, Kinder zu schlagen«, bemerkte Malihe.

»Und ob ich das tue! Diese Bengel fuchteln dir mit ihren Gewehren vor der Nase herum und predigen islamische Moral, und dabei können sie nicht einmal ihren Arsch von ihrem Ellbogen unterscheiden...«

Eine Tür wurde geöffnet, und die Frauen schreckten auf. Zareen warf einen Blick auf die Uhr.

»Du meine Güte, es ist ja schon nach acht. Das muß Jalal sein. Es ist besser, wenn ihr jetzt geht. Ihr findet ja allein hinaus... ich muß schnell zu ihm. Bis bald, von mir aus gleich morgen...«

»Zareen, bist du noch im Salon?« rief eine männliche Stimme, und sie hielten den Atem an. Zareen ging hinüber ins Wohnhaus und ließ die drei Frauen allein.

»*Es ist besser, wenn ihr jetzt geht* – so was! Dabei waren wir doch gerade mitten in einer Diskussion, vielleicht sogar kurz vor einer Lösung! Aber nein, wir müssen bis zum nächsten Treffen warten! Mein Gott, die Zeit ist aber auch wie nichts verflogen... Was soll ich heute abend eigentlich essen? Nicht schon wieder ein Omelette...« Die letzten Worte sprach Malihe zu sich selbst. Die drei stahlen sich aus dem Haus, die Köpfe voller gefährlicher Ideen – nur ein Teil davon war laut ausgesprochen worden.

10

Einige Wochen waren vergangen, in denen Goli Marjan nur während des Karate-Unterrichts gesehen hatte, der jetzt regelmäßig bei Goli stattfand. Sie machten gute Fortschritte. Manchmal hatte Goli das Gefühl, ihre Freundin und sie selbst gingen völlig getrennte Wege. Marjan war ganz von der Arbeit in ihrer Gruppe in Anspruch genommen, denn die politischen Ansichten innerhalb der linken Gruppe gingen immer weiter auseinander, und außerdem waren sie immer stärkeren Angriffen von außen ausgesetzt. Goli war ebenfalls sehr beschäftigt gewesen. Die Frauengruppe, in der sie mitarbeitete, hatte außerhalb des Universitätsgeländes ein eigenes Büro eröffnet.

Während der Anfangsphase hieß es erst einmal Räume und Fenster putzen, Wände streichen, Tische und Stühle, Schreibmaschinen, Schreibpapier sowie ein paar schwere Sicherheitsschlösser besorgen. All das erforderte Zeit und Energie, um so mehr, als alles heimlich geschehen mußte. Doch glücklicherweise ließ sich die Arbeit auf zahlreiche Schultern verteilen, und innerhalb kürzester Zeit konnte die Gruppe ein hübsches kleines Büro beziehen. Sie waren stolz darauf, wenn sie es auch bedauerten, weder die Wände mit Fotos und Postern von iranischen Frauen dekorieren zu können, noch ihren Namen – ›Organisation zur Frauenbefreiung‹ – neben der Eingangstür anbringen zu können.

Kaum hatten sie mit den Planungen für ihre zukünftigen politischen Aktivitäten begonnen und einen Dienstplan aufgestellt, tauchten neue, unvorhergesehen Probleme auf. Es verging kein Tag, an dem nicht ein oder zwei der zum Dienst eingeteilten Frauen Verspätung hatten – manchmal bis zu fünf Stunden –, weil sie festgenommen und vom Komitee verhört und erst nach Stunden wieder freigelassen worden waren – sofern sie keine politischen oder feministischen Schriften mit sich führten. Auch Goli wurde zweimal verhaftet, eine schreckliche und demütigende Erfahrung. Es schien eine Art inoffizieller Stadtteile zu geben, in denen sich bestimmte Leute, insbesondere solche, die wie Studenten, Frauenrechtlerinnen oder nicht wie Fundamentalisten aussahen, nicht blicken lassen durften.

Sie fragten sich, wie lange es wohl noch dauern würde, bis Pässe eingeführt würden, mittels derer ihre Bewegungsfreiheit noch mehr eingeschränkt würde; aber sie fanden mit der Zeit heraus, wie sie einer Verhaftung und einem Verhör am ehesten entgehen konnten. Für jede einzelne Mitarbeiterin arbeiteten sie einen detaillierten Wegeplan aus, arrangierten Mitfahrgelegenheiten und probierten verschiedene Verkleidungen aus. Manche von ihnen verkleideten sich als geplagte Hausfrauen, hüllten sich in Schleier und beluden sich mit mehreren übervollen Einkaufstaschen.

Um diese Zeit schlug Goli den anderen Mitgliedern der Gruppe vor, das Thema ›Gewalt in unserer Gesellschaft‹ in einer ihrer ersten Schriften abzuhandeln. Schon bald stellte sich jedoch heraus, daß es sehr zeitaufwendig war, Material über dieses Thema zu beschaffen, die Abhandlung zu schreiben und drucken zu lassen. Trotzdem ließ Goli sich nicht davon abbringen, und da sie sich bereits mit der Prostitution als einem Aspekt der Gewalt gegen Frauen beschäftigt hatte, beschloß sie, sich speziell auf diesen Teilbereich zu konzentrieren. Sie versuchte, einige Leute auf dieses Thema anzusprechen, doch die Gespräche verliefen immer sehr unbefriedigend, und sie konnte sich den von ihnen geäußerten Ansichten nie anschließen.

Marjan war der Meinung, daß an Frauenthemen derzeit kein großes Interesse bestünde. Widerstrebend fragte

Goli ihre Brüder nach ihren Ansichten. Doch diese beschwerten sich nur, daß sie nicht mehr an ihrem Stand aushalf. Zu dem angesprochenen Thema selbst hatten sie nichts weiter zu sagen, als daß man es von anderen gesellschaftspolitischen Themen nicht trennen könne und daß sie doch nachlesen solle, was Trotzki über Frauen und Familie geschrieben habe. Woraufhin sie entgegnete, sie sollten ihr doch den Buckel runterrutschen...

Schließlich suchte sie die Bibliothek des Soziologischen Instituts der Universität auf, in der Hoffnung dort Aufsätze über die Beziehung der Geschlechter zueinander, Frauen auf dem Land, Familienverhältnisse und dergleichen zu finden. Nirgendwo fand sie Material zum Thema Gewalt gegen Frauen, nicht einmal Statistiken über die Mißhandlung von Ehefrauen und Ermordung weiblicher Familienangehöriger. Sie beklagte sich beim Bibliothekar darüber. Der half ihr daraufhin zwar bei der Suche, aber auch er kam zu dem Ergebnis, daß es keine Veröffentlichungen zu diesen Themen gab. »Natürlich gibt es solche Veröffentlichungen! Sie werden hier nur nicht archiviert!« schrie Goli ihn an. Als sie die Bibliothek verließ, hob ein in ein Buch vertiefter Mann den Kopf und rief ihr hinterher: »Wieder eins von diesen hysterischen Weibern!« Goli freute sich über seine Worte, war daraus doch zu entnehmen, daß er noch andere Frauen kannte, die es wagten, ihre Meinung zu sagen, und die sich nicht einschüchtern ließen.

Sie kaufte sich ein paar Frauenzeitschriften und nahm diese mit nach Hause. Die meisten Artikel waren von Männern geschrieben, und auf den meisten Fotos – sogar auf den Titelbildern – waren Männer abgebildet. Und das sollten Frauenzeitschriften sein? Offensichtlich galten Frauen nur noch als Menschen, denen man Ratschläge erteilen mußte, die man anleiten mußte, ja, denen man befehlen mußte, dem tugendhaften Pfad der Geistlichen zu folgen! Die meisten Artikel stammten aus der Feder religiöser Führer. Ein von einem angesehenen Geistlichen verfaßter Artikel erweckte ihre Aufmerksamkeit. Er schrieb, daß man den Frauen in einer islamischen Gesellschaft Fürsorge und Respekt erweisen solle, und widersprach einer Weise des Koran, die besagte, daß der Mann seine Frau schlagen solle, wenn diese ihm nicht gehorche. Er betonte hingegen den Stolz und die Würde der Frauen, insbesondere als *Mütter*, die ja Söhne – also potentielle Führer der Nation – aufzogen, und daß – gemäß einer iranischen Weisheit – das ›Paradies unter ihren Füßen liege‹. Goli war erzürnt darüber, daß Frauen nur in ihrer Eigenschaft als Mütter von Söhnen etwas wert zu sein schienen und nur aus diesem Grund keine Gewalt zu erleiden brauchten. Wer so etwas schrieb, sei noch gefährlicher als die Ehemänner selbst, fand sie. Sie hatte keine Lust mehr, weiterzulesen, und beschloß, Fatima aufzusuchen, deren Wunde am Auge mittlerweile ganz verheilt war.

Sie trafen sich vor der Universität und gingen durch das Tor hindurch, das so aussah wie ein aufgeschlagenes Buch.

»Vielleicht werden sie das Tor bald gegen Gewehre oder einen Panzer austauschen«, mutmaßte Goli. »Früher konnten wir Studenten uns hier frei bewegen, unsere Gedanken offen aussprechen. Jetzt werden wir von den bewaffneten Fanatikern reglementiert. Es ist zum Heulen!« Sie schlug vor, von der Villa-Straße zum Boulevard in ein ruhiges Café zu gehen, wo sie sich ungestört unterhalten konnten. Fatima jedoch war der Weg bis dorthin zu weit.

»Das wäre aber ein schöner Spaziergang die Pappelallee entlang«, entgegnete Goli. »Wir müssen nur versuchen, den *pasdaran* aus dem Weg zu gehen. Die Leute von der Uni gehen nie dorthin, aber vielleicht hast du gar keine Ex-Freunde, vor denen du dich verstecken mußt?«

»Nein«, antwortete Fatima verlegen.

Goli schwieg, weil sie nicht wußte, wie sie den Faden wieder aufnehmen sollte.

»Das hat nichts mit meinem Vater oder meiner religiösen Erziehung zu tun«, sagte Fatima, beunruhigt darüber, was Goli jetzt von ihr denken könnte. »Ich habe bisher noch nie den Wunsch verspürt, einen Freund zu haben. Männer sind mir gleichgültig. Ich sehe keinen Grund, warum ich einen Freund haben oder heiraten sollte.«

»Und was meinen deine Eltern dazu – bedrängen sie dich nicht, zu heiraten?«

»Meinem Vater ist es egal, meine Mutter sähe es schon ganz gerne. Aber gleichzeitig bin ich ihr einziges Kind, und sie möchten mich nicht verlieren. Was sie wohl ganz gerne hätten, wäre ein Enkelkind – die Heirat an sich ist ihnen gar nicht so wichtig! Ich sage ihnen dann immer, daß ich doch noch genug Zeit zum Kinderkriegen hätte. Sie sind einfach unschlüssig. Einerseits wollen sie im Alter nicht allein bleiben, andererseits möchten sie Enkelkinder haben. Ich glaube daher, daß sie mir schon noch eine Weile Zeit lassen werden.«

»Nun ja, immerhin scheinen sie ziemlich liberal zu sein!«

»Ja, das stimmt. Du darfst nicht glauben, nur weil ich die Tochter eines Geistlichen bin, müßte ich eine zugeknöpfte, konservative, orthodoxe Frau sein...«

Sie hatten das Café erreicht, setzten sich an einen der Holztische und tranken einen heißen schwarzen Kaffee.

»Weißt du, seit jener Nacht verfolgen mich ständig Schreckensbilder der Gewalttätigkeiten, die Frauen erleiden müssen – Vergewaltigung, Brutalität gegenüber der eigenen Ehefrau, Prostitution, Kindesmißhandlung, Inzest, die ständigen Belästigungen auf den Straßen – kurz: all die Dinge, die in einem glücklichen Zuhause und auf den Straßen Teherans vorkommen. Aber ich finde einfach keine Erklärung für die Ursachen... Warum sind Männer gewalttätig? Warum sind sie Frauen gegenüber so grausam? Bekommen sie dabei kein schlechtes Gewissen? Haben Männer überhaupt ein Gewissen? Wieso ist das so? Ist das einfach ihre Natur? Hat das hormonelle Ursachen? Ist es erblich? Ist das eine vor allem in religiösen Gesellschaften verbreitete soziale Krankheit? Oder was? Wie können wir ein so großes Problem bekämpfen?« Goli klang völlig verzweifelt.

»Meint du mit wir etwa dich und mich?« fragte Fatima.

»Nein...«

»Was sagt denn Marjan dazu?«

»Sie hält es für ein gesellschaftspolitisches Problem, das durch strenge Gesetze und öffentliche Aufklärung gelöst werden könne. Aber ich möchte nicht noch weitere fünfhundert Jahre so weiterleben... und glaube auch nicht, daß dann überhaupt noch viele Frauen am Leben sein werden, wenn das alles in diesem Ausmaß so weitergeht...«

»Ist das nicht ein bißchen spät für derlei Fragen? Wir können das heute doch sowieso nicht mehr durch intellektuelle Gedankenspiele lösen...«

»Aber ich möchte wenigstens wissen, wie du darüber denkst.«

»Oh, meiner Meinung nach sind die Ursachen in unserer Geschichte zu suchen, in der Ausprägung des Patriarchats und der Macho-Kultur unserer Gesellschaft – vielleicht auch darin, daß wir ein schwindendes Weltreich sind – aber frag mich nicht, was man dagegen tun kann, denn ich weiß auch keine Lösung!«

»Aber das ist doch keine richtige Erklärung dafür, warum dir und mir Gewalt angetan wurde. Ich glaube, das hat auch etwas mit Macht und Herrschaft zu tun. Männern gefällt es, Macht über Frauen ausüben zu können, so wie es Fabrikbesitzern gefällt, Macht über ihre Arbeiter zu haben. Sie genießen es, sie zu beherrschen... das bereitet ihnen Vergnügen. Aber sag mir, Fatima«, fuhr Goli nach einer kurzen Pause fort,

»warum lassen die Frauen sich das gefallen? Warum wehren sie sich nicht gegen all die Brutalität?«

»Meine Meinung dazu ist ziemlich unpopulär...«

Ohne darauf einzugehen, fuhr Goli fort: »Ich glaube nicht, daß sie es nur aus wirtschaftlichen Gründen, weil sie von den Männern finanziell abhängig sind oder ähnliches, tun. Das ist doch nur ein Vorwand.«

»Ganz meine Meinung.«

»Wenn die Frauen es wollten, könnten sie sogar vom Betteln leben! Außerdem verdienen die meisten Frauen ihren Lebensunterhalt ja sowieso selbst. Warum haben die Frauen das alles so lange mit sich machen lassen? Warum haben sie sich nicht schon früher gewehrt – dann könnten wir schon jetzt in Frieden und Sicherheit leben?«

»Ich sagte bereits, meine Ansicht dazu ist unpopulär. Ich glaube, der Grund dafür...«

»Ist nicht die Liebe«, warf Goli ein.

»...sind die Kinder...« fuhr Fatima fort. »...nicht nur sie... sondern auch emotionale Bedürfnisse...« Ihre Stimme wurde immer leiser.

»Ja und? Dann sollen die Frauen eben auf Kinder und ihre emotionalen Bedürfnisse verzichten...«

Fatima geriet wieder in Fahrt. »So etwas ist doch Utopie! Das wäre ein unendlich langer Kampf. Das einzig Sinnvolle wäre, wenn unsere Regierung sich für die Frauen einsetzen und Maßnahmen zum Schutz der Frauen und Mädchen treffen würde.«

»Ich glaube nicht, daß das ausreichen würde. Ich hatte gehofft, daß die Revolution viele verschiedene Lebensformen hervorbringen würde, daß die Frauen mit zahlreichen Alternativen konfrontiert würden, daß sie lernen könnten, ihr Leben selbst zu bestimmen, sich dadurch aus unliebsamen Situationen zu befreien und nach anderen Lösungen zu suchen... daß sie Hoffnungen, Träume und Wünsche hätten und wüßten, daß sie nicht allein sind und nicht allein zu sein bräuchten.«

»Auch ich habe mir das alles – und noch mehr – von der Revolution erhofft – eine islamische Gesellschaft, in der die Menschen und ihre Bedürfnisse vor allem anderen Vorrang hätten. Eine gutwillige und großzügige, eine gütige und selbstlose Gesellschaft, tugendhaft und nicht so materialistisch eingestellt wie während der Zand-Periode, und gleichzeitig fortschrittlich und friedliebend. Ein fürsorgliches, weder frauenfeindliches noch manipuliertes oder tyrannisches Land.«

»Wir glaubten, ja hofften, daß durch die Revolution das alles von selbst kommen würde...«

»Wir hofften...«

»Und sieh dir das Ergebnis an«, sagte Goli traurig. »Ist diese Revolution die einzige in der Welt, die ihren ursprünglichen Zielen untreu geworden ist?«

»Das glaube ich nicht«, erwiderte Fatima bitter. Sie warf einen nervösen Blick auf ihre Armbanduhr. »Jetzt muß ich aber gehen... wenn ich mich auch gerne noch länger mit dir über den enttäuschenden Ausgang der Revolution unterhalten würde. Wie viele meiner Kameraden sind verhaftet worden und danach spurlos verschwunden! Es bleibt ihnen gar keine andere Wahl, als in den Untergrund zu gehen.«

»Wirst du dich ihnen anschließen?«

»Ich bin mir noch nicht sicher.« Sie verließen das Café und machten sich auf dem von Pappeln gesäumten Boulevard auf den Rückweg, immer an dem rauschenden Kanal, der das Wasser aus den schneebedeckten Bergen mit sich führte, entlang. Goli erzählte Fatima wehmütig von den guten alten Zeiten, als sie händchenhaltend, klopfenden Herzens und verliebt mit einem netten, gutaussehenden jungen Mann hier entlanggegangen war. Das sei die schönste Zeit ihres Lebens gewesen, und immer noch zehre sie von der Erinnerung daran.

»Sehnst du dich sehr danach zurück?« fragte Fatima leise.

»Ja, das muß ich schon sagen.«

Fatima hakte sich bei Goli ein.

»Die Liebe ist etwas sehr Anziehendes und Verführerisches, nicht wahr?« sagte Goli. »Sie erzeugt Wärme, Vertrautheit und Leidenschaft. Ich weiß nicht, warum es nur eine Art von Liebe gibt, warum sich dieses Gefühl von Vertrautheit, Leidenschaft, dieses Gefühl, man wandle auf dem Mond, nur einstellt, wenn man in einen anderen Menschen verliebt ist. Ich weiß es nicht. Ja. Es fehlt mir sehr.«

11

An jenem Tag hatte es in der Frühe in Zareens Wohnviertel einen Zusammenstoß zwischen einigen ›Konterrevolutionären‹ und Revolutionsgardisten gegeben, und seitdem patrouillierten Soldaten durch die Straßen. Zareen war sehr beunruhigt, weil sie sich mit ihren Freundinnen am Abend in ihrem Salon treffen wollte. Sie ließ den Raum im Halbdunkel, zog die Vorhänge zu und spähte ungeduldig durch einen Spalt auf die Straße. Soldaten und *pasdaran*, wo man auch hinsah – die Straßen würden in dieser Nacht unsicherer sein als je zuvor. Sie konnte die Gesichter der Soldaten nur schwer erkennen, doch schienen sie fremd in diesem Bezirk zu sein. In Zweier- oder Dreiergruppen machten sie ihre Kontrollgänge, entschwanden eine kurze Weile aus ihrem Blickfeld und kamen kurz darauf wieder zurück. Sie behielten ständig die umliegenden Gebäude im Auge, hin und wieder gaben sie per Funksprechgerät Meldungen durch und deuteten dabei auf die Männer, die auf Dächern Position eingenommen hatten. Das ganze Viertel schien abgeriegelt zu sein.

Zareen wünschte, sie hätten sich an jenem Abend nicht in ihrem Laden verabredet. Vergeblich versuchte sie, die anderen zu erreichen. Sie schickte ihren Sohn zu Malihe, um ihr mitteilen zu lassen, daß sie lieber zu Hause bleiben solle.

»Falls dich jemand anhält, sag einfach, du gingest zu einem Freund«, instruierte sie ihn.

Der Junge war sich der angespannten Lage auf den Straßen nicht bewußt und verließ fröhlich das Haus. Zareen hielt es durchaus für möglich, daß er angehalten werden könnte, schloß aber aus, daß man irgend etwas Verdächtiges an ihm finden würde.

Sie setzte sich hin und wartete nervös auf Goli und Fatima. Dann sprang sie wieder auf und legte Schere, Kamm und Haarshampoo bereit, damit es so aussähe, als wolle sie den beiden die Haare schneiden. Dennoch fand sie, daß der schwach beleuchtete und leere Raum irgendwie verdächtig wirkte.

Auf der Straße waren nur wenige Autos oder Taxis zu sehen – die Menschen schienen durch die patrouillierenden Milizen eingeschüchtert zu sein. Nur einige von der Arbeit kommende Männer und ein paar Kinder, die für ihre Mütter Besorgungen machten, waren unterwegs. Zareen befürchtete, daß Goli und Fatima angehalten werden könnten und daß im Kofferraum ihres Autos feministische Schriften oder anti-islamische Bücher gefunden würden. Das würde für die beiden – insbesondere aber für Goli – ein paar Jahre Kerker bedeuten, und Gott allein wußte, was dort mit ihnen geschähe. Rastlos lief sie im Laden auf und ab, spielte nervös an ihrem Haar herum und spähte immer wieder aus dem Fenster.

Endlich nahte ein Taxi heran, hielt vor ihrem Salon, und Goli stürzte zur Tür herein.

»O Zari! Wo steckst du denn? Es ist so dunkel hier drin! Was ist denn da draußen los? Was haben denn die vielen *pasdaran* hier zu suchen?«

»Ich hatte gehofft, du würdest nicht kommen oder hättest mich zumindest vorher noch einmal angerufen... in Zukunft müssen wir vor jedem Treffen telefonisch Rücksprache halten, ob alles in Ordnung ist... es ist sehr dumm von uns, uns heute Abend hier zu treffen...«

»Und wenn die Telefonleitungen abgehört werden?« gab Goli zur Antwort.

»Ja, ich weiß, das ist ein weiteres Problem... aber heute geht es hier wirklich besonders schlimm zu. Das ganze Gebiet ist von Polizei und Miliz umzingelt. Ein Stück weiter oben haben sie eine Razzia durchgeführt.«

Zareen lief immer noch im Zimmer auf und ab und wartete ungeduldig auf Fatimas Ankunft.

»Was ist denn passiert?«

»Anscheinend wurde in einem konspirativen Haus, in dem sich ›Konterrevolutionäre‹ aufhielten, Waffen und regierungsfeindliche Schriften gefunden. Aber ich glaube, der wahre Grund ist eher darin zu suchen, daß die Unstimmigkeiten zwischen der Regierung und anderen islamischen Gruppen, darunter vermutlich auch der Radikale Islam, auf eine Konfrontation zusteuern. Es scheint sich um ein Haus Oppositioneller zu handeln. Es sind auch ein paar Schüsse gefallen.«

»Weiß Fatima davon? Hoffentlich ist ihr nichts zugestoßen! Wer weiß, ob es sich nicht um Mitglieder ihrer Gruppe handelt«, sagte Goli besorgt. »Aber immerhin gibt es demnach doch noch Leute, die gegen eine Diktatur der Mullahs kämpfen.«

»Ich glaube, darum geht es gar nicht so sehr. In erster Linie geht es um Machtverteilung und Einflußgebiete. Trotzdem habe ich nicht geglaubt, daß es sich so schnell auf die Wohngegenden ausdehnen würde.« Zareen lief immer noch auf und ab.

»Das mußte früher oder später geschehen. Wenn man seine Meinung nicht mehr offen auf der Straße sagen kann, ziehen sich die Leute eben in den Schutz der Häuser zurück und planen dort ihre Aktionen. Bist du sicher, daß es sich um Mitglieder des Radikalen Islam handelt? Vielleicht haben sie in dem Haus nichts weiter als ein paar Flaschen Wein oder einige Zeitschriften entdeckt, in denen nackte Hände oder Beine abgebildet waren?«

»Ich weiß es nicht – wer kann sich heutzutage noch auf die Nachrichten verlassen? Wo bleibt denn bloß Fatima?« Zareen spähte wieder vorsichtig durch die Vorhangritze, so daß man ihren Schatten von außen nicht sehen konnte.

»Hoffentlich ist ihr nichts geschehen. In diesem Viertel durchsuchen sie jeden Tag ein anderes Haus, das ihnen verdächtig erscheint, und verhaften dessen Bewohner. Meine Mutter kommt tagtäglich mit neuen Schreckensmeldungen nach Hause: Das *Komiteh* habe die Häuser einiger Familien aus der Oberschicht durchsucht, habe Videofilme und Familienfotos, auf denen die Ehefrauen in Badeanzügen zu sehen waren, konfisziert. In einem Haus sollen sie sogar die alten Liebesbriefe, die der Ehemann seiner Frau einst geschrieben hatte, gelesen haben.«

»O Gott, jetzt haben wir den Salat – die Zeit des gnadenlosen Terrors ist angebrochen«, sagte Zareen und mußte unwillkürlich wieder an den Abend denken, an dem ihre *dayereh* beschlagnahmt worden war.

»Die unterprivilegierten, notleidenden Männer und Frauen wollen jetzt dafür sorgen, daß auch sonst niemand etwas hat«, fuhr Goli fort. »Meine Mutter erzählte, daß einige ihrer Freunde Familienfotos, Videofilme von ihrer Hochzeit, Spiele, Spielkarten und alte Liebesbriefe vernichteten und nichts Persönliches oder Privates mehr aufbewahrten, damit es dem *Komiteh* nicht in die Hände fallen könnte.«

»Das *Komiteh* hält jede Frau, die allein lebt, für eine Hure! Neulich sind sie in die Luxusvilla einer verwitweten Frau eingedrungen und wollten von ihr wissen, warum sie allein mit ihrem Kind in dem Haus lebe. Sie erklärte ihnen, daß ihr Mann vor kurzem gestorben sei, aber sie glaubten ihr nicht: Eine allein lebende Frau könne nichts anderes sein als eine Hure, erst recht, wenn es sich um eine reiche Frau handele«, schloß Zareen.

»Seit der Revolution habe ich auf einmal mehr Sympathien für die Reichen als für die Armen«, meinte Goli. »Ich glaube, es ist insbesondere die Mittelschicht, die unterdrückt wird und die sich wehren muß. Ich bange schon um meine sozialistischen Prinzipien – was soll aus ihnen werden?«

»Du meine Güte, wo bleibt Fatima nur? Ihr wird doch nichts zugestoßen sein! Komm, setz dich, Goli. Laß mich deine Hände maniküren, damit sich meine Nerven beruhigen. Ich werde diese Wandleuchte einschalten, damit ich mehr Licht habe, auch auf die Gefahr hin, daß gleich jemand an die Tür klopft«, sagte Zareen und schob Goli auf den Stuhl. Während sie mit Nagelschere, Pinzette und Nagellack herumhantierte, ließ die innere Unruhe sie nicht los.

Ein Klopfen an der Tür schreckte die beiden aus ihren Stühlen hoch.

»O mein Gott! Wer kann das sein? Ich habe Fatis Auto nicht kommen hören, du etwa?« wisperte Goli. Aber Zareen ließ sich erleichtert auf ihren Stuhl zurückfallen.

»Beruhige dich, das ist nur mein Sohn, der von Malihe zurückkommt!« Sie ging ihm die Tür öffnen und nutzte die Gelegenheit, um einen Blick auf die Straße und die Häuserdächer zu werfen. Nichts Verdächtiges war zu sehen. Bahram hatte Malihe die Nachricht überbracht, sie hatte ihm etwas zu essen und zu trinken angeboten und ihn ein kurzes Stück auf seinem Heimweg begleitet. Damit war ein Problem gelöst – jetzt fehlte nur noch Fatima.

Eine Weile später vernahmen sie das Geräusch eines herannahenden Autos. Es blieb vor ihrem Fenster stehen. Bangen Herzens schoben sie den Vorhang ein wenig zur Seite: Es war Fatima!

Leise und vorsichtig schlich sie herein.

»Fatima, endlich! Wo hast du nur so lange gesteckt? Ich bin ja so froh, daß du endlich hier bist!« Zareen umarmte sie und küßte sie auf die Wange.

»Dieser Tag war eine einzige Katastrophe! Einige unserer Mitglieder befanden sich in einem Haus hier in der Nähe, als dort eine Razzia durchgeführt wurde. Jemand – entweder ein Freund oder ein Nachbar – muß sie verraten haben. Es waren drei Schwestern und ein Bruder. Sie hatten in der Wohnung Waffen versteckt und planten, auf dem Land unterzutauchen und sich der neuen militanten Untergrundbewegung anzuschließen. Es ist entsetzlich –

zwei der Schwestern wurden bei einem Feuergefecht erschossen, die anderen wurden schwer verletzt. Ich bin den ganzen Tag lang herumgerannt, habe Nachrichten und Warnungen übermittelt, Leute in meinem Auto herumchauffiert und ein bißchen spioniert. Jetzt bin ich fix und fertig!« Sie ließ sich auf einen Stuhl fallen.

»Ist das zu glauben ... eine Schießerei in einem Wohngebiet? Das ist doch einfach verrückt.« Goli starrte sie mit offenem Mund an.

»Wie schrecklich!« rief Zareen. »Hast du sie denn persönlich gekannt?«

»Nein, nur vom Sehen ... während unserer Zusammenkünfte. Aber sie sollen gute Kämpfer gewesen sein. Das ist ein schwerer Schlag für unsere Gruppe.« Zareen machte ein bestürztes Gesicht.

»Ich gehe jetzt lieber nach Hause. Es ist schon ziemlich spät, und meine Mutter wird sich Sorgen machen.« Goli erhob sich.

»Ich kann dich ja mitnehmen«, erbot sich Fatima, »aber laß mich erst noch ein wenig verschnaufen. Ich weiß, ich hätte nicht kommen sollen – das war sehr riskant –, aber ich mußte unbedingt erfahren, wie es euch ergangen ist, und wollte euch wissen lassen, daß ich ungeschoren davongekommen bin.« Dieser Satz war an Zareen gerichtet, die zu verwirrt war, um etwas erwidern zu können.

Sie behielten die Straße im Auge, um einen Augenblick abzupassen, in dem mehrere Autos auf der Straße waren, damit sie selbst weniger auffallen würden.

Goli hob die Übergardine ein Stück hoch und beobachtete die Gehsteige, auf der immer weniger Fußgänger zu sehen waren. Sie war sehr beunruhigt von den Ereignissen dieses Tages, und es graute ihr vor dem Nachhauseweg. Die leeren Straßen, die Dunkelheit, die herumschleichenden Soldaten, all das machte ihr Angst und rief böse Erinnerungen in ihr wach. Es schauderte sie bei dem Gedanken, wie viele von Soldaten kontrollierte Straßen sie wohl noch entlanglaufen müßte, wie lange sie diese Zustände noch ohne Möglichkeit zum Protest erdulden müßte, wo sie doch viel lieber ihrer Wut und ihren Aggressionen freien Lauf lassen würde, endlich in die Offensive gehen und sich wehren wollte...

Schließlich waren einige Autos und Fußgänger draußen zu sehen. Fatima und Goli verabschiedeten sich rasch von Zareen und eilten aus dem Haus. Zareen beobachtete sie durch den Spalt in der Gardine. Langsam und unauffällig setzte sich das Fahrzeug in Bewegung. Zareen entfernte sich nicht von ihrem Beobachtungspunkt, auch als die beiden schon außerhalb ihrer Sichtweite waren. Sie wäre gerne hinausgegangen, um ihnen weiter hinterherschauen zu können, wagte es aber nicht und starrte geradeaus in die Dunkelheit.

Plötzlich vernahm sie, wie jemand laut »Stopp!« schrie, dann das Geräusch quietschender Reifen und schneller Schritte. Zareens Herz krampfte sich zusammen. Sie ließ sich auf einen Stuhl fallen und wartete. Waren etwa die beiden angehalten worden, oder handelte es sich um ein anderes Fahrzeug? Was würde nun geschehen? Würden die Revolutionsgardisten gleich hereingestürzt kommen? In ihrem Inneren rumorte es, als würden mehrere Pfund Salz darin kochen. Nach einer Weile erhob sie sich und ging ins Wohnzimmer hinüber, um nach den Kindern zu sehen und das Abendessen zuzubereiten. Der salzige Geschmack war immer noch auf ihrer Zunge.

Auch am nächsten Tag war das salzige Gefühl noch da. Trotzdem wagte sie es nicht, Goli oder Fatima anzurufen, um zu erfahren, ob sie sicher nach Hause gekommen wären. Sie fragte sich, wie lange sie sich wohl gedulden sollte. Ein paar Stunden? Den ganzen Morgen? Bis zum Nachmittag? Einen ganzen Tag? Zwei Tage? Unmöglich, das würde sie nicht aushalten. Am nächsten Morgen stand wieder ein *henna-bandan* auf dem Programm, zu dem auch Fatima eingeladen war. Würde sie bis dahin Bescheid wissen? Der Morgen verstrich, ohne daß Zareen etwas von den beiden hörte. Vielleicht sind keine Nachrichten ja gute Nachrichten, dachte sie. Auch der Nachmittag verging, und ihre Unruhe nahm zu. Jedesmal, wenn das Telefon klingelte oder die Tür des Friseursalons aufging, schreckte sie auf. Während ihrer Arbeit behielt sie ständig die Tür im Auge, lauschte angespannt, ob das Telefon läutete und auf die von der Straße hereindringenden Geräusche.

Am späten Nachmittag, als Muneer bereits mit dem Saubermachen begann und Zareen der letzten Kundin die Haare auf der Oberlippe entfernte, den Baumwollfaden zwischen ihre Daumen gespannt, kam auf einmal Fatima zur Tür hereingestürmt. »Salam«, grüßte sie fröhlich. Der Baumwollfaden zerrte schmerzhaft an der Lippe der Frau, und sie zuckte zurück.

»Fatima!« rief Zareen entgeistert. »Wie geht es dir?«

»Mir geht's blendend, danke!«

»Ich bin gleich fertig. Kannst du noch einen Augenblick warten?«

»Ja, natürlich. Ich habe keine Eile.«

Zareen atmete auf. Sie ließ sich Zeit mit der Kundin, machte deren Gesicht sorgfältig zurecht und trug anschließend ihren Angestellten auf, den Laden abzuschließen, und ließ sie nach Hause gehen.

Als die beiden endlich allein waren, blickte Zareen Fatima an und gab einen tiefen Seufzer von sich, wie jemand, der gerade seinen brennenden Durst mit einem Glas kühlen Wassers gelöscht hat.

»Den ganzen Tag lang hatte ich einen Druck auf meinem Magen! Erzähl schon, was ist passiert?«

»Tja, kaum daß wir losgefahren waren und ich gerade beschleunigte, wurden wir von der Miliz gestoppt. Ich mußte eine Vollbremsung einlegen, und Goli fiel fast in Ohnmacht vor Schreck. Aber noch bevor die *pasdaran* neben unserem Wagen standen, hatten wir uns schon wieder gefaßt. Wortlos durchsuchten sie den Kofferraum, wollten dann unsere Handtaschen sehen, konnten aber nichts Verdächtiges finden. Zwei von ihnen forderten uns auf, aus dem Wagen zu steigen und verhörten uns. Ich nannte meinen Namen, und sie überprüften daraufhin eingehend meinen Führerschein. Danach wurden sie auf einmal äußerst höflich, entschuldigten sich und ließen uns weiterfahren.«

»Meine Güte, da habt ihr ja noch mal Glück gehabt! Aber wieso haben sie eigentlich weder im Auto noch in euren Taschen etwas Verdächtiges gefunden? Normalerweise schleppt Goli doch immer eine Menge Bücher von der Universität und feministische Schriften mit sich herum.«

»Na ja... nachdem ich gehört hatte, was an dem Tag vorgefallen war, hatte ich mein Auto vorsichtshalber ausgeräumt, und Goli... nun... sie wollte nicht, daß du es wüßtest... aber kurz bevor wir gingen – du warst gerade nicht im Raum – versteckte sie ihre Sachen dort drüben im Schrank unter ihrem Anzug.«

»Das darf doch wohl nicht wahr sein!« Zareen riß die Schranktüren auf und stieß Besen, Kittelschürzen und defekte Haartrockner beiseite. Und tatsächlich: da lagen Bücher über bedeutende Frauen der Geschichte, über die Rolle der Frauen während der Revolution, Notizen von Zusammenkünften, Rundschreiben der Frauengruppe – alles unter Golis Anzug versteckt.

»Das ist ja wohl eine Frechheit! Sie hätten mich dafür einsperren können, wenn sie dieses anti-revolutionäre Material bei mir gefunden hätten!«

»Reg dich doch nicht so auf! Goli wollte dich eben nicht beunruhigen. Vermutlich tat sie das ganz reflexartig. Sie hatte nicht viel Zeit, um nachzudenken. Du hättest es ihr doch sicherlich nicht verboten, wenn sie dich gefragt hätte, oder?«

»Nein, natürlich nicht! Trotzdem bin ich froh, daß ich nichts davon wußte.«

»Es ist schon spät – ich mache mich jetzt lieber auf den Heimweg«, sagte Fatima. »Mir steckt immer noch der Schreck von gestern in den Knochen. Trotzdem ist es ein gutes Gefühl, heil davongekommen zu sein.« Als sie gegangen war, schloß Zareen die Eingangstür ab.

Während Zareen am kommenden Morgen alles für den *henna-bandan* vorbereitete, kreisten ihre Gedanken unaufhörlich um die Schießerei in ihrer Nachbarschaft. Sie wollte zu gerne wissen, was ihre Kundinnen darüber dachten, ob sie Genaueres darüber wüßten, und sie nahm sich vor, das Thema zur Sprache zu bringen.

Nachbarinnen und Kundinnen trudelten nacheinander ein, unter ihnen auch Fatima. Zareen bereitete Tee zu und stellte das Radiogerät an.

Azadeh, eine junge Frau, war als erste an der Reihe. Sie wollte ihr Haar mit Henna kupferfarben tönen lassen, eine Prozedur, die zehn Stunden dauern würde. Azadeh war Muneers Freundin, und jedesmal, wenn diese ihr die Haare färbte, plauderten und lachten sie miteinander und tauschten die neuesten Musik- und Modetips aus.

Als Muneer Azadehs Haare bereits gewaschen hatte und das Henna auftrug, traf Schamsi ein, eine große, stets tief verschleierte Frau, deren Hals und Handgelenke mit Goldschmuck behängt waren. Zareen begann mit der Haarwäsche. Maral, eine ältere, hagere Frau, wollte Haar, Hände und Füße mit Henna einfärben lassen. Sie hielt Henna für eine himmlische Pflanze und glaubte, daß deren Farbe und Duft ihr die Himmelspforte öffnen würden. Sima, eine andere Kundin, war Lehrerin an einer benachbarten Schule. Der Mittwoch war ihr einziger freier Tag – der einzige Tag, an dem sie zum Friseur gehen konnte. Sie kannte viele Eltern aus der Umgebung und kam oft auf ein paar Worte bei ihnen vorbei. An jenem Tag wollte sie sich die Körperhaare von Beinen, Armen und Gesicht entfernen lassen. Muneer und Zareen würden dafür mehrere Stunden benötigen: darum mußte sie warten, bis bei allen anderen das Henna aufgetragen war und einwirken konnte. Narges war eine junge Frau mit drei kleinen Kindern, die immer einen abgespannten und verhärmten Eindruck machte. Die Frauen glaubten, der Grund dafür seien ihre Kinder, aber einer befreundeten Nachbarin und Zareen hatte sie einmal gestanden, daß sie wegen ihres Mannes, einem Schriftsteller, so mitgenommen sei. Er rühre zu Hause keinen Finger und kümmere sich auch nie um die Kinder, tagsüber schliefe er, nachts schreibe er und erwarte von ihr, daß sie ihm seine Mahlzeiten zu den unmöglichsten Zeiten bereitete. Sie müsse ihn mehr umsorgen als ein krankes Baby. Sie genoß die Tage, an denen sie sich bei Zareen ihr Haar färben ließ. Hier fand sie ein wenig Erholung und verbrachte die Stunden damit, Babykleidung zu stricken. Manchmal neckte Zareen sie. »Was du brauchst, ist ein neuer Ehemann! Warum tauschst du ihn nicht bei unserem Gemüsehändler gegen etwas Besseres ein? Wer hat je gehört, daß ein Schriftsteller ein guter Ehemann wäre...«

Nachdem Muneer Azadehs Haare eingefärbt hatte, kam Fatima an die Reihe. Die beiden kannten sich bereits und plauderten munter miteinander, so daß Fatima sich nicht wie eine Außenseiterin vorkommen mußte.

Sobald bei allen Frauen das Henna aufgetragen war, bereitete Zareen frischen Tee zu und schenkte ihn aus. Aus dem leise gestellten Radio tönte pausenlos die monotone Stimme eines Geistlichen. Schamsi ging hinüber und stellte es lauter, so daß alle gezwungen waren, mitzuhören.

»...Dies ist noch nicht alles. Die Familie ist die Keimzelle unserer neuen Verfassung, die wir derzeit ausarbeiten. Die Familie ist die wichtigste Grundlage für das Wachstum der Menschheit. Durch solch eine Auffassung von der Familie bleibt den Frauen erspart, als reine Objekte betrachtet zu werden, arbeiten gehen zu müssen, Werkzeuge im Dienst der Konsumgesellschaft sein zu müssen und ausgebeutet zu werden – und damit wird die Mutterschaft wieder zu einer wertvollen Pflicht, denn sie sorgt für die Aufzucht unserer Kämpfer für die Menschheit von morgen...«

»Müssen wir uns dieses scheinheilige Geschwätz eigentlich anhören? fragte Sima verärgert. Zareen wollte das Radiogerät abschalten, doch Schamsi hielt sie davon ab. »Bitte laß es an! Das ist von enormer Wichtigkeit, was er da sagt, und wir sollten es uns alle anhören. Jetzt spricht er über das Stillen – ein Thema, das doch für uns alle von Interesse ist...«

Nur Azadeh wagte zu widersprechen. »Was für ein Sprung von der Familie zum Stillen – diese Mullahs haben doch wirklich merkwürdige Gedankengänge«, bemerkte sie trocken.

»...Milch... Muttermilch macht das Kind stärker und gesünder, erzeugt eine tiefe emotionale Beziehung zwischen Mutter und Kind. Sie kostet nichts und steht immer zur Verfügung. Sie ist nahrhaft und rein und leicht verdaulich. Mütter, die ihre Kinder stillen, sind gesünder und sind weniger gefährdet, Krebs zu bekommen. Sie haben ein engeres Verhältnis zu ihren Kindern...«

»Bitte, Schamsi, haben Sie Mitleid mit unseren strapazierten Ohren und Hirnen. Was er da erzählt, ist doch nichts Neues für uns! Sie wissen doch auch, wie man Kinder füttert, oder etwa nicht?«

»Es ist wichtig, daß wir unseren Führern zuhören. Ich kann eine Menge lernen beim Radiohören – ich kann nämlich nicht lesen so wie ihr alle. Und es ist doch positiv, daß die Männer sich über Dinge wie das Stillen Gedanken machen und den Frauen Tips geben.«

»Ja, ja, dafür waren sie schon immer gut«, erwiderte Narges bissig. »Sie haben tausend weise Ratschläge für uns. Doch in Wirklichkeit wollen sie uns nur herumkommandieren!«

»Wie wär's, wenn wir das Thema wechselten?« schlug Zareen vor. »Weiß jemand von euch etwas Genaueres über die Schießerei, die es vorgestern in unserer Straße gegeben hat?«

Alle verstummten. Um die angespannte Atmosphäre etwas zu lockern, schenkte Zareen den Frauen erneut Tee ein und sprach dabei mit jeder ein paar Worte. Langsam entspannten sie sich wieder. Azadeh las weiter in ihrer Zeitschrift, Schamsi nahm ihre Häkelarbeit wieder auf, Sima ihre Stickerei, und Narges strickte weiter an ihrem Kinderpullover. Fatima hoffte, daß eine von ihnen etwas sagen würde, aber niemand schien es zu wagen, über den Vorfall zu sprechen.

Zareen reichte Schamsi ein Glas Tee und fragte sie, während sie ihr die Schale mit den Zuckerwürfeln reichte: »Haben Sie vor der Schießerei schon *pasdaran* in diesem Viertel gesehen? Haben Sie nicht mitbekommen, worum es bei dieser Razzia eigentlich ging?«

Azadeh blickte von ihrer Zeitschrift auf, Sima ließ ihre Nadel im Stoff stecken, Narges ließ ihr Gestricktes in den Schoß sinken, Maral, die es sich gerade auf einem Kissen bequem gemacht hatte, um ein Nickerchen zu halten, schreckte wieder hoch, und Schamsi ließ ihre Häkelnadel fallen. Die Art und Weise, in der Zareen die Frage gestellt hatte, überraschte sie. Das war nicht die übliche beiläufige, spontane Art, in der sie sich sonst mit ihnen unterhielt. Diesmal stellte sie eine ganz konkrete Frage, auf die sie eine genaue Antwort erwartete.

»War die Frage an mich gerichtet?« Schamsi war es offensichtlich nicht ganz wohl in ihrer Haut.

»Ja, das alles hat sich doch in Ihrer unmittelbaren Nachbarschaft abgespielt, nicht wahr?«

»Ja, das stimmt. Aber... na ja, ich habe kaum etwas mitbekommen, weil ich mich nicht aus dem Haus getraut habe.« Sie blickte langsam von einer Frau zur anderen und senkte ihre Stimme. »Ich weiß nicht, ob es stimmt, aber es wird gemunkelt, daß diese Jugendlichen Mitglieder des Radikalen Islam waren, daß sie illegal über Waffen verfügten und einen Anschlag auf die Regierung planten. Es waren drei junge Frauen, die einen sehr frommen Eindruck machten und immer tief verschleiert herumliefen, und ihr Bruder. Sie sollen ein Attentat auf einen bekannten Geistlichen geplant haben. Ihre arme Mutter ist fast gestorben vor Kummer. Gewehre, stapelweise Flugblätter und sogar eine Druckerpresse wurden bei ihnen gefunden...«

»Einer, bei dem Flugblätter und Gewehre gefunden werden, braucht deswegen noch lange kein Verbrecher zu sein! So etwas war doch während der Revolution ganz normal«, unterbrach Azadeh sie.

»Ich habe gehört, daß sie auch in einem anderen Wohngebiet ein paar Mitglieder dieser Gruppe verhaftet haben«, meldete Maral sich zu Wort.

»Mein Mann meint, daß die Regierung damit begonnen habe, scharf gegen Oppositionelle einzuschreiten, und daß dies erst der Anfang sei«, fügte Narges hinzu.

»Solche Anschuldigungen sind doch völlig aus der Luft gegriffen. Die vier hätten doch ihre Gewehre freiwillig herausgeben können! Warum haben sie das nicht getan?« fragte Schamsi.

»Haben Sie mitbekommen, wann die Miliz ankam? Oder wieviel Mann es waren?« Fatima war enttäuscht darüber, daß sie Schamsi keine genaueren Informationen entlocken konnte.

»Nein. Nur, daß es sehr früh am Morgen war.«

Fatima nahm einen neuen Anlauf. »Haben Sie mit jemandem gesprochen, der mehr gesehen hat?«

»Nein, ich weiß nicht mehr als das, was ich gerade erzählt habe. Und es sind auch nichts weiter als Gerüchte.«

Fatima hatte den Verdacht, daß Schamsi mehr wußte, als sie zugeben wollte.

»Ich kann an keiner dieser islamischen Gruppierungen etwas finden«, warf Azadeh ein. »Sie sind doch auch nicht besser als die Mullahs, sehen alle so düster aus. Die weiblichen Mitglieder machen alle den Eindruck, als hätten sie gerade einer religiösen Zeremonie beigewohnt. Sie öden mich an. Alles, was sie können, ist, uns etwas vorzupredigen!«

Zareen sah zu Fatima hinüber.

»Man kann sie doch nicht alle über einen Kamm scheren!« sagte sie mißbilligend.

»Das tue ich ja auch gar nicht. Aber ihre Einstellung gegenüber Frauen, zur Kleiderverordnung und zur Sexualität stimmt haargenau mit den Ansichten der Mullahs überein. Wenn sie unser Haar und unsere Beine nicht sehen wollen, dann sollen sie doch die Augen zumachen und selbst einen Schleier vors Gesicht ziehen, verdammt noch mal!«

»Du solltest dich schämen, so etwas zu sagen!« rief Schamsi erbost. »Wir haben große Opfer gebracht, unsere geliebten Söhne sind für die Revolution gestorben – und alles, was dich interessiert, ist, deinen Rock ein Stück kürzer zu tragen und deine Haare im Wind flattern zu lassen. Das ist eine Beleidigung der Revolution.«

»Glauben Sie, wir haben für diese Revolution keine Opfer gebracht?« gab Azadeh zurück. »Wir bringen immer Opfer, wir Frauen müssen ständig Opfer bringen!«

»Jetzt beruhigt euch doch!« rief Zareen. »Wir wollen doch nicht miteinander streiten. Wir sind doch allesamt unparteiisch – keine von uns steht im Dienst der Regierung. Warum sollte nicht jede ihre Meinung über die Regierung äußern dürfen? Es ist doch ganz natürlich, daß wir unterschiedliche Ansichten haben«, versuchte sie zu vermitteln, denn sie wollte sich den Tag nicht mit Zank und Streit verderben lassen. Ihre besänftigenden Worte zeigten die gewünschte Wirkung – die Frauen beruhigten sich ein wenig.

»Es ist dumm und aussichtslos, mit Waffengewalt gegen die Regierung zu kämpfen«, sagte Schamsi. »Schließlich will uns die neue Regierung nur schützen.«

»Wer schützt hier wen?« fragte Sima. »Das gleiche sagen sie doch auch vom Schleier – Lehrerinnen müssen den Schleier tragen, weil er die Frauen schütze. Ich brauche keine Regierung, die mich beschützt, und der Schleier bietet mir auch keinen Schutz. Selbst wenn sie mich an das Gitter vor dem Parlamentsgebäude anketten, werde ich mich weigern, solch ein lästiges Kleidungsstück zu tragen! In diesem Land herrscht doch solch ein heißes Klima – darum möchte ich mich so leicht bekleiden wie möglich, möchte jederzeit aus dem Haus gehen können, ohne unter einem Schleier fast ersticken zu müssen!«

»Und wie hinderlich der Schleier noch dazu ist!« fügte Narges an. »Wenn man mit drei kleinen Kindern unterwegs ist, den Schleier festhalten *und* noch die Einkaufstaschen tragen muß...«

»Wenn die Geistlichen und ihre Anhänger sich unterhalb der Gürtellinie so wenig unter Kontrolle haben, daß sie jedesmal mitten auf der Straße einen Orgasmus kriegen, wenn sie ein nacktes Bein sehen«, sagte Azadeh, »sollten dann nicht lieber *sie* zu Hause bleiben, um ihre Keuschheit zu bewahren?«

Muneer fing laut an zu lachen, und die anderen fielen mit ein – nur Schamsi machte eine verärgerte Miene.

»Aber so sind die Männer nun mal: Selbst wenn du dich in eine Zeltplane einhüllen würdest, wäre das zwecklos! Schon der *Name* einer Frau läßt sie doch vor Geilheit sabbern!«

Jetzt mußte sogar Schamsi über Marals trockene Art lachen.

»Das verheißt nichts Gutes«, fiel Narges ein. »Wenn sie so schwach sind und ihren Sexualtrieb so wenig unter Kontrolle haben, dann sollten sie lieber zu Hause bleiben und sich ihren vier Ehefrauen und fünftausend Konkubinen widmen. Dann haben sie in der Regierung nichts zu suchen!«

»Ich habe ja schon immer gesagt, daß die Mullahs in die Moscheen gehören«, pflichtete Maral ihr bei. »Wenn sie jetzt schon im Parlament sind, sollten sie ihre Delegierten ernennen und es schleunigst wieder verlassen. Politik und Religion gehören einfach nicht zusammen!«

»Nein, damit wird alles nur doppelt korrupt«, meinte Sima. »Die Korruption der Politiker allein ist schon schlimm genug.«

Zareen war verärgert: Schon wieder war der Schleier Mittelpunkt des Gesprächs. Warum mußten die Frauen sich auf dieses ein Thema konzentrieren? Auch Fatima sah resigniert aus. Sie wollte endlich die Meinungen der anderen Frauen zu dem Vorfall vor zwei Tagen hören.

»Warum drehen sich alle unsere Gespräche immer um den Schleierzwang? Was da vorgestern in unserem Wohnviertel passiert ist, ist doch viel beunruhigender! Was hatte das zu bedeuten? Wer bekämpft da wen und aus welchem Grund? Welche Konsequenzen wird das für uns selbst haben?«

Maral ergriff als erste das Wort. »Ich denke, wir sollten einfach so vorsichtig sein wie immer...«

Sima unterbrach sie. »Offensichtlich versucht die stärkste fundamentalistische Gruppe in der Regierung, ihre Macht zu verstärken. Wenn es ihnen gelingt, nacheinander die weibliche Bevölkerung, den Radikalen Islam und die oppositionellen Kräfte zu unterwerfen, werden sie eine neue Diktatur errichten, an deren Spitze die Mullahs stehen. Es sieht so aus, als könnten wir unsere Vergangenheit nicht so leicht abstreifen.«

»Du ziehst zu voreilige Schlüsse! Dies ist doch eine Ausnahmesituation. Es ist doch normal, daß nach einer Revolution großes Durcheinander herrscht und schnelle Veränderungen an des Tagesordnung stehen. Das heißt noch lange nicht, daß dies zu einer Diktatur führen muß. Die Situation wird sich schon verbessern – sobald erst einmal klar ist, wer die Feinde und wer die Freunde sind. Die Morgendämmerung läßt uns erahnen, wie der Tag werden wird«, sagte Narges.

»Sima, du bist der Meinung, daß dic Opposition zerschlagen werden muß, um die Macht der Regierung zu stärken«, sagte Zareen. »Aber die Mitglieder des Radikalen Islam sind stärker, sind besser ausgebildet und haben viel mehr Erfahrung als die Regierungssoldaten. Warum können sie sich nicht zusammentun? Das wäre doch viel sinnvoller!«

»Du sprichst mir aus dem Herzen! Eine politische Eingliederung solcher Gruppen würde doch bedeuten, daß die Regierung sich an demokratische Spielregeln hält.«

»Nein, nicht unbedingt«, entgegnete Zareen. »Bis jetzt haben sie zwar zusammengearbeitet. Aber der Staat könnte trotzdem versucht sein, über die Köpfe der Menschen hinwegzuregieren, oder nicht?«

»Alle Versuche, die Regierung zu bekämpfen, sind doch sinnlos und verrückt – wie stark und wie gut ausgebildet die Gegner auch sein mögen«, sagte Narges. »Dabei müssen doch nur wieder unzählige Menschen ihr Leben lassen.«

»Ich glaube nicht, daß es sinnlos ist. Bis jetzt hat bloß noch keine städtische Guerillagruppe gesiegt – sie kommen einfach gegen die Regierung nicht an – wie mutig sie auch sein mögen«, sagte Sima.

»Das stimmt nicht«, sagte Fatima, bereute aber sogleich ihre Worte und verstummte.

»Doch, ich glaube schon, daß es so ist«, beharrte Sima.

»Ich verstehe nicht«, sagte Azadeh mit vor Ärger und Ungeduld verzerrtem Gesicht und deutete auf Schamsi, »was so schlimm daran ist, wenn man sich modisch kleidet, sich schminkt, ja, wenn man den Rock ein wenig kürzer macht und die Beine zeigt! Mir macht das einfach Spaß.«

»Schäm dich«, rief Schamsi erbost. »Unser Land befindet sich im Umbruch, und du hast an nichts Wichtigeres zu denken, als deine Beine zu zeigen und ein paar hungrige Männerblicke einzufangen.«

»Für ihren Appetit bin ich nicht verantwortlich. Das brauchen Sie mir nicht in die Schuhe zu schieben!«

»Du tust mir wirklich leid, Mädchen! Ist das alles, was du dir vom Leben erhoffst – modisch gekleidet zu sein und hübsch auszusehen?« Maral stieß einen Seufzer aus, der klang, als wäre sie die einzige, die sich mit den Mühsalen dieser Welt auskannte.

»Mit wie wenig du doch zufriedenzustellen bist«, fügte Sima hinzu.

»Das ist überhaupt nicht wenig. Das ist nur ein kleiner Teil meiner Wünsche, und wenn Sie«, Azadehs Finger deutete wieder auf Schamsi, »und die von Ihnen unterstützten Fanatiker etwas gegen roten Lippenstift und blaues Mascara haben, dann ist es erst recht nicht wenig!«

Zareen war deprimiert. Schamsi und Azadeh gerieten immer mehr in Wut, und dabei hatte sie versucht, jeden Streit zu vermeiden. Sie wollte den Rest des Tages harmonisch verbringen – schließlich war es ihr Salon, und wenn sie auch nichts gegen eine hitzige Debatte hatte, so wollte sie doch keinen offenen Konflikt unter ihren Kundinnen oder gar einen Streit, der persönlich wurde.

»Bitte hört doch damit auf! Ich möchte nicht, daß ihr beide euch in die Haare geratet! Schließlich sind wir doch Freundinnen und Nachbarinnen, die hier zusammengekommen sind, um sich Haare und Hände verschönern zu lassen. Wir probieren doch nur verschiedenen Farbtöne für unser Haar oder unsere Gesichter aus und entfernen viele unnötige, störende Haare von unseren Körpern. Wir wollen doch nur herausfinden, welche kosmetische Veränderung uns am besten steht, welche Schattierungen, welcher Stil am besten zu unserer Stimmung, zu unseren Gedanken und dem jeweiligen Tag paßt. Wir wollen einander nicht bekämpfen, das ist doch unnötig, wir tauschen nur unsere Meinungen aus. Ich veranstalte hier keine Parlamentsdebatte, und wenn sich die Frauen in meinem Friseursalon gegenseitig bekämpfen, dann schadet das letztendlich nur meinem Geschäft!«

»Ja, wir haben genug über diesen politischen Unsinn geredet – dabei gerät man ja doch immer nur in Streit. Wechseln wir lieber das Thema«, pflichtete Maral ihr bei.

Die Frauen blicken sie an und schwiegen. Zareen war niedergeschlagen. Sie hatte nicht beabsichtigt, die Unterhaltung völlig abzuwürgen. Bedrückt begann sie das Mittagessen fertigzumachen. Die anderen Frauen nahmen ihre Handarbeiten wieder auf, und Fatima zog ein Buch aus ihrer Tasche hervor. Das Klappern der Nadeln verstummte erst wieder, als Zareen die Teller auf der *sofreh* verteilte.

Zareen fragte sich, warum die Frauen sich seit der Revolution immer mehr dem Sticken, Häkeln oder Stricken widmeten. Das Schweigen war vielsagender als ein Streit. Sie begann das Essen auszuteilen und hoffte, daß sich während der Mahlzeit die Stimmung wieder heben würde.

12

Etwa eine Woche nach dem *henna-bandan*-Tag lud Fatima Goli zu sich nach Hause ein, weil sie mit ihr etwas Wichtiges – was genau, verriet sie nicht – besprechen wollte. Ein Dienstmädchen öffnete Goli die Tür und führte sie durch den Innenhof. Fasziniert betrachtete sie den wunderschönen traditionellen persischen Garten, in dessen Mitte ein *houz*, ein Wasserbecken aus Marmor stand. Sie gingen unter einem Spalier, an dem sich Wein rankte, hindurch zur Veranda. Goli blieb stehen, strich mit ihren Fingern über das geschnitzte Holz und sog den Duft von Jasmin, *Shamdani* und *Shahpasand* ein, die in Töpfen auf der Veranda standen, während das Dienstmädchen Fatima holte.

Strahlend vor Freude begrüßte sie Goli und führte sie durch einen dunklen, mit Teppichen ausgelegten Flur, an dessen Wände alte persische Gemälde hingen, in ihr Zimmer. Goli kam es vor, als versinke sie in einem Meer von Formen und Farben, so überwältigt war sie von all den Gegenständen, die sie umgaben.

Fatimas Zimmer war in kräftigen, dunklen Farben gehalten: Saphirblau, verschiedene Grünschattierungen und Türkis. Ein großer rechteckiger Täbris-Teppich bedeckte den Fußboden, und vor ihrem Bett lag außerdem eine kleine Seidenbrücke aus Ghom, der heiligen Stadt. Ihr Bett bestand aus einer auf dem Boden liegenden Matratze. Eine Decke aus schwerem Samtstoff war darüber ausgebreitet, und Sitzkissen lagen im Raum verteilt. Sie ließen sich darauf nieder; Goli fuhr mit ihrer Hand über die Ornamente des Teppichs und konnte ihren Blick nicht davon abwenden.

»Sobald du dich an den Gegenständen sattgesehen hast, könntest du vielleicht mich, die Sterbliche, ansehen und mir sagen, was du trinken möchtest«, rief Fatima lachend.

Goli schaute ihr ins Gesicht, betrachtete die Narbe an ihrem Auge und sagte nur: »Das hat noch Zeit. Dieses Zimmer ist ja wundervoll – woher hast du bloß diesen Teppich? Die Seidenbrücke? Den Bettüberwurf? Nur das Buch da drüben von diesem Schariati – das ist absolut nicht mein Fall. Er ist die Verkörperung eines mittelmäßigen romantischen moslemischen Intellektuellen. Tut mir leid, aber ich finde, seine Schriften sind nicht sehr intellektuell – und schon gar nicht zeitgemäß.«

»Ach was, Goli, da kann ich dir nicht zustimmen – ihm allerdings auch nicht –, aber du mußt doch zugeben, daß er eine sehr wichtige Rolle in der heutigen Ideologie unseres Landes spielt.« Fatima war etwas verlegen. »Mir gefällt mein Zimmer auch, trotz der etwas altmodischen Einrichtung. Wie sieht denn dein Zuhause aus?«

»Unser Haus ist modern eingerichtet – Teppichboden, Holzstühle, Kunstdrucke von berühmten westlichen Malern, einige moderne iranische Gemälde – lauter helle Farben, dazu politische Poster und Fotos – nichts, worum man einen beneiden könnte.«

»Das klingt ja sehr fortschrittlich. Hier ist alles traditionell und altmodisch, durchdrungen von der Schönheit und der Kunst der Vergangenheit. Das ist die Geschmacksrichtung meiner Mutter. Und mein Vater – zu deinem Entsetzen ein Mullah – bringt auf Wunsch meiner Mutter von seinen Vortragsreisen in andere Städte viele Kunstgegenstände mit nach Hause. Die beiden kommen ganz gut miteinander aus. Er ist kein reaktionärer Fundamentalist und mischt sich kaum in unseren Lebensstil ein. Man könnte ihn als einen moslemischen, liberalen Intellektuellen bezeichnen. Aber ich habe dich nicht zu mir eingeladen, um über meinen Vater zu reden oder dir unsere Kunstgegenstände vorzuführen...«

»Ist Zareen schon einmal bei dir gewesen? Gefällt es ihr hier?«

»Ja, sie ist sehr gerne hier.«

»Besucht sie dich oft?«

»Ja, ziemlich häufig. Wenn meine Mutter, unsere Dienstmädchen und ich uns die Haare schneiden lassen wollen, kommt sie jedesmal einen ganzen Tag lang hierher. Sie genießt es, ein paar ruhige Stunden in meinem Zimmer zu verbringen. Wir sind sehr eng befreundet.«

»Was für ein ungleiches Paar.« Goli versuchte ihr Erstaunen nicht zu verbergen, denn sie fühlte sich mittlerweile schon ungezwungener in Fatimas Gesellschaft.

»Du denkst noch immer in Stereotypen...«

»Wie habt ihr euch eigentlich kennengelernt? Ich habe immer das Gefühl, da ist etwas zwischen euch, das euch stark verbindet, finde aber keine Worte dafür. Kannst du mir nicht sagen, was es ist?«

»Nein, das möchte ich nicht.«

»Ach bitte, Fati, warum denn nicht?«

»Nein, warum sollte ich? Das ist einfach zu persönlich.«

»Ich fühle mich bei euch immer ein wenig aus Außenseiterin. Ihr kennt euch schon so lange, kommt ziemlich oft zusammen, und jetzt hast du auch noch Geheimnisse vor mir! Willst du mich wirklich nicht einweihen?«

»Das stimmt so nicht, wie du es darstellst. Du bist unsere Freundin und Kameradin. Ich möchte nicht, daß es Geheimnisse zwischen uns gibt, aber es ist... einfach... schwierig... du wärest nur noch mehr überrascht... würdest wieder stereotyp...«

»Nein, bestimmt nicht. Ich verspreche es. Komm, sei nicht so gemein, ich mag Überraschungen!«

»Nun ja... es fing damit an, daß sie hierher kam, um meiner Mutter und den Dienstmädchen die Haare zu frisieren... und eines Tages bat ich sie, auch meine Haare zu schneiden. Sie tat es und entfernte außerdem die Körperhaare an meinen Beinen. Ihr gefiel mein Zimmer, sie verbrachte gerne ein paar Stunden hier, mochte es, wenn ich ihr etwas auf der Mundharmonika vorspielte. Und ich mochte sie.«

»Interessant... was ist es, das dir an ihr gefällt?«

»Ach, viele Dinge. Ich mag es, wenn sie meine Haare schneidet und ihre Finger dabei sanft meinen Nacken berühren, ich mag ganz besonders ihre Augen, ihren Mund, wenn sie redet...« Fatima blickte verlegen auf den Teppich und zeichnete mit ihrem Zeigefinger die Muster nach. »Sie kann unglaublich gut beobachten, sieht Dinge, die wir gar nicht wahrnehmen.« Sie hob wieder ihren Kopf, sah Goli an und versuchte, zu verdeutlichen, was sie damit meinte. »Als sie zum ersten Mal in mein Zimmer kam, ließ sie sich nieder, schloß ihre Augen und sagte, sie genieße den Frieden, die Ruhe in diesem Zimmer. Dann machte sie die Augen wieder auf, nahm diese Glasvase in die Hand, strich mit ihren Fingern über Hals, Öffnung und Fuß, zählte die Wölbungen und verglich sie mit ineinander übergehenden Wellen. Interessant, oder nicht?«

»Ja schon, aber in ihrem Friseurladen verhält sie sich völlig anders.«

»Tja, dort zeigt sie eben nicht offen, wie sie wirklich ist.«

»Ich bin überrascht und...«

»Und was?«

»Eifersüchtig. Komm, erzähl weiter.«

»Es gibt nicht viel mehr zu erzählen. Und ganz davon abgesehen – warum sollte ich dir das Vergnügen bereiten, dir von meinen Erfahrungen zu erzählen? Ich ziehe Frauen vor, brauche keine Männer.«

»Ja, aber...«

»Nun ja, ich liebe meinen Vater. Er ist ein guter Vater. *Einen* Mann zu lieben, ist doch genug, oder nicht?«

»Nicht für die Mehrzahl der Frauen.«

»Ihnen bleibt vielleicht nichts anderes übrig.«

»Mag sein. O Gott, jetzt bin ich völlig verlegen. Ich komme mir so unbedarft vor. Hier sitze ich, eine Studentin im vierten Semester, eine der wenigen Frauen in diesem Land, die das Privileg haben, studieren zu können, mit gebildeten Eltern, die viele Reisen unternehmen, eine, die sich einbildete, so viel zu wissen. Dabei weiß ich so wenig! Du bist großartig, Fati. Und daß du so viel Geduld mit mir hast, finde ich ganz lieb von dir. Ich bin froh, daß du mich wie eine richtige Freundin behandelst!«

Fatima errötete. Goli ging zu ihr hinüber und umarmte sie.

»Wenn du damit fertig bist«, lachte Fatima und erwiderte die Umarmung, »habe ich eine Neuigkeit für dich und verlange dafür deine volle Aufmerksamkeit.«

Ihr fiel wieder ein, daß sie ihrem Gast ja etwas anbieten müsse, und sie ließ Tee kommen. Goli nahm dankend an, denn sie war sehr durstig.

Während sie tranken, gab Fatima Goli einen Zeitungsausschnitt zu lesen. Zwei Brüder, die ihre Schwester in Verdacht hatten, einen Mann aus einem anderen Wohnviertel zu lieben, waren darüber so aufgebracht gewesen, daß sie das Mädchen ermordet hatten. Sie töteten sie, während sie schlief, und stellten sich am folgenden Tag der Polizei. Sie wurden allerdings wieder freigelassen, mit der Begründung, sie hätten ja nur ihre Ehre verteidigt. Fatima war entsetzt über diesen Vorfall. Zwar wußte sie, daß solche Mordtaten nichts Neues waren. Sie hatte aber den Eindruck, daß derlei Greueltaten an Frauen immer mehr zunahmen – Prostituierte wurden bei lebendigem Leib verbrannt, in die Gesichter unverschleierter Frauen wurde Säure geschüttet, männliche Verwandte übten Selbstjustiz an Frauen. Sie war darüber so erschüttert und empfand solch einen Haß auf die beiden Brüder, daß sie den Entschluß gefaßt hatte, den Mord an dem Mädchen zu rächen. Sie wollte wissen, was Goli dazu meinte. Goli war erbost darüber, daß der Artikel nur so kurz war, das Foto der beiden Brüder hingegen riesengroß.

Sie schwiegen einen Moment lang in Gedenken an die

tote Frau und überlegten dann, was sie unternehmen könnten.

Welche Möglichkeiten hatten sie, wie konnten sie gegen solche Mordtaten protestieren? Wie konnten sie dafür sorgen, daß diese Mörder vor Gericht gestellt würden? Wenn laut Gesetz solche Greueltaten gestattet waren, auf welche Weise konnten sie dann den Tod der Frau überhaupt rächen? Sie sprachen einige Möglichkeiten durch: Sie könnten Molotowcocktails in den Laden der beiden Brüder werfen und damit deren Lebensgrundlage zerstören; sie könnten Telefonterror betreiben und ihnen mit Drohanrufen ihre Ruhe rauben oder sie mit Säure begießen. Allerdings lief keiner dieser Vorschläge darauf hinaus, ein Leben zu töten, und sie schreckten auch davor zurück, eine solch endgültige Rache zu üben. Fatima gestand, daß sie im Augenblick nicht mehr glaube, daß ein bewaffneter Kampf gegen eine tyrannische Regierung einen Sinn habe.

»Nachdem meine Kameraden in einigen Kämpfen gegen die Armee unterlegen sind, habe ich meinen Glauben daran verloren. Einige unserer besten Leute sind getötet worden oder mußten Selbstmord begehen, um nicht gefangengenommen und gefoltert zu werden. Unsere Gruppe hat das stark getroffen. Wir haben einige unserer besten Frauen und Männer verloren. Ich glaube, wenn diese Regierung beschlossen hat, so kurz nach der Revolution all unsere demokratischen Rechte abzuschaffen, wird sie auch nicht davor zurückschrecken, ihre Terrorherrschaft mit brutalsten Methoden zu verteidigen. Und wenn eine Regierung beschließt, alle verfügbaren Mittel anzuwenden, um ein Volk zu unterdrücken, dann ist jeder bewaffnete Kampf zum Scheitern verurteilt. Keine Gruppe ist stärker als der Staat, niemand kann die brutale Macht eines Staates effektiv bekämpfen. Darum möchte ich keine Methoden anwenden, mit denen Menschen getötet werden. Ich möchte leben, weiterleben und weiterkämpfen. Trotzdem will ich den Tod dieser Frau irgendwie rächen.«

Goli stimmte ihr zu. »Frauen, die an einem bewaffneten Kampf teilnehmen, wenden damit die gleichen gewalttätigen Methoden an wie die Männer – und damit bleiben sie ihnen selbst im Kampf unterlegen. Außerdem ist man damit ziemlich isoliert, denn die Mehrheit der Bevölkerung hält nichts von bewaffnetem Widerstand. Solche unpopulären Methoden können wir nicht anwenden!«

Fatima erinnerte sich an die Unterhaltung im Salon am *henna-bandan*-Tag und was die Frauen über gewaltsamen Widerstand gesagt hatten. Frauen – insbesondere normale Frauen – befürworteten keine Gewalt.

Die beiden beschlossen, mit Zareen und Malihe darüber zu reden, um ihre Meinung dazu zu hören.

Als die vier sich schließlich trafen, fragten Fatima und Goli die beiden anderen jedoch gar nicht erst, was sie davon hielten, den Mord an der Schwester zu rächen, da sie selbst bereits fest entschlossen waren, es zu tun. Sie wußten nur noch nicht, welcher Art Denkzettel sie den beiden Brüdern verpassen sollten. Zögernd erklärte Zareen sich bereit, mitzumachen. Malihe lehnte es ab – sie selbst fühle sich nicht dazu in der Lage mitzumachen, wolle ihnen aber gerne bei den Vorbereitungen behilflich sein.

In der Zwischenzeit hatte Fatima weitere Einzelheiten in Erfahrung gebracht. Als Journalistin getarnt, hatte sie herausgefunden, daß die zwei Männer Schreiner waren und Möbel nach Maß herstellten und daß sie in Teheran-Pars, einem Stadtteil im Nordwesten, lebten und arbeiteten. Nun, da sie ihre Adresse kannten, nahmen sie sich vor, sich als Männer zu verkleiden, die beiden Brüder zu entführen und ihnen dann eine Lektion zu erteilen.

Goli besaß ja bereits ihren Anzug. Zareen wollte einen von ihrem Mann ausborgen, und Malihe trieb einen gebrauchten Anzug für Fatima auf, in dem sie wie ein junger

Arbeiter aussah. Fatima meinte, es machte ihr nichts aus, für eine Nacht ein in Lumpen gekleideter König zu sein.

Sie veranstalteten ein paar ›Kostümproben‹ im Salon ›Ziba Style‹, und Fatima übte mit ihnen ein, wie sie sich bewegen sollten. Fatima war die größte von ihnen und sah in ihrem Anzug am überzeugendsten aus, wenn auch Jacke und Hose für sie ein wenig zu weit waren. Malihe schlug vor, sie solle unter dem Anzug noch mehrere andere Kleidungsstücke anziehen, damit sie ihn besser ausfülle, doch Fatima schien das zu unbequem, und sie wollte statt dessen einen Mantel darüber tragen.

Goli war kleiner als Fatima und Zareen und sah in ihrem Anzug aus wie ein Junge. Sie hatte ihn den anderen ja bereits vorgeführt und unter Malihes Regie typisch männliche Gesten und Gangart einstudiert. Nun schaute sie den anderen beiden zu.

Malihe saß in einer Ecke und forderte sie auf, durch den Raum zu laufen, sich hinzusetzen, sich die Hände zu schütteln und mit tiefer Stimme zu sprechen. Goli und Zareen hatten dies bereits ein paarmal geübt, und so war es nur noch für Fatima völlig ungewohnt, sich wie ein Mann zu bewegen und zu benehmen. Anfangs stellte sie sich sehr ungeschickt an, ließ Kopf und Schultern hängen, die Hände baumeln und blickte auf den Boden, als betrete sie eine Moschee. Aber sie übte verbissen, und nach kurzer Zeit hatte sie den Bogen raus, breitbeinig und in großen Schritten zu laufen, selbstbewußt und erhobenen Kopfes einherzuschreiten, so als beobachtete sie genau die Umgebung.

Zareens Bewegungen wirkten linkisch und unsicher. Malihe befahl ihr, nicht den Kasper zu spielen, sondern es ernst zu nehmen und diesen Ernst durch ihre Körpersprache auszudrücken.

»Du tappst so unbeholfen daher, wie jemand, der gerade tanzen lernt!« Malihe demonstrierte ihr, wie sie laufen sollte, korrigierte sie geduldig wieder und wieder, rückte ihre Schultern gerade und wies sie an, wie sie die Arme schwingen solle.

»Deine krumme Haltung kommt daher, weil du zu viel häkelst und dich bei der Arbeit immer über deine Kundinnen beugst! Jetzt aber mußt du versuchen, gerade zu gehen!« Zareen übte beharrlich weiter und wurde mit jedem Schritt sicherer.

Goli wirkte jungenhaft in ihrem Anzug. Ihre geringe Körpergröße war nicht so sehr das Problem, sondern mehr ihre Haltung. »Stell dir vor, du würdest an einer Straßenkreuzung stehen«, sagte Malihe, »würdest die Mädchen von oben bis unten mustern und sie angrinsen.« Sie mußten alle lachen. »Du mußt mehr Selbstbewußtsein ausstrahlen!«

Dann forderte sie die drei auf, ihre erlernten Karatetechniken durchzuprobieren. Goli demonstrierte ihnen, wie sie trotz ihrer hinderlichen Kleidung rasch eine offensive Haltung einnehmen konnten, und sie taten es ihr nach.

An Schuhe und Haarfrisuren hatten sie noch gar nicht gedacht. Sie kamen überein, daß jede von ihnen sich in ihrer Familie oder im Freundeskreis nach ein paar passenden Herrenschuhen umsehen solle, die sie ausleihen könne. Zareen schnitt Golis Haar so kurz wie das ihres Mannes und kürzte ihre eigenen Haare ebenfalls um einige Zentimeter. Malihe besorgte ihr einen Hut. Fatima wollte den Turban und den Umhang ihres Vaters tragen.

Zu guter Letzt übten sie noch das Sprechen und verstellten ihre Stimmen so, daß sie tief, gebieterisch und autoritär klangen.

Am Spätnachmittag jenes Tages, an dem ihre Aktion stattfinden sollte, trafen sie sich im Salon ›Ziba Style‹. Nur Malihe fehlte, weil sie Überstunden machen mußte. Ein paar Leute – so auch Zareens Mann – gingen vor dem Essen zu einem frühen Abendgebet in die Moschee. Die Straßen waren um diese Zeit noch ziemlich belebt, und sie würden somit weniger auffallen.

Sie zogen sich um und probten ihre Rollen noch ein letztes Mal vor dem Spiegel. Fatima hatte eine *aba* ihres Vaters übergeworfen und eine *amameh* auf ihren Kopf gesetzt, wodurch sie ein Stück größer wirkte. Sie sah aus wie eine jüngere, kleinere Ausgabe ihres Vaters; sie hatte sogar daran gedacht, seinen Führerschein mitzunehmen. Eine Nacht lang würde sie ein Mullah sein.

Zareen fand, sie mache sich schlecht als Ebenbild ihres Gemahls und sähe überhaupt nicht wie ein Mann aus. Fatima hatte ihr eine von ihrem Vater ›ausgeliehene‹ Pistole gegeben, und damit fühlte sie sich erst recht unwohl. Sie versteckte die Waffe in der Innentasche ihrer Jacke. Goli ging von einer zur anderen, zupfte Kragen und Ärmel zurecht. Sie sähen großartig aus, versicherte sie ihnen, und sie müsse direkt aufpassen, daß sie sich nicht in sie verliebe. Sie amüsierten sich königlich und bestaunten einander, als sie endlich fertig waren: Sie hatten sich in vollkommen andere Personen verwandelt.

Zunächst waren sie ein wenig unsicher, als sie auf das Auto zugingen, gewannen aber mit jedem Schritt mehr Sicherheit. Was würde geschehen, wenn die Miliz sie anhielte – obwohl sie sich eine lange und unübersichtliche Route entlang von Nebenstraßen zurechtgelegt hatten? Sie müßten sich auf den Führerschein von Fatimas Vater, Golis Karatekenntnisse und ihre Überzeugungskraft verlassen. Fatima hoffte, daß sie weniger Verdacht erregen würden, weil ja ein Mullah mit im Auto saß.

Während sie die Seitenstraßen von Jaleh durchkreuzten, nahm ihre Nervosität immer mehr zu.

»Kann ich nicht einfach nur zuschauen? Ich fühle mich so unsicher als Mann.« Zareens Selbstzweifel wuchsen.

»Nein, du mußt unbedingt mitmachen, denn du bist von uns dreien die größte«, entgegnete Fatima.

Sie hatten vor, das Auto ein paar Meter vor der Schreinerei der beiden Brüder zu parken. Zareen würde hineingehen und sie auffordern, herauszukommen, mit der Begründung, daß Mullah Haj Ali dort auf sie warte und ihnen ein paar Fragen stellen wolle. Dann würden sie auf das Auto zeigen, in dem natürlich Fatima, verkleidet mit der *aba* und mit der *amemeh* eines Mullahs, saß.

Fatima befürchtete einen Augenblick lang, sie wäre in die falsche Straße abgebogen, doch dann erblickten sie erleichtert das gesuchte Straßenschild. Das Möbelgeschäft zeichnete sich in der Dämmerung ab, und Fatima fuhr langsam, um einen günstigen Parkplatz zu finden. Vor dem Landen standen zwei Stühle zu beiden Seiten der Tür. Wie in Familienbetrieben üblich, war auch dieses Geschäft zu dieser späten Stunde noch geöffnet.

Zareen kletterte aus dem Auto und überquerte die Straße, während die beiden anderen sie mit ihren Augen verfolgten. Sie verschwand in dem Möbelgeschäft. Ein paar Sekunden später trat sie mit einem Mann an ihrer Seite wieder heraus auf die Straße. Er blickte in die Richtung, in der das Auto stand, und Fatima hielt ihren Kopf hoch erhoben, damit ihr Turban deutlich zu sehen war. Der Mann ging wieder hinein und holte seinen Bruder. Beide blickten wieder in die Richtung der Frauen. Sie schlossen den Laden ab und liefen hinter Zareen auf das Auto zu. Fatima startete den Motor, während sie einstiegen und Fatima ehrerbietig grüßten. Würdevoll erwiderte sie den Gruß. Die beiden setzten sich neben Goli auf den Rücksitz; Zareen stieg vorne ein. Als sie alle saßen, beugte sie sich nach hinten und sagte: »Wir fahren jetzt zum Polizeirevier in Teheran-Pars.«

»Aber wir haben uns doch schon bei unserer zuständigen Polizeidienststelle gemeldet«, entgegnete der ältere der beiden Brüder.

»Das wissen wir, denn wir sind im Besitz Ihrer Akte«, log Zareen, »aber Haj«, sie deutete auf Fatima, »arbeitet in diesem Polizeirevier. Ich weiß, daß es ein ziemlich weiter

Weg ist, aber machen Sie sich deswegen keine Gedanken: wir werden Sie wieder zurückfahren.« Zareen bemerkte, daß die beiden unruhig waren, doch sie selbst blieb gelassen und hatte sich vollkommen unter Kontrolle. Sie fuhren los, und während der Fahrt wechselten Zareen und Goli ein paar belanglose Worte mit den Brüdern.

Als sie Teheran-Pars durchquert hatten, ohne dort anzuhalten, wurden die Männer immer nervöser.

»Sind Sie sicher, daß Sie an der Polizeistation nicht schon vorbeigefahren sind?« fragte der ältere Bruder.

»Keine Bange. Sie befindet sich in dem Dorf Ali-Abad. Es sind noch vier Meilen bis dorthin.«

Die Straßen wurden immer schlechter und immer dunkler, die Gegend immer menschenleerer. Die beiden Männer begannen Verdacht zu schöpfen, daß etwas nicht stimmte.

»Fahren wir wirklich zum Polizeirevier? Das sieht aber gar nicht danach aus. Sagen Sie, wohin bringen Sie uns?«

Zareen vergewisserte sich, daß weit und breit niemand zu sehen war, drehte sich nach hinten, griff langsam in die Innentasche ihrer Jacke, holte die Pistole heraus und richtete sie auf die beiden Brüder.

»Keine Bewegung! Machen Sie keine Dummheiten, oder ich blase ihnen das Gehirn aus dem Schädel!«

Entsetzt starrten die beiden auf die Pistole. »Wer sind Sie? Was haben Sie mit uns vor?« stammelte der jüngere Bruder, der bis dahin sehr schweigsam gewesen war. Sein älterer Bruder schien sich nicht so schnell einschüchtern zu lassen und schrie: »Was hat das hier eigentlich zu bedeuten?«

»Wir sind hier, um den Mord an ihrer Schwester zu rächen! Ihr verdient es, dafür ebenfalls getötet zu werden! Auf welche Weise habt ihr sie denn getötet? Ihr habt sie in Stücke geschnitten, nicht wahr? Sagt uns, wie ihr es gemacht habt, damit wir bei euch die gleiche Technik anwenden können. Na los, sagt es uns.«

»Nein! Bitte, lassen Sie mich in Ruhe. Ich habe jede Nacht Alpträume deswegen. Ich wollte sie nicht...« Der jüngere Bruder begann zu wimmern.

»Das geht Sie überhaupt nichts an! Das ist eine Familienangelegenheit«, rief der ältere Bruder dazwischen.

Fatima hatte das Auto am Rand einer durch einen verlassenen Obstgarten führenden Straße geparkt. Der ältere blickte von einer Frau zur anderen und rieb sich langsam die Hände. Fatima behielt die beiden fest im Auge, damit sie nicht etwa die Tür öffneten und wegliefen.

»Wer hat Sie eigentlich geschickt?« fragte der ältere Bruder. »Dieser Mistkerl etwa, der sich an die Schwester anderer Männer heranmacht? Hätte ich ihn doch auch gleich umgebracht.«

»Ja, warum haben Sie das eigentlich nicht getan?« fragte Fatima.

»Er hat nichts mit unserer Familienehre zu tun, für ihn sind wir nicht verantwortlich«, antwortete der jüngere Bruder.

»Nein, das ist nicht der wahre Grund. Ihr wußtet sehr wohl, daß man euch vor Gericht gestellt hätte, wenn ihr ihn getötet hättet! So dumm seid ihr Fanatiker dann doch nicht.«

»Quatsch! Sie war unsere Schwester und hat sich uns gegenüber undankbar verhalten. Sie hat uns nicht gehorcht, hat unsere Familienehre verletzt, obwohl wir all die Jahre für sie gesorgt und sie beschützt haben. Sie hatte nichts anderes als den Tod verdient!« Die Augen des älteren Bruders blitzten haßerfüllt.

»Wir haben sie davor gewarnt, sich mit diesem Mann zu treffen«, fügte der jüngere Bruder hinzu. »Trotzdem hat sie es getan, hat mit ihm gesprochen, seine Hand gehalten und ihn angelacht. So hat man es uns jedenfalls erzählt. Selbst gesehen haben wir es nicht.« Bei den letzten Worten senkte er seinen Kopf, als ob er sich schämte.

»So so«, sagte Fatima, »sie hat also nicht einmal mit ihm geschlafen, war nicht schwanger oder dergleichen?«

»Das hätte gerade noch gefehlt!« rief der ältere Bruder. »Jetzt sagen Sie uns doch endlich, wer Sie sind!«

»Nein! Sagen Sie mir lieber, was *Sie* getan hätten, wenn jemand Ihnen verboten hätte, sich mit der Frau, die sie lieben, zu treffen?« fragte Fatima.

»Das ist doch eine unsinnige Frage!« riefen beide Brüder gleichzeitig.

»Sie aber war unsere *Schwester*«, sagte der jüngere selbstgerecht.

»Ist eine Schwester vielleicht kein menschliches Wesen?« entgegnete Fatima.

»Wir haben uns geschämt für eine Schwester, die einen lockeren Lebenswandel führt«, brauste der jüngere Bruder auf.

»Und wir schämen uns dafür, daß Männer wie ihr frei herumlaufen. Ihr seid eine Gefahr für alle Frauen... und Männer«, sagte Fatima.

»Wir sind für niemanden eine Gefahr. Alles, was wir wollen, ist unsere Ehre schützen«, beharrte der ältere Bruder.

»Eure Ehre...«, sagte Zareen verächtlich.

»...ihr Leben«, flüsterte Fatima traurig hinzu.

»Warum müßt ihr das Blut einer Frau Opfern, um eure Ehre wiederherzustellen?« fragte Goli.

»Ihr seid doch selbst Männer. Ihr würdet nicht anders handeln.«

»Schau nicht so zum Türgriff. Ihr könnt uns nicht entkommen. Im übrigen ist *sie*«, sie zeigte auf Goli, »Trägerin des Schwarzen Gürtels. Wenn ihr eine falsche Bewegung macht, wird sie euch das Genick brechen und mir ersparen, meine Pistole zu besudeln«, drohte Zareen.

»Nein, wir sind Gott sei Dank keine Männer«, sagte Goli. »Wir sind drei Frauen, Mitglieder einer Frauenarmee. Wir wollen den Tod eurer Schwester rächen und werden noch vielen anderen Frauen genauso Genugtuung verschaffen. Sie hatte das Recht, ihr eigenes Leben zu leben, und das mit dem Mann, den sie sich wünschte. Daß ihr für ihren Lebensunterhalt gesorgt habt, ist dabei völlig unerheblich.«

»Sie war auch *unsere* Schwester«, sagte Zareen.

»So so, ihr seid also Frauen! Ihr kamt mir doch gleich so merkwürdig vor.« Die beiden Brüder musterten die drei Frauen eingehend.

»Was für eine lächerliche Verkleidung! Ihr habt mich zum Narren gemacht!« rief der jüngere.

Goli setzte zum ersten Schlag an – sie konnte den Hochmut der beiden nicht länger ertragen. Völlig überraschend packte sie den Arm des jüngeren Bruders, drehte ihn herum und versetzte ihm mit der anderen Hand einen kräftigen Schlag ins Genick. Er krümmte sich vor Schmerz. Sein Bruder verteidigte ihn, indem er Goli auf den Kopf schlug. Golis Wut war stärker als ihre Schmerzen, und sie ergriff seine Finger und verdrehte sie so weit, bis sie knackten. Zareen richtete warnend die Pistole auf seine Hand.

»Ich werde dir in die Hand schießen, wenn du sie noch einmal erhebst, und meine Freundin, die Karateka, wird sich um deinen Bruder kümmern.«

Fatima öffnete die Wagentür, ging zum Kofferraum und kam mit ein paar dicken Seilen zurück. Die drei Frauen fesselten die Brüder an Händen und Füßen, verstopften ihre Münder mit alten Lappen und trugen die wild herumzappelnden Männer an den Straßenrand. Unter einem Baum ließen sie sie fallen und begannen haßerfüllt auf sie einzuschlagen. Jedesmal, wenn sie zum Schlag ausholten, sagten sie: »Das ist für den Messerstich, den du ihr in den Rücken versetzt hast! Das ist für den Messerstich, den du ihr in den Arm versetzt hat! Das ist für den Messerstich in ihren Unterleib!« Sie schlugen so lange auf die Männer ein, bis diese das Bewußtsein verloren.

Völlig außer Atem ließen sie sich auf die Autositze fallen. Wut und Haß seien ganz schön anstrengend, meinte Zareen; Goli räumte ein, daß Rache bittersüß sei. Sie brachten ihre Kleider in Ordnung und machten sich auf den Rückweg. Sie waren stolz auf ihren Erfolg. Hungrig von den Anstrengungen, malten sie es sich aus, am Ufer des Levizan frische, gegrillte Regenbogenforellen zu essen und dazu den edelsten Wein aus Ghazvine zu trinken. Sie hofften, daß die Brüder nicht so schnell gefunden würden und daß sie den beiden wenigstens ein paar Rippen gebrochen hätten. Während das Auto durch die Dunkelheit glitt, wünschten sie sich nichts sehnlicher, als daß alle *pasdaran* tot wären.

13

Am Morgen nach ihrem Racheakt erwachte Fatima mit gemischten Gefühlen. Sie war sich nicht mehr sicher, ob solch ein Angriff gut gewesen war. Schuldgefühle plagten sie. Zum ersten Mal in ihrem Leben hatte sie einem anderen Menschen Gewalt angetan, hatte sie jemandem vorsätzlich Schmerzen zugefügt. Ihr großmütiges Herz, ihr Feingefühl und ihre sonstige Ablehnung jedweder Gewalt standen im Widerspruch zu ihrem Pflicht- und Verantwortungsgefühl, das sie den Frauen gegenüber empfand. Außerdem waren da religiöse Beweggründe und die Tatsache, daß sie Juristin war, die gegen diese Art von Selbstjustiz sprachen. Im Gegensatz zu Zareen und Goli hatte sie selbst sich nur zögernd an der Prügelei beteiligt. Als sie auf die Männer einschlug, waren ihr ständig Bilder von Schlagringen, die ihr Auge trafen, durch den Kopf geschossen, und es hatte sie große Überwindung gekostet, ihnen weh zu tun. Wenn sie auch zustimmte, daß diese Männer für den Mord an ihrer Schwester büßen mußten und daß die beiden noch glimpflich davongekommen waren, bereute sie, diese Art von Lynchjustiz durchgeführt zu haben. Sie als Juristin konnte doch nicht ihre eigenen Gesetze machen! Wie konnte sie gleichzeitig Gewalt verabscheuen und dann selbst gewalttätig werden? Was war los mit ihr? Waren all die Jahre, in denen sie Jura studiert und sich darauf gefreut hatte, Menschenrechte zu verteidigen und Gerechtigkeit zu üben, vertane Zeit gewesen? Wollte sie sich etwa jetzt, da es ihr als Frau verwehrt wurde, ihren Beruf auszuüben, über die Gesetze hinwegsetzen? Und wie war es um ihren religiösen Glauben bestellt? ›Du sollst niemandem etwas zuleide tun‹ lautete der Wahlspruch ihres Vaters. Seit einiger Zeit zerrann ihr alles unter den Fingern, ihre Welt brach buchstäblich in Stücke. Was war nur los mit ihr? Sie strich mit ihren Fingern über die Narbe an ihrem Auge. Ihre Persönlichkeit schien sich zu verändern. Wohin würde das führen? Konnte sie die Richtung, in die sie zukünftig gehen würde, überhaupt noch selbst bestimmen, oder würde sich alles durch die Ereignisse um sie herum verselbständigen? Angstvoll stellte sie sich all diese Fragen. Wo war ihre Mundharmonika? Sie fand sie. Doch verdammt, ihr Vater war ja zu Hause. Also keine Musik!

Sie erinnerte sich an ihr letztes Gespräch mit Zareen und Goli.

»Ich fühlte so eine Wut in mir, als ich auf die Kerle einschlug, ich wollte, daß sie bei Bewußtsein waren und jeden einzelnen Schlag spürten, und nicht etwa schliefen wie ihre Schwester, als sie diese töteten. Rache ist tatsächlich süß«, hatte Goli voller Überzeugung gesagt.

»Obwohl ich mich ziemlich zurückgehalten habe, fühle ich mich unwohl. Was hat es für einen Sinn, von den zahllosen Männern in diesem Land einige wenige zu verprügeln?« hatte Fatima erwidert. Die anderen beiden hatten daraufhin eine Weile geschwiegen.

»Ja... vermutlich hat es wenig Sinn in einem Land voll wilder Männer, von denen sich ein jeder zu Hause und bei der Arbeit wie ein kleiner, auf der Straße sogar wie ein großer Diktator aufführt«, hatte Zareen nach einer Weile gesagt.

»Wir mußten aber irgend etwas unternehmen«, hatte Goli nach längerer Zeit das Schweigen unterbrochen. »Du willst doch wohl nicht behaupten, daß es besser gewesen wäre, wenn wir einfach nur dagesessen und weinend unsere Hände gerungen hätten, statt etwas gegen diesen gemeinen Mord zu unternehmen!«

»Nein, natürlich nicht! Wir können nicht weiterhin passive Opfer bleiben, aber wir müssen eine wirksamere Methode finden, irgend etwas anderes...«

»Ich finde es gut, was wir heute nacht getan haben. Ich halte es nicht etwa für das absolut Richtige und meine auch nicht, daß wir es oft wiederholen sollten, aber zumindest war es eine Tat, die *wir* tun konnten, eine, womit wir wenigstens *etwas* für eine unserer Schwestern tun konnten«, hatte Goli gesagt. »Aber wir sind ja lernfähig. Uns wird schon noch etwas einfallen, wie wir uns wirkungsvoller wehren können. Wir sind ja noch Neulinge in diesem schmutzigen Gewerbe.«

»Das stimmt. Wir sind ja erst am Anfang, und da ist es nicht verwunderlich, daß wir Fehler machen...«, hatte Zareen hinzugefügt.

»Aber wir leben nun einmal in diesem Land«, hatte Goli gesagt, »einem Land, das stark in Bewegung geraten ist und in dem wir einzusinken drohen...«

»... und darum müssen wir uns einfach hin und wieder um ein paar Zentimeter erheben, um nicht zu versinken«, hatte Zareen den Satz beendet.

Sie hatten sich auf einmal bestürzt und ernüchtert gefühlt. Aber kurz bevor sie sich trennten, hatte Zareen gesagt: »Wenigstens etwas Positives können wir doch trotz aller Selbstkritik feststellen: Wir verlieren allmählich unsere Furcht – diese schrecklich lähmende Furcht.«

Das stimmte, Fatima *verlor* ihre Furcht, wurde kritischer, unnachgiebiger und durchsetzungsfähiger. Aber gleichzeitig nahmen auch ihre Zweifel und ihre Verwirrung zu. Da sie ausgemacht hatten, sich eine Weile nicht zu treffen, konnte sie jetzt nicht einmal mit Zareen reden. Sie nahm ihre Mundharmonika in die Hand und begann, ohne Rücksicht auf ihren Vater zu nehmen, vor sich hinzuspielen.

Drei Tage später veröffentlichten sämtliche Tageszeitungen auf ihrer Titelseite einen Bericht über den Überfall, mit großformatigen Abbildungen der zwei Brüder und reißerischen Überschriften: ›Frauen in Turban und Umhang‹; ›Die falschen Männer‹; ›Überfall der Weibsteufel‹; ›Terroristinnen in Männerverkleidung‹; ›Die Rache der Frauen‹; ›Die unechten Männer‹; ›Karatefrauen schlagen zurück‹.

Mit zitternden Händen, zugeschnürter Kehle und weichen Knien lasen die drei Frauen in ihrem jeweiligen Zuhause die Überschriften. Eine Mischung aus Furcht, Erregung und Genugtuung befiel sie, während sie die Berichte lasen.

In den Artikeln der rechtsgerichteten Zeitungen und des konservativen linken Flügels wurde die Tat aufs schärfste verurteilt. Die Art der Schläge, die Prellungen und die Schmerzen, die die beiden Brüder erlitten hatten, wurden detailliert aufgeführt. Sie waren zwei Tage später von einem in der Obstplantage arbeitenden Gärtner entdeckt worden und wurden ins Krankenhaus gebracht – ihr Zustand war jedoch nicht besorgniserregend. Sie erhielten sogar rund um die Uhr Polizeischutz. Einige Journalisten gingen so weit, alle Männer dazu aufzufordern, sich vor ihren Geschlechtsgenossen in acht zu nehmen und argwöhnisch zu sein, insbesondere dann, wenn sich ihnen in der Dunkelheit ein Fremder nähere. Die Straßen seien für die Männer nicht mehr sicher! Polizei und *pasdaran* wurden aufgefordert, keinen Mann ohne eingehende Überprüfung an den Kontrollposten durchzulassen. Die Regierung warnte, dies sei die Aktion einer gut organisierten Bande, die mit großer Wahrscheinlichkeit von Auslandsagenten geleitet werde.

Die linksgerichteten Zeitungen hingegen legten das Schwergewicht ihrer Berichterstattung darauf, daß Frauen Rache geübt hatten, berichteten darüber, auf welche Weise die Brüder ihre Schwester getötet hätten und daß sie straffrei davongekommen seien. Sie hoben die Äußerung der Brüder hervor, daß sie es als eine Schande empfanden, von Frauen verprügelt worden zu sein: sie könnten ihre Arbeit nicht wieder aufnehmen, könnten ihren Familienmitgliedern oder Freunden nicht mehr unter die Augen treten.

In den erst einige Tage später erscheinenden Frauenzeitschriften wurde Verständnis für die Täterinnen bekundet. In einigen waren Statistiken abgedruckt, die belegten, wieviele Frauen durch ihre gewalttätigen Ehemänner oder andere männliche Familienmitglieder getötet worden waren, teilweise mit erschreckenden Fotos von mißhandelten und vergewaltigten Frauen. ›Genug ist genug!‹ war die Schlußfolgerung. Den Frauen dürften die Menschenrechte nicht länger verweigert werden, körperliche Züchtigungen wegen Ehebruchs, andere Formen der Diskriminierung von Frauen müßten endlich verboten werden. Die Frauen seien zornig, und ihre Wut nehme von Tag zu Tag zu, hieß es in den Leitartikeln. Die Aktivistinnen waren überall, in jeder Stadt, an jeder Universität, an den Arbeitsstätten und zu Hause von den Nachrichten freudig überrascht. Bei jeder Versammlung, in jedem Seminarraum, an jeder Bushaltestelle, in jeder Schlange vor den Läden, in den Wartezimmern der Krankenhäuser wurde über die drei mutigen Frauen geredet. Das Ereignis hatte die Frauen aufgerüttelt – es gab ihren Gedanken neue Nahrung, regte sie an und gab ihnen Kraft.

Die drei Freundinnen waren überrascht, daß trotz der strengen Zensur, der die Medien unterlagen, über diesen Vorfall überhaupt berichtet wurde, und vor allem darüber, daß die Berichterstattung so ausführlich war. Steckte dahinter die Absicht, die Männer zu warnen? Sollte damit zu einem Gegenschlag gegen die Frauen aufgerufen werden? Diente diese Aktion nun als Vorwand, den Frauen weitere Beschränkungen aufzuerlegen?

Das Ereignis hatte Schlagzeilen gemacht, und die Männer, die normalerweise Meldungen über gegen Frauen begangene Gewalttaten mit Gleichmut oder bestenfalls mit leichtem Unbehagen schrieben oder lasen, waren ein wenig aufgeschreckt worden. Vielleicht würden sie sich in

Zukunft mehr Gedanken über derartige Greueltaten machen. Nur wenn sich die Männer selbst bedroht fühlten, schienen sie über die Folgen ihrer eigenen Taten nachzudenken. Zareen, Fatima und Goli brannten darauf, sich zu treffen, um miteinander über die Zeitungsartikel diskutieren und über die Aufregung, die sie versucht hatten, sprechen zu können.

Voller Nervosität wartete Zareen an jenem Morgen auf ihre Kundinnen. Sie hatte das Radio eingeschaltet, um die Nachrichten hören zu können. Sie hoffte, daß es ein arbeitsreicher Tag werden würde und möglichst viele Frauen mit ganz unterschiedlichen Einstellungen in den Salon kämen, die ausführlich über die aufregenden Nachrichten der letzten Tage sprechen würden.

Während sie schon alles herrichtete, kam Muneer mit vor Schmerz verzerrtem Gesicht zur Tür herein.

»Azadeh ist verschwunden!« stieß sie hervor. »Sie ist wie vom Erdboden verschluckt!« Vollkommen verstört ließ sie sich auf einen Stuhl fallen. Zareen war schockiert. Azadeh hatte doch überhaupt keine Verbindung zu politischen Aktivisten! Sie war ein ganz normales, lebenslustiges, sechzehnjähriges Mädchen. Was könnte ihr zugestoßen sein? Zareen nahm Muneer in die Arme und tröstete sie.

»Sie wollte nach der Schule mit einer Freundin ins Café gehen«, schluchzte Muneer, »und unterwegs wurden sie von ein paar jungen Männern angehalten. Sie rauchte eine Zigarette, hatte Lippenstift aufgetragen, und ihr Rock war ein Stück zu kurz – das alles erboste die Männer. Die Mädchen müssen zwar in der Schule einen Schleier anlegen, doch die meisten von ihnen nehmen ihn wieder ab, sobald der Unterricht beendet ist, stecken ihn in ihre Taschen und ziehen ihn erst wieder über, kurz bevor sie nach Hause kommen. Azadeh hat das oft so gemacht. Die zwei jungen Männer stellten sie zur Rede, aber sie merkte nicht, daß es sich um *pasdaran* handelte, die nicht im Dienst und folglich nicht uniformiert waren. Sie nahm sie nicht ernst, machte sich über sie lustig, zog ihren Rock dummerweise noch ein Stück höher und plapperte albernes Zeug. ›Habt ihr an meinen Beinen etwas auszusetzen? Ein Jammer, daß man sie unter einem schwarzen Gewand verstecken muß. Regt ihr euch auf, weil ihr euch selbst nicht unter Kontrolle habt? Weil meine Beine euch erregen? Das wollen wir doch mal sehen.‹ Lauter solch dummes Zeug. Sie muß übergeschnappt gewesen sein oder dergleichen. Wie konnte sie mit einem *pasdaran* so reden? Sie nahmen sie einfach mit, um sie weiter zu verhören. Ihre Freundin rannte weg, so schnell sie nur konnte. Niemand weiß, wer die Männer waren oder wohin sie Azadeh gebracht haben könnten. Sie ist einfach verschluckt, wie Wasser, das auf ausgedörrte Erde fällt. O Zareen, was soll ich bloß tun? Sie kann doch nicht einfach so verschwinden! Ihre Familie ist völlig verzweifelt, sie hat alles versucht, überall nach ihr gesucht, auch in Polizeirevieren, hat überall nach ihr gefragt, hat Gefängnisse aufgesucht – was können sie sonst noch tun? Was kann ich tun, um sie wiederzufinden?«

Als die erste Kundin eintrat, brachte Zareen Muneer in das Hinterzimmer. Sie weinte, Tränen rannen ihr über die Wangen. Sie wischte sie mit ihren Fingern weg, und Zareen blieb bei ihr, bis sie sich ein wenig beruhigt hatte.

Als Zareen schließlich zurück in den Salon kam, entschuldigte sie sich bei der wartenden Kundin und erklärte ihr, daß es Muneer nicht gut gehe. Sie begann der Frau die Augenbrauen zu zupfen, aber ihre Gedanken waren nicht bei der Sache. Muneer war nun ihre einzige Hilfe, und sie konnte es sich nicht leisten, noch jemand einzustellen. Soraya, eine Krankenschwester aus der Nachbarschaft, kam als nächste zum Schneiden ihrer Haare. Sie sah blaß und ausgemergelt aus wegen ihrer langen Arbeitszeit und der ständig wechselnden Schichtarbeit – sie machte den Eindruck, als benötigte sie selbst eine Krankenschwester. Nach ihr kam eine Kundin mit ihrer Enkelin Susan, der sie die Haare schneiden lassen wollte. Die ältere Frau hielt sie fest an der Hand, als ob das Mädchen vorhätte, davonzulaufen. Susan weigerte sich jedesmal, ihre Haare kürzen zu lassen, doch ihre Mutter bestand darauf, daß sie adrett und ordentlich aussah. Zareen mußte stets allerlei Tricks anwenden, um sie abzulenken.

Muneer kam mit verweinten Augen zurück in den Raum. Sie entschuldigte sich für die Verspätung und schlüpfte in ihren Arbeitskittel. Während Zareen Sorayas Haare wusch, kamen die Neun-Uhr-Nachrichten im Radio. ›Die beiden von einer Frauenbande brutal zusammengeschlagenen Brüder wurden wieder aus dem Krankenhaus entlassen. Wie bereits berichtet, hatten drei als Männer verkleidete Frauen Herrn Akbarian und seinen jüngeren Bruder entführt und an einem abgelegenen Ort so lange geschlagen, bis sie bewußtlos wurden. Die *pasdaran* sind überall auf der Suche nach den Täterinnen.‹

Susan reagierte als erste auf die Nachrichten und rief aufgeregt: »Mensch, das ist ja eine tolle Idee! Mädchen, die Jungenkleider tragen. Das könnte ich doch auch tun!«

Ihre Großmutter schüttelte mißbilligend den Kopf. »O mein Gott. Was ist das für eine verrückte Welt! Nein, natürlich wirst du das nicht tun! Was wird als nächstes kommen? Wie soll das nur weitergehen?« Während sie sprach, trommelte sie mit ihren Fingern nervös auf ihrem Knie herum und schüttelte mißbilligend den Kopf.

›...der Innenminister beantwortete die Frage der Journalisten dahingehend, daß eine strengere Kleiderordnung eingeführt werden muß. Es soll gesetzlich verboten werden, daß Frauen Männerkleidung tragen‹, fuhr der Radiosprecher fort.

»Verdammt!« stieß Zareen unvermittelt aus, unterdrückte aber jeden weiteren Kommentar.

»Du meine Güte«, sagte Soraya, »was die für ein Theater um ein paar verletzte Männer machen! Wenn ihr wüßtet, was wir heutzutage in den Krankenhäusern zu sehen bekommen – unzählige von geschlagenen, durch Messerstiche verletzte, blutende Frauen ... manche von ihnen erleiden sogar Fehlgeburten wegen ihrer brutalen Männer. Mittlerweile ist es schon so weit gekommen, daß die ihre Frauen im Krankenhaus verprügeln, wenn diese ein Mädchen oder Zwillinge zur Welt bringen, oder wenn ein männlicher Säugling kurz nach der Geburt stirbt. Es sieht so aus, als seien die Männer, egal welcher Schicht sie angehören, brutaler und frauenfeindlicher als je zuvor. Und weil die Zahl der Krankenschwestern ständig sinkt – sie entlassen uns, wenn wir uns weigern, einen Schleier zu tragen –, wird die Arbeit noch schwieriger. Meiner Meinung nach haben diese beiden Brüder die Tracht Prügel verdient!«

»Es gehört schon eine Menge Mut dazu, so etwas zu tun. Ich könnte auch ein wenig davon gebrauchen, ganz besonders in diesen Tagen«, sagte Muneer, während sie ihrer Kundin die Augenbrauen zupfte. Nach außen hin wirkte sie ruhig und konzentriert. Dabei muß sie innerlich völlig aufgewühlt sein, dachte Zareen.

»So, bringt dich das etwa auf neue dumme Gedanken? Ich sage dir, nichts und niemand unterdrückt hier Frauen! Wen möchtest du denn verprügeln, wenn ich fragen darf?« sagte Susans Großmutter bissig.

»Oh, leg deinen Finger nicht in eine brennende Wunde ... da gäbe es mehr als genug ...« Muneer seufzte tief, verriet aber nicht, an wen sie dabei dachte.

»Wie haben die drei das bloß fertiggebracht? Woher hatten sie die Männerkleidung? Stellt euch vor, eine Frau läuft mit Turban und Umhang herum!« sagte Mina, die mit ihrer Gesichtskosmetik fertig war und sich jetzt auf den Weg zum Einkaufenmachte. »Ich könnte mich schieflachen! Schade, daß ich sie nicht gesehen habe, ich hätte mich köstlich amüsiert!« Einige der anwesenden Frauen mußten lachen.

Zareen war niedergeschlagen. Sie wollte eigentlich die Diskussion der Frauen verfolgen, um zu erfahren, was sie über diesen Vorfall dachten, konnte sich aber nicht darauf konzentrieren, weil sie ständig an Azadeh denken mußte. Simeen, eine Nachbarin, kam zur Tür herein und suchte sich einen Platz.

»Sprecht ihr gerade von diesen drei Verbrecherinnen? Das ist ja das Neueste im organisierten Bandenkrieg!« Sie rutschte auf dem Stuhl herum und machte es sich bequem.

»Das bedarf ja wohl keiner großartigen Organisation, sich ein paar Männerkleider anzuziehen, sich wie solche zu benehmen und loszuprügeln!« rief die Großmutter.

»Nun, sie haben zumindest ein großes Risiko auf sich genommen. Ich wünschte, viele Frauen würden es ihnen gleichtun.« Mina war in der Tür stehengeblieben und setzte sich nun wieder hin. Die Diskussion interessierte sie mehr als das Einkaufengehen.

»Das klingt wie ein Scherz und nicht, als ob es sich tatsächlich ereignet hätte«, bemerkte Afroz, eine weitere Kundin, die gerade zur Tür hereingekommen war.

»Aber ein übler Scherz! Damit ist doch niemandem geholfen – die Regierung wird jetzt den Frauen nur noch mehr Freiheiten nehmen.«

»Das ist doch unfaßbar, oder nicht? Wenn sie jetzt ein Gesetz erlassen, durch das den Frauen verboten wird, Hosen und Jacken zu tragen, beweist das doch nur, wie sehr Identität und Persönlichkeit mit der Kleidung zusammenhängen«, meinte Soraya. »Wir müssen Einheitskleidung und einen Schleier tragen wie Gefangene oder Krankenschwestern. Wir führen unsere Personalausweise am Körper mit und ersparen so dem Geheimdienst die Arbeit«

»Ja«, stimmte Zareen ihr zu, »Männerkleidung verlieht dem Träger Macht, Stärke und Freiheit.«

»Wer von uns will denn schon Hosen anziehen? Warum sollen denn Röcke keine Macht haben?« fragte Afroz.

»Ich trage auch lieber meinen bequemen Rock und den Tschador«, bemerkte Simeen.

»Ich nicht! Darin kann ich nämlich nicht spielen!« schrie Susan.

»Das ist ein vielschichtiges Problem. Warum gründet sich die islamische Lehre auf die Nichtexistenz des weiblichen Körpers, warum beharrt sie darauf, daß Frauen keine Stimme haben ...«

Soraya wurde von Simeen unterbrochen. »Das ist nicht wahr! In deinem Haus, innerhalb deiner Familie und unter deinen Verwandten bist du doch eine Königin! Dort hast du einen großen Einfluß, und dein Wort gilt etwas. wenn ich da an meine Mutter denke, was die für eine Macht hatte!«

»Aber wenn du gar keine Familie haben willst, nicht wie deiner Mutter oder Großmutter leben willst, sondern ein völlig anderes Leben führen möchtest?« fragte Mina.

»Wenn du mich fragst«, entgegnete die Großmutter, »dann ist das unmöglich. Es ist sinnlos, so etwas zu versuchen – reine Zeit- und Energieverschwendung. Du kannst die Regierung nicht bekämpfen, und du erreichst nichts, wenn du nach dem Motto ›Auge um Auge, Zahn um Zahn‹ verfährst.«

»›Auge um Auge‹ geht sowieso nicht, sondern höchstens ›eine Wimper gegen ein Auge‹«, meinte Muneer.

»Trotzdem müssen wir zugeben, daß diese Frauen großen Mut hatten. Ich bewundere sie dafür!« Mina schien ihre Einkäufe nun nicht mehr länger hinausschieben zu können und machte sich auf den Weg.

»Von wegen bewundern! Das war doch eine völlig hirnverbrannte Aktion«, schimpfte Simeen.

»Ja, für einige Frauen mag es in Ordnung sein, sich verrückt zu benehmen, wir dagegen müssen besonnen bleiben und an die Zukunft und an unsere Sicherheit denken.

Ich werde dafür sorgen, daß meine Enkelinnen immer geschützt sind – streune ja nicht allein in der Gegend herum, Susan! Man muß sie drankriegen, solange sie jung sind. Kennt ihr nicht die Sage vom weisen Mullah Nasredin? Wie auch immer – laßt mich erzählen ... Susan hör gut zu!

Eines Tages begab sich der Mullah Nasredin mit seiner hochbeladenen Eselsstute und deren Fohlen auf die Reise. Als sie die Hälfte des Weges hinter sich hatten, lief die Eselin plötzlich davon. Der Mullah rannte ihr hinterher, um sie einzufangen, doch er konnte sie nicht einholen. Also kehrte der Mullah zu dem Fohlen zurück, nahm einen Stock und schlug damit auf das Tier ein. Die Menschen, die das sahen, waren bestürzt über sein brutales Vorgehen und fragten ihn: ›Mullah, was hat dir das arme Fohlen getan? Seine Mutter ist doch weggerannt, warum schlägst du dann das Kind?‹ Der Mullah aber erwiderte: ›Ihr habt ja keine Ahnung. Wenn ich dieses Fohlen von der Leine ließe, würde es schneller wegrennen als seine Mutter!‹ «

Dies war eine alte Geschichte. Die meisten von ihnen kannten sie, trotzdem mußten sie lachen über die Art, in der die Großmutter sie erzählt hatte. Nur Susan lachte nicht.

»Das war gemein! Das arme Eselchen!«

»Selbstverständlich war das nicht richtig von dem Mullah, aber mach dir nichts draus – es ist doch nur eine alte Geschichte«, tröstete Zareen und führte sie zu einem Stuhl außer Reichweite ihrer Großmutter, um ihr die Haare zu schneiden.

Die heikle Unterhaltung ging weiter. Während sie arbeitete, versuchte Zareen sich auf die Kommentare der Frauen zu konzentrieren. Ihre Äußerungen waren jedoch nur vage – es wurde nie ganz deutlich, was die Frauen nun wirklich von der Aktion hielten. Zareen hatte sich eindeutige Reaktionen und ein positives Echo erhofft. Ihr war aber auch bewußt, daß die Menschen in der Öffentlichkeit, wie auch hier in ihrem Friseursalon, nicht alles sagen konnten, was sie dachten. Wie aber sollte sie dann herausfinden, ob ihre Bekannten solche Aktionen guthießen? Sie wollte es unbedingt erfahren, wollte keine abseits stehende Figur sein, die wie in einem Vakuum lebte und arbeitete, abgesondert von den anderen Frauen, die der gleichen Schicht angehörten wie sie. Die einzige Möglichkeit, klare Antworten zu erhalten, wäre gewesen, sich selbst an der Debatte zu beteiligen, den Frauen konkrete Fragen zu stellen, sie zu zwingen, eindeutig Stellung zu beziehen. Aber das erschien ihr zu riskant. Deshalb, und weil sie noch genauso schlau war wie zuvor, war sie nun enttäuscht und wußte nicht recht weiter.

Sie hielt es einfach nicht mehr aus: Sie mußte unbedingt mit jemandem darüber sprechen, wie gefährlich das auch sein mochte. Kurz entschlossen schickte sie ihren Sohn zu Malihe, um ihr den Vorschlag zu machen, sich in der zu ihrer Gemeinde gehörenden Moschee zu treffen.

Als Zareen die Moschee betrat, war Malihe bereits dort und unterhielt sich, in einer schwach beleuchteten Ecke sitzend, mit ein paar Nachbarinnen. Zareen war in ihren Tschador gehüllt und grüßte ein paar bekannte Gesichter, während sie in Malihes Richtung ging, um sich dann neben sie zu setzen.

Malihes Nachbarinnen unterhielten sich über ihre Kinder und über die hohen Lebensmittelpreise. Es war früh am Abend, immer mehr Plätze um sie herum wurden besetzt, so daß Malihe und Zareen sich schließlich unauffällig einen ruhigeren Ort zwischen zwei Gruppen betender Frauen suchen konnten. Sie schlugen beide ihren Koran auf und fingen mit leisem Gemurmel an zu lesen. Nach einer Weile hielten sie inne und begannen mit gedämpfter Stimme miteinander zu reden.

»Hast du die Nachrichten gelesen? Großartig, nicht wahr?« flüsterte Zareen.

»Ja schon, aber freu dich nicht zu früh – wir müssen erst einmal abwarten, welche Folgen sich daraus ergeben.«

»In meinem Geschäft haben sie sich darüber unterhalten, aber kaum eine der Anwesenden wagte es, offen ihre Meinung zu äußern, so daß es mich ganz verrückt machte. Nur zwei Frauen fanden unsere Aktion eindeutig positiv... genaugenommen zweieinhalb«, fügte sie lächelnd hinzu und dachte an Susan.

»Was hast du denn erwartet?«

»Nun, mehr Zustimmung von seiten der Frauen. Ist das zu viel verlangt?«

Malihe räusperte sich, setzte sich aufrecht hin und schaute sich um. Nichts Verdächtiges war zu sehen. »Da erwartest du zu viel! So einfach geht das nicht.«

»Warum tun wir es denn, wenn nicht der Frauen wegen?«

»Ihr tut es doch nicht nur für andere Frauen, oder?«

»Nein. Aber ich tue es auch nicht nur für mich!« Sie sprach diese letzten Worte so laut aus, daß ein paar Frauen den Kopf zu ihnen wandten. Malihe setzte schnell wieder eine fromme Miene auf und senkte den Kopf.

»Erwarte lieber keinen Beifall«, sagte sie. »Du willst doch nicht zur Heldin werden, oder? Frauen mißtrauen Helden.«

»Ich erwarte ja gar keinen Beifall... ich will lediglich erfahren, was die anderen Frauen aus meiner Schicht denken oder was sie erwarten.«

»Die Frauen sind hin und her gerissen. Sie müssen sich um so viele Dinge kümmern, daß ihnen keine Zeit bleibt, sich zu überlegen, was sie erwarten oder was ihnen gut täte. Wir müssen uns jetzt ganz auf uns selbst verlassen.«

»Stehen wir demnach völlig allein da?«

»Vielleicht. Zumindest im Augenblick. Du darfst deswegen nicht gleich den Mut verlieren – zweieinhalb ist doch gar nicht schlecht... und unterschätze diese halbe Portion nicht!«

Die anwesenden Frauen beendeten ihre Gebete und die Lesung im Koran, rollten ihre Gebetsteppiche zusammen und machten es sich gemütlich. Die Teefrau kam mit einem Tablett mit Gläsern dampfenden Tees und einem Gefäß mit großen, ungleichmäßig zerhackten Zuckerwürfeln herein. Zareen und Malihe nahmen je ein Glas und ein paar Zuckerwürfel und stellten den Tee neben ihre Koranbücher.

Zareen fiel wieder ein, was Muneer ihr erzählt hatte, und sie berichtete Malihe von Azadehs spurlosem Verschwinden. Sie fragte Malihe, ob sie Muneer zu ihr schikken dürfe, da sie doch immer gute Ratschläge parat habe. Malihe versprach ihr, daß sie versuchen würde, Muneer so gut wie möglich zu helfen.

Zareen fühlte, wie der Druck in ihr dank des Gesprächs mit Malihe abnahm, auch wenn Malihe ihre Zweifel nicht ausräumen konnte. Sie hoffte insgeheim, daß es eines Tages so weit sein würde, daß die Frauen ihr offen zustimmen, daß sie ihre Meinungen offen aussprechen konnten. Sie hoffte, daß die Frauen ihr einmal für noch gewagtere Aktionen gegen den frauenfeindlichen Staat Beifall spenden würden. Aber am meisten wünschte sie, daß diese Frauen sich ihr und ihren Freundinnen anschließen würden. Sie ließ ihren Blick über die anwesenden Frauen schweifen. Diese Frauen, die hier unter den hohen, blauen Rundbögen der Moschee saßen und in dieser heiligen Stätte eine ehrfurchterweckende und eindrucksvolle Versammlung abgaben, sahen alle gleich aus und verhielten sich auch alle gleich – aber dachten sie auch genauso wie sie selbst?

14

Ein paar Tage später ließ Malihe ihren drei Freundinnen die Nachricht zukommen, daß sie sich dringend treffen müßten, weil sie ihnen etwas Wichtiges zu erzählen habe. Sie hielten es nicht für ratsam, sich im Salon ›Ziba Style‹ zu treffen, da das Viertel immer noch streng überwacht wurde. Sie überlegten, wo sie sich sonst treffen könnten – vielleicht in einer Moschee oder bei einem heiligen Grabmal? Es erschien ihnen in jenen Tagen sicherer, sich an einem Ort zu treffen, wo sie von vielen anderen Leuten umgeben sein würden. Schließlich schlug Fatima ihr Zuhause vor. Ihr Vater wolle dort eine *roseh*, einen privaten Gottesdienst, abhalten, und das sei eine gute Gelegenheit, um sich zu treffen. Malihe war zunächst nicht sehr begeistert von der Idee, weil sich dort zu viele Leute versammeln würden, von denen sie womöglich auch noch viele kannte. Fatima meinte aber, sie könnten in ihrem Zimmer bleiben und vom Fenster aus zuhören, da die *roseh* im Garten stattfinden würde.

Zareen, Goli und Malihe trafen nacheinander ein, noch bevor der Gottesdienst begonnen hatte. Fatima hatte das Fenster halb geöffnet, damit es so aussah, als lauschten sie der Predigt ihres Vaters. Goli hätte Fatimas Vater gerne zugehört, doch Malihe fand das störend. Malihes merkwürdiger Tonfall überraschte die anderen, doch sie sollten bald erfahren, was der Grund dafür war.

Das Dienstmädchen brachte Tee und Gebäck herein und schloß die Tür hinter sich. Zareen und Goli kamen gleich auf die Berichte in den Zeitungen zu sprechen, doch Malihe unterbrach sie ungeduldig.

»Ihr werdet es kaum glauben, was ich euch jetzt erzähle... ich kann es ja selbst kaum fassen... Ich weiß nicht, wie ich es sagen soll... mein Gott... seit zwei Tagen kann ich keinen klaren Gedanken mehr fassen, es war...« Malihe stockte einen Augenblick. Regungslos warteten die anderen darauf, daß sie weitersprach.

»Neulich kam meine Nachbarin Gohar in den frühen Abendstunden zu mir. ›Malihe, laß uns zur Moschee in Shookofeh fahren. Dort ist ein neuer Mullah eingesetzt worden, von dem die Leute alle begeistert sind‹, schlug sie mir vor. Da ich an jenem Abend nicht viel zu tun hatte, willigte ich ein. Wir unterhielten uns erst eine Weile bei einer Tasse Tee im Frauengebetsraum. Dann stieg der Mullah auf die Kanzel und begann mit langsamer, sanfter und eindringlicher Stimme zu predigen. Nach und nach steigerte er die Lautstärke, und auf einmal durchfuhr es mich wie ein Blitzschlag. Diese Stimme kannte ich doch! Der Tonfall erinnerte mich an irgend etwas und ließ mich erzittern. Während er weitersprach, wurde ich immer unruhiger. Ich mußte unbedingt sein Gesicht sehen und zappelte unruhig hin und her – ihr wißt ja, wie schwierig es ist, in der schwarzen Zeltplane ein Loch zu finden, damit man auf die Männerseite und auf die Kanzel spähen kann. Gohar fragte mich überrascht, was denn auf einmal in mich gefahren sei, warum ich so nervös sei und die anderen Frauen mit meinem Herumgezappele störe. Aber ich hatte keine Ruhe. Ich schlängelte mich an der Plane entlang, bis ich eine Stelle fand, von der aus ich in den Männergebetsraum spähen und das Gesicht des Mullahs sehen konnte. Doch im Gegensatz zu seiner Stimme kam mir das Gesicht unbekannt vor. Er hatte dichtes Haar, einen Schnurrbart, und in seinem Turban und in dem weißen, hochgeschlossenen Umhang sah er völlig anders aus als der Mann, an den mich die Stimme erinnerte. Also blieb ich in der Ecke des schwarzen Zeltes sitzen und starrte ihn durch den schmalen Spalt im Vorhang hindurch an. ›Ist das wirklich der Mann, der dich im Gefängnis gefoltert hat?‹ fragte ich mich wieder und wieder. Ich konnte es nicht fassen. Und ich war mir nicht ganz sicher, weil ich sein Gesicht aus der Entfernung nicht gut genug erkennen konnte. Der dichte Bart und der Schnurrbart verwirrten mich. Aber die Augen, ja die Augen waren die gleichen. Doch wie war er hierher gekommen? Wie war so etwas möglich? Ich wußte, daß viele Leute sich über den großen Bedarf an Mullahs lustig machten, darüber, daß dies der einzige Beruf sei, bei dem man heutzutage noch gut verdienen könne. Ich mußte irgendwie versuchen, ihn aus der Nähe zu sehen. Mit klopfendem Herzen wartete ich das Ende seiner Predigt ab. Dann verließ ich sofort den Frauengebetsraum, um ihn abzufangen. Gohar glaubte, ich sei verrückt geworden. Ich bat sie, auf mich zu warten, bis ich zurückkommen würde. Also ging ich hinaus, stellte mich draußen in eine Ecke und tat so, als wollte ich den Mullah etwas fragen. Ich zog meinen Tschador dicht vors Gesicht, damit nur meine Augen zu sehen waren. Schließlich kam er. Ich wollte etwas zu ihm sagen, ihm eine Frage stellen, ihn eine Sekunde lang aufhalten, ihn ansehen, seine Augen aus der Nähe sehen, doch mir versagte die Stimme. Ich öffnete den Mund, aber es kamen keine Worte heraus. Er verschwand in einer Seitengasse und nahm meinen Seelenfrieden mit sich. In der darauffolgenden Nacht und den ganzen nächsten Tag über konnte ich an nichts anderes denken und fragte mich wieder und wieder, ob das tatsächlich der Mann war, der mich gefoltert hatte. Konnte das sein? Täuschte ich mich auch wirklich nicht? Aber die Stimme und diese großen häßlichen Augen hatte ich eindeutig wiedererkannt.«

Malihe stützte ihr Kinn auf die angezogenen Knie, um die sie ihre Arme verschränkt hatte und starrte auf den Boden.

»Ich erinnere mich, wie er in meine Zelle kam und mich mit seinem Schlagstock bedrohte, wie er vor mir auf und ab schritt, mich anbrüllte und mir Beleidigungen zubrüllte. Dieser brutale Gesichtsausdruck, diese schreckliche Uniform mit dem doppelten Lederkoppel, das von seinem Gürtel über die Schultern verlief! Dieser glänzend gewichste und doch rauhe Lederriemen! Wie oft habe ich dieses Leder ansehen müssen! Es glänzte wie seine Augen: ein glasiger, grausamer Glanz. Auch wenn er schon längst wieder weg war, spürte ich diesen Lederriemen in meinem Inneren, verfolgte er mich nachts in meinen Träumen. Seitdem hasse ich Leder – ich kann keine Ledergürtel mehr sehen, kann keine Ledertasche mehr anfassen...«

Malihe verstummte. Sie war völlig erschöpft. Während sie dies alles erzählt hatte, schien sie die Schmerzen noch einmal durchlitten zu haben. Auch ihre drei Zuhörerinnen waren ganz benommen und ließen sich wortlos in ihre Kissen zurückfallen.

Nach einer Weile brachen sie das Schweigen. »Nein!« – »Das ist unglaublich!« – »Entsetzlich!« – »Nein!« – »Ungeheuerlich!« riefen sie alle durcheinander. Von draußen drang der melancholische Singsang der Predigt zu ihnen herein. Zareen stand auf und massierte kurz ihre gefühllos gewordenen Gliedmaßen, dann ging sie hinüber zu Malihe und nahm sie tröstend in die Arme.

»Was soll man dazu sagen«, murmelte Goli völlig ratlos vor sich hin.

»Trinken wir erst einmal einen starken Tee, damit wieder Leben in uns kommt«, sagte Zareen aufmunternd.

Fatima fühlte sich wie betäubt. Das Dienstmädchen kam ins Zimmer, und Fatima bat sie, ihnen frischen Tee zu bringen.

Der starke Lahijani-Tee mit seinem delikaten, süßlichen Aroma rann wärmend ihre Kehlen hinunter und löste ihre Erstarrung. Sie tranken drei oder vier Tassen hintereinander, und erst als die Teekanne leer war, begannen sie über Malihes schreckliche Entdeckung zu sprechen.

»Wie fühlst du dich jetzt?« fragte Fatima.

»Na ja, nachdem ich es euch erzählt habe, geht es mir ein klein wenig besser«, erwiderte Malihe.

»Es will mir nicht in den Kopf, daß der Folterknecht der einen Regierung unter der nächsten Regierung zum Geistlichen werden kann«, meinte Goli. »Andererseits«, fuhr sie fort, »wird ja irrtümlicherweise allgemein angenommen, daß alle politischen Gefangenen aus den Wohnvierteln der Reichen im Norden der Stadt stammen. Vielleicht glaubt er darum, daß ihn im Süden niemand erkennt!«

»Trotzdem ist es mir unverständlich, wie er es wagen kann, hier öffentlich aufzutreten«, sagte Zareen.

»Vielleicht hat er gute Verbindungen zu einem hohen Regierungsmitglied, jemand, dem er früher vielleicht mal einen Dienst erwiesen hat«, mutmaßte Goli.

»Das könnte sein. Vielleicht zu einem hohen Geistlichen, zu einem Ayatollah«, sagte Malihe.

»Vor ein paar Tagen erst haben wir zwei Männer k. o. geschlagen«, sagte Zareen. »Wie wär's, wenn wir auch mit diesem Kerl einen kleinen Ausflug machten und ihm einen Denkzettel verpaßten?«

»Um Himmels willen, das können wir nicht tun! Wir sind doch nicht die Scharfrichter der Nation!« rief Fatima.

»Das wäre nichts als Zeitverschwendung«, fügte Malihe hinzu. »Alles, was mich interessiert, ist, wer ihm diese Position verschafft hat. Ich könnte ihn umbringen! Nein, ich weiß nicht...«

»Es dürfte doch nicht allzu schwierig sein, herauszufinden, ob er es wirklich ist«, meinte Fatima. »Soll ich meinen Vater bitten, sich danach zu erkundigen, wie er heißt?«

»Ja, das ist eine gute Idee. Ich muß unbedingt wissen, ob er es ist«, sagte Malihe. Nach einer kleinen Pause setzte sie düster fort: »Ich möchte sie alle töten – einer ist nicht genug!«

»Das ist ja verrückt«, meinte Fatima.

»All die Männer, die die Folterknechte von gestern jetzt als Mullahs einstellen, all die Kerle, die ihnen zuhören, all die verantwortlichen Regierungsbeamten...«, fuhr Malihe unbeirrt fort.

»Aber Malihe, wie stellst du dir das vor?« fragte Goli.

»Wir können doch nicht einfach all jene Männer, die wir für verantwortlich halten, in einen Raum zusammentreiben und Selbstjustiz üben...«, wandte Fatima ein.

»Warum denn nicht?« widersprach Malihe. »Es muß irgendeinen Weg geben, und ich muß ihn finden! Die Männer bewegen sich in einem geschlossenen Kreis, dem Clan der Männer, sie handeln mit Berufen und bringen Folter und Frömmigkeit mühelos unter einen Hut. Wie ist das möglich, daß sie sich so einfach vom Henker zum Heiligen wandeln können? Ich werde es herausfinden!«

»Soll ich meinen Vater fragen?« fragte Fatima erfreut.

»Nein«, sagte Goli entschieden. »Das wäre zu voreilig. Außerdem wissen wir ja gar nicht, ob er auf unserer Seite wäre.«

»Vermutlich schon...«

»Schließlich ist er ein Mullah...«, gab Goli zu bedenken.

»Er ist nicht so ein Mullah.«

»Bitte nimm es uns nicht übel, Fati, aber erzähle lieber niemandem davon. Niemand außer uns sollte davon wissen. Wem kann man heutzutage noch Vertrauen schenken?« sagte Malihe.

»Und wie sollen wir dann etwas herausfinden?« entgegnete Zareen.

»Nun, wir müßten doch auch selbst ausfindig machen können, wer die Moschee leitet, welcher Mullah für welche Gemeinde zuständig ist, wem sie jeweils untergeordnet sind, auf welche Weise die einzelnen Glieder miteinander verbunden sind, wie die Hierarchie vom Ayatollah bis hinunter zum einfachen Mullah aufgebaut ist«, antwortete Malihe.

»Auf diese Weise kommen wir nie zu einem Ergebnis – genauso bin ich verfahren, als ich herausfinden wollte, von wem die Gewalt gegen uns Frauen ausgeht und als ich nach den Gründen dafür suchte, warum die Männer Gewalt begehen. Aber das hat zu nichts geführt«, sagte Goli.

»Dennoch bin ich davon überzeugt, daß es gut wäre, das Funktionsprinzip dieser neuen Oberschicht zu ergründen«, sagte Zareen.

»Oder eher seine Bestandteile – wie die Zutaten eines Teiges: wie bitter dieser Kuchen ist, wieviel Mehl, was für Arten von Mehl, wieviel Wasser und aus welchem Fluß, welche Sorte Zucker – weißer, brauner, ob im Inland produziert –, darin sind, woher die Milch und die Butter kommen, bei welcher Temperatur er gebacken wird, die Größe und Art der Kuchenformen, wer der Bäcker ist und wer welchen Anteil davon bekommt«, entgegnete Malihe.

»Die Zutaten, aus denen die Geistlichkeit besteht? Hmm.« Goli schüttelte zweifelnd den Kopf.

»Die Luft wird langsam stickig hier drinnen«, sagte Fatima und schob beide Fensterflügel weit auf. Die Predigt drang zu ihnen hinauf:

»...Nein. Nichts dergleichen. Mit Gewalt kommen wir nie zu einer wahren islamischen Gesellschaft, zu einer freien menschlichen Gesellschaft. Unser Imam Hussein – Gott segne ihn – sagte, daß man lieber frei bleiben solle, wenn man den islamischen Glauben nicht akzeptieren könne. Ich werde immer wieder gefragt, wie die Frauen in unserer islamischen Republik sein sollten. Frei, stark und gebildet sollten sie sein! Nehmen wir zum Beispiel Frau Gandhi. Wir wünschen uns Frauen wie sie – sie trägt immer einen Schal um ihren Kopf gewickelt, ohne daß es ihr jemand vorschreibt. Ich werde häufig gefragt, wie sich unsere islamische Republik den Juden, den Bahais, den Parsen und ihren heiligen Stätten gegenüber verhalten soll. Ich sage, mit Respekt und brüderlicher Liebe, mit Nächstenliebe – liebet eure Brüder, ist mein Wahlspruch. Wir hören von Überfällen auf die Heiligtümer der Parsen und auf das christliche Krankenhaus für Blinde in Isfahan.

Brüder, dies ist eine Schande, eine Schande für unseren Glauben! Wir dürfen nicht hinnehmen, daß noch mehr Bahais hingerichtet werden! Wir wollen eine humane Gesellschaft. In letzter Zeit sehen wir immer wieder Fotos von Angehörigen des Bahai-Glaubens in den Zeitungen, die im islamischen Gewand bezeugen, daß sie ihrem Glauben abgeschworen haben. Das ist alles sehr beunruhigend. Wir sollten uns dafür schämen. Brüder und Schwestern, wir haben einige echte soziale Probleme wie Alkoholismus, Drogenkonsum bei unseren Jugendlichen, Armut und Prostitution, denen wir uns zuwenden sollten. Wir müssen sie wie soziale Krankheiten behandeln. Es ist unmenschlich, Prostituierte zu verbrennen. Brüder – sechzig junge Frauen, einige davon mit ihren Kindern, wurden bei lebendigem Leib von ein paar fanatischen jungen Männern verbrannt. Das ist unmenschlich. Das ist gesetzeswidrig. Das ist ein schlechtes Beispiel für eine islamische Gesellschaft. Durch das Verbot von Alkoholkonsum, Glücksspielen und dergleichen wird das Problem nicht gelöst. Unsere ersten Parlamentsabgeordneten nach der Konstitutionellen Revolution 1905–1911, unsere damaligen Geistlichen, weigerten sich, Alkohol und Drogen zu verbieten. Und ich mißbillige dies heute genauso. Wir müssen die Ursache bekämpfen, die dazu führt, daß die Menschen sich selbst vergiften… die Ursache bekämpfen, daß Menschen bei solchen Drogen Zuflucht suchen. Wir müssen das Übel bei der Wurzel packen…«

15

Es war eine schwierige Zeit. Die politische Situation verschlecherte sich rapide. Gerade jetzt, wo sie die Gesellschaft und Freundschaft der anderen noch dringender benötigten, konnten sie sich aus Sicherheitsgründen nicht treffen und mußten allein vor sich hin arbeiten.

Zareen empfand ihre Arbeit als immer bedrückender. Die Frauen waren in sich gekehrt, wurden immer schweigsamer und zurückhaltender. Sie konnte nicht mehr einfach sagen, was sie dachte, und erfuhr auch nicht, was in den Köpfen ihrer Kundinnen vorging. In ihrem Salon herrschte jetzt eine ganz andere Atmosphäre als früher – es schien, als ob alle Frauen an einer schweren Depression leiden würden.

Die Damenfriseursalons gerieten zunehmend unter Druck. Ein Teil der religiösen Fanatiker hielt sie für Stätten der Sünde und forderte ihre Schließung. Nach dem Willen einer anderen Gruppierung sollten die Frauen nur noch bei Hochzeiten oder anderen Festlichkeiten zum Friseur gehen, und schön machen dürften sie sich nur für ihre Ehemänner. Immer wieder griff die Regierung das Thema auf und schränkte das Friseurgewerbe durch neue Gesetze immer mehr ein. Zareen hatte immer noch Kontakt zu einigen Mitgliedern ihrer Gewerkschaft. Die Arbeit der Kolleginnen dort beschränkte sich jetzt darauf, den einzelnen Friseursalons die rationierten Kosmetika wie Lippenstifte, Nagellack, Haarfärbemittel und Shampoos zuzuteilen. Trotz ihrer Beziehungen wurde es für Zareen immer schwieriger, diese Dinge geliefert zu bekommen. Man benötigte Bezugsmarken für die Zuteilung, und man bekam immer nur kleine Mengen geliefert, denen ›Anweisungen‹ beilagen, für wen sie verwendet werden durften.

Für alleinstehende Frauen oder Studentinnen gab es beispielsweise keinen Nagellack, keine Lippenstifte mehr. Das hatte zur Folge, daß die Friseusen jede Kundin nach ihrem Alter und dem Grund ihres Besuches fragen mußten.

Zareen war von dem fortwährenden Druck, der auf sie ausgeübt wurde, deprimiert. Sie war frustriert darüber, daß die Frauen in ihrer Umgebung die Veränderungen duldsam hinzunehmen schienen. Auch litt sie darunter, daß sie ihre Freundinnen nicht sehen konnte. Die Arbeit machte ihr keinen Spaß mehr, und sie wurde immer verschlossener. Daß sie mit niemandem reden konnte und ihren ganzen Kummer in sich hineinfressen mußte, verstärkte ihr Gefühl der Ohnmacht noch.

An einem jener Tag rief Goli plötzlich bei ihr an und teilte ihr mit, daß sie unbedingt zu ihr kommen müsse. Kurze Zeit später war sie auch schon da, und noch bevor Zareen sie ins Wohnzimmer geleitet hatte, platzte Goli schon heraus: »Stell dir vor, auf unser Büro ist ein Brandanschlag verübt worden! Unsere erste Broschüre – die mit dem Thema ›Gewalt gegen Frauen‹ – war kurz vor der Fertigstellung! Die Schreibmaschinen, der Umdrucker – alles ist angesengt und verkohlt... unsere Papiervorräte sind zu Asche reduziert... der Schreibtisch und die Stühle... alles verbrannt! Die Fensterscheiben sind zerschlagen, alles ist voll von Glassplittern. Und Schmierereien an allen Wänden – ›Frauen gehören an den Herd‹; ›Dies ist eine Keimzelle der Korruption‹; ›Wir kommen wieder‹ und dergleichen haßerfüllte Sprüche mehr!«

Sie fielen sich in die Arme und trösteten einander. Goli wußte weder, was sie tun sollte, noch an wen sie sich wenden könnte. Was sollte ihre Frauengruppe jetzt unternehmen? Zareen war genauso ratlos. Beide waren sie starr vor Entsetzen. Völlig verzweifelt machte Goli sich wieder auf den Heimweg.

Nach diesem kurzen Besuch verspürte Zareen um so

dringender das Bedürfnis, Fatima wiederzusehen, so gefährlich das auch sein mochte. Aber wenn Goli zu ihr gekommen war, warum sollte sie dann nicht Fatima besuchen können? Also rief sie bei ihr an und vereinbarte noch für den gleichen Tag einen Termin, unter dem Vorwand, Fatimas Mutter zu frisieren.

Als Zareen damit fertig war, führte Fatima sie in ihr Zimmer und schloß die Tür hinter sich. Im Halbdunkel dieses gemütlichen Zimmers ließ Zareens Anspannung ein wenig nach. Sie ließen sich nebeneinander auf den Sitzkissen nieder und tranken Tee, der wie ein warmer Regen durch ihre Körper strömte und sie beruhigte. Schweigend saßen sie eine Weile beieinander und genossen die Zweisamkeit.

»Kaum daß ich hier bin, geht es mir schon viel besser. Ich hatte das Gefühl, ich würde bald durchdrehen! Ich wünschte, die Freude über unsere aufsehenerregende Aktion hätte länger angehalten. Dieses angsterfüllte und ohnmächtige Abwarten ist einfach entsetzlich. Obwohl wir frei sind und uns die Polizei nicht geschnappt hat, fühle ich mich doch eingesperrt.«

Sie erzählte Fatima von dem Brandanschlag, der das Aus für die Frauengruppe bedeutete und deren Hoffnungen, etwas veröffentlichen zu können, zunichte gemacht hatte. Sie klagte darüber, daß sie sich große Gedanken um Malihe und Goli mache und wie sehr es sie erschütterte, daß sie ihnen so wenig helfen konnte.

Fatima war betroffen. Ihre einst so lebensfrohe, energische und klar denkende Freundin schien von Selbstzweifeln und Hoffnungslosigkeit befallen zu sein. Fatima versuchte, sie zu trösten, sprach über ihre eigenen Selbstzweifel, ihre Schuldgefühle und die Furcht vor einem Persönlichkeitsverlust, seit sie an den beiden Brüdern Rache geübt hatten.

»Warum bist du so niedergeschlagen? Wir müßten doch eigentlich optimistisch sein, nachdem wir beschlossen haben, zu handeln, etwas Konstruktives gegen die Mullahs und ihre Herrschaft zu unternehmen!«

Fatima legte ihre Hand auf Zareens Schulter. Ihr Tschador war heruntergerutscht, und Fatima spürte ihre Knochen, und das weiche Fleisch ihrer Oberarme. Zareen war tief in Gedanken versunken und erwiderte nichts.

»Wie wär's, wenn ich *dir* jetzt die Haare schneiden würde?« schlug Fatima vor. »Damit dein Haarschnitt besser zu deinem Anzug paßt... du hast darin todschick ausgesehen!«

»Nachdem diese neuen Kleidervorschriften erlassen worden sind, können wir das vergessen! So so, ich habe dir in dem Anzug gefallen? Todschick habe ich darin ausgesehen?« Zareen sah Fatima ungläubig an. Ein kleines Lächeln spielte um ihren Mund.

»Du siehst natürlich auch sonst gut aus, nicht nur, wenn du diesen Anzug trägst!«

»Na so was!« Zareen lachte nun übers ganze Gesicht. »Ich bin solche schmeichelnden Worte gar nicht gewöhnt, denn normalerweise bin doch ich es, die andere Frauen schön zurechtmacht und Komplimente verteilt. Ich selbst werde von niemandem schöngemacht, bekomme nie ein nettes Wort zu hören. Das ist eben das Schicksal einer Ehefrau und Friseuse. Wer will schon die Frau einer Frau sein?«

»Ich hätte nichts dagegen! Ich würde gerne deine Frau sein.«

»Tatsächlich? Warum kaufst du dir dann nicht ein Haus in meiner Nachbarschaft, damit wir uns den ganzen Tag lang sehen können«, witzelte Zareen.

»Bis in diesem Land der Tag gekommen ist, da ich mir eine eigene Wohnung mieten oder kaufen kann, müssen noch große Veränderungen stattfinden... bis dahin kann ich nur von so etwas träumen.« Zareen war von der Heftigkeit, mit der Fatima dies sagte, überrascht.

»Ich habe auch Träume. Wenigstens unsere Träume können sie uns nicht verbieten!«

»Ach, Zareen, laß uns gemeinsam dieses Land verlassen, laß uns irgendwohin gehen, wo uns niemand etwas anhaben kann, wo wir glücklich zusammenleben können... komm, laß uns das tun«, drängte Fatima.

»Ach, Fatima, dieses Thema haben wir doch schon so oft angesprochen. Du weißt doch, daß ich das nicht tun kann. Denk an meine Kinder und all das...«

»Ja, ich weiß, tut mir leid, daß ich wieder damit angefangen habe. Und ich selbst liebe deine Kinder ja auch... sie fehlen mir schon richtig.«

»Vor ein paar Tagen fragten Parvaneh und Bahram, warum du denn gar nicht mehr kämest. Ich erklärte ihnen, daß du im Moment wenig Zeit hättest und jeden Tag zur Universität gingest. Auf Jalals Frage, ob du nun eine Stelle gefunden hättest, antwortete ich, daß Frauen kein Aussicht auf Anstellung mehr hätten, nur männliche Richter dürften noch Recht sprechen. Er wollte wissen, warum denn dein Vater nicht seinen ganzen Einfluß einsetze und sich hinter die Opposition stelle, um den Extremisten endlich den Garaus zu machen. Ich hatte *ash reshteh* mit viel Knoblauch und Minze gekocht, und die Kinder murrten, daß es ihnen zu scharf sei, und Jalal hatte Bedenken, daß er im Basar nach Knoblauch riechen würde. Auch er hat große Probleme mit seinem Geschäft. Die Produktion getrockneter Früchte und Nüsse ist enorm zurückgegangen, und die Qualität wird auch immer schlechter. Als er neulich einen Sack Pistazien öffnete, kam ihm ein Mottenschwarm entgegengeflogen! Und die religiösen Machtkämpfe im Basar werden immer schlimmer. Die Geistlichen streiten miteinander um größere Einflußbereiche... Meine Mutter kam neulich zu mir, um sich das Haar schwarz färben zu lassen, weil sie fand, der Henna-Farbton mache sie so alt. Aber ich mußte sie enttäuschen, weil Haarfarbe von der Gewerkschaft rationiert wird und es zu teuer ist, sie auf dem

Schwarzmarkt zu kaufen. Sie sah sehr erschöpft aus, und ich hatte den Eindruck, daß sie in letzter Zeit sehr gealtert ist. Wir alle altern viel schneller in diesen schweren Zeiten... Und die Kinder beschwerten sich bei ihr, weil sie zu Hause nicht mehr fernsehen dürfen... Ich bekam neulich solch eine Wut, weil in diesen verdammten Fernsehkanälen nichts als bärtige Gesichter zu sehen waren. Und als dann auch noch der Arbeitsminister stolz verkündete, daß er einhunderttausend Frauen entlassen habe, weil sie sich weigerten, einen Schleier zu tragen, platzte mir vollends der Kragen! Ich schlug mit solcher Wucht auf den Fernseher, daß er beinahe kaputtgegangen wäre. Dann habe ich ein Tuch darüber geworfen, den Kasten in den Keller getragen und in einen alten, verstaubten Schrank gestellt. Seither veranstalten die Kinder jeden Tag ein Theater, weil sie nicht mehr fernsehen dürfen! Ich erklärte ihnen, daß man davon blind werde, wenn man ständig diese Männer und Jungen auf der Mattscheibe ansehen müsse. Das sei keine wirkliche Welt, die einem da gezeigt werde, denn es gebe ja schließlich auch noch Frauen und Mädchen. Aber das ist ihnen alles egal! Wenn sie nicht fernsehen könnten, müßten sie sich langweilen, sagten sie! Mag ja sein – aber immer noch besser, Langeweile zu ertragen als einer Gehirnwäsche unterzogen zu werden, sage ich mir. Davon bekommen sie doch schon genug in der Schule... Neulich ging ich in meinen offenen Sandalen auf den Markt. In der Eile hatte ich vergessen, Socken anzuziehen. Da sieht mich doch dieser verdammte Gemüsehändler vorwurfsvoll an und schreit: ›Schwester! Ihre Füße!‹ Was denn mit meinen Füßen los sei, will ich wissen. Sie seien nackt, antwortet er. Na und? erwidere ich, aber er schüttelt nur empört den Kopf. Ob meine Zehen etwa so aufreizend seien, frage ich ihn, und ob ich sie dann vielleicht lieber mit ein paar Millionen versichern lassen solle. Seine Antwort habe ich nicht mehr abgewartet und ging schnell weiter. Im Basar und auf einigen anderen Märkten weigern sie sich jetzt schon, unverschleierten Frauen etwas zu verkaufen. Gegen uns Frauen ist regelrecht ein Kesseltreiben in Gang gesetzt worden. Du meine Güte, ich plappere und plappere... was ist denn bloß in mich gefahren?«

»Gar nichts. Du tust doch nichts weiter, als mir zu erzählen, was dich bewegt. Das ist doch gut so. Wir befinden uns alle in einer Wagenburg, aber es wird uns schon noch gelingen, auszubrechen. Eines Tages werden wir zurückschlagen...«

»Wirklich? Und wann, wenn ich fragen darf?«

»Schon bald«, sagte Fatima geheimnisvoll. »Ich muß dir unbedingt diesen Witz erzählen, den ich gestern gehört habe – das wird dich aufmuntern! An der Uni machen gerade so viele Witze die Runde... Nun denn: Ein hoher Geistlicher stirbt und erwartet selbstverständlich, an der Himmelspforte eingelassen zu werden. Statt dessen begrüßt ihn der Höllenengel und geleitet ihn in die Folterkammer. Er protestiert entrüstet: Er sei doch stets tugendhaft gewesen, habe alle religiösen Vorschriften beachtet, habe sein Leben lang gebetet und außerdem auf der Erde eine gewaltige islamische Revolution ins Leben gerufen, der sich viele Menschen angeschlossen hätten, und so weiter. Der Höllenengel unterbricht ihn und sagt, er solle nicht so aufschneiden, sie wüßten hier unten selbst, was für ein Leben er geführt habe. Er habe sowohl Gutes als auch Böses getan, und darum sei es ihm gestattet, die Art seiner Bestrafung selbst auszuwählen. Verzweifelt versucht der Geistliche, den Engel umzustimmen, doch vergebens, und so willigt er schließlich widerstrebend ein. Sie laufen nebeneinander durch die Hölle. In einer Ecke werden Menschen verbrannt. Nein, das sei eine zu grausame Strafe für ihn, sagt er. In einer anderen Ecke werden Menschen ausgepeitscht. Auch das sei eine zu schwere Strafe. Schließlich entdeckt er einen riesigen Swimmingpool, in dem viele Menschen stehen und sich die Nasen zuhalten. Am Beckenrand steht ein Mann mit einer Trillerpfeife in der Hand. Der hohe Herr fragt, was denn das zu bedeuten habe. Der Engel erklärt, daß das Schwimmbecken voll Scheiße sei, und diese Leute ihre Strafe dadurch verbüßten, indem sie darin stünden. Er denkt, das sei ja gar nicht so schlimm, denn nach einer Weile gewöhne man sich bestimmt an den Gestank. Also stimmt er dieser Art von Bestrafung zu und steigt in das Becken. Ein paar Minuten später bläst der Mann am Bekkenrand in seine Trillerpfeife und schreit: ›Die Pause ist vorüber, runter mit den Köpfen!‹ «

Fatima mußte selbst herzhaft lachen. Zareen hingegen lächelte nur.

»Auch in unserer Gewerkschaft werden ein paar lustige Witze erzählt«, meinte sie. »Aber im Augenblick steht mir der Sinn nicht danach. Ich mache mir immer noch Gedanken darüber, was unsere Kundinnen wohl von unserer Aktion halten. Je mehr ich mit anderen Frauen spreche, um so frustrierter werde ich, weil sie ein so geringes Einfühlungsvermögen für ihre Geschlechtsgenossinnen haben, weil sie so desinteressiert sind und sich gar keine Gedanken darüber machen, wie man sich sonst noch wehren könnte... sie akzeptieren ihre Lage einfach so wie sie ist. Ich kann mich nicht einmal mehr auf jene verlassen, die bislang auf unserer Seite gestanden haben. Begriffe wie Gerechtigkeit, Wahrheit und Gleichberechtigung scheinen für sie Fremdwörter zu sein!«

»Nein, da irrst du dich! Die Frauen sind sehr wohl für Gerechtigkeit und Gleichberechtigung! Ich spreche oft mit Frauen darüber – Hunderte von ihnen sind jeden Monat bei uns zu Gast. Sogar unser frommes Dienstmädchen hält die Behandlung der Frauen für ungerecht, unmenschlich und nicht den islamischen Gesetzen entsprechend. Sie beklagt sich darüber, daß seit neuestem in den Bussen der vordere Bereich für die Männer reserviert ist und die Frauen hinten sitzen sowie hinten ein- und aussteigen müssen. Ihrer Meinung nach treibt das einen Keil zwischen die Familien.«

»Aber wir haben doch sowieso keine Rechte. Oder kannst du mir einige nennen?«

»Vor dem Gesetz sind alle Bürger gleich. Auch vor Gott sind wir alle gleich – sogar im Koran weisen viele Passagen darauf hin, daß Mann und Frau gleichberechtigt sind.«

»Und was nützt uns das?« rief Zareen. »Das ist doch alles graue Theorie. Im tatsächlichen Leben sind wir eben nicht gleich! Und was tun wir dagegen? Die Schwarzen in Amerika sind beispielsweise einfach nicht mehr mit dem Bus gefahren, um gegen die Rassentrennung zu protestieren, sie sind statt dessen gelaufen. Warum machen die Frauen es hier nicht ebenso? Auch wir werden seit Jahrhunderten unterdrückt!«

»Du hast das Kesseltreiben auf dem Azadi-Platz nicht miterlebt. Wir haben damals versucht, zu ›laufen‹ und uns zu wehren – aber das ist nicht so einfach, weil wir an unsere Kinder denken müssen. Unsere Kinder binden uns an unsere Männer.«

»Nein, das ist nicht allein der Grund. So leicht kann man es sich nicht machen. Schließlich habe ich ja auch Kinder!«

»Also gut, dann kann man es eben nicht verallgemeinern. In diesem Punkt sind wir offensichtlich verschiedener Meinung. Ich bin überzeugt davon, daß Kinder sehr viel damit zu tun haben. Du kennst doch die griechische Sage – ich weiß den Inhalt selbst nicht mehr so genau ... es ging darum, daß ein Krieg geführt wurde, den die Frauen ungerecht fanden. Um zu verhindern, daß ihre Söhne in dem Krieg getötet würden, verweigerten sie ihren Männern den Beischlaf, um keine Kinder mehr zu gebären, solange der Krieg nicht beendet würde ... Ich wünschte, unsere Frauen würden genauso handeln. Hältst du das für möglich?«

»Nein, niemals würden sie das tun!«

»Trotzdem dürfen wir die Hoffnung nicht aufgeben, Zari. Ich weiß auch nicht, aber die komplexen Wechselwirkungen des Patriarchats gehen über meinen Horizont.«

»Wir müssen sie durchschauen, wenn wir das Patriarchat bekämpfen wollen.«

»Das wird uns auch eines Tages gelingen. Ich habe schon viele Gespräche mit meinem Vater darüber geführt und viele Bücher über die Geschichte des Islam, insbesondere über die Feldzüge gelesen. Diese Kriegsgeschichten sind zwar sehr grausam, aber du bekommst doch eine Vorstellung davon, warum die Männer Kriege führen, was sie alles tun, um Macht zu gewinnen. Wir bekommen dabei eine Ahnung von ihrer Entschlossenheit, ihrem fanatischen Eifer und der Kraft ihrer Überzeugungen und können diese Erkenntnisse für unsere eigenen Ziele einsetzen.«

»Beim Gedanken an ihren fanatischen Eifer und ihre Motive wird mir ganz schlecht«, meinte Zareen angewidert. »Wir wollen uns doch wohl die Männer nicht zum Vorbild nehmen! Wir müssen einen eigenen Weg finden.«

»Und wie stellst du dir das vor? Einfach so aus dem hohlen Bauch?«

»Wer weiß... vielleicht ist das die einzige Möglichkeit. Im Gegensatz zu den Männern wollen wir doch nur mehr Macht haben, um leben zu können, ohne unterdrückt zu werden, nicht aber um andere zu unterdrücken!«

»Aber wie soll man das schaffen, wie soll man sich selbst befreien, wenn man schon so lange unterdrückt wurde? Glaubst du, wir können einfach die Menschenrechte für uns einfordern, und die Männer sagen einfach ja – hier habt ihr das Recht, euch frei auf den Straßen zu bewegen, hier bekommt ihr das Recht, selbst euren Lebensunterhalt zu verdienen, von nun an könnt ihr lieben, wen ihr wollt?«

»Warum werden uns diese Grundrechte eigentlich verwehrt? Woran liegt es, daß wir sie nicht wahrnehmen können?«

»Es liegt an den Frauen selbst.«

»Meinst du das im Ernst?«

»Ich glaube, damit liege ich gar nicht so falsch. Selbstverständlich ist auch das System dran schuld!«

»Aber wer und wo ist dieses System? Ist es im Parlament, in den Regierungsbüros, in der Armee, in den Gesetzesbüchern, in den Medien?«

»Es zeigt sich in dem Stil, in dem unsere Häuser gebaut werden, es liegt in der Luft, in den Seitensträßchen, in den Häusern unserer Nachbarn, in den Köpfen unserer Kinder...«

»Besteht demnach keine Hoffnung, herauszufinden, wo sich unser Feind versteckt? Und wie wir ihn bekämpfen können?«

»Ja und nein. Aber dazu müssen wir ihn erst einmal in einen Kampf verwickeln.«

»Wie bitte? Meinst du, wir müssen das System zerstören?«

»Warum nicht?« Fatima schaute belustigt zu, wie Zareen von ihrem Sitzkissen herunterrutschte und in einer verzweifelten Geste ihre Hände in die Höhe streckte. Ihr Kopf kam ihr vor wie ein Schlachtfeld voller Fragen, Ideen, Argumente und Sackgassen. Alles, was sie sich im Augenblick wünschte, war ein kleiner Hoffnungsschimmer.

»Komm, ich spiele dir etwas vor«, sagte Fatima und neigte sich nach vorn, um Zareens Kopf, Haar und Nakken zu küssen. Ein wohliger Schauer durchlief Zareen: mehr, viel mehr wollte sie von dieser tiefen Vertrautheit kosten.

Fatima lehnte sich in ihrem Kissen zurück, Zareen rückte ein bißchen zur Seite und legte ihren benommenen Kopf in Fatimas Schoß. Fatima begann auf ihrer Mundharmonika zu spielen. Ein zarte, doch leidenschaftliche Melodie stieg hoch und hing über den Samtvorhängen, der türkisblauen Glasvase, den seidenen Wandteppichen und den Wandbehängen. Zareen streckte sich auf dem Teppich aus und schaute zu den Lichtpailetten hinauf, die wie Tausende von Sterne glitzerten: der kleine Kronleuchter über ihr tanzte zu der Musik, zu einer Melodie, die sie ihre Sorgen eine Weile vergessen ließ. Sie war erstaunt über die Zauberkraft solch eines kleinen Instruments.

16

Eine Zeitlang trafen sich die vier Frauen nicht.

Goli tauchte erneut in das Universitätsgeschehen ein. Nach dem Brandanschlag auf das Büro der Frauengruppe wußte sie nicht, wie es weitergehen sollte und führte endlose Gespräche mit ihren Freunden. Das politische Leben auf dem Universitätsgelände ging drunter und drüber. Goli kehrte zurück zu den leidenschaftlichen Diskussionen, dem unerträglichen Lärm, den erregten Gesten, Mündern, Worten, Ideen, Plakaten und erhitzten Leibern. Auf dem Gelände drängten sich so viele Menschen, daß der Rasen gar nicht mehr zu sehen war.

Sie war auf der Suche nach Marjan und zwängte sich an unverschleierten, harten und schwitzenden Männerkörpern vorbei, zwängte sich durch die Wände von gestikulierenden Menschen, während Satzfragmente an ihr Ohr drangen und verzerrte Gesichter Zigarettenrauch und Worte gleichzeitig ausstießen:

»Der revolutionäre Islam.«

»Ihr habt Gonabad verraten...«

»Und was ist mit den Aserbaidschanern?«

»Und die Kurden...«

»Wie können religiöse Grundsätze des Islam...«

»Bürgerkrieg...«

»Anti-imperialistisch...«

»Du bist ein Idealist...« Geschubse, Gedränge. »Verzeihung!« – »Entschuldigung!« Goli lauschte und beobachtete, während sie sich einen Weg durch die Menge bahnte.

Trotz der vielen Kämpfe, Niederlagen und trotz der Repressionen herrschte an der Universität immer noch eine aufgeheizte Atmosphäre. Das erfüllte sie mit Genugtuung. Welche Energien, menschliches Dynamit, welch herrliche Explosion von Ideen, Einsprüchen, Meinungsverschiedenheiten! Etliche politische Gruppierungen waren hier versammelt, standen hinter ihren Ständen, liefen zwischen den Plakaten und Transparenten hin und her, sprudelten jahrelang unterdrückte, nie diskutierte Ideen, Theorien, Gedanken und Vorstellungen heraus. Wie eine Fontäne schossen sie erregt, leidenschaftlich, wütend, haßerfüllt und vor allen Dingen ungeduldig aus ihnen heraus. Sie wuschen ihre Ideen im Bad der Gedanken, hängten sie auf Wäscheleinen, setzten sie, noch dampfend, dem rauhen Wind aus. So sehr Goli diesen Markt von Ideen und Dialogen auch begrüßte, war sie doch verärgert darüber, daß die Unterdrückung der Frauen nirgendwo zum zentralen Thema gemacht wurde.

Marjan hatte Goli in der Menge erspäht und winkte ihr von einer Treppe her zu. Neben ihr stand Afsar, die auch in der Frauenorganisation mitarbeitete. Sie setzten sich in einiger Entfernung von den diskutierenden Gruppen ins Gras, sprachen über den Schaden, der durch die Zerstörung des Büros entstanden war, über ihre Arbeit, ihr Zuhause und den Karate-Unterricht.

Marjan erzählte ihnen von dem Dilemma, in dem sich ihre marxistische Gruppe befand. Diese hatte sich mit der Regierung verbündet, in der Hoffnung, dadurch Einfluß auf sie ausüben zu können, und im Glauben, daß die Regierung immerhin eine revolutionäre Regierung sei, weil große Teile der Bevölkerung hinter ihr standen und weil sie sich als anti-imperialistisch ausgab. Die Gruppe drohte nun in zwei Lager zu zerfallen, dessen einer Teil der Meinung war, daß man der islamischen Regierung keinen Glauben mehr schenken dürfe und daß man sich auf einen bewaffneten Widerstand einstellen müsse. Marjan fühlte sich emotional mehr zu dieser Gruppe hingezogen, weil dort ihre Freunde waren – doch ihre politischen Ansichten stimmten mehr mit dem anderen Lager überein. Dieses setzte sich nach wie vor für die Herausgabe einer Frauenzeitung ein, an der Goli engagiert mitarbeitete. Afsar äußerte die Befürchtung, daß nach der wohl nicht mehr zu vermeidenden Spaltung die Herausgabe der Frauenzeitung eingestellt werden müsse, da die Minderheitsgruppe die Kosten nicht allein tragen könne. Typisch, dachte Goli, ihre Pläne wurden durch den äußeren Feind zunichte gemacht, Marjans Pläne von ihren eigenen Freunden.

Goli drückte Marjan ihr Bedauern aus und versuchte, als Außenstehende die Dinge von ihrem Standpunkt aus zu beleuchten und so zu helfen, sie von der richtigen Perspektive aus zu sehen. Die Zwistigkeiten innerhalb der linken Parteien und Gruppierungen schienen immer mehr zuzunehmen. Das politische Klima war stürmisch, verwirrend und gefährlich: die anti-imperialistische Haltung der Regierung gegenüber dem Westen, die Forderungen der Frauen nach Einhaltung der Menschenrechte, die Forderungen der nationalen Minderheiten nach Autonomie. Die Linke war überrascht worden. Dies war eine harte Bewährungsprobe für sie, die sie nur bestehen konnte, wenn sie für ihre Politik und für die Menschen klar, ehrlich und vereint auftrat.

»Wird es ihnen gelingen?« fragte Goli.

»Es bleibt ihnen keine Wahl in einer kritischen Zeit wie dieser«, warf Afsar ein.

Marjan protestierte. »Ihr sitzt hier am Rand des Geschehens und tut nichts weiter, als den Kämpfern zuzurufen: Schlagt sie nieder! Schlagt sie nieder!«

»Was die Linke bislang geboten hat, ist ja wohl mehr als kümmerlich«, beharrte Afsar. »Als drei Wochen nach dem Sieg der Revolution der Aufstand der Frauen, die für ihre Rechte demonstrierten, niedergeknüppelt wurde, sagte die Linke, das sei doch nebensächlich – die Frauen sollten sich der islamischen Theokratie unterwerfen. Ein paar Monate später, als die Landarbeiter von Gonabad einen Aufstand auslösten, um ein Exekutivkomitee der landwirtschaftlichen Kooperativen zu schaffen mit dem Recht, Land von abwesenden Großgrundbesitzern zu konfiszieren, sagte die Geistlichkeit nein: Privateigentum müsse respektiert werden, und die Linke behauptete, die Landarbeiter seien Agenten des alten Regimes! Wieder zwei Monate später, als die Aserbaidschaner sich gegen die Zentralregierung erhoben und für das Recht, einen eigenen Gouverneur zu wählen, demonstrierten, stellte sich die Linke an die Seite der Regierung und behauptete, dieses Recht bedrohe die Einigkeit – und das sagen ausgerechnet die, die sich selbst nie einig werden können!«

»Was den Kampf um die Rechte der Frauen angeht, so stimme ich dir zu, und ich habe deswegen auch mit meiner Gruppe schon heiße Diskussionen gehabt«, erwiderte Marjan. »Aber was den Aufstand der Landarbeiter und die Forderung der Aserbaidschaner nach Selbstbestimmung und Autonomie anbelangt, so haben sie dafür einen sehr ungünstigen Zeitpunkt gewählt – eine Zeit, in der die Linke und die Radikalen Furcht vor einer drohenden Invasion aus dem Ausland haben!«

»Sei nicht ungerecht, Marjan! Wann ist denn der richtige Zeitpunkt gekommen, um für deine Rechte zu kämpfen? Wer bestimmt, welches der richtige Zeitpunkt ist? Du, ich, die Zentralregierung, die Aserbaidschaner?« Goli konnte nicht umhin, Marjan zu widersprechen, obwohl sie für deren Ansichten durchaus Verständnis hatte.

»War es der richtige Zeitpunkt, als die Minister des Schahs ohne gerichtliches Verfahren hingerichtet wurden und mit ihnen die Wahrheit? War es richtig, so rachsüchtig die Rückkehr und Hinrichtung des Schahs zu fordern? Als Nasser sich in Ägypten durch einen Staatsstreich an die Macht putschte, ließ er den König und dessen Familie nach Amerika ausreisen. Das zeigt doch, wie rückständig wir dagegen sind!« schloß Afsar.

»In Ägypten war der von der CIA eingefädelte Coup im

Sommer 1953 auch nicht so eng mit der Geschichte und dem Herzen des Volkes verbunden, wie das bei uns der Fall ist«, entgegnete Marjan.

»Das ist doch keine Ausrede für eine Zuflucht zu Vergeltungsmaßnahmen, Rachgier und Blutvergießen«, gab Goli zurück.

»Man kann doch von den Menschen nicht erwarten, daß sie rational und vernünftig handeln und völlig nüchtern eine bessere Zukunft planen, wenn sie so lange unterdrückt worden sind – außerdem deutest du an, daß die Frauenbewegung ohne die Linke, ohne die Regierung, ohne irgendwelche Bündnisse oder Strategien etwas bewirken könnte. Aber keine Bewegung kann auf diese Weise lange überleben«, sagte Marjan.

»Was für eine Linke denn? Eine Linke mit einer solchen Neigung zu Fehlkalkulationen, Opportunismus, Sektierertum *und* Betrug?« fragte Afsar. »Wir Frauen brauchen uns dem nicht anzuschließen – dürfen uns dem nicht anschließen.«

»Und was willst du allein und isoliert erreichen?« fragte Marjan.

»Wenn es uns auch nicht gestattet werden wird, öffentlich und frei aufzutreten – schließlich hält man uns für staatsgefährdende Regimekritiker –, so werden wir uns trotzdem nicht einschüchtern lassen, wir werden eben andere Wege finden müssen...«

Goli war der gleichen Meinung wie Afsar und lächelte. Sie vermutete aber, daß Marjan mit all ihrem Gerede nicht geholfen war, denn keine von ihnen hatte irgendwelche konstruktiven Vorschläge gemacht. Goli blickte zu den Männern hinüber, die immer noch wild gestikulierend in ihre Diskussionen verwickelt waren. Sie sahen alle so selbstsicher und stark aus. Insbesondere ihre Hände sahen kraftvoll aus. Neigten sie grundsätzlich zur Gewalttätigkeit? fragte sie sich. In ihren Überzeugungen, in ihrem leidenschaftlichen Eifer, die anderen von ihrer Meinung zu überzeugen? Würden sie sich gegenseitig schlagen, um ihre Argumente durchzusetzen? Oder, schlimmer noch, würden sie einander betrügen? Und wie war das mit den Frauen?

Nach ihrem Besuch bei Fatima beschloß Zareen, zukünftig bewußter zu leben: genauer zuzuhören, nachzudenken und gezieltere Fragen zu stellen, um besser zu verstehen. Sie dachte über alltägliche Dinge nach, über die sie sich bislang noch nie Gedanken gemacht hatte. Da von Tag zu Tag mehr Kundinnen wegblieben, blieb ihr mehr Zeit zum Nachdenken.

Sie stellte fest, daß die Kundinnen, Nachbarinnen und Arbeiterinnen ohne innere Beteiligung von ihrem Leben, der Politik und der Regierung sprachen, als ob sie Außenstehende wären, die das alles nichts anging. Die Frauen klagten über ihre Männer, über Lebensmittelknappheit, über Spülmittel, die nicht zu bekommen waren, und über Veränderungen in den Schulen – und dies alles in einem resignierten Tonfall, als hätten sie sich dem Willen einer höheren Macht gebeugt. Die Furcht, von der sie befallen schienen, war schon an ihrer Körperhaltung zu erkennen. Waren dies die gleichen Frauen, die die Stadt aus den Angeln gehoben hatten? Wo waren ihre Energie, ihr Einfallsreichtum und ihr Widerstandsgeist geblieben?

Von ihrem Ladenfenster aus beobachtete Zareen das Geschehen vor ihrem Haus. Früher hatte auf dem Markt gegenüber ein reges Treiben geherrscht. Jetzt waren dort lange Menschenschlangen zu sehen, die für Nahrungsmittel anstanden. Über dem Platz schwebte eine Atmosphäre von Hoffnungslosigkeit, die noch verstärkt wurde durch die *pasdaran*, die mit ihren Gewehren in der Hand überall herumstanden.

Schmuddelig und unrasiert sahen diese jungen Männer aus. Einst hatten sie großen Wert darauf gelegt, an einem Freitagabend frisch rasiert und ordentlich gekleidet zu sein. Jetzt sahen sie in ihren zerlumpten Kleidern und mit ihren Bärten aus wie auferstandene Hippies – moslemische Hippies. Sie schienen sich zu gefallen mit ihrem blassen und erschöpften Aussehen, zeigte es doch, wie anstrengend es war, Macht auszuüben. Ihr neues Erscheinungsbild gab ihnen eine Aura von besonderer Macht und Würde, von einer göttlich legitimierten Rechtschaffenheit. Diese Jungen fühlen sich so stark und gottgleich als Soldaten, dachte Zareen verächtlich, und dabei gehen sie jeden Tag heim zu ihren Müttern, um sich von ihnen das Essen kochen und die Hosen waschen zu lassen.

Schulkinder gingen am Haus vorbei. Sie schienen immer mehr in sich zusammenzusinken – die Mädchen unter dem Gewicht ihres schweren Schleiers, und beide, Jungen wie Mädchen, unter ihrem neuen Lehrplan: sie mußten brav und tugendhaft sein, ein Lächeln war schon fast ein Verbrechen, Wünsche zu haben war schlecht, das eigene Ego galt nichts.

Das Warenangebot in den Läden wurde immer kleiner. Es herrschte ein Mangel an frischem Obst und Gemüse, es gab keine Spülmittel, kein Make-up. Letzteres wurde als Luxus angesehen: es mußte aus dem Ausland importiert werden und sollte daher nicht mehr verwendet werden. Die Frauen standen vor Bäckereien, Metzgereien und Milchläden Schlange. Es wurden keine einleuchtenden Gründe genannt, warum es unter einer Revolutionsregierung länger dauerte, Brot zu backen oder die Kühe zu melken. Manchmal wurde der schwierige Transport dafür verantwortlich gemacht, manchmal die Importbeschränkungen, aber keiner der Gründe klang überzeugend.

Von anderen Einfuhrverboten waren Zareen und ihre Freundinnen ganz besonders betroffen: Medikamente und Verhütungsmittel. Soghra, eine von Zareens Stammkundinnen, hatte stets geklagt, daß die Nebenwirkungen der empfängnisverhütenden Mittel, die sie benutzte, Sex für sie zur Hölle machten. Aber jetzt, da sie verboten waren, war das ganze Leben für sie zur Hölle geworden. Sie hatte Angst davor, noch einmal schwanger zu werden, denn sie hatte bereits sechs Kinder. Leili, eine andere Kundin, war fünfundvierzig, schwanger und krank vor Sorgen, weil Abtreibungen jetzt verboten waren und sie sich schämte, in ihrem Alter noch ein Kind auszutragen. Das neue Regime hieß es gut, wenn man sich schämte und sich selbst haßte, aber das nützte ihr nichts. Es war ihr peinlich, vor ihren ausgewachsenen Kindern mit einem Schwangerschaftsbauch herumlaufen zu müssen, und sie versuchte alles mögliche, um den Fötus loszuwerden. Sie wollte keine lebende Märtyrerin sein, aber ihr schien nichts anderes übrig zu bleiben.

Früher hatte Zareen ständig neue Informationen über lokale Widerstände, Protestkundgebungen und Zusammenstöße mit den Milizen erhalten – wohin sie auch ging und mit wem sie auch sprach, sei es mit Familienmitgliedern oder Freunden. Nicht nur die Frauen waren unzufrieden gewesen, auch die Männer hatten protestiert. Doch nun unterdrückten die Revolutionsgarden jeglichen Protest. Zareen beobachtete, spitzte ihre Ohren, stellte Fragen über Fragen und versuchte die Puzzlestücke der Informationen, die sie auf dem Markt, im Radio und von den bärtigen Gesichtern im Fernsehen gesammelt hatte, zusammenzusetzen: alles deutete auf die absichtliche Unterdrückung der Frauen an den Arbeitsplätzen und im privaten Leben hin.

Ihre Arbeit, ihre Familie, ihre Kinder waren ihr nicht mehr genug. Wie lang noch würde sie in den Augen der Kaufleute, der Mullahs und der *pasdaran* eine anständige Frau sein? Wie wäre es, wenn sie zur Abwechslung einmal nur sie selbst wäre? Ein Individuum mit Stärken und Schwächen? Sie war überrascht, wie sehr sie ihre eigene Persönlichkeit in den Hintergrund gestellt hatte. Zareen mußte sich eingestehen, daß sie für diese Persönlichkeit, ihre Identität und das Leben, das sie sich vorstellte, hart kämpfen müßte. Sie müßte vielleicht Opfer bringen, bis zu einem Punkt gehen, von dem aus es kein Zurück mehr gäbe, vielleicht sogar ihre Familie gefährden – wenn sie sich tatsächlich der Regierung und dieser aufgezwungenen Lebensform widersetzen wollte, wenn sie auf Veränderungen bestand. Das Schlimmste an dieser Regierung war, daß sie keine Veränderungen mochte. Nun gut, dachte sie, es wird ihr nichts anderes übrigbleiben, als sie zu akzeptieren.

Fatima führte viele Gespräche mit ihrem Vater, um so viel Wissen wie möglich über den Klerus zu sammeln. Es schien auch unter den Geistlichen zahlreiche Regimekritiker zu geben. Ihr Vater erklärte ihr die Unterschiede zwischen den verschiedenen klerikalen Gruppen, die hinter den politischen Parteien steckten, ihre Einstellung zu einer islamischen Regierung, die Herkunft ihrer Führer und ihre möglichen Koalitionen und Strategien.

Sogar bei den *ulama*, den Korangelehrten, wuchs der Widerstand gegen die Politik der Regierung. Die Art ihres Widerstands gegen die Führer der islamischen Republik unterschied sich nur in Form und Umfang. Diese Oppositionsbewegung hatte ihren Ursprung bei den regionalen und nationalen Minderheiten in West-Aserbaidschan und wurde durch Kurden aus dem Südwesten und der östlichen Provinz Khorassan verstärkt. Ihr Vater erläuterte ihr die Motive dieser Führer und die Risiken, die sie auf sich nahmen. Die Meinungen aller dieser regimekritischen hohen Geistlichen gingen auseinander, aber sie stimmten alle überein, daß man es mit einer tyrannischen Regierung zu tun habe. Einer der führenden Männer der *ulama* wagte es, öffentlich zu erklären, daß es nicht Aufgabe des Klerus sei, ein Land zu regieren: Kirche und Staat müßten voneinander getrennt sein: »Kehrt in eure Moscheen und Koranschulen zurück und überlaßt die Politik professionellen Politikern!«

Ein anderer Angehöriger der *ulama* hatte erklärt, daß man mit der Macht auch die Verantwortung übernehme: »Die Hauptaufgabe der schiitischen Geistlichen besteht in der moralischen und geistigen Führung der islamischen Gemeinschaft.« Der Klerus solle keine politische Macht in seinen Händen konzentrieren, solle den Gläubigen gegenüber Rechenschaft ablegen und ihnen umgekehrt das Recht einräumen, ihn kritisieren zu dürfen.

Fatimas Vater deutete an, daß seine Freundschaft und seine engen Beziehungen mit einem Mitlied der regimekritischen *ulama* ihn in eine schwierige Lage gebracht habe. Auch er sei jetzt verdächtig. Er war sich nicht ganz im klaren darüber, ob er mit den Mitgliedern der *ulama* identifiziert werden wollte, auch wenn er in vielen Fragen ihrer Meinung war. Er wollte noch eine Zeitlang abwarten und der islamischen Regierung eine Chance geben.

Fatima faßte die wesentlichen Punkte, die ihr Vater ihr dargelegt hatte, zusammen: Kritik an der Regierung wurde zum einen wegen der sozialen Mißstände und der schlechten wirtschaftlichen Lage geäußert, zum anderen war sie rein religiöser Natur. Während der Revolution waren viele Landarbeiter und Dorfbewohner durch Zusicherungen wie mietfreies Wohnen, Teilhabe am Wohlstand der herrschenden Klassen und Ausrottung der Armut nach Teheran und in andere Städte gelockt worden. Doch diese Versprechungen hatten sich als leer erwiesen, und diese Menschen waren jetzt arbeitslose oder unterbeschäftigte Konsumenten, nicht etwa Produzenten. Durch die Wirtschaftskrise wurde die Aussicht, eine Arbeitsstelle zu bekommen, noch geringer. In den verstaatlichten Industrien, im Bildungswesen und im Außenhandel herrschten Chaos und Verwirrung, weil sich die lokalen islamischen Komitees ständig in die bestehenden Arbeitsstrukturen einmischten und Direktoren und Betriebsleiter auswechselten.

Liberale Geistliche machten ihrem Unmut vor einer großen Gemeinde während ihrer Predigten, durch Flugblätter und in den Freitagsgebeten Luft. Aber nicht nur die *ulama,* auch andere Klassen kritisierten die Einmischung der Regierung in ihre Gemeindearbeit. Türken, Kurden, Araber, Belutschen und Turkmenen waren nur ein Teil der vielen nationalen und ethnischen Minderheiten des Landes, die gegen Autokratie und Theokratie des Regimes aufbegehrten. Ihre Forderungen nach Autonomie und Selbstbestimmung waren zurückgewiesen worden, ihre Parteien und Führer wurden schikaniert, Mitglieder dieser Randgruppen eingesperrt und hingerichtet.

Den diversen Oppositionsgruppen, darunter linke Parteien, Nationalisten, ethnische Minderheiten und radikale Moslems, wurde die Herausgabe ihrer Zeitungen verboten, auf ihre Büros wurden Brandanschläge verübt, ihre Mitglieder wurden gefangengenommen, ihre Häuser in die Luft gesprengt und ihre Anführer hingerichtet. Rede- und Versammlungsfreiheit gehörten der Vergangenheit an. Regimekritik wurde als Verrat angesehen und eine mit der Regierung konkurrierende Opposition war nicht gestattet. Die Gefängnisse waren so voll wie nie zuvor. Die Gerüchte sprachen von zehntausend Hinrichtungen. In den Zeitungen häuften sich Überschriften über Exekutionen, zerstörte Häuser, Bekämpfung der Oppositionsgruppen – ein Katalog destruktiver, hoffnungsloser und schrecklicher Bilder.

Eine ganze Bande von Fanatikern war immer zur Stelle, um auf den Straßen das Regime mit Ketten, Knüppeln und Gewehren zu verteidigen. Sie glaubten sich als Symbole von Recht und Wahrheit über alle Kritik erhaben und hielten sich für die wahren Vertreter Gottes auf Erden.

Fatima begann zu lesen, in der Hoffnung, die Situation, in der sie sich befand, besser zu verstehen. Zunächst las sie theoretische und analytische Schriften, die aber leider wenig mit ihren Problemen und dem politischen Kampf der Opposition zu tun hatte: Theorien über die Revolution der Arbeiterklasse, die Bourgeoisie, über den Aufstieg des Nationalsozialismus und so fort. Sie genoß die Lektüre; die Theorien und Erfahrungen stammten von Denkern von der UdSSR bis Spanien, und sie stellte Ähnlichkeiten insbesondere zwischen dem Nationalsozialismus und der gegenwärtigen Situation in ihrem Land fest, wenn sie an die Schlagringe dachte, die auf sie herabstießen und ihr Gesicht zerschmetterten.

Sie versuchte anderes zu lesen, das ihrer Erfahrung näher war. Zum ersten Mal las sie juristische Bücher kritisch – aus der Sicht einer Frau – und stellte sie in Bezug zu dem, was so schrecklich falsch lief um sie herum. Mit Bestürzung dachte sie an die Jahre zurück, in denen sie so unkritisch Jura studiert hat, ohne je die Gesetze in Frage zu stellen. Dies war jetzt eine völlig neue Erfahrung für sie. Die Gesetzestexte basierten fast alle auf dem Koran und der islamischen Glaubenslehre, und sie entdeckte nun viele innere Widersprüche, Gesetzeslücken und Unzulänglichkeiten.

Es war offensichtlich, daß das gegenwärtige Regime diese Widersprüche ausnutzte. Das Zivilrecht beispielsweise, das auf islamischen Gesetzen basierte, besagte, daß alle Menschen, egal welcher Hautfarbe, welchen Glaubens, welchen Geschlechts und welcher Nationalität, vor Gottes Auge gleich seien, an anderer Stelle hieß es jedoch, wenn Zeugen benötigt würden und ein männlicher Zeuge nicht zur Verfügung stünde, könnten statt dessen zwei Frauen als Zeuginnen herangezogen werden. Warum statt eines männlichen zwei weibliche Zeugen nötig waren, das wurde nicht erklärt – hatte der Islam herausgefunden, daß Seh- und Hörvermögen der Frauen schlechter ausgebildet waren als bei den Männer?

Zum Glück für sie und für die anderen Frauen gab es nicht nur eine einzige Auslegung des Islam; die liberalen Geistlichen waren progressiver. Aber wieviele von ihnen gab es? Wieviel Macht und Einfluß hatten sie? Es wäre gut, zu wissen, wie sich die Opposition zusammensetzte. Sie saß in der Mitte ihres Zimmers, Zeitungen und Zeitschriften um sie herum verstreut, und begann die verschiedenen oppositionellen Gruppen und jene, die die Regierung unterstützten, in ein Diagramm einzutragen. Es war wichtig, sie richtig einzuschätzen.

Sie holte ihr Schachbrett samt den Figuren hervor und stellte zuerst den weißen König auf. Welche Ironie des Schicksals – kaum waren sie den einen König losgeworden, war schon der nächste da, und alle Kräfte unterstützten ihn. Neben dem König stellte sie die Königin auf, stellvertretend für den ›Ja-Sager-Klerus‹, der dem König blind vertraute. Rechts vom König stellte sie einen Turm auf – die Armee. Dann kam der Läufer – stellvertretend für die ›Knüppelschwinger‹, den Mob, die professionellen Demonstranten. Neben die Königin stellte sie einen weiteren Turm, der weibliche Spione repräsentierte, die Wächterinnen der Moral, die rechte Hand der *pasdaran*. Auf das gegenüberliegende Feld stellte sie alle schwarzen Figuren, stellvertretend für die zahllosen oppositionellen Kräfte der Linken, die Frauen, die Nationalisten und den liberalen Klerus: Bauern, Springer, Türme und natürlich den König. Der Einfachheit halber teilte sie alles in die Linke und die Rechte ein. Da aber einige der linken Kräfte mit dem Staat kooperierten, stellte sie ein paar schwarze Bauern zu den weißen Kräften des Königs und stellte einige weiße Figuren auf die schwarze Seite, stellvertretend für solche Gruppen wie die nationalistischen Parteien, die dem Staat kritisch gegenüberstanden.

Die Kräfte auf der Seite des Staates waren jetzt zwar etwas in der Minderheit, sahen aber trotzdem organisierter und mächtiger aus – die Armee, die Miliz und die Spione. Die Kräfte auf der Linken waren zahlreicher. Warum also waren sie so zersplittert? So schwach? Warum besaß eine kleine regierungstreue Minderheit die Kontrolle über die Mehrheit? Wie war das möglich? Sie betrachtete sie eingehend: Turm, Läufer, König, Königin, Springer und Bauern, zahlreiche Bauern. Sie sind ein großer Block. Würde es der Linken gelingen, eine ebensolche Kraft zu vereinen? Und vereint gegen den Staat zu kämpfen? Warum nicht? Was hielt sie davon ab? Wenn die linken Kräfte sich vereinten, dann würde es einen Bürgerkrieg geben, den die Linke gewinnen würde, weil die Armee bislang noch nicht eindeutig auf den neuen Staat eingeschworen war.

Aber bestand überhaupt Hoffnung, daß sich die vielen verschiedenen linken Kräfte je vereinen würden? Ihre unterschiedlichen ideologischen Ansichten und gegenseitigen Feindseligkeiten standen dem im Wege. Ging es hier überhaupt darum, wer die richtige Ideologie hatte oder wer die Führung übernehmen sollte? Oder gar darum, welche konkrete Art von Führung sie sich vorstellten? Was sollte es nützen, wenn eine der Ideologien als die überlegene erklärt würde? Wenn diese ideologischen Streitigkeiten der Grund für die Zersplitterung der Linken waren, wie konnte man dann jemals eine Besserung erhoffen? Würden sich linke Gruppierungen gegenseitig an den Staat verraten? Bei dem Gedanken, daß Freunde einander verraten könnten, krampfte sich Fatimas Herz zusammen. Ihre Freunde würden als erste verraten werden, weil sie den Staat fortwährend und offen kritisiert hatten, während die marxistische Linke geschwiegen hatte. Der Gedanke an ein solch unmenschliches Vorgehen erfüllte sie mit Kummer. Was veranlaßt einen Menschen dazu, einen anderen an seinen Feind zu verraten? Was erhoffte er sich davon, persönlich und politisch?

Das war einfach zu deprimierend. Sie stand auf, ließ die Schachfiguren, wo sie waren, und ging sich eine Tasse Tee machen. Sie lehnte sich in einigem Abstand von dem Schachbrett an ein Sitzkissen, nippte an ihrem Tee und sann darüber nach, welche Veränderungen nötig waren, Veränderungen, die sie befürworten konnte. Die Linke könnte weiterhin so zersplittert und ineffektiv bleiben wie sie wollte, möglicherweise rednerisch und kämpferisch in ihrer Ideologie unüberhörbar, sogar sicher, aber sie bliebe dennoch politisch handlungsunfähig.

Und was konnten die Frauen sich von ihnen erhoffen? Die Probleme der Frauen waren und würden wohl auch nie ein zentrales Thema in ihrem Kampf sein. Wenn sie sich gegenseitig an die Gurgel gingen, sich gegenseitig in den Rücken stachen, was würden sie dann erst den Frauen antun? Sie war isoliert. Die Frauen waren isoliert. Das einzige, was sie tun konnte, war, wieder zur Universität zu gehen, sich mit ihren Freunden des Radikalen Islam zu treffen und sich Einblick zu verschaffen in deren Strategien und Pläne für einen Widerstand gegen die Regierung im städtischen Untergrund, auch wenn sie immer noch gegen einen bewaffneten Kampf war. Ihr Kopf war mit ihnen, nicht aber ihr Herz. Und es bestand wenig Hoffnung, daß sich die Ansichten ihrer Freunde vom Radikalen Islam bezüglich der Frauenrechte von denen der Fundamentalisten unterscheiden würden. Ihnen fehlte auch die dazu nötige Fantasie – eine lebhafte revolutionäre Fantasie. Sie ahnte, daß sie den Status der Frauen auch nicht ändern würden, wenn sie an die Macht kämen. Und möglicherweise wäre sie eine der Frauen in vorderster Schußlinie des Exekutionskommandos, wenn auch sie sich dazu entschlössen, die islamischen Sexualvorschriften weiterhin anzuwenden. Trotzdem waren sie ihre einzigen Freunde, ihre einzigen Verbündeten. Sie konnten ihr helfen, und sie brauchte sie jetzt.

Malihe versuchte, so weiterzuleben wie bisher: sie ging ihrer täglichen Arbeit nach, unterhielt sich mit den Nachbarn, ging einkaufen und machte die Hausarbeit. Aber sie wurde dieses bedrückende Gefühl nicht los, mußte dauernd an Ali Zändschir – ›die Kette‹, wie man ihren Folterknecht genannt hatte – und an ihren Gefängnisaufenthalt denken. Sie ermahnte sich ständig, sich doch auf ihre Arbeit zu konzentrieren, denn schließlich verdiente sie damit ihren Lebensunterhalt. Aber die Arbeit ging ihr nur langsam von der Hand, und ihre Selbstgespräche wurden immer länger: es war eine einsame Tätigkeit, so allein in seinem Kämmerchen zu arbeiten.

Während sie die Stoffteile ausbreitete und Stecknadeln, Nähnadeln und Nähgarn bereitlegte, stiegen Erinnerungen aus vergangenen Jahren in ihr auf. Jene Tage, an denen es in ihrer Wohnung laut und lebhaft zugegangen war. Jene Tage, an denen es gefährlich war, Sicherheitsnadeln auf dem Boden liegen zu lassen, weil ihre Kinder Sahar und Syrus über alles, was ihnen im Weg lag, hinweggekrabbelt waren – die zugeschnittenen Stoffteile, die Nähmaschine und über sie selbst. Einmal war sie nur kurz in den Hof gegangen, um Wasser zu holen, und als sie zurück ins Zimmer kam, hatten die Kinder aus den Stoffbahnen ein Zelt gebaut und spielten darunter, saßen im Schneidersitz davor, als sei es ihr Haus. Syrus drehte gerne am Handrad der Nähmaschine, beobachtete, wie sich das Rad im Kreis drehte und freute sich über das Gerassel. Sahar hatte liebend gern Türme aus den bunten Garnspulen gebaut. Malihe hatte sich immer gefragt, was sie dabei wohl mehr faszinierte: die verschiedenen Farben oder die Bauwerke, die sie daraus fertigte. Sie war immer so tief in dieses Spiel versunken, daß Malihe glaubte, sie werde entweder einmal Maurerin oder Designerin. Aber sie wurde Krankenschwester. Warum hatte sie gerade diesen Beruf gewählt? Sie hatte gesagt, sie wolle mit ihren Freundinnen zusammenbleiben.

Ihre eigenen Kindertage in dem sonnigen Dorf nahe der Wüste waren so ganz anders gewesen als die ihrer Kinder. Sie hatte die meiste Zeit im Freien verbracht, beim Fluß, war auf Bäume geklettert, hatte mit den Tieren auf den Feldern gespielt. Eine völlig andere Welt war das gewesen – offen, frei, weit, lichtdurchflutet und voller Bäume und Arbeit in der freien Natur; die Welt ihrer Kinder dagegen bestand aus schmalen Gassen, Schule und Hausaufgaben. Hier in der Stadt lebte man so isoliert, waren die älteren Menschen ohne Freunde. Kein Wunder, daß sich so viele Frauen danach sehnten, Großmutter zu werden und zusammen mit ihren Enkeln wohnen zu können. War das ein karges Leben für sie? Energisch schnitt sie mit ihrer Schere die Stoffteile aus. Das ratschende Geräusch riß sie aus ihren Gedanken. Wie sie diese islamische Einheitskleidung haßte! Dunkelblaue Säcke! Eigentlich sollte sie sich weigern, solche einfallslose, langweilige Kleider zu nähen. Aber das war nicht möglich, und das würde auch zu nichts führen. Sie würde damit nur die Frauen gegen sich aufbringen. Sie sollte ihrer Empörung lieber auf andere Weise Luft machen. Die Schneiderkreide setzte ihre Reise fort, markierte die Umrisse der zweiten Stoffhälfte des Zuschnittes.

Sie sehnte sich nach ihrem Heimatdorf, wollte dorthin zurückkehren und ihre alten Freunde und Nachbarn besuchen. Es mußte sich dort viel verändert haben, wie ja auch bei ihr selbst, in ihrem eigenen Leben. Würde sie die Veränderungen wahrnehmen? Würden die Menschen dort sie wiedererkennen? Vielleicht waren ja die meisten der damaligen Bewohner längst weggezogen. Warum mußte sie ständig an die Vergangenheit denken – sowohl an die schönen Zeiten, als auch an die entsetzlichen Tage im Gefängnis? Sie versuchte, ihre Gedanken und Selbstgespräche zu unterdrücken, doch ohne Erfolg – die Vergangenheit holte sie ständig ein.

Wieder fühlte sie die Kälte, die Furcht und die Schmerzen, die sie während ihrer Gefangenschaft erlitten hatte, in sich aufziehen. Man hatte ihr nie gesagt, was eigentlich der Grund dafür war, daß sie verhaftet und allein in eine Zelle gesperrt worden war, wo ihre Inquisitoren und Folterknechte sie in regelmäßigen Abständen aufsuchten. Es waren lauter Männer – eine ganz besondere Art Männer: brutal sahen sie aus, unbarmherzig, kaltblütig und zunächst noch gelassen. Von Tag zu Tag wurden sie lauter und gemeiner. Männer in Uniform. Sie begannen ihre Verhöre stets mit harmlosen Fragen, Fragen, die einen eine Sekunde lang aufatmen ließen. Aber wenig später schlugen sie ihr in die Eingeweide, wurden immer gewalttätiger. Die Gewalt zerriß sie in Stücke, pausenlos wurde auf sie eingeschlagen, bis sich ihr Schädel anfühlte, als würde jemand kochendes Öl hineinschütten.

Ali Zändschir dagegen sah eigentlich gar nicht besonders furchterregend aus – bei manchen seiner Verhöre wirkte er wie ein ganz normaler Mann. Er war mittleren Alters, mittelgroß, hatte kastanienbraunes Haar und einen Schnauzbart. Er war der Leiter der Verhöre in ihrer Abteilung und wurde stets von zwei Männern begleitet, die rechts und links von ihm stehend Notizen machten – womöglich notierten sie nicht nur ihre Antworten, sondern auch ihre Reaktionen. Aber wenn er wütend war, oder besser gesagt, wenn er wütend wurde und in der Zelle auf und ab schritt, oder, schlimmer noch, wenn er seine Lederpeitsche in die Hand nahm und sie gegen die Wand knallen ließ, daß es sich anhörte wie das scharfe Klirren auf Beton rasselnder Ketten – dann sah er aus wie ein Folterknecht. Dieser Anblick flößte ihr große Angst ein, sie begann zu zittern, und kalter Schweiß brach ihr aus. Das furchterregende Gezische seiner Peitsche und die durch sie entfesselte Macht gab ihm seinen Namen: Ali Zändschir. Was für ein Geräusch hätte die Peitsche auf ihrer Haut erzeugt? Im Gegensatz zu vielen anderen blieb ihr diese schreckliche Erfahrung erspart.

Die Zeit, die sie in Einzelhaft verbracht hatte, war entsetzlich gewesen. Man hatte sie mit Händen und Füßen an einen Stuhl gefesselt, gab ihr kaum etwas zu essen oder zu trinken, es gab kein Licht, und ständig wurde sie neuen Verhören unterzogen. Als sie wieder freigelassen wurde, hatte sie kein Gefühl mehr in ihren Armen gehabt, sie waren ihr vorgekommen wie vertrocknete Zweige im Winter. Sie strich langsam über das auf dem Boden ausgebreitete Kleid. Wie gut, daß ihre Hände unversehrt geblieben waren! Wie soll man ohne Hände arbeiten können? Wie kann man sich das zurückholen, das einem gehört? Wie kann man zurückschlagen? Ah, es war gut, Hände zu haben.

»Ich kann es einfach nicht fassen, daß er frei herumläuft, und das auch noch als Mullah! Heutzutage scheint jeder ein Mullah werden zu können. Die Zahl der Mullahs wächst bis in den Himmel. Keine Bauern, keine Künstler, keine Maurer werden benötigt, aber jeder kann ein Mullah werden... wo sind bloß die Stecknadeln... das ist doch schief... aber gar nicht so schlecht... ein Folterknecht wird zum Mullah ernannt... vielleicht waren ja alle Mullahs zuvor Folterknechte? – Dieses Kleid sieht furchtbar aus, sieht aus wie ein Leichenhemd... würde einer Toten gut stehen, sehr gut... Särge für die Lebenden... die neuen Sargtischler... auch ihre Zahl wächst und wächst... immer mehr Tote, immer mehr lebende Tote... Schere... Ach Syrus... wer näht jetzt deine Hemden... um wieviel bist du mittlerweile gewachsen? Meine geliebte Sahar... hast du viele Freunde? Oder fühlst du dich vielleicht genauso einsam wie ich? Warum habt ihr mich alleingelassen? Warum bin ich verlassen worden?« Tränen stiegen ihr in die Augen, rannen aber nicht hinunter. Die Nadel blieb im Saum stecken. Malihe blickte im Zimmer umher, schaute hinüber zum Kaminsims, auf dem die Fotos ihrer Kinder standen. Sie konnte nicht mehr weiterarbeiten und machte sich Tee. Langsam trank sie eine Tasse nach der anderen. Sie starrte auf ihre Arbeit, die verstreut auf dem Boden lag und ging dann in den Hof, um ein wenig frische Luft zu schnappen. Sie wanderte im Hof herum und setzte sich auf den *houz*. Aber das Geschrei der Nachbarskinder ging ihr auf die Nerven, und sie kehrte in ihr Zimmer zurück, um die letzten paar Stiche an dem Kleid zu machen.

»Ich werde dir keine Ruhe lassen! Niemals! Wie kannst du so dreist sein? Ich werde herumerzählen, was ich über dich weiß. Dich entlarven. Ich hasse euch, ihr verdammten Folterknechte! Ich hoffe, du wirst mitsamt deinem Haus in die Luft gejagt werden. Ich werde nicht eher ruhen, als bis du deine Strafe erhalten hast. Wo ist die Gerechtigkeit? Wo ist all das, wofür wir gekämpft haben? Gott, bitte hilf mir! Freunde, bitte helft mir! Frauen, helft mir! Helft...«

Sie hatte das Gefühl, als ob das Gewicht der ganzen Welt auf ihren Schultern lastete, flüchtete sich in ihre Arbeit, schneiderte und nähte wie besessen weiter, dachte dabei nach, ersann Rachepläne und verwarf sie wieder. Die Tage vergingen, und sie vertiefte sich in ihre Arbeit, fand Anregung darin. Es überraschte sie nicht, daß so viele Frauen Schneiderinnen waren: bei dieser Arbeit lernte man, was man zum Überleben brauchte: Taktiken, Strategien, Friedenstiften, Planen, Bauen – das reinste Überlebenstraining. Sie überlegte und kombinierte.

17

Nach einiger Zeit setzte sich Malihe mit Zareen, Goli und Fatima in Verbindung, denn sie fand, daß sie nun lange genug gewartet hatten und endlich wieder ein Treffen arrangieren könnten. Aber wo sollte es stattfinden? Zareen hielt ›Ziba Style‹ für einen zu riskanten Ort. Goli schlug ein Picknick bei einer Gedenkstätte in Pas-Ghaleh, einem hübschen, kleinen Ort in den Bergen nördlich von Teheran, vor. Malihe war der Meinung, daß der Norden Teherans, wo die Angehörigen der Mittel- und Oberschicht wohnten, zu sehr überwacht werde, fand die Idee mit der Gedenkstätte jedoch nicht schlecht. Fatima fragte ihre Mutter um Rat, und schließlich einigten sie sich auf das Heiligtum des Abu-Abdullah in Rey, das in der Nähe von Schah-Abdul-Azim südlich von Teheran lag. Jede von ihnen sollte etwas zum Essen, Teppiche und Gebetsbücher mitnehmen, außer Goli, die nur sich selbst und ihre Ideen mitbringen sollte, weil es für sie ein weiter Weg war vom Norden bis zum äußersten Süden der Stadt. Zareen wollte ihre Kinder mitnehmen, und Malihe lud die Tochter ihrer Vermieterin ein, mitzukommen, denn ein Picknick, an dem nicht nur vier Frauen, sondern auch Kinder teilnahmen, würde weniger Argwohn erwecken.

An einem Freitag, dem Feiertag der Moslems, trafen sie sich an der Bushaltestelle am Shush-Platz. Dort wimmelte es von Menschen. Wie die meisten anderen Frauen waren auch sie in einen schwarzen Tschador gehüllt. Fatima hatte ihr Auto in einer Seitenstraße geparkt und geleitete die anderen durch das Gewühl hindurch dorthin. Nachdem sie ihr Gepäck verstaut hatten und ihre Plätze eingenommen hatten – die Kinder wollten abwechselnd am Fenster sitzen –, murmelte jede von ihnen aus Gewohnheit ein Gebet, in dem sie darum baten, daß der Tag reibungslos verlaufen möge, und fuhren los. Die Kinder beobachteten fasziniert das vorbeiziehende Leben auf den Straßen und verhielten sich ruhig.

»Warum wollt ihr Kinder im Auto, im Zug und im Bus eigentlich stets am Fenster sitzen? Was gibt es denn da draußen so Aufregendes zu sehen?« wollte Malihe wissen.

»Da passiert so unheimlich viel, Tante Mali«, antwortete Leila, die Tochter ihrer Vermieterin. »Das ist doch aufregend, wie alles so schnell vorbeifliegt. Jede Sekunde sieht man etwas Neues!«

»Darum macht auch mir das Autofahren solchen Spaß – man saust an Menschen, Dingen und Straßen vorbei, läßt alles hinter sich«, meinte Fatima.

»Ich glaube, es ist mehr der Geschwindigkeitsrausch, der die Kinder fasziniert, und die traumähnliche Welt, die dadurch erzeugt wird«, erklärte Malihe. Zareen schwieg während der Fahrt. Sie mochte das schnelle Tempo nicht, es erschien ihr unwirklich und verwirrend, wenn die Welt in Bruchstücken an ihr vorbeiflog.

Sie ließen Teheran hinter sich und erreichten die Vororte, wo noch vor ein paar Jahren ein für seine gute Qualität berühmtes Gemüse und Obst angebaut worden waren. Jetzt wurden hier neue Wohnsiedlungen erstellt für Wanderarbeiter, die, angelockt von den Versprechungen der Revolution, ihre Höfe aufgegeben oder verkauft hatten.

Als sie durch Schah-Abdul-Azim fuhren, entdeckten die Kinder die Kebab-Stände und schrien, sie hätten Hunger und wollten Kebab essen. Goli versprach, ihnen am Nachmittag welche zu spendieren, wenn sie schön brav seien. »Au ja, Kebab, Kebab, bitte, bitte!« riefen die Kinder begeistert.

Sie beschlossen, ihre Fahrt hier zu unterbrechen. Den Kindern würde es Spaß machen, sich diesen Ort anzusehen, denn er hatte sich seit der Revolution stark verändert.

Sie gingen durch einen überdachten Gang auf einen riesigen Hof zu, der bevölkert war mit Männern, Frauen, Pilgern und Touristen. Vor ihnen erhoben sich stolz und elegant die goldenen Minarette. Am Rand des Brunnens saßen Männer und verrichteten ihre rituelle Waschung. Männer, überall bloß Männer und nur wenige Frauen ohne Männerbegleitung. Sie hielten sich dicht bei den Kindern, um nicht die Aufmerksamkeit der *pasdaran* zu erregen. An einem solchen heiligen Ort waren Kinder sichtbarer Beweis für Seriosität und garantierten dadurch Sicherheit, denn alleinstehende Frauen – außer es handelte sich um alte Frauen – würden hier Argwohn erregen. Sie betraten den Raum, in dem sich der Schrein befand, und sprachen ein kurzes Gebet. Die männlichen Pilger liefen laut klagend und um Vergebung ihrer Sünden bittend um den Schrein herum.

Unter dem mit blauen, türkisfarbenen und schwarzen Kacheln verzierten Backsteingewölbe hindurch gelangten sie in den Innenhof. Aber den Raum, in dem sich die Gräber der Kadscharenkönige befunden hatten, fanden sie nicht mehr. Sie wußten zwar, daß er während der Revolution geplündert worden war, daß Statuen, Gemälde und die Gräber mit ihren Marmorplatten zertrümmert worden waren, aber nicht, daß das ganze Mausoleum zerstört worden war. Statt dessen war jetzt ein neuer Raum errichtet worden: ein riesiger rechteckiger Saal, dessen Deckengewölbe mit unzähligen kleinen Spiegeln verziert war, der Boden mit kostbaren persischen Teppichen ausgelegt. Jetzt war dies ein Männergebetsraum.

»Die Gräber der Könige wurden wohl zerstört, damit die Männer in dem Raum beten können. Ein öffentliches Gebäude wird zu einem Gebetsraum, den ausschließlich Männer betreten dürfen«, stellte Goli sarkastisch fest.

»Mich würde interessieren, wer die Beute an sich gerissen hat, die wertvollen Kronleuchter, die alten Gemälde in den Silberrahmen und all die übrigen Gegenstände«, sagte Malihe.

»Vielleicht wurden sie ja vollkommen vernichtet. Man kann von Revolutionären kein Kunstverständnis verlangen«, erwiderte Goli.

»Was sind das für Männer, die sich für ihre imperialistische Vergangenheit schämten, aber trotzdem keine Scheu haben, Teile davon für sich in Anspruch zu nehmen – und jetzt hier auf den Überresten sitzen und um Vergebung ihrer Sünden bitten«, sagte Zareen bitter.

Die Kinder wurden ungeduldig, zogen an ihren Tschadors und versuchten sie weiterzuschubsen.

»Nun gut, dann wollen wir mal sehen, was von dem Mausoleum des Schah Reza übriggeblieben ist«, meinte Goli. »Auch das ist ja zerstört worden. Ich habe gehört, sie wollten an der gleichen Stelle öffentliche Toiletten errichten. Kommt, wir sehen mal nach, ob das wirklich stimmt!«

Sie liefen ein Stück weiter und gelangten zu den Überresten der einst riesigen Statue des Gründers der Pahlevi-Dynastie: alles, was davon noch übriggeblieben war, waren ein paar fest in den Boden eingelassene hohle Stiefel aus Bronze, die ihnen bis zu den Oberschenkeln reichten. Den Revolutionären sei es nicht gelungen, sie herauszureißen, erklärte man ihnen. Wo einst das Mausoleum gewesen war, standen jetzt Männertoiletten.

»Der einen Generation Mausoleum, der nächsten Generation Toiletten«, sagte Goli. Sie gingen zurück zu ihrem Wagen und fuhren weiter.

Sie hielten noch einmal kurz in Cheshme-Ali an, weil die Kinder unbedingt wissen wollten, was all die Frauen dort unten an dem Fluß machten. Die Frauen wuschen Teppiche und Brücken an dem steinigen Ufer und breiteten sie auf den Felsen zum Trocknen aus. An diesem Ort wurden traditionell die persische Teppiche feierlich gewaschen. Von dort aus war es nur noch ein kurzes Stück bis zum Schrein des Abu-Abdullah. Fatima fand hinter dicht belaubten Bäumen und Büschen einen schattigen Parkplatz. Sie luden ihr Gepäck aus, trugen es durch das Tor und suchten sich einen Platz für Picknick. Der Schrein befand sich in einem kleinen Gebäude mit einem Minarett auf einer rechteckigen Plattform hoch über dem Boden. Treppen führten aus allen vier Richtungen hinauf. Das Gelände war dicht bestanden mit kleinen Maulbeerbäumen, an deren Zweigen große rote Maulbeeren hingen. Im reifen Zustand waren sie schwarz und saftig, schmeckten süßsauer, färbten Lippen, Zunge und Finger schwarz. Die Kinder stürmten hinüber zu den Maulbeerbüschen, um dort zu spielen.

Sie breiteten ihre Teppiche in der Nähe des Grabs der Unbekannten Frau, die während des Aufstands von 1953 hingerichtet worden war, aus und gingen hinüber zu den Gräbern, legten Blumen darauf ab und murmelten ein Gebet für die Toten, den Zeigefinger an den Stein gelegt.

»Meine Güte, so eine lange Autofahrt ist ganz schön anstrengend. Ich bin völlig erschöpft, und ihr?« fragte Zareen.

»Ich bin auch müde. Ich werde gleich den Samowar in Gang setzen«, sagte Malihe.

»Ich gehe Wasser holen!« Fatima zog mit dem Krug in der Hand los.

»Ich tue erst einmal gar nichts, sondern genieße es, anderen Leuten bei der Arbeit zuzusehen«, sagte Goli träge.

»Freu dich nicht zu früh, für dich werden wir auch noch Arbeit finden!« rief Zareen lachend.

Während die drei auf das Wasser für den Tee warteten, beobachteten sie die Kinder, die auf den Maulbeerbäumen herumkletterten. Viele der hier ansässigen Kinder sprangen ebenfalls herum, und obwohl ziemlich viele Menschen die Gräber besuchten, herrschte kein großes Gedränge.

»Ich habe es kaum ausgehalten, euch so lange nicht zu sehen«, sagte Malihe zu ihren Freundinnen.

Fatima kehrte mit dem Wasserkrug zurück, und sie bereiteten den Tee zu. Während sie ihn tranken, ließen sie ihre Blicke aufmerksam über das Gelände schweifen. Sie erblickten einen Gärtner, der gerade die Blumen goß. Ein Stück hinter ihm unterhielt sich ein Aufseher mit zwei Pilgern. War das wirklich ein Gärtner? Hatte der Aufseher nicht etwa noch eine andere Aufgabe? dachte Goli. Jeder Mann war verdächtig. Sie mußten vorsichtig sein. Der Tee munterte sie auf nach der langen, ermüdenden Fahrt. Abwechselnd suchten sie mit den Kindern den Schrein auf. Bevor sie ihn betreten durften, wurden sie gründlich durchsucht. Als sie alle wieder versammelt waren, breiteten die Kinder die *sofreh* aus und verteilten darauf Teller und Besteck. Die Mädchen bestanden darauf, daß die Jungen ihnen halfen.

»Fühlt ihr euch jetzt besser, nachdem ihr gebetet habt?« fragte Goli Malihe und Fatima.

»Ich habe mich nur bei Gott über diesen Schlamassel beschwert, den er uns beschert hat«, sagte Malihe.

»Ich habe Gott gewarnt: wenn er nicht bald etwas unternimmt, werde ich selbst etwas unternehmen«, war Fatimas Antwort.

»Armer Gott! Armes Amerika«, sagte Goli. »Wie praktisch, daß wir es für unsere Fehler verantwortlich machen können und uns selbst für die besseren Menschen halten!«

»Das ist unfair«, meinte Fatima, »unterschätze die Rolle der Amerikaner nur nicht!«

»Unterschätze die Rolle unseres eigenen Volkes nicht! Für diesen Schlamassel sind eindeutig wir selbst verantwortlich. Ein echt persischer Schlamassel!« Golis Stimme klang verärgert.

»Möglich, aber wir sind doch nicht das einzige Volk auf der Welt, das Fehler macht!« gab Fatima zurück.

»Nicht daß euch vor lauter Geschimpfe noch der Appetit vergeht und ihr meinen leckeren Reis verschmäht! Kommt, laßt uns jetzt etwas essen«, sagte Zareen, die nicht wollte, daß sie sich in Gegenwart der Kinder stritten.

Die Kinder bekamen als erste zu essen. Die *sofreh* sah farbenprächtig aus mit den frischen grünen Gemüsen und den großen roten Rettichen, dem frischen Joghurt mit Rosinen, Walnüssen und Minze aus Rey und dem Risotto mit Karotten, Tomaten, grünen Bohnen und Fleisch.

»Es schmeckt wirklich gut, aber bekommen wir nachher trotzdem noch Kebab?« fragte Leila.

»Ja, in ein paar Stunden werden wir sicher wieder hungrig sein, besonders ihr, nachdem ihr den ganzen Nachmittag hier herumgerannt seid«, versicherte Malihe ihnen.

»Die Maulbeeren schmecken auch lecker«, sagte Bahram.

»Sie sind doch noch gar nicht richtig reif! Eßt lieber keine mehr, sonst bekommt ihr nur Bauchschmerzen«, ermahnte Malihe sie.

Als die Kinder satt waren, rannten sie wieder los: zunächst zu den Gräbern, um die Inschriften zu entziffern, dann weiter zu den Maulbeerbäumen.

»Jetzt wäre ein Glas Tee nicht schlecht«, meinte Fatima.

Goli sprang auf. »Diesmal hole ich Wasser«, rief sie und lief mit dem Krug davon.

»Nach dem Essen ein Glas Tee und danach ein Mittagsschläfchen – wie sagte doch Khayyam? ›Ein Glas Tee, ein Buch und eine Geliebte im Schatten eines Baumes – das ist der Himmel für mich‹«, zitierte Zareen.

»Dieser Khayyam mit seinen romantischen Gedichten«, sagte Fatima mißbilligend.

»Tu nicht so verächtlich. Ich mag ihn. In letzter Zeit gefällt mir auch Hafis immer mehr«, sagte Goli.

»So so, erst jetzt beginnst du ihn allmählich zu verstehen?« neckte Fatima sie.

»Wie wär's, wenn wir die Diskussion über männliche Dichter auf einen anderen Zeitpunkt verschieben würden«, unterbrach Malihe sie ungeduldig.

»Ja, du hast recht«, stimmte Zareen ihr zu. »Ich muß euch jetzt endlich etwas erzählen, was mir schon seit Tagen auf den Nägeln brennt. Azadeh kam vor kurzem in Begleitung ihrer Mutter in mein Geschäft. Ich konnte meinen Augen kaum trauen, war wie gelähmt vor Schreck. Mali, du kennst sie doch – das fröhliche, lebenslustige Mädchen, überschäumend vor Energie! Sie liebte es, sich zu schminken, sich modisch zu kleiden, sie liebte Musik, tanzte gern und hatte viele Freundinnen. Dann verschwand sie plötzlich – nachdem *pasdaran* sie zu einem Verhör mitgenommen hatten. Anscheinend war ihnen ihr Rock zu kurz gewesen, und sie hatte die Kerle provoziert, indem sie ihn noch ein Stück höher gehoben und ihnen ihre Beine gezeigt hatte – aus reinem Übermut. Jetzt ist sie wieder zu Hause. Grauenhaft zugerichtet. Ihr rechtes Auge ist unter der verbrannten Haut darum kaum noch zu sehen, die Augenbraue, die Haut, alles ist rot und verätzt. Sie erzählte, daß die *pasdaran* sie verhöhnt hatten, einer von ihnen hielt eine Flasche mit Säure in seiner Hand und schüttete sie ihr ins Gesicht. Sie hinkt mit dem linken Bein, sie müssen ihr eine Art Elektroschock verpaßt haben. Sie konnte nicht genau sagen, was es war, weil sie das Bewußtsein verlor. Außerdem ist sie schwanger. Und kein Arzt ist bereit, einen Schwangerschaftsabbruch vorzunehmen. Sie wurde die ganze Zeit von den *pasdaran* in einem Zimmer irgendwo gefangengehalten, keiner wußte, wo sie war. Ihr hättet sie sehen sollen! Von Kopf bis Fuß in Schwarz gehüllt, so daß nur die Augen zu sehen waren, und wie ein kleines Kind an die Hand ihrer Mutter geklammert. Ich konnte den Anblick kaum ertragen. Während ich ihr die Haare schnitt, gelang es mir, mich zusammenzureißen, aber als sie gegangen waren, ging ich ins Hinterzimmer und heulte los. Ich kann es immer noch nicht fassen... wie konnten sie ihr so etwas antun... solch ein junges Leben und...« Sie brach ab.

»Damit haben sie genau das erreicht, was sie wollten: Jetzt ist sie die ideale Moslem-Frau in einem gerechten, wahren islamischen Staat«, sagte Goli mit belegter Stimme. »Das ist genau die Art Fau, die sie sich vorstellen – Entweder ihr unterwerft euch freiwillig unserem Willen, oder wir zwingen euch dazu, deformieren euch nach unserem Bilde. Jetzt bleibt ihr nichts anders übriges, als sich vollkommen zu verschleiern, damit sie das Unmenschliche, das die Männer ihr angetan haben, verbergen kann. Es ist so entsetzlich, ich kann es einfach nicht fassen...« Die anderen schwiegen – sie fanden einfach keine Worte.

Nach einer Weile durchbrach Malihe zögernd das Schweigen. »Nun, wenn wir auch Azadeh nicht mehr helfen können, so können wir vielleicht wenigstens die nächste Generation davor bewahren, daß ihr das Rückgrat gebrochen wird...«

»Ich will mich an all jenen Männern rächen, die mir, Azadeh, Fati und zahllosen anderen Frauen Gewalt angetan haben, damit ihnen endlich klar wird, daß sie kein Recht dazu haben!« Golis Stimme klang klar und bestimmt.

»Ich möchte etwas tun, das größere Durchschlagskraft hat«, sagte Fatima, »möchte das Böse auf andere Weise bekämpfen. Ich denke, wir sollten in den Untergrund gehen und von dort aus einen Angriff planen!«

»Etwas, das generalstabsmäßig geplant wird«, fügte Goli hinzu. »Und peinlich genau ausgeführt wird.«

»Ich weiß nicht so recht«, sagte Zareen. »Ich bin dagegen, das Leben anderer Menschen auszulöschen. Es muß doch auch einen anderen Weg geben, das System ab- und umzubauen.«

»Wie könnten wir eine Organisation aufbauen, die in der Lage ist, dem System einen solchen Schlag zu verpassen?« fragte Fatima, ohne auf Zareen einzugehen.

»Ich glaube, ich weiß, womit wir anfangen könnten«, antwortete Malihe in ihrer üblichen ruhigen Art.

»Na los, weihe uns in dein Geheimnis ein!« forderte Zareen sie erwartungsvoll auf.

»Ja«, sagte Goli, »auch ich will endlich wissen, wie man dieses verdammte fundamentalistische, frauenfeindliche System zerstören kann!«

»Das ganze System kann ich nicht zerstören, und ich glaube auch nicht, daß sonst jemand dieses System auf irgendeine Weise zugrunde richten kann. Ich kann lediglich einige der Säulen, auf denen es errichtet ist, zerschlagen«, erklärte Malihe. »Ich kenne in meinem Heimatdorf eine alte Frau, bei der jeder Rat holte, die unsere Hebamme und unsere Krankenschwester war. Sie kennt die Wirkungsweise sämtlicher Kräuter, die in dieser Gegend wachsen – mag sie nun heilsam oder gefährlich sein. Mittlerweile ist sie zweiundneunzig Jahre alt, und ich habe mir vorgenommen, sie zu besuchen und bei ihr in die Lehre zu gehen, um mich in die Geheimnisse der Pflanzen einweihen zu lassen – vielleicht lerne ich dann Pflanzen kennen, die eine *sehr* starke, vielleicht sogar eine tödliche Wirkung haben! Das wäre dann mein Beitrag zu einer von uns geplanten Aktion. Ich möchte schon bald fahren und werde vermutlich ziemlich lange dort bleiben.«

»Und während du weg bist, werden wir uns überlegen, was man sonst noch tun könnte...«, rief Goli begeistert.

»Mir wird angst und bange«, unterbrach Fatima sie. »Das ist doch wohl nicht euer Ernst? Ich werde mich nicht an Aktionen beteiligen, bei denen Menschen getötet werden. Es muß doch auch andere Wege geben!«

»Sollen wir Flugblätter drucken, Slogans an die Wände schmieren, streiken, Bomben in leerstehende Häuser werfen, mit einer Waffe in der Hand auf der Straße kämpfen?« fragte Goli. »Welche dieser schon so oft angewandten und ineffektiven Methoden schlägst du vor? Du weißt doch selbst, daß die Regierungsmacht all diese Methoden kennt

– ihr habt sie ja selbst schon alle ausprobiert, vor kurzem erst gegen die Anhänger des Schahs.«

»Ich weiß. Trotzdem bin ich dagegen, Menschenleben zu opfern«, erwiderte Fatima.

»Laßt uns erst einmal in Ruhe darüber nachdenken, Fati«, schlug Zareen vor.

»Könnten wir nicht mit anderen Frauen in anderen Ländern Verbindung aufnehmen, die in solchen Sachen mehr Erfahrung haben als wir und aus den gleichen Interessen heraus dieselben Ziele haben wie wir? Und mit ihnen eine Art Gemeinschaftsunternehmen planen?« schlug Fatima vor.

»Das würde die Sache zu sehr komplizieren«, sagte Goli. »Aber«, fügte sie nachdenklich hinzu, »wir werden auf keinen Fall ohne Hilfe von außen auskommen, wir brauchen Waffen, Munition, jemand, der uns technische Sachkenntniss vermittelt. Und wir müssen mit Frauen, die rechtzeitig ins Exil gegangen sind, Kontakt aufnehmen...«

»Ja, das wäre ein Anfang«, stimmte Zareen zu. »Das könnten wir während Malihes Abwesenheit in Angriff nehmen.«

»Aber ich habe immer noch Bedenken, was das Töten von Menschenleben anbelangt«, sagte Malihe.

»Ich teile deine Zweifel«, sagte Malihe ernst und nahm Fatimas Hände in die ihren. »Aber das ist ja nicht die einzige Möglichkeit, die wir haben. Vielleicht ist ein solcher Schritt sogar völlig wirkungslos, abgesehen davon, daß es moralisch abwegig ist. Denn es würde vielleicht nur zu Gegenschlägen und mehr Blutvergießen führen. Aber du selbst hast noch gar keinen Vorschlag gemacht, Fati! Seit Monaten zerbrechen wir uns nun schon den Kopf, debattieren und planen, konkret getan haben wir hingegen noch nichts. Aber wir haben ja auch noch genügend Zeit – wir haben ja noch keine Entscheidung getroffen. Ihr könnt doch immer noch über Alternativen nachdenken, während ich weg bin. Ich bin immer offen für neue Ideen.«

Fatima schwieg. Zareen rückte neben sie und versuchte, sie zu trösten. »Wir wollen für Verbesserungen kämpfen«, sagte sie. »für eine bessere Zukunft. Stell dir vor, wir könnten an einem Fluß sitzen und Granatäpfel essen, und kein Mullah wäre weit und breit zu sehen!«

Die Kinder waren nirgendwo zu sehen. Malihe und Goli standen auf, um sie zu suchen. Als sie kurz darauf mit den Kindern zurückkamen, blickten Fatima und Zareen ihnen verstört entgegen.

»Die vier Männer in der Ecke dort drüben schauen dauernd zu uns herüber. Ich habe keine Ahnung, ob sie schon da waren, während wir uns unterhielten«, sagte Zareen nervös.

»Ich glaube nicht«, sagte Malihe, ohne zu den Männern hinüberzusehen. Sie ließ sich auf dem Teppich nieder. »Benehmt euch ganz normal. Kinder, wollt ihr etwas zu essen oder zu trinken?«

»Nein, wir wollen Kebab!« schrien alle drei im Chor.

»Keine Bange«, erwiderte Goli. »Ihr werdet euer Kebab schon noch bekommen! Aber jetzt werden wir erst einmal eine kleine Zwischenmahlzeit einnehmen.«

»Ich will jetzt aber nichts essen! Ich will den Platz in meinem Bauch für Kebab freilassen«, sagte Leila mißtrauisch.

Zareen bestand darauf, daß die Kinder sich setzten und eine Kleinigkeit aßen, damit es so aussah, als veranstalteten sie ein ganz normales Picknick. Sie überlegten, welche Funktion die vier Männer wohl innehaben könnten – waren es Polizisten in Zivil? Wächter der Moral? Oder einfach ein paar Männer aus der Gegend, die nach alleinstehenden Frauen Ausschau hielten? Würden sie ihnen folgen? Betont langsam räumten sie alles zusammen und gingen hinüber zum Auto. Keiner der Männer verfolgte sie.

Auf beiden Seiten des dunklen, überdachten Gangs, der zum Schrein des Schah Abdul Azim führte, befanden sich mehrere Kebabstände. Sie suchten sich einen kleinen, ruhigen Stand aus und setzten sich dort an einen Ecktisch.

Ein junger Mann nahm ihre Bestellung entgegen, ein älterer Mann stand am Kohlegrill und hielt das Feuer in Gang. Es tat gut, zur Abwechslung einmal von einem Mann bedient zu werden und das Essen nicht selbst zubereiten zu müssen. Sie waren alle sehr hungrig. Der junge Mann sah schüchtern aus und hatte weder Bleistift noch Papier, um sich die Bestellung notieren zu können. Wie fromm mochte er sein? Wie frauenfeindlich? Wußte er, konnte er ahnen, wen er da bediente? Vier völlig normal aussehende Frauen...

18

Malihe begann mit den Reisevorbereitungen. Vor ihrer Abreise wollte sie noch alle bereits angenommenen Aufträge zu Ende bringen; sie nahm aber keine neuen mehr an. Die Zahlungen gingen wie üblich verspätet ein, weil die Frauen vom Geld ihrer Männer abhingen. Sie fühlte sich unter Zeitdruck, ihr wurde bewußt, wie sehr ihr Leben von ihrer Arbeit bestimmt wurde – dabei hatte sie bislang immer geglaubt, daß sie arbeitete, um zu leben. Doch zumindest hatte sie ein Ziel vor Augen, und sie freute sich darauf, einmal wieder zu verreisen. Jahrzehntelang hatte sie nichts anderes als Teheran und die nähere Umgebung gesehen!

Sie empfand Erleichterung darüber, nun endlich einen Entschluß gefaßt zu haben, der ihr helfen würde, ihre Angst und ihre schmerzhafte Lethargie zu überwinden. Wie lange war sie von Kummer und Wut gelähmt gewesen! Doch nun, da sie diese Entscheidung getroffen hatte, eröffneten sich ihr neue Wege. Sie würde sich nicht länger von dem Wahnbild des zu einem Mullah gewordenen Folterknechts verfolgen lassen, sondern sie würde aktiv etwas gegen die herrschenden Zustände unternehmen. Wie Zareen gesagt hatte: Sie wollte am Flußufer sitzend Wassermelonen (sie mochte keine Granatäpfel) essen können, ohne von Mullahs umgeben zu sein.

Ihre Vermieterin, Nachbarn und Kundinnen waren sehr überrascht, als sie ihnen erzählte, daß sie verreisen wolle, zeigten aber großes Verständnis dafür, daß eine einsame, ältere Frau, die sich ganz allein durchs Leben schlagen mußte, den Wunsch verspürte, ihr Heimatdorf und ihre alten Freunde zu besuchen.

Schließlich war es soweit: Sie nahm Abschied von ihren Freunden und Kunden. Am schwersten fiel ihr die Trennung von Fatima, Goli und Zareen.

Am Tag vor ihrer Abreise trafen sich die vier ein letztes Mal in den frühen Abendstunden zum Tee. Zareen versuchte, ein paar Scherze zu machen, um die anderen aufzuheitern, aber vergebens. Wer konnte wissen, ob sie sich in dieser Runde noch einmal treffen würden?

»Du mußt uns regelmäßig schreiben – vergiß unseren Geheimcode nicht! Und schicke jeder von uns einen von diesen wunderschönen Seidenschals aus Yazd...«

Schließlich sprach Fatima aus, was sie alle dachten.

»Es ist schrecklich, von dir Abschied nehmen zu müssen, ohne zu wissen, wann wir uns wiedersehen werden... ob wir uns überhaupt jemals wiedersehen werden...«

Goli traf die bevorstehende Trennung am schwersten von allen. Sie alle bemühten sich, die Reise aus einem positiven Blickwinkel zu betrachten. Sie verabschiedeten sich in der Gewißheit, daß dieser Abschied ein Opfer für die Hoffnung auf ein besseres Leben sei, ein Opfer von Liebe, Stärke und Mut zur Bekämpfung von Apathie und Tyrannei. Trotzdem kam ihnen dieser Tag vor wie der längste Sommertag, nach dem die Tage wieder kürzer würden, das Licht abnehmen und Kälte heraufziehen würde.

Mali hatte ihre Fahrkarte schon ein paar Tage vor ihrer Abreise gekauft, und kurz bevor sie ihre Wohnung verließ, vergewisserte sie sich noch einmal, daß sie auch in ihrer Handtasche steckte. Traurigen Herzens räumte sie ihr Zimmer auf, deckte die Nähmaschine ab und verstaute sie in einer Ecke, zog die Vorhänge zu, leerte die Wasserkrüge und verteilte Brot und was sie sonst noch an Lebensmitteln im Haus hatte, an ihre Nachbarn. Sie putzte den Fußboden, staubte den Kaminsims ab und steckte die

Fotos ihrer Kinder in ihre Reisetasche. Die Zimmerpflanzen brachte sie einer Nachbarin, mit der Bitte, sie zu gießen. Zuletzt leerte sie noch den Abfalleimer. Mit Bedacht schloß sie ihr Zimmer ab und steckte den Schlüssel in ihre Geldbörse. Mit der einen Hand hielt sie ihren Tschador unter dem Kinn zusammen, in der anderen trug sie ihre Reisetasche, die mit Kleidern und Geschenken für ihre Familie und die Nachbarn aus ihrem Heimatdorf vollgestopft war. »Im Namen Gottes, im Namen der Gerechtigkeit, der Gerechtigkeit für die Frauen«, murmelte sie vor sich hin, während sie über den Hof ging. Sie machte sich auf den Weg – der erste Schritt war getan, zwar klein, aber bedeutsam.

Bis zur Bushaltestelle an der Hauptstraße war es nicht allzu weit. Während sie dort wartete, musterte sie die Menschen, die an ihr vorbeiströmten: lauter ganz normale Leute wie sie, und alle schienen sie ein bestimmtes Ziel zu haben. Auf einmal überfielen sie Bedenken. Würde irgend jemand durchschauen, was sie vorhatte, wohin sie fahren wollte und aus welchem Grund? Eine Frau, die allein verreiste – mußte das nicht Verdacht erregen? Doch ehe sie weiterdenken konnte, hielt schon ein vollbepackter Bus neben ihr. Ein Teil der Fahrgäste sprang heraus, und die Wartenden drängten sich hinein. Malihe zwängte sich zwischen die eng aneinanderstehenden Körper.

Sie war froh, daß es bis zum Busbahnhof nicht weit war und sie nach kurzer Fahrt den stickigen Bus verlassen konnte. Malihe spürte kleine Wellen der Angst in ihrem Bauch, als sie dort ankam.

Der Reisebus stand bereits an der Haltestelle, und sie suchte sich einen Fensterplatz. Neben sie setzte sich ein älterer Mann in einer traditionellen persischen Tracht. Sie war froh, daß außer ihr noch weitere weibliche Fahrgäste mitfuhren. Als der Bus die überfüllten, schmutzigen Straßen Teherans hinter sich gelassen hatte, atmete sie erleichtert auf. Sie war unterwegs. Malihe freute sich, daß die Route durch die heilige Stadt Ghom führte. Sie hatte die Reise bewußt am Tag angetreten, um während der Fahrt etwas von der Landschaft sehen zu können. Die Straße führte schnurgerade durch die Ebene, links und rechts davon tauchten ab und zu ein paar kleine Häuser auf, kleine grüne Felder und hin und wieder ein im Wind zitternder Baum. Ein Stück weiter im Landesinneren, bei den rötlichen Bergen, entdeckte sie etwas Beunruhigendes: aneinandergereiht wie die Ameisen, waren dort Soldaten beim Manöver – lange Reihen von uniformierten Männern. Überall waren Warnzeichen angebracht: MILITÄRISCHES SPERRGEBIET. BETRETEN VERBOTEN. FOTOGRAFIEREN VERBOTEN. In den Reihen der Männer waren auch in schwarze Tschadors gehüllte Frauen zu sehen, Frauen, die an der Waffe ausgebildet wurden! Und sie scheinen es sogar freiwillig zu tun, dachte Malihe, denn ihr war nichts darüber bekannt, daß dies mittlerweile Pflicht sei. Freiwillig übten sie für den Märtyrertod! Wie konnten sie nur! Schade um diese schönen Hügel und um die rote Erde, die jetzt von der Armee eingenommen waren. Wieviel Land mochte noch von ihnen beansprucht sein, der Bevölkerung vorenthalten?

Vielleicht ist das meine letzte Reise durch dieses Land, dachte sie. Vielleicht sollte ich unterwegs aussteigen und all die interessanten Orte besuchen, die ich schon immer einmal sehen wollte. Ich könnte doch in Ghom haltmachen, mir dort die Töpfereien ansehen, in Isfahan die wunderschöne islamische Architektur besichtigen. In Damghan könnte ich riesige Obstplantagen durchwandern, in denen Pistazien der besten Sorte wachsen; in Kaschan könnte ich einen Blick in die Teppichläden werfen, dann die Limonenhaine in Natanz besuchen und schließlich ein Gebet am Schrein der heiligen Fatima in Ghom sprechen. Ja, die Gelegenheit würde sich vielleicht kein zweites Mal bieten.

Manche Leute machen sich Notizen von dem, was sie gesehen haben, aber mir reicht es, wenn ich es mit meinen Augen bewundern und es mir ins Gedächtnis einprägen kann. Normalerweise sind die Augen einer Frau nicht dazu bestimmt, schöne Dinge zu sehen und zu bewundern. Sie sollen ihre Augen geschlossen halten, sollen wegsehen, sie demütig senken, sie zusammenkneifen – vom Weinen gerötete Augen.

Aber nein, dachte sie, ich darf nicht so pessimistisch sein. Dies ist doch erst der Anfang. Wenn sie auch noch so große Lust verspürte, im Land herumzureisen, so mußte sie diesen Wunsch jetzt erst einmal zurückstellen. Sobald sie die selbstgestellte Aufgabe erledigt hatte, würde sie viel Zeit und Muße haben, um das Land erkunden zu können, es Schritt für Schritt zu durchwandern, sich an seiner trockenen Erde, den in der Sonne glänzenden Bäumen und an dem uralten Gestein zu erfreuen.

Sie genoß den Anblick der sich in der Ferne erhebenden Hügel. Immer noch schimmerten sie rot wie Wein. Wie schön doch dieses unbewohnte, kahle Land war – zunächst die flache Ebene und dahinter die sanft ansteigenden Hügel. Schließlich ging das Rot der Hügel in ein zartes Hellgrün der Felsen über. Wie viele, sich Schicht um Schicht verändernde Schattierungen diese Landschaft doch aufwies: Kirschrot vermischte sich mit Goldocker, zarte Brauntöne mit hellem Grau, Apfelgrün, Grasgrün, Pistaziengrün und Kastanienbraun. Sie war hingerissen von diesem irdischen Regenbogen, von seiner unvergänglichen Schönheit und Farbintensität.

Links von ihr tauchten in Dunst gehüllte Berge auf, an deren Fuß eine große, weiße Fläche aufblitzte. Das mußte die silbrige Oberfläche des Salzsees sein. Dunkle Wolken hingen darüber, womöglich stammten sie von den abgefackelten Erdgasen der benachbarten ölreichen Wüste. Mein Gott, dachte sie, dieses Land ist so reich, so mannigfaltig, hat eine so abwechslungsreiche Geschichte hinter sich, so verschiedene Volksstämme und Kulturen. Warum nur mußten wir uns jetzt ausgerechnet diese Herrschaft einer einzigen Clique aufhalsen? Malihes Gedanken verdüsterten sich. Ihr Buch – eine Chronik von Yazd – blieb ungeöffnet auf ihrem Schoß liegen. Sie schloß die Augen und versuchte zu schlafen.

Nach Einbruch der Dunkelheit stieg Malihe in Yazd, wo ihre Schwester wohnte, aus. Ihr Herz hämmerte wild, als sie bei ihr an die Tür klopfte. Ihre jüngste Nichte öffnete die Tür, und einige Sekunden später war sie schon von der ganzen Familie umringt, die sie stürmisch begrüßte. Die Kinder kümmerten sich um Essen und Getränke, damit die beiden Schwestern ungestört ihr Wiedersehen nach so vielen Jahren feiern konnten. Ihr Schwager und die Kinder gingen früh zu Bett, und die beiden unterhielten sich bis spät in die Nacht hinein.

Malihe verbrachte einige Tage bei ihrer Schwester und fuhr dann weiter nach Anarak. Als sie am frühen Vormittag dort ankam, war die Luft noch angenehm kühl. Erinnerungen an ihre Kindheit stiegen in ihr auf, wenn sich das Dorf auch sehr verändert hatte: es hatte sich enorm vergrößert, viele neue Lehmziegelhäuser waren errichtet worden, ehemalige Grünflächen waren überbaut und eine Menge Autos waren auf den Straßen unterwegs.

Zuerst besuchte sie ihre Tante. Die Nachricht über ihre Ankunft verbreitete sich durch die Kinder wie ein Lauffeuer im Dorf. Nachdem sie unzählige Hände geschüttelt hatte, machte sie einen Rundgang durch das Dorf und suchte Banu, die Dorfälteste, auf. Sie war sehr gealtert – ihr Gesicht von Falten zerfurcht, ein ganzes Buch voll Weisheit in jeder Falte. Ihre knochigen Hände fühlten sich rauh und trocken an. Sie hatte einen Buckel bekommen und wirkte darum viel kleiner als früher – Malihe erkannte sie kaum wieder. Aber Banu versicherte Mali, daß sie bei guter Gesundheit sei.

Malihe beschloß, Banu den eigentlichen Zweck ihres Besuches nicht sofort mitzuteilen. Sie selbst hatte ja keine Eile, konnte sich soviel Zeit nehmen, wie sie wollte – aber konnte man das auch von Banu sagen? Sie unterhielten sich über die Familie, über Freunde, das Leben in der Stadt und auf dem Land, über Arbeit und Löhne. Mochte Banu auch sehr gealtert sein, so war sie doch immer noch rüstig und erledigte nach wie vor ihre Hausarbeit, besuchte andere Leute im Dorf und war auch sonst immer geschäftig. Malihe versprach ihr, sie von nun an täglich zu besuchen.

Wie es der Brauch war, wurde Malihe von jeder einzelnen Familie zum Tee eingeladen, und jeden Abend war sie bei anderen Verwandten zum Essen. Es vergingen mehrere Wochen, bis sie jedem Dorfbewohner einen Besuch abgestattet hatte, bis ihr alle seit ihrem Wegzug Neugeborenen vorgestellt worden waren und bis sie alles über die inzwischen Verstorbenen und Weggezogenen erfahren hatte. Erst danach konnte sie allmählich zur Ruhe kommen.

Sie erzählte ihren Verwandten und Freunden, daß sie das Großstadtleben satt habe und sich eine Weile hier im Dorf ausruhen und erholen wollte. Sie genoß das frische und einfache Essen: zum Frühstück bekam sie Eier von Freilandhühnern, und wenn sie eine lange Wanderung am Fluß machen wollte, bereitete sie sich für unterwegs ein Sandwich aus selbstgebackenem Brot, Butter und Käse zu.

Ein schmaler Bach, der im Sommer stets austrocknete, verlief ein Stück abseits der Lehmziegelhütten und dem Netz aus schmalen Gassen, das diese miteinander verband, und mündete nach einigen hundert Metern in einen Fluß. Außerhalb des Dorfes erstreckten sich kleine Felder, auf denen die Dorfbewohner ihr Gemüse anbauten. Malihe genoß diese Spaziergänge, bei denen sie oftmals von Kindern begleitet wurde. Sie dachte dabei meist darüber nach, wie sie mit Banu langsam vertrauter werden könnte.

Ein jeder fragte sie nach dem politischen Klima in Teheran. Die meisten politischen Diskussionen wurden im Teehaus des Dorfes geführt; jeden Abend versammelten sich hier die männlichen Dorfbewohner und tauschten ihre Meinungen aus, während sie ein Tasse Tee tranken und eine Wasserpfeife rauchten. Malihe unterhielt sich ausschließlich mit Frauen über die Lage in Teheran und war sehr vorsichtig mit dem, was und wie viel sie sagte. Banu wollte von Malihe wissen, ob es in Teheran wirklich so schlimm zugehe, wie die Männer im Dorf es behaupteten. Malihe erklärte ihr, daß die Erwartungen der Menschen enttäuscht worden seien, daß Lebensmittel und andere Waren knapp seien und daß das Versprechen der Regierung, die Armut zu beseitigen, nicht erfüllt worden sei. Statt dessen würden alle eher gleich arm, und ganz besonders den Frauen werde übel mitgespielt.

»Es ist doch immer dasselbe, wenn ein neuer Schah oder ein neuer Führer an die Macht kommt«, sagte Banu. »Ich habe vier Könige und drei Revolutionen miterlebt. Dies sei eine neue Ära, ein neues Königreich, hieß es immer, aber wir Dorfbewohner haben nie etwas davon gemerkt, das Leben wurde höchstens immer schwieriger. All ihre Versprechungen erblühen wie Blumen, doch kurze Zeit später sterben sie an Wassermangel. Die Leidtragenden sind immer wir, die arbeitende Bevölkerung, die armen Bauern, wir müssen härter arbeiten, um die Produktion zu steigern und um ihre Versprechungen zu bewässern. Aber auch wir Alten sind müde. Ich bin zu alt, werde bald sterben und kann keine Versprechungen mehr bewässern. Ich brauche selbst jemanden, der sich um mich kümmert, mich versorgt.«

»Aber Banu, du bist nicht alt, denn du bist doch immer noch in guter körperlicher und geistiger Verfassung! Glaub mir, du bist jünger als viele andere Frauen, die nur halb so alt sind wie du! Du bist gesund, und du hast so viel erlebt. Du solltest stolz darauf sein. Du mußt dein Wissen an uns, an deine Kinder und deine Freunde weitergeben. Ich würde gern erfahren, welche Veränderungen es im Laufe der Jahre in diesem Dorf gegeben hat und welche davon dir zu verdanken sind.«

»Oh, nicht viele. Ich habe immer nur gearbeitet, habe Kinder großgezogen, war Hebamme, sammelte Heilkräuter, behandelte kranke Kinder und Erwachsene... solche Dinge eben... nichts Weltbewegendes. Wir armen Leute müssen sehen, wie wir zurechtkommen, denn uns hilft niemand. Wir können es uns nicht leisten, unsere Zeit zu verschwenden, indem wir auf Hilfe warten oder auf leere Versprechungen hören!«

Malihe besuchte Banu täglich, und nachdem die beiden sich durch ihre stundenlangen Gespräche nähergekommen waren, bat Malihe sie schließlich, in die Geheimnisse der Kräutermedizin eingeweiht zu werden. Sie wollte sämtliche Kräuter und Pflanzen kennenlernen, die Banu für Heilzwecke verwendet hatte. Banu äußerte zunächst Bedenken, weil sie nicht mehr so gut sehen und auch nicht weit laufen konnte, und versuchte, Malihe ihren Wunsch auszureden. Aber Malihe gab nicht auf, besuchte sie weiterhin regelmäßig und half ihr im Haus, fütterte die Hühner, wusch, flickte und kochte für sie, leistete ihr Gesellschaft, sprach mit ihr über alles und jeden.

Banus Enkel und Urenkel waren froh, daß Malihe sich so sehr um Banu kümmerte, denn dadurch wurden sie entlastet, und es blieb ihnen mehr Zeit für die Arbeit auf dem Feld oder zum Teppichknüpfen. Alle Mädchen im Dorf im Alter zwischen fünf und dreizehn Jahren mußten beim Teppichknüpfen helfen und damit zum Lebensunterhalt beitragen.

Malihe lag Banus Gesundheit sehr am Herzen. Sie überredete sie, mit ihr einen Optiker in Yazd aufzusuchen und sich eine Brille anfertigen zu lassen. Sie massierte sie regelmäßig, gab ihr Ratschläge, wie sie ihre gebeugte Haltung verbessern konnte und bereitete ihr nahrhafte, gesunde Mahlzeiten zu. Es war an der Zeit, daß einige der lebensverlängernden Kräuter, die Banu anderen verordnet hatte, auch ihrer eigenen Gesundheit zugute kamen. Banu neckte Malihe, sie solle sich doch einen netten Mann suchen, den sie statt ihrer so hingebungsvoll umsorgen könnte und der für ihren Lebensunterhalt sorgen würde. Wie solle sie das je wieder gutmachen, was Malihe für sie tat? Malihe erwiderte, daß die Zeiten, in denen die Frauen sich auf die Männer verlassen konnten, vorbei seien, daß sie im Alter wieder ins Dorf zurückkehren würde und Banu dann ja für sie sorgen könne. Ja, wenn ich von den Toten wieder auferstehe, bemerkte Banu augenzwinkernd.

Malihe genoß ihren Aufenthalt, wenn sie auch manchmal ihre Freundinnen schrecklich vermißte. Das Leben im Dorf war viel unkomplizierter und menschlicher, die Menschen hatten weniger seelische und finanzielle Probleme. Der Gemeinschaftsgeist, den die Dorfbewohner noch hatten, war in den großen Städten völlig verlorengegangen.

Das Leben war ungemein friedlich: es gab weder Fernsehen noch Telefon, nicht einmal Radios. Geschäftsreisende oder gelegentliche Besucher aus Yazd oder Teheran brachten die neuesten Nachrichten mit.

Banu tat Malihes Pflege so gut, daß sie sogar wieder auf einem Esel durch das Dorf reiten konnte. Auch Malihe, die schon jahrzehntelang nicht mehr auf einem Esel gesessen hatte, lernte es schnell wieder, sich im Sattel zu halten. Die zwei Frauen ritten zusammen durch die Gegend, und Banu führte sie an einige Standorte von Heilkräutern, erklärte ihr, wann man sie erntete, wie man sie trocknete und lagerte. Banu konnte zwar nicht mehr gut sehen, erinnerte sich aber noch, an welchen Stellen die jeweiligen Pflanzen wuchsen, beschrieb Malihe, wie sie aussahen, und diese suchte dann danach. Malihe hätte all die Informationen gerne aufgeschrieben, entschied sich dann aber, sie lieber nur in ihrem Gedächtnis zu bewahren. Sie befürchtet zwar, vieles wieder zu vergessen, aber ihr Gehirn schien ihr der einzig sichere Platz zu sein.

Die beiden Frauen genossen ihre Ausflüge. Aber Malihe war noch nicht zufrieden – sie wollte nicht nur Pflanzen und Kräuter kennenlernen, die eine heilende Wirkung hatten und in der Umgebung des Dorfes wuchsen, sondern auch in die giftigen Geheimnisse der Wüste eingeweiht werden. Aber sie mußte Geduld haben und noch einige Zeit verstreichen lassen.

Je länger sie zusammen waren, um so redseliger wurde Banu, gab mehr und mehr ihres medizinischen Wissens an sie weiter, erzählte von vergangenen Zeiten, von ihrem ehemals üppigen Kräutergarten, ihren Ausflügen in die Wüste, von den Kranken, die sie behandelt und denen sie das Leben gerettet hatte, aber auch von den Zeiten, in denen sie völlig verzweifelt gewesen war.

Schließlich sprach Malihe sie auf die Pflanzen und Kräuter der Wüste an. Banu wollte wissen, warum sie denn daran interessiert sei und welche spezielle Pflanzen Malihe meinte. Malihe drückte sich um eine Antwort und stellte statt dessen eine Gegenfrage: »Wenn du vorhättest, eine Gruppe von Männern für eine Weile einzuschläfern...«

»Für wie lange einzuschläfern?« fragte Banu beunruhigt.

»Na, vielleicht für ein, zwei Tage, vielleicht auch länger... vielleicht aber auch für immer!«

»Hmm... zwischen einem Tag und immer liegt aber ein großer Unterschied«, erwiderte Banu trocken. »Und was wirst du tun, wenn all diese Männer *schlafen*?«

»Darüber habe ich mir noch keine Gedanken gemacht. Irgend etwas Tolles...«

»Zum Beispiel?«

»Nun... wir könnten ein Freudenfest veranstalten,

könnten singend durch die Straßen ziehen und vor Freude im Park tanzen...«

»Das ist ja nichts Außergewöhnliches. Wenn das alles ist, was du dir wünschst, dann kehre lieber in unser Dorf zurück. Das Stadtleben tut nicht gut! Gott wird dafür sorgen, daß deine Wünsche in Erfüllung gehen. Es sind bescheidene menschliche Sehnsüchte. Auch ich habe gerne gesungen und getanzt. Du hättest mich als Zwanzigjährige erleben sollen – da haben mein Gesang und meine tanzenden Füße durchs ganze Dorf gehallt!«

An diesem Punkt brachen sie das Gespräch ab. Jede von ihnen verstand das greifbare Schweigen, das zwischen ihnen aufstieg und das sie noch mehr zusammenschweißte, statt sie voneinander zu trennen. Banu ahnte, daß Malihe etwas Konkretes plante. Sie hätte zu gern gewußt, was das war, aber sie zog es vor, ahnungslos zu bleiben. Wie auch immer, sie war entschlossen, Malihe, der das Schicksal so schlimm mitgespielt hatte, zu helfen. Sie konnte ihr nachfühlen, wie sehr sie unter der Trennung von ihren Kindern litt und wie sehr ihr der Gefängnisaufenthalt bis heute nachging. Banu erklärte sich bereit, Malihe auf einer Reise in die Wüste zu begleiten. Malihe war außer sich vor Freude. Endlich war sie ihrem Ziel ein Stück näher gekommen.

19

Schließlich war es soweit – sie waren reisefertig. Malihe hatte alles gemäß Banus Anweisungen vorbereitet – warme Decken, ein Zelt, frisch gebackene süße Brötchen, Käse, große Mengen getrockneter Früchte und Nüsse und – das wichtigste von allem – Behälter mit Wasser, Malihes Landkarten und einen Kompaß.

Seit mehr als zwanzig Jahren hatte Banu schon keine derartige Reise mehr unternommen, und es würde sehr anstrengend für sie werden. Für Malihe war dies ein weiterer Schritt auf ihr Ziel zu, und was bislang wie ein Traum geklungen hatte, rückte nun in den Bereich des Möglichen.

Sie würde in ein Land reisen, in dem es nichts gab als Sonne, Sand und endlose Weite, würde das Leben eines Nomaden führen. Hoffnung machte sich in ihr breit, überflutete sie wie das Wasser einen zerbrochenen Damm. Dies war *die* Reise ihres Lebens, der Wendepunkt!

Sie standen um vier Uhr morgens auf und beluden zwei Esel mit ihrem Gepäck. Beide hatten sie sich dicht verhüllt, um gegen Sonne und Sand geschützt zu sein. Bereits am Vorabend hatten sie sich von den Verwandten verabschiedet. Banu hatte erklärt, sie wolle ihr Enkelkind in dem kleinen Dorf Jandagh besuchen und sie nehme Malihe als Begleitperson mit.

Sie kletterten auf ihre Esel und setzten sich langsam in Bewegung, ritten die schmalen Gassen entlang, vorbei an den Lehmziegelhütten, in denen noch alles schlief. Nur ein paar Bauern waren schon auf ihren Feldern bei der Arbeit. Noch ein wenig bangen Herzens ritten sie durch das Dorf, doch kaum daß sich vor ihnen das freie

Feld erstreckte und das schwache Morgenlicht am Horizont auftauchte, begannen sie die Reise zu genießen.

Ein paar Kilometer außerhalb des Dorfes sah das Land immer noch kultiviert aus – kleine Parzellen bildeten ein Muster aus grünen und erdfarbenen Farbtönen, ab und zu setzte ein Baum oder eine Hütte einen Farbtupfer darauf. Sie würden einige Stunden bis zur ersten Karawanserei am Rand der Wüste benötigen, wo sie eine Pause machen konnten und ihre Esel gegen Kamele eintauschen würden.

Die Esel zockelten gemächlich den Pfad entlang. Die letzten Spuren des dörflichen Lebens – grüne Bäume, Lehmhütten und kleine kultivierte Felder – ließen sie bald hinter sich, und vor ihnen lag ein steiniger Pfad, der durch eine weite, karge Ebene führte. Die Morgensonne stieg höher und höher. Dies ist der Anfang, der erregende, unsichere Anfang, dachte Malihe. Banu ritt voran. Keine von beiden sprach ein Wort, beide waren sie mit ihren Gedanken bei dem, was sie sich von dieser Reise erhofften. Es wurde immer heißer, die Luft wurde trockener, die Erde dunkler. Ihre Bewegungen, die Schatten, die ihnen voranritten, kleine, dürre, auf Felsen und Sand wachsende Büsche und ein paar äsende Tiere waren die einzigen Lebenszeichen, die sie wahrnahmen.

Der lange, monotone Ritt ermüdete Malihe, die das grelle Licht, die erbarmungslose Hitze und eine solch feindselige Landschaft nicht gewohnt war. Ihre Augen schmerzten. Sie waren völlig allein, waren dieser Landschaft auf Gedeih und Verderb ausgeliefert. Die Hitze benebelte ihre Sinne, blendete ihre Augen und ließ ihre Körper erschlaffen. Malihe hielt es nicht mehr länger aus. Als sie in einiger Entfernung einen dürren Baum entdeckte, bat sie Banu, dort eine Weile Rast zu machen.

Der Schatten, den der Baum warf, war so klein, daß nur eine Person darin stehen konnte, und so wechselten die beiden sich ab. Sie fütterten die Esel und zogen dann wieder weiter, in der Hoffnung, die erste Etappe rasch hinter sich zu bringen und an der Karawanserei eine längere Pause einlegen zu können.

Als sie gegen Mittag die Karawanserei erreichten, hatte Malihe das Gefühl, als koche sie in ihrer Haut. Schweiß trat ihr aus allen Poren, und sie sehnte sich nach einem schattenspendenden Baum und einem kühlen Bad. In der halb verfallenen Karawanserei, gab es kühle, saubere Quartiere, in denen sie sich ausruhen konnten. Außer ihnen war nur ein einziger Reisender zu Gast, der sich am anderen Ende des Gebäudes ausruhte. Ein alter Mann, vermutlich der Verwalter, kam auf sie zu. Er nahm ihnen die Tiere ab, um sie in den Stall zu bringen und zu versorgen, und versprach, ihnen zwei Kamele bereitzustellen. Sie wuschen sich, aßen etwas von dem Brot und dem Käse, ein paar Trockenfrüchte und Nüsse, streckten sich dann auf ihren Matten aus und nickten sofort ein.

Als sie erwachten, war es zwar ein wenig kühler geworden, aber die Sonne strahlte immer noch erbarmungslos vom Himmel. Malihe half Banu, ihre Matte zusammenzurollen, holte ihr Wasser zum Waschen und machte Tee. An die Wand gelehnt, tranken sie ihren Tee und blickten hinüber zu den in der Sonne flirrenden Büschen und dem gleißenden Sand. Bei dem Gedanken daran, in dieser Glut weiterreiten zu müssen, wurde Malihe ganz beklommen. Der alte Mann kam zu ihnen herüber und informierte sie, daß die Kamele bereit seine. Banu schlug vor, daß Malihe erst einmal ausprobierte sollte, auf einem Kamel zu reiten, bevor sie endgültig aufbrachen.

Malihe rutschte das Herz in die Hose, als der alte Mann das Kamel zu ihr brachte und es sich niederlegen ließ. Sie schaute sich um: Niemand außer ihnen dreien war zu sehen. Sie sah ängstlich zu Banu hinüber, die ernst und gelassen wie immer dreinblickte. Der alte Mann war sehr geduldig. Die Kamele brüllten laut, beruhigten sich aber gleich wieder. Malihe nahm allen Mut zusammen, stand auf, strich ihren langen Rock glatt, band ihren großen Schal um den Kopf und ging mit weichen Knien auf das Kamel zu. Sie berührte sein Fell. Es war warm und weich. Die braunen Locken waren dick und buschig. Sie streichelte das Tier am Kopf und an den Ohren; seine großen, schwarzen Augen sahen freundlich aus. Sie faßte Vertrauen zu dem Tier. Der Mann erklärte ihr die möglichen Sitzpositionen. Sie konnte entweder ihre Beine nach vorn strecken und sie dem Kamel auf den Hals legen, sie konnte aber auch seitlich sitzen, so daß beide Beine auf einer Seite hingen, im Schneidersitz oder ganz normal – jeweils ein Bein auf jeder Seite des Tieres.

Banu sprach ihr Mut zu, und Malihe stützte sich mit einer Hand auf das Kamel, mit der anderen auf den Mann, stieg mit dem einen Fuß in den Steigbügel und schwang das andere Bein über den Sattel. Das Kamel machte einen Ruck und erhob sich halb, der alte Mann stützte sie, und sie warf sich halb auf den Hals des armen Tieres, halb auf den Sattel. Aber zumindest war sie oben. Sie nahm die Zügel in die Hand und ritt langsam und vorsichtig auf und ab, während der Verwalter neben ihr herlief und das Kamel tätschelte. Es war ein merkwürdiges Gefühl, so halb in der Luft, ohne recht zu wissen, ob sie selbst das Tier lenkte oder ob das Kamel die Richtung bestimmte. Sie übte noch ein paar Runden, und als sie sich schließlich sicher fühlte, brachen sie auf.

Der alte Mann begleitete sie auf seinem Esel bis zum nächsten Dorf. Banu thronte auf dem weichen schafsledernen Sattel; sie war ganz in Schwarz gekleidet, trug einen langen, schweren Baumwollrock und einen großen schwarzen Schal, der ihren Kopf, ihr Gesicht und ihre Schultern bedeckte. Malihe dagegen hatte entgegen Banus Rat weiße Kleidung angezogen, denn sie war die schwarzen Sachen leid. Sie saßen jetzt zwar viel höher als zuvor auf ihren Eseln, aber der Ritt auf den Kamelen war viel sanfter und angenehmer. Und auch die Aussicht, die sich vom Kamelrücken aus bot, war viel gewaltiger und beeindruckender.

Das Landschaftsbild änderte sich. Zu ihrer Rechten stieg in der Ferne eine Bergkette auf, zu ihrer Linken steinige Hügel. Banu erklärte ihr, daß sie ihre zweite Etappe hinter sich hätten, sobald sie den Fuß dieser Berge erreichten. Während sie die schmale, sandige Wüstenstraße entlangritten, brannte die Nachmittagssonne immer noch intensiv auf sie hernieder. In dieser weiten Ebene gab es keinerlei Wegmarkierungen. Woher wußten die Kamele in dieser Wildnis, wohin sie traben mußten. Sie mußten sich voll und ganz auf die Tiere verlassen. Malihe gewöhnte sich allmählich an die schaukelnden Bewegungen des Kamels und genoß den Ritt mehr und mehr. Es waren gutmütige, geduldige Tiere, die tagelang ohne Futter und Wasser auskommen konnten und außerdem als sehr treue, elegante und gesellige Tiere galten.

Banu erinnerte sich an die enorme Bedeutung, die die Große Salzwüste vor der Erfindung von Autos und Zügen gehabt hatte. Hier hatte früher die Handelsstraße durchgeführt, auf der Händler mit ihren Karawanen Gewürze aus Indien transportierten und chinesische Seide vom Persischen Golf zu den Häfen im Norden gebracht hatten. Von den Häfen am Kaspischen Meer wiederum hatten sie Luxusgüter aus Europa und Rußland in den Süden transportiert. Banu stieß einen kleinen Schrei aus, als sie über eine holprige Stelle kamen und erzählte dann, daß die Große Salzwüste früher einmal ein Meer gewesen sei.

Malihe fand das unglaublich. Die Reise an sich war für sie schon etwas Großartiges, aber durch die Geschichten, die Banu über dieses öde, unfruchtbare Land erzählte, wurde alles noch viel aufregender und geheimnisvoller. Sie blickte sich um und versuchte sich die Wüste als Meer vorzustellen, ein Meer mit fremdartigen Fischen und Pflanzen. Teilweise erinnerte die Landschaft sogar an ein Meer: die großen Sandmulden sahen aus wie der Seegrund, die steinigen Pfade erinnerten an Meer- oder Flußufer. Der ›Sandstrand‹ war, wie von Ebbe und Flut gezeichnet, grau-weiß strukturiert. Während das Kamel seine Hufe in dem grobkörnigen Sand auf- und abbewegte und sie sanft schaukelte, fragte Malihe sich, wie sich ein Meer in eine Wüste verwandeln konnte, wie im Laufe der Jahrhunderte lebende und lebenspendende Quellen verschwinden konnten, zu Staub und Asche zerfielen, als ob die Küste, der Strand sich allmählich ausgebreitet und das Meer aufgefressen hätte. Wäre es möglich, diesen Prozeß rückgängig zu machen? Würde sich diese riesige Salzwüste eines Tages wieder in ein Meer verwandeln können? Und wo würde sie dann sein?

Das Gelände stieg jetzt leicht an, sie näherten sich dem Gebirge. Als Banu ihr sagte, daß sie es bald geschafft hätten, bemerkte Malihe Anzeichen von Erschöpfung und Hunger in ihrem Tonfall. Auch sie war durstig. Wie kostbar Wasser doch war! Sie ging sehr sparsam mit ihrem kärglichen Wasservorrat um, trank nie mehr als einen oder zwei Schluck auf einmal, damit er nicht so schnell aufgebraucht wurde. Nie zuvor hatte sie Wasser so sehr geschätzt. Wieviel Wasser wurde tagtäglich in den Städten vergeudet – die Leute spritzten dort nach dem Stuhlgang ihren Hintern mit dem Schlauch ab, während anderswo Menschen wegen Wassermangels verdursteten. ›Sollen sie doch Öl trinken‹, lautete die Devise der Regierung. In der Wüste, dachte Malihe, putzten sich die Menschen den Hintern mit Sand; und die Exemplare der ›Stimme der Republik‹, die sie in Teheran zuoberst zum Abdecken in ihre Reisetasche gesteckt hatte, damit die *pasdaran* nicht darin herumwühlten, erwiesen sich jetzt als sehr nützlich.

Banu und Malihe atmeten erleichtert auf, als endlich die kleine grüne Oase vor ihnen auftauchte. Malihe sehnte sich nach einem kühlen, schattigen Platz und nach einer langen Ruhepause.

Das Dorf war umsäumt von großen *Gaz*-Bäumen. Über einem Brunnen war ein Eimer an einer Kurbelwelle befestigt. Malihe lechzte nach Wasser. Was für ein herrlicher Anblick – ein intakter Brunnen, darüber ein baumelnder Eimer. Sie wäre am liebsten sofort vom Kamel heruntergesprungen und zum Brunnen gerannt, um ihren Durst zu löschen. Aber Banu ermahnte sie, daß es gefährlich sei, zu viel und zu schnell zu trinken, wenn man erhitzt und durstig war. Malihe schämte sich über ihre Gier. Zu lange war sie nicht mehr in der Wüste gewesen.

Zum Dorf gehörten ein paar Lehmziegelhütten, Hühner, kleine Felder und eine Reihe von Pistazien- und Granatapfelbäumen. Drei Familien wohnten dort. Banu und Malihe ruhten sich einige Stunden in einem kühlen Zimmer im Haus eines der Dorfbewohner aus, während die Hausbesitzerin sich um die Kamele kümmerte. Ihre Körper waren völlig steif und schmerzten, jeder Muskel war verhärtet. Malihe bereitete Banu ein gemütliches Lager und bot ihr an, sie zu massieren. Sanft und gründlich massierte sie zunächst die verspannten Muskeln im Nacken, den unteren Rückenbereich und die Oberschenkelmuskeln, die vom langen Sitzen gefühllos geworden waren. Dann den ganzen Körper. Eigentlich wollte Banu danach Malihe massieren, aber noch bevor die Massage beendet war, wurde Banu vom Schlaf übermannt. Die Hausbesitzerin bot ihr an, sie zu massieren, und bald war auch Malihe eingeschlafen.

Als sie erwachten, erwartete sie eine Mahlzeit aus frisch gebackenem Brot, Ziegenkäse, Datteln und einem Rosinenomelette. Im Samowar blubberte schon das Teewasser. Sie wuschen sich mit dem kühlen Wasser aus dem Brunnen, kämmten ihre Haare und schüttelten den Wüstensand aus ihren Kleidern, bevor sie es sich an der *sofreh* bequem machten. Sie aßen langsam und bedächtig, jeden Bissen genießend. Welch ein Unterschied zu dem altbakkenen, sandigen Brot, das sie hastig auf dem Kamelrükken verschlungen hatten. Nach dem Mahl und einem Glas süßen, heißen Tees machten sie einen Spaziergang um das Dorf herum. Malihe hatte noch nie ein so winziges Dorf gesehen. Eine einzige Gasse führte hindurch. Sie kaufte ihrer Gastgeberin ein paar frische Lebensmittel und Trinkwasser ab.

Banu erzählte ihr, daß früher zehn Familien in diesem Dorf gelebt hätten. Malihe bemerkte einen jungen Mann, der Löcher in den Sand grub, und fragte ihn nach dem Grund dafür. Er wollte eine Granatapfelplantage und Ölpalmen pflanzen, um dem Vordringen der Wüste Einhalt zu gebieten, erklärte er ihr. Er zeigt ihr einige der an diesem Ort wachsenden Pflanzen, und sie steckte sich eine Auswahl an Blättern und Blüten in ihre Tasche, um sie später genauer zu studieren. Wie er sich fühle, zu einer Dorfbevölkerung zu gehören, die nur aus drei Familien bestehe, wollte sie von ihm wissen. »Einsam«, antwortete er. Für die wenigen Einwohner bedeute das, daß der einzelne sehr hart arbeiten müsse. Sie befragte ihn noch nach dem Bewässerungssystem für die Pflanzen, und er klärte sie außerdem über Funktion und Wachstumsweise einiger der Bäume und Sträucher auf. Es war ein erstaunlicher Ort! Inmitten der Wildnis lebte diese winzige Menschenfamilie, inmitten dieser leblosen Wüste gediehen Pflanzen und Bäume. Es erschien ihr wie ein winziger, selbständiger Staat.

Am frühen Abend zogen sie weiter, hoch oben auf ihren Kamelen sitzend, ihre Köpfe dicht verhüllt in ihre Kopftücher. Das Sonnenlicht wurde allmählich schwächer, die Hitze nahm ab. Wie ein grüner Apfel sah das Dorf aus einigen Kilometern Entfernung aus. Für die Kamele war es weniger anstrengend, nachts weiterzuziehen, und wenn das Wetter mitmachte, konnten sie so lange weiterreiten, bis die Tiere nicht mehr weiterwollten. Banu erklärte ihr, daß es in dieser Salzwüste nie vollkommen dunkel werde. Das Salz reflektiere jegliches Licht, und die Kamele würden somit problemlos den Weg finden. Der Sand auf dem schmalen Pfad wurde immer salzhaltiger. Die Hufe der Kamele wirbelten ihn auf und zerstieben ihn in verschiedenen Farben. Sie näherten sich den ›Tausend Bergen‹, einer Gebirgskette, durch die sich ein schmales Tal schlängelte. Dieses mußten sie durchqueren, um ihre dritte Station, das Dorf Chopanan, zu erreichen. Dort wollten sie einen Tag Pause einlegen.

Malihe zog des öfteren ihre Landkarte zu Rate. Sie konnte jedoch die vor ihr liegenden Berge auf der Karte nicht finden. Das Verhältnis zwischen der auf der Karte eingezeichneten Salzwüste zur realen Salzwüste war so unwirklich wie das zwischen einer Oase und dem Trugbild einer Fata Morgana. Banu brauchte keine Karte, sie verließ sich auf ihren eigenen und der Kamele Orientierungssinn.

Der Wüstensand vor ihnen glühte im Licht der untergehenden Sonne, während sie sich im Zickzack einen Weg durch die schmalen Schluchten bahnten. Die Felsen bildeten an ihren Kuppen messerscharfe Grate. Hügel aus Kalkstein mit verschiedenfarbigen Schichten preßten sich aneinander. Auf einem Hügel entdeckten sie ein eingestürztes Gewölbe – die Ruine eines *ghaleh*, eines alten Wachturms für die Karawanen, die einst hier entlanggezogen waren. Eine Vielzahl solcher verfallenen Bauwerke in der Salzwüste erinnerte an Zeiten, in denen es hier lebhafter zugegangen war. Malihe war fasziniert von dem Spiel der Farben – Sepiabraun, Pistaziengrün, Kupferrot – auf den Bergrücken in der untergehenden Sonne. Welch ein Farben- und Formenreichtum inmitten dieser leblos erscheinenden Wüste – die Wüste war eben doch nicht einfach kahl und eintönig! Aber der Anblick des ausgetrockneten Wasserlaufs in der Talsohle erinnerte sie wieder an die Gefahren, die die Wüste barg.

Während sie durch die Schluchten und über Sandhügel ritten, wurden sie von einer sanften, warmen Brise, die ihnen ins Gesicht wehte, angenehm erfrischt. Schlagartig frischte die Brise auf. Sand wirbelte ihnen entgegen. Der Wind wurde immer lauter, bis er schließlich ein Heulen war.

Banu rief Malihe zu, sie solle ihr Gesicht vollkommen verhüllen und ihr Kamel antreiben, denn es scheine ein für die Salzwüste typischer Sandsturm aufzukommen. Wie zum Trotz schien ihnen der Sturm desto mehr Sand ins Gesicht zu werfen, je schneller die Kamele trabten. Ihre Hände, die die Zügel hielten, waren dem peitschenden Sand erbarmungslos ausgesetzt. Ein Nebel voll Sand erfüllte die Luft, das Sonnenlicht verschwand hinter dem Sturm, und es wurde grauer und grauer. Der durch die Berge führende Pfad war kaum noch zu erkennen, und die Kamele kamen immer mühsamer voran.

Banu schrie Malihe zu, daß sie schleunigst nach einem sicheren Unterstand suchen müßten, bevor sie unter dem Flugsand begraben würden. Sie trieben die Kamele stärker an, doch die Tiere röhrten heiser und weigerten sich weiterzugehen. Malihe stieg ab, nahm die Zügel fest in die Hand und zog ihr Kamel hinter sich her. Banu folgte ihrem Beispiel.

Sie tasteten sich vorsichtig Schritt für Schritt vorwärts, ohne etwas zu sehen – weder die Hügel noch die Felsen, noch die dürren Büsche – vor ihnen war nur eine graue Wand. Als ob sie gegen einen Strom schwämmen, kämpften sie sich voran. Banu überlegte angestrengt, ob es in dieser Gegend einen Unterstellplatz gäbe. Das Tal wurde breiter, der Wind war ohrenbetäubend, der Sand nahm ihnen die Sicht und den Atem, während sie sich erschöpft vorantasteten. Auf einmal fiel es Banu wieder ein, daß sich in der Nähe eine Höhle befand, und sie drängten weiter. Als sie endlich den Eingang zu der Höhle erreichten, waren sie einer Panik nahe. Völlig außer Atem, voller Sand in Nase, Mund und Hals, krochen sie in die Höhle hinein. Die erschöpften Kamele, die aussahen wie zwei bewegliche Sandhügel, legten sich vor dem Eingang nieder.

Banu war entsetzt. Dies sei ein schlechtes Omen, meinte sie. Gott sei wütend auf sie. Wenn der Sturm die ganze Nacht lang anhielte, säßen sie hier fest. Sie fluchte leise vor sich hin und rief Gott und seine zwölf Imame an, ihnen zu helfen. Es war stockdunkel und unheimlich in der Höhle. Malihe wollte auf ihrer Landkarte nachsehen, wo sie sich befanden, aber Banu riet ihr davon ab, denn ein brennendes Streichholz hätte in diesem engen Raum nur unnötig Sauerstoff verbraucht. Banu wollte beten, aber die Höhe war nicht hoch genug, um darin stehen zu können, und so entschloß sie sich, es im Sitzen zu tun. Malihe versuchte sie zu beruhigen: Dies sei doch ein ganz normales Naturereignis und bedeute keineswegs, daß Gott mit ihnen zürne. Außerdem hätten sie ja noch nichts Unrechtes getan. Aber es half nichts, Banu ließ sich nicht beruhigen, saß da und schlug sich auf die Knie, sprach laut einige Gebete und flehte Gott um Hilfe an. Auch Malihe war verängstigt. Was sollten sie tun, wenn der Sturm die umliegenden Sandhügel verformte und vielleicht sogar völlig verwehte? Was würde passieren, wenn sich bis zum nächsten Morgen neue Sandhügel gebildet hätten und den Eingang zur Höhle versperrten? Was geschähe, wenn der Sturm vierundzwanzig oder achtundvierzig Stunden lang anhielte? Derlei Fragen gingen ihr im Kopf herum. Sie fühlten sich vollkommen ausgelaugt, steif und verspannt, hatten Hunger und Durst. Es wurde kälter, wie es nachts typisch war für die Salzwüste. Ihre Furcht verdrängte den Hunger, und während sie sich gegen die harte und bucklige Höhlenwand lehnten, nickten sie immer wieder ein.

Als Malihe die Augen öffnete, war es wieder völlig ruhig draußen, und die Kamele brüllten vor Hunger. Banu schlief immer noch. Sie sahen aus wie zwei Sandhaufen. Sie schüttelte sich den Sand aus den Kleidern und rannte aus der Höhle hinaus. Der Boden war mit einem dicken Teppich weichen weißen Sandes bedeckt, aber es war völlig windstill. Die Sonne stand hoch am Himmel über dem Gipfel des höchsten Berges. Malihe stieß einen Seufzer der Erleichterung aus und machte sich fröhlich singend auf die Suche nach Büschen, deren Blätter sie an die Kamele verfüttern könnte. Banu erwachte schließlich, klopfte sich den Sand aus der Kleidung und streichelte und lobte die Kamele für ihre Ausdauer. In der heißen und trockenen Sandwüste waren sie die besten Freunde und zuverlässigsten Führer und sollten darum gefüttert werden, bevor man selbst etwas aß. Banu grub ein paar Löcher in den Sand und stieß nach einer Weile auf gräuliches, brackiges Wasser, das zwar widerlich schmeckte, aber unter diesen Bedingungen dennoch kostbar war. Sie tränkte die Kamele, und zusammen mit den Blättern, die Malihe gesammelt hatte, waren sie damit zufrieden.

Malihe und Banu tranken ein paar Schluck Wasser aus ihrem Kanister, aßen Trockenfrüchte und Nüsse und machten sich anschließend wieder auf den Weg in der noch angenehmen Wärme des frühen Morgens. Banu bemerkte die Veränderungen, die der Sandsturm verursacht hatte: der weiche Sand, der unter den Hufen der Kamele knirschte, hatte eine andere Farbe und Form; sie bemerkte, daß die vor ihnen liegenden Hügel niedriger geworden waren und daß das Tal an einigen Stellen durch Sandverwehungen unpassierbar geworden war. Während sie weiterritten, wies Banu sie auf die neu entstandenen Hügel und die unter dicken Sandschichten begrabenen Flußläufe hin.

Allmählich kamen sie aus dem Tal in die Ebene hinaus, waren froh, daß sie nun wieder schneller vorankamen und drängten ungeduldig weiter in Richtung Chopanan, ihrer dritten Station. Die Wasservorräte waren aufgebraucht, und auch vom Proviant war nicht mehr viel übrig. Ihre Glieder schmerzten, und während die Sonne sich auf den Zenit zubewegte, träumten sie von einem gemütlichen, schattigen Platz, in dem sie ihren Nachmittagsschlaf abhalten konnten.

Endlich erblickten sie vor sich eine Reihe von Palmen, Minarette und die Konturen des verschlafenen Dorfes. Sie waren so erschöpft, daß ihnen selbst das Lächeln schwer fiel. Malihe sehnte sich nach einem Bad, um sich den Sand von ihrer Haut und aus den Haaren waschen zu können. Würde es in dem Dorf ausreichend Wasser geben? Ihre Gedanken konzentrierten sich nur auf diesen einen Wunsch – zu baden, Wasser von ihrem Nacken ihre Wirbelsäule herunterrinnen zu lassen, ihren müden Rücken zu erfrischen und hinterher eine Massage von der Badefrau zu bekommen.

Eine Horde Kinder kam lachend und gröhlend auf die beiden unerwarteten Besucher zugelaufen, musterte sie neugierig, bestürmte sie mit Fragen und streichelte die Kamele. Malihe fiel auf, daß es lauter Jungen waren und fragte sich, wo wohl die Mädchen sein mochten. Das *hammam*, das Badehaus – welch ein Glück, daß das Dorf über eines verfügte – war nachmittags für Frauen geöffnet, und Malihe und Banu ließen das köstliche Naß auf sich herunterrieseln und genossen die Kühle und Feuchtigkeit der tropfenden Wände und Fußböden. Sie wurden von einer Badefrau gewaschen, die sie anschließend von Kopf bis Fuß massierte. Malihe fühlte sich wie neugeboren und wie eine Königin, weil ihr Herzenswunsch sich erfüllt hatte.

Obwohl viele andere Frauen das *hammam* besuchten, entdeckte Malihe zu ihrem Erstaunen kein einziges Mädchen darunter. Draußen am Fluß waren nur Frauen beim Wäschewaschen zu sehen, und als sie zur Pausenzeit am Schulhof der örtlichen Schule vorbeigingen, waren auch dort nur Jungen beim Spiel.

»Sind die Mädchen in diesem Dorf alle begraben?« fragte Malihe Banu.

»Sei nicht so albern. Mädchen sind viel zu nützlich«, antwortete Banu.

Chopanan war ein großes Dorf. Vierhundert Familien lebten dort, es gab mehrere Brunnen, ein unterirdisches Kanalsystem – ein *ghanat* –, einen kleinen Fluß und ausreichend Ackerland außerhalb des Dorfes. Weizen, Baumwolle, Weintrauben, Granatäpfel und Zwiebeln wurden hier angebaut. Einzig die zerfallene Karawanserei erinnerte an die vergangenen Zeiten, als die alte Handelsroute durch dieses Dorf verlaufen war. Malihe sammelte einige der hier wachsenden Wildkräuter, kaufte Brot, getrocknete Früchte und Käse ein und plauderte mit vielen Dorfbewohnerinnen, die es nicht fassen konnten, daß zwei Frauen ganz allein eine solche Reise unternahmen.

Sie bemerkte, daß die Menschen hier dunkelhäutiger waren und gröbere Gesichtszüge hatten; sie sahen mehr wie Araber oder Inder aus – einige der Männer hatten sogar afrikanische Züge. Sie hatte zwar gehört, daß weiter südlich in Kerman Nachkommen entflohener afrikanischer Sklaven lebten, aber sie hatte nicht damit gerechnet, sie auch hier zu treffen. Die Menschen trugen bunte Trachten: Die Männer hatten lange Jacken mit einer Schärpe an, einen weißen wollenen Hut auf dem Kopf und dicke Schals um ihren Hals geschlungen. Die Frauen trugen lange und sehr weite Röcke, die sie selbst bestickt hatten, dazu einfarbige Westen und große, farbige Kopftücher, die durch ein einfarbiges, um den Kopf gewickeltes Tuch festgehalten wurden. Es war zwar ein wunderschöner Anblick, aber es mußte doch unbequem sein, in einer solchen Tracht, die nur das Gesicht und die Hände unbedeckt ließ, zu arbeiten, dachte Malihe.

Auf dem Weg zu einem Haus, in dem sie Ziegenkäse kaufen wollte, kam Malihe an einer halboffenen Holztür vorbei. Sie warf einen Blick ins Innere und entdeckte in dem dunklen, stickigen Raum viele junge Mädchen, die auf niedrigen Bänken saßen und Teppiche knüpften. Hier waren sie also! Wenigstens lebten sie! Sie fragte die Aufseherin, ob das Teppichknüpfen hier ein wichtiger Erwerbszweig sei und ob es in allen Häusern solche Werkstätten gebe.

»O ja«, antwortete diese, »das Teppichknüpfen stellt unsere einzige Einnahmequelle dar. Ohne diese Einnahmen könnte das Dorf keine Werkzeuge oder andere Waren aus der Stadt kaufen.«

So so, dachte Malihe, sie begraben die Mädchen also doch!

An den folgenden beiden Tagen setzten Banu und Malihe ihren Ritt über Sandhügel, ausgetrocknete Seen, vorbei an verfallenen Brunnen und über die roten Berge von Pozeh und Rebneh fort. Das Gelände stieg an, und es war in dieser Höhe sowohl tagsüber als auch nachts kühler. An einem Abend schlugen sie ihr Zelt in der Nähe der Süßwasserquelle Saroman auf, in der Ebene, die sich vor den Saroman-Bergen erstreckte. In der Nähe der Quelle war aus Felsen ein kleiner Unterstand gebaut worden, aber Malihe schlief im Freien, unter dem funkelnden Sternenzelt.

Die letzte Etappe ihrer Reise führte durch das Jandagh-Gebirge. Die Dunkelheit, die Stille der Nacht, die bedrohlich wirkenden Umrisse der Berge und Schluchten, die erschöpften Kamele und gelegentlich Laute wilder Tiere in der Ferne – all das ließ Malihes Herz bis zum Hals schlagen. Ihre Nerven hingen an einem dünnen Faden. Der Weg vor ihnen war kaum zu sehen, und Jandagh lag noch in weiter Ferne hinter den Bergen. Malihe hielt die Zügel fest in ihrer Hand, als ob ihr Leben davon abhängen würde, ihr Rücken war steif vor kalter Furcht.

Als sie Jandagh dann endlich erreichten, waren sie überglücklich, und ihre Ankunft wurde gefeiert wie ein großes Familienfest. Die ersten Tage verbrachten sie mit Besuchen, Plaudern und Müßiggang. Banu suchte ihre Familienangehörigen auf, um herauszufinden, wer geheiratet hatte, wie viele Kinder in der Zwischenzeit geboren worden waren und wer gestorben war. Allein auf sich gestellt, zog Malihe durch das Dorf, unterhielt sich mit Frauen und Mädchen, informierte sich, womit sie ihren Lebensunterhalt verdienten, was sie in ihrer Freizeit taten und was sie in ihren Gärten anpflanzten. Die Vielfalt der Pflanzen begeisterte sie, ganz besonders beeindruckt war sie von den Dattelpalmen und den *tagh*-Bäumen, die an den äußeren Rand des Dorfes gepflanzt worden waren, um Wind und Sanddünen zurückzuhalten. Am besten gediehen in dieser sandigen, salzigen Erde schwarze, gelbe und rosa *tagh*- und *gaz*-Bäume, *chij shoreh, mezvak, jaroo* und *pak*. Einige davon waren kleine Büsche, die nur dann weiterwuchsen, wenn es regnete. Sie wurden als Brennholz und Kamelfutter genutzt. Die grüne Oase leuchtete inmitten dieses gelben Landes mit den gelben Lehmhäusern. Malihe kannte bald jeden Baum und Strauch in diesem Dorf und lernte, daß sämtliche Pflanzen, sogar solche, die niemals blühten oder die keine Früchte trugen, eine bestimmte Funktion hatten.

Als sie nach ein paar geruhsamen Tagen weiterzogen, um ihre letzte Station zu erreichen, wußten sie, daß sie ihrem Ziel nahe, sehr nahe waren. Sie ritten in Richtung des nahegelegenen Salzsees, der Sand wurde weißer und körniger, weicher und trockener. Sie ritten über ein paar niedrige Salzhügel, auf denen gewundene weiße Linien zu sehen waren, die aussahen, als ob Schlangen sich über den Sand geschlängelt hätten. Die Hufe der Kamele zerstörten die wellenförmigen Linien.

Als sie diese kahlen Hügel hinter sich gelassen hatten, kam eine winzige Oase in Sicht. Sie bestand aus einem einzigen Brunnen, einer Hütte, ein paar Bäumen, einem Bach und einem Stück bewirtschafteten Landes. Dies war das Ziel ihrer Reise. Banu und Malihe brachten ihre Kamele dazu, sich niederzulegen und schauten sich um, ob außer ihnen jemand anwesend war, fanden aber niemanden. Sie beschlossen, schon einmal ihr Zelt aufzustellen, denn dieser Ort würde jetzt einige Tage lang ihr Standquartier sein, von dem aus sie ihre Exkursionen starten würden. Während sie das Zelt aufbauten, kam auf einmal eine kräftige Frau mittleren Alters mit ihrem Hund, einer jämmerlichen, knochendürren Kreatur, auf sie zu.

Nachdem sie sich begrüßt hatten, bot die Frau ihnen an, in ihrer Hütte zu übernachten. Sie lebte im Moment ganz allein hier, weil ihr Mann eine Saisonarbeit angenommen hatte und vor einer Woche nach Janadagh gereist war. Aber die beiden lehnten ihr Angebot dankend ab und erklärten ihr, daß sie sehr gerne im Freien übernachteten. Die drei Frauen tranken zusammen Tee und unterhielten sich lange und ausführlich. Für Malihe und Banu war dieser süße Tee ein ganz besonderer Genuß, denn bislang hatten sie auf ihrer Reise nur bitteren, salzig schmeckenden Tee getrunken. Das Wasser aus diesem Brunnen sei von sehr guter Qualität, das beste Wasser, das in der gesamten Salzwüste zu finden sei, erklärte Robabeh. Dies sei auch der Hauptgrund, warum sie hier lebe.

Banu wollte wissen, welche Veränderungen es in diesem Gebiet gegeben habe, und Robabeh erzählte ihr, daß sich der Salzsee ausdehne, daß man eine kleine Quelle gefunden habe, um die herum sie Bambusrohr pflanzte, damit die Wüste nicht bis zu ihr vordringen konnte. Zwischen den Bambusrohren wüchsen winzige Blumen, deren Namen oder Nutzen sie nicht kannte. Sie erzählte, daß sie genügend trockene Zweige zum Feuermachen habe, daß sie ihr beim Bach gelegenes Stück Land vergrößere und daß in der Wüste all die altbekannten Pflanzen immer noch gediehen. Banu war begeistert. Dies war das richtige Standquartier für Ausflüge in die Wüste, um ihre speziellen Pflanzen zu suchen und zu sammeln. Gleich am nächsten Morgen wollten sie aufbrechen.

Bis zu dem kleinen Salzsee war es nur ein Katzensprung, und nachdem sie sich mit Brunnenwasser erfrischt hatten, beschloß Malihe hinüberzulaufen. Banu wollte sich lieber ausruhen.

Es war früh am Abend, die Sonne versank an dem Salzrand des Horizonts – eine riesige, blutrote Scheibe. Malihe blickte gedankenverloren auf das flache Wasserbecken des Salzsees, dessen weiße, glitzernde Oberfläche von dem Schatten, den die untergehende Sonne warf, an einigen Stellen rosa getönt war. Ob das auch einmal ein Meeresgrund gewesen war? Jetzt war er Teil der Salzwüste. So weiß, schwanenweiß, schneeweiß, weiß wie das Grauen. Kein Leben ist darin, kein Wachstum. Schicht über Schicht nichts als Bitterkeit, Eintönigkeit, Leblosigkeit. Stell dir vor, du besäßest so viel Salz, wärst von so viel Salz umgeben, würdest all das Salz essen. Die Vorstellung von der riesigen Salzmenge in diesem blutigen, einsamen Sonnenuntergang hielt Malihe gefangen. Der Raum war grenzenlos, und sie stand in seiner Mitte, sie und ihr Schatten. Diese unendliche Raum ängstigte sie, und sie kehrte um.

Banu saß beim Brunnen und schmiedete Pläne für den darauffolgenden Tag. Malihe ließ sich neben ihr nieder.

»Wäre ein Glas Tee zu viel verlangt?«

»Ja. Wir haben nämlich nicht genügend Brennholz zum Wasserkochen.«

»Nun gut, dann werde ich eben Süßwasser trinken.«

Sie setzte sich mit ihrem Glas wieder neben Banu in den weichen, warmen Sand und trank das köstlichste Wasser, das sie sich vorstellen konnte.

»Bist du auch so erleichtert darüber, daß wir endlich am Ziel sind? Sag, wodurch ist dein Interesse an Heilkräutern eigentlich geweckt worden, und wie kommt es, daß du deine Kenntnisse heute nicht mehr anwendest?«

Ruhig und nachdenklich begann Banu, ihre Lebensgeschichte vor ihr auszurollen.

»Nun, wie alle in unserer Familie – insbesondere meine Großmutter und meine Mutter – liebte auch ich Pflanzen und vor allem die Blumen. Als Kind spielte ich mit ihnen, hegte sie und sammelte sie. Allmählich lernte ich mehr und mehr über sie, zog viele Pflanzen selbst und begann, sie für medizinische Zwecke zu verwenden.«

»Wie sah das Dorf in deinen Kindertagen denn aus? Es muß doch eine ganz andere Welt gewesen sein als heute!«

»Ja, das ist wahr. Es bestand nur aus ein paar wenigen Häusern, in denen lauter Verwandte wohnten. Das Leben war einfacher und fröhlicher, wenn wir auch sehr hart arbeiten mußten. Je größer ein Ort wird, um so häßlicher wird es meist. Aber was soll man dagegen tun? So ist das nun mal.« Resigniert legte Banu die Hände in ihren Schoß. Ihre Hände waren so schwarz und faltig wie ihr Rock; an einem der knochigen Finger trug sie einen goldenen Ring. Malihe versuchte sich vorzustellen, wie Banus Hände ausgesehen hatten, als sie noch ein Kind gewesen war.

»Wie kam es, daß dein Interesse, das du als Kind an Pflanzen hattest, mit der Zeit nicht erlosch? Verspürtest du nicht irgendwann einmal Lust, lieber etwas Nützliches zu tun wie zum Beispiel Nähen oder andere Handarbeiten?«

»Solche Dinge habe ich ja auch gemacht. Frauen müssen nun einmal Handarbeiten machen. Daß mein Interesse an der Pflanzenheilkunde nicht einschlief, lag daran, daß meine ersten beiden Töchter an Asthma litten. Es war schrecklich, sie so leiden zu sehen.« Bei diesen Worten stiegen Banu die Tränen in die Augen. Malihe schwieg betroffen.

»Weil kein Doktor in der Nähe wohnte – der nächste wohnte in Yazd – und wir kein Transportmittel hatten, geschweige denn, daß es eine richtige Straße gegeben hätte, auf der man ein krankes Kind über längere Strecken transportieren konnte, war ich auf pflanzliche Heilmittel, die ich selbst herstellen konnte, angewiesen. Meine Mutter und andere ältere Frauen gaben mir Ratschläge, wie ich die Kinder behandeln könnte. Es dauerte zwar sehr lange, bis sich eine Besserung einstellte, aber...«

»Ich finde das faszinierend«, unterbrach Malihe sie. »Das klingt für mich wie ein Märchen. In Teheran glaubt niemand an die Wirkung einer solchen Medizin. Man verwendet einfach für jedes Leiden Aspirintabletten – man kauft sie sich und schluckt sie.«

»Das ist heute in Anarak auch nicht anders«, erwiderte Banu. »Kaum ein Mensch verläßt sich noch auf die Heilwirkung bestimmter Pflanzen. Aber diese Pflanzen haben meine Töchter gesund gemacht. Damals habe ich die magische Kraft der Pflanzen schätzen gelernt und habe sie seitdem weiterhin verwendet. Die meisten meiner Nachbarn waren überrascht, als meine Töchter plötzlich geheilt waren, und kamen seither mit ihren eigenen kranken Kindern zu mir. Später ließen sich dann auch Erwachsene, ja sogar Leute aus dem Nachbardorf von mir behandeln. Bis dann der Medizinmann aus der Stadt kam und uns seine weißen Pillen andrehte.«

»Erzähl mir, welche Heilerfolge dich am meisten befriedigt haben.«

»Kinderkrankheiten habe ich am liebsten kuriert.«

»Was hat denn dein Mann dazu gesagt, daß so viele Fremde in eurem Haus ein- und ausgingen, womöglich noch zu den unmöglichsten Zeiten?«

»Er war... Gott... ich weiß das gar nicht mehr so genau... ich glaube, er hat gemurrt und sich lustig darüber gemacht – ja, er nannte mich eine Kräuterhexe! Er beklagte sich, daß das ganze Haus mit Gläsern und anderen Behältern, in denen ich die Pflanzen aufbewahrte, vollgestellt war. Na ja, du wirst es dir ja selbst vorstellen können, wie es so war. Aber sobald er selbst einen Husten hatte, kam er zu mir gerannt.«

Robabeh kam zu ihnen herüber, und Malihe forderte sie auf, sich zu ihnen zu setzen.

»Banu erzählt mir gerade, wie sie früher die Kranken in ihrem Dorf geheilt hat.«

»Ja, wo war ich stehengeblieben? Ach ja, welche Fälle

ich am liebsten behandelte... Am meisten Genugtuung bereitete es mir, wenn die weißen Tabletten des Medizinmannes nicht halfen und die verzweifelten Mütter dann mit ihren Kindern zu mir kamen. Ich mußte die Mütter immer ermahnen, Geduld zu haben, während ihre Kinder unter meiner Obhut standen, mußte ihnen klarmachen, daß der Heilerfolg länger auf sich warten lassen konnte. Einmal kam eine Mutter mit ihrem Kind, das am ganzen Körper gelb war – niemand hielt eine Heilung für möglich... Und ein junger Mann mit schrecklichem Rheuma... Und all die Frauen mit Rückenschmerzen, Schmerzen in der Brust, Monatsbeschwerden, Beschwerden in den Wechseljahren, und natürlich Verletzungen, die von ihren Männern stammten.«

»Und welche Pflanzen hast du gegen all diese Leiden verwendet?«

»Ich verwendete vielerlei Samen, Blätter und Wurzeln – Walnußblätter zum Beispiel, Walnußöl und Orangenöl. Aus bestimmten Wurzeln und Ölen bereitete ich selbst Pasten zu... ach, Kinder, wenn ich mich nur besser an all diese Dinge erinnern könnte...«

»Bist du auch in andere Dörfer oder Städte gereist, um herauszufinden, welche Heilmethoden dort angewendet wurden?«

»Nein. An so etwas habe ich gar nicht gedacht. Aber Fremde, die in unser Dorf kamen, sowie einige meiner Patienten erzählten mir, daß ich nicht die einzige Dorfkrankenschwester, die einzige Kräuterhexe sei. Ich habe sechs Kinder großgezogen und habe außerdem in der Landwirtschaft mitgeholfen. Wir hatten einen großen Hof mit vielen Tieren, um den ich mich kümmern mußte. Aber es gibt etwas, das ich bedauere. Und was mir meine Tochter immer wieder vorwirft: Ich hätte richtig lesen und schreiben lernen sollen, damit ich alles hätte niederschreiben können – meine Rezepturen, mein ganzes heilkundliches Wissen, welche Krankheiten ich wie behandelte. Aber ich habe mich dummerweise auf mein Gedächtnis verlassen! Von der schlimmsten aller unheilbaren Krankheiten ahnte ich so gut wie nichts – vom Altwerden, das dich deines Gedächtnisses beraubt, deiner Kräfte, deiner Selbständigkeit. Ich finde es schrecklich, daß meine Gesundheit immer mehr nachläßt. Warum können wir nicht in Würde alt werden, warum lassen uns unsere Körper und Gehirne im Stich, warum läßt unsere Kraft in den Händen, Beinen und Augen nach?«

»Sag so etwas nicht, Banu, du bist doch noch sehr rüstig, körperlich und auch geistig! Und du kannst dich doch immer noch selbst versorgen, besser als manche, die viel jünger ist als du!«

Banu hob ihre alten Hände und strich mit ihren knochigen Fingern über ihr Gesicht, hielt einen Moment über ihren Augen inne und klopfte sich auf die Stirn. Sie legte ihre Mittelfinger an ihre pochenden Schläfen, die unter den weißen Haaren verborgen waren und rahmte ihr Gesicht damit ein.

In das Gesicht hatten unzählige Falten und Furchen ihre Lebensgeschichte eingeschrieben – auf ihren Wangen, unterhalb der Augen, um ihren weichen Mund herum und unter dem eingefallenen Bogen ihres Kinns.

Malihe schaute in Banus zerfurchtes Gesicht. Ich werde lernen, dachte sie, und ich werde alles niederschreiben. Robabehs Hund bellte. Sie stand auf und ging zu ihm hinüber. Die Nacht sank hernieder. Banu sah müde aus. Auf ihren hölzernen Spazierstock gestützt, stand sie auf und stapfte auf ihr Zelt zu. Am Fuß der Berge, nahe dem perlweiß schimmernden Salzsee, unter dem unendlichen Firmament, liefen die drei Frauen hin und her und bereiteten sich für die Nachtruhe vor. Der kommende Tag würde etwas völlig Neues bringen. Während Malihe einschlummerte, sah sie im Geist die himmelblauen Blätter und die getrockneten Wurzeln der Shiroo-Pflanze vor sich und träumte von zukünftigen Zeiten.

20

Als Malihe wieder nach Teheran zurückkehrte, konnte sie es sich selbst nicht erklären, warum sie eine so lange Zeit in der Wüste und danach in Anarak verbracht hatte. Ihr war einfach jegliches Zeitgefühl abhanden gekommen. Manchmal kam es ihr vor, als hätte sie ein ganzes Jahrhundert dort gelebt, dann wiederum erschien es ihr, als sei sie überhaupt nie dort gewesen, als hätte sie alles nur geträumt. Sie hatte sich vollkommen auf ihre Pflanzenstudien konzentriert. Anarak war außerdem so abgelegen, daß kaum Nachrichten von der Außenwelt hereinkamen, die sie hätten ablenken können. In unregelmäßigen Abständen erhielt sie Briefe von ihren Freundinnen, abgefaßt in ihrem vereinbarten Code. Es waren mehrere Jahre vergangen, bis sie ihr schrieben, daß sie mit ihren Vorbereitungen nun so weit gekommen seien, daß sie zurückkehren könne.

Eine dunkle Vorahnung stieg in ihr auf, weckte sie wie aus einem Traum. Viele Monate waren vergangen, viel zu viele – sie hatte nicht beabsichtigt, so lange wegzubleiben. Aber es fiel ihr auch nicht leicht, Abschied von Anarak zu nehmen, von all den Menschen, mit denen sie zusammengelebt hatte, von dem Land der Sonne und des Sandes, das sie so sehr ins Herz geschlossen hatte. Dennoch mußte sie wieder fort. Als sie sich das letzte Mal von ihrem Heimatdorf verabschiedet hatte, mußten dreißig Jahre, drei Jahrzehnte vergehen, bis sie wieder dorthin zurückkehrte. Wie lange würde es dieses Mal dauern? Würde sie überhaupt jemals zurückkehren? Trauer befiel sie. Es war besser, wenn sie gar nicht daran dachte. Aber mit dem Abschied würde sie ihr halbes Herz zurücklassen.

Einige Tage vor ihrer Abfahrt schlenderte sie in der

Abenddämmerung durchs Dorf, um sich alles noch einmal ganz genau anzusehen – die ausgetrockneten, buckligen Häuserwände, die handgeschnitzten Holztüren, die schmalen und staubigen Gassen und die menschenleeren Straßen. Sie setzte sich unter den alten Baum auf dem Friedhof, sprach ein Gebet für ihre Eltern und blieb dort eine Weile sitzen, dachte nach über ihren Geburtsort, über sich selbst und darüber, wohin sie eigentlich gehörte. Sie dachte über die Menschen nach, die sie hier kannte, insbesondere über Banu, über das, was sie ihr beigebracht hatte. Würde sie Banu wiedersehen? Die Friedhofsatmosphäre stimmte sie traurig und melancholisch. Sie erinnerte sie an all ihre verstorbenen Verwandten, die hier begraben waren. Hier wollte auch sie begraben werden, auf diesem kleinen, heimeligen Friedhof, und nicht etwa auf einem fremden, riesigen Friedhof, für den man einen Lageplan brauchte, um die Gräber seiner Angehörigen zu finden. Und ihre Kinder, wo mochten sie nun sein? Ihr Kopf schmerzte unerträglich.

Sie machte einen langen, einsamen Spaziergang im melancholischen Frieden dieser engen Gassen aus roter Erde. Wie verabschiedet man sich, wenn man befürchten muß, daß dies die letzte Reise sein könnte? Mit welch einem Gefühl geht man fort, wenn man weiß, daß das Reiseziel das Gefängnis sein könnte? Mit Schaudern sah sie ihrem Abschied entgegen, mit dem sie das friedvolle Leben wieder aufgab und es gegen das unruhige Leben, das sie in Teheran erwartete, eintauschte.

Was für ein freies und unabhängiges Leben hatte sie hier geführt, inmitten von Menschen, denen sie vertraute und die ihr vertrauten. Es war ein einfaches Leben – es gab nur das Allernötigste, kein Kino, kein Fernsehen, keine Parks, keine libanesischen Äpfel, aber statt dessen Menschlichkeit, Nächstenliebe und gesunden Menschenverstand, harte körperliche Feldarbeit und einen festen Zusammenhalt der Frauen untereinander. Sie könnte ja hierbleiben, ihren Kräutergarten vergrößern, dies ganz zu ihrem Lebensinhalt machen und all ihr Wissen schriftlich niederlegen, sie könnte Menschen zu heilen versuchen, ihre Kenntnisse an die junge Generation, besonders an die Mädchen, weitergeben und auf diese Weise Veränderungen und Fortschritte erzielen. Warum tat sie das nicht, wer hinderte sie daran, in diesem Stil weiterzuleben, weiterhin solch ein glückliches und zufriedenes Leben zu führen?

Aber wie hätte sie das Goli, Zareen und Fatima erklären sollen? Glaubten sie immer noch an eine erfolgreiche Gemeinschaftsaktion gegen die Unterdrückung? Hegten sie nicht den geringsten Zweifel? Hatte sie selbst etwa ihre Meinung geändert? Glaubte sie jetzt vielleicht, daß jeder einzelne versuchen mußte, sein Glück zu finden, glaubte sie an eine Reform von innen? Sie glaubte an beide Alternativen – daß sowohl Gruppen als auch Einzelpersonen handeln mußten. Aber wie lange würde sie noch in diesem Dorf leben können, ohne daß sie auch hier Schwierigkeiten bekäme? Wann würden die *pasdaran* mit ihren Geheimagenten hier einmarschieren und diese Straßen und die Gedanken der Dorfbewohner kontrollieren? Auch dem geruhsamen Landleben könnte bald ein Ende bereitet werden, ihr Seelenfriede könnte auch hier wieder zerstört werden.

»Guten Abend, Malihe. So spät am Abend bist du noch unterwegs?« Schams Baba, eine Nachbarin schreckte sie aus ihren Gedanken.

»Guten Abend. Ja, ich habe einen Spaziergang gemacht. Ich mag mich einfach nicht schlafenlegen. Ich habe einen Rundgang durch das Dorf gemacht, um mir alles nach einmal genau anzusehen, bevor ich wegfahre.«

»Sei nicht traurig, ich bin sicher, daß du wieder zu uns zurückkehren wirst. Hier wird sich nicht viel ändern, wir werden auf alles gut aufpassen, bis du wiederkommst!«

Eine Straßenlaterne flackerte. Fliegen umkreisten sie

ohne Unterlaß. Die Schatten von Türen, Bäumen und Häusern verdunkelten sich. Die Luft war schwül. Gott stieß seinen schweren Atem auf sie hernieder. Leise Tierlaute aus der Ferne vermischten sich mit den Geräuschen der Nacht. Dunkelheit legte sich über das Dorf. Malihe stapfte durch die stickige Luft zurück zu ihrem Haus, schloß bedächtig die hölzerne Tür zu und ließ die Außenwelt draußen.

Sie fuhr in einem Expreßbus, der unterwegs nur an zwei Stationen Halt machte, zurück nach Teheran. Sie wollte diesmal nicht langsam und gemächlich fahren, wollte die Reise so schnell wie möglich hinter sich bringen, um möglichst rasch ihre Freundinnen wiederzusehen. Es beängstigte sie, daß sie der einzige weibliche Fahrgast war. Würde sie verhört werden? Würde sie am Weiterfahren gehindert werden? Es war eine Nachtfahrt, und sie hoffte, während der Fahrt schlafen zu können, um dann erst wieder in Teheran aufzuwachen. Aber die Tatsache, daß sie die einzige Frau unter fünfundvierzig Männern war, hatte sie so sehr aus der Fassung gebracht, daß es ihr den Schlaf raubte. Nervös starrte sie hinaus in die Dunkelheit. Sie hatte Angst davor, daß die Revolutionsgarden den Bus anhalten könnten und Gepäck und Fahrgäste durchsuchten. Ihr Sitznachbar riet ihr, das Gebetbuch zuoberst in ihre Tasche zu legen, damit sie sähen, wie fromm sie sei und nicht weitersuchten.

Sie war dankbar für diesen Rat. Mit quietschenden Reifen kam der Bus plötzlich zum Stillstand. Die Passagiere wurden nach vorn geschleudert. Scheinwerfer flammten auf. Malihe hüllte sich vollkommen in ihren schwarzen Tschador ein und stellte sich schlafend. Die Gardisten bestiegen den Bus, stellten ein paar Fragen und stampften durch den Gang. Malihes Herz schlug so laut, daß sie befürchtete, die Männer würden es hören. Sie tastete nach dem kleinen Beutel, in dem ihre Kräuter steckten; er war sicher unter ihrem dichten Haar verborgen. Die Tritte der schweren Armeestiefel verhielten neben ihr. Ihre Glieder erstarrten vor Furcht. Über ihrem Kopf hörte sie tiefe Atemzüge. Einige Sekunden, die ihr vorkamen wie eine Ewigkeit, herrschte vollkommene Stille im Bus. Zitterte sie? Wirkte sie nach außen hin ruhig? Würde der Mann durch ihren Tschador hindurch erkennen, daß sie Angst hatte? Noch immer sprach er kein Wort, schrie ihr keinen Befehl zu, griff nicht nach ihrer Tasche.

»Die Mutter schläft, sie ist sehr müde. Laß sie schlafen.«

»Hm.« Die schweren Armeestiefel stapften weiter.

Erst als der Bus sich wieder in Bewegung setzte, lockerten sich ihre verkrampften Glieder, und das Blut pulste wieder durch ihren Körper. Trotzdem blieb sie bewegungslos sitzen. Sie wollte ihrem Sitznachbarn dafür danken, daß er sie vor einer Durchsuchung bewahrt hatte, wagte es aber nicht. Er mußte sie bewußt geschützt haben, er mußte gewußt haben, daß sie nicht schlief, er mußte jetzt Genugtuung empfinden, daß er sie geschützt hatte. Wieviel Dankbarkeit würde er von ihr erwarten? Sie versuchte wieder zu schlafen. Der Bus wurde noch fünf weitere Male von Revolutionsgarden angehalten. Jedesmal war sie wie gelähmt vor Angst, aber schließlich beruhigte sie sich etwas und ließ es auf eine Durchsuchung ankommen. Es könnte eigentlich nichts passieren, dachte sie, sie würden ja doch nichts finden. Sie wüßten ja gar nicht, wonach sie suchen sollten. Die Kräuter waren in ihrem Beutel genauso sicher, als befänden sie sich noch in der Wüste. Sie würden die Kräuter sowieso nicht kennen, wüßten nicht, wozu sie bestimmt waren. Sie suchten nach Feinden anderer Art, solchen mit Bomben, Maschinengewehren und Handgranaten. Eine alte Frau mit einem Beutel voll Wüstenpflanzen würden sie nie und nimmer für einen Regimefeind halten. Sie hatte doch eigentlich gar nichts zu befürchten.

Der Bus schaukelte, ruckelte, beschleunigte, verlangsamte das Tempo, schnaufte bergauf und wieder bergab, fuhr weiter und weiter, während Malihes Blick auf den Straßenrand gerichtet war. Der letzte Reiseabschnitt war am schwersten zu ertragen – sie konnte es kaum noch erwarten, endlich das Ziel zu erreichen, freute sich darauf, endlich wieder ihre sichere Stube betreten zu können, ohne verhaftet worden zu sein.

Sie stürzte aus dem Bus, kaum daß er in Teheran angehalten hatte. Frohgemut eilte sie mit ihrem Gepäck durch die Straßen und genoß die frische Morgenluft, die über ihr Gesicht strich. Es begegneten ihr nur ein paar Männer, die auf dem Weg zur Arbeit waren – nicht eine Frau war zu sehen. Wieder war sie die einzige Frau weit und breit! Merkwürdig, dachte sie, so wenig Leute in einem so dicht bevölkerten Stadtteil.

Sie befand sich kurz vor der Abzweigung in die Shush-Straße, als ihr vor Entsetzen der Atem stockte. In unmittelbarer Nähe baumelten vier leblose Körper an einem Holzgerüst. Große Plakate waren ihnen um den Hals gehängt worden. Zu Tode erschrocken ließ sie ihre Taschen auf den Gehsteig fallen. Zwei Frauen, zwei Männer – vier erhängte Menschen. Ein paar Leute standen davor und glotzten sie an. Die Leichen schienen als warnendes Beispiel dort aufgehängt worden zu sein. Zögernd ging sie ein paar Schritte näher heran, um die Aufschriften auf den Plakaten lesen zu können: ›Homosexueller‹, ›Prostituierte‹, ›Ehebrecherin‹, ›Abtreiber‹. Malihe verstand nicht, was mit ›Abtreiber‹ gemeint war. Sie ging zu einer der umstehenden Frauen hinüber und fragte sie danach.

»Der da drüben war ein abnormer Homosexueller ... Er sagte, er liebe einen Mann ... Der andere war ein Arzt, ein Frauenarzt, ein Krimineller, der Abtreibungen vorgenommen hat – Sie hätten die niedlichen Jungen sehen sollen, die er ermordet hat, nur sechs Wochen alt ... brutaler Mörder!«

Malihe hob ihre Taschen wieder auf und lief völlig verwirrt weiter. Immer mehr Männer waren unterwegs zu ihren Arbeitsstellen, aber immer noch waren nirgends Frauen zu entdecken. Der Morgen war stumm, die Straßen leer und leblos, alles kam ihr merkwürdig vor in diesem Stadtviertel, in dem es früher Straßenmärkte, ein Großhandelszentrum und ein großes Einkaufsviertel gegeben hatte. Sie ging an einer geschlossenen Bäckerei vorbei. Auf einer an der Tür angebrachten Notiz hieß es ›Geschlossen. Kein Mehl – kein Brot‹. Ein paar Meter weiter erblickte sie einen anderen Laden, bei dem die Jalousien heruntergelassen waren. ›Heute kein frisches Obst und Gemüse‹. Was tun die Menschen dann bloß? Was essen sie? Nicht nur die Straße, auch der Gehsteig war leer: keine Straßenhändler, keine Stände, an denen belegte Brote verkauft oder Kebab gebraten wurden...

Essen die Menschen inzwischen nicht mehr im Freien? fragte sie sich. Sind sie alle so gesundheitsbewußt geworden? Haben die Verkäufer es nicht mehr nötig, Geld zu verdienen? Wo sind die Kinder, die Süßigkeiten und Zigaretten verkaufen? Haben sie jetzt besser bezahlte Jobs gefunden? Oder sind sie in der Schule? Nirgendwo sieht man spielende Kinder auf der Straße, beim Fußballspiel, beim Ringen. Warum ist es so still hier? Warum hört man keine lärmenden Kinder?

Die kleinen, kastenförmigen Häuser standen dicht aufeinander. In den Gärten gab es keine Bäume, nirgendwo kletterte Geißblatt an den Wänden hoch, kein Jasminduft erfüllte die Morgenluft, kein Wein rankte sich um Spaliere. Und wo sind all die großen, herrlichen Pappeln, die einst die Straßen gesäumt haben? Sind sie herausgerissen worden? Wo sind die übermütigen Kinder, die einst an ihnen hochkletterten? Wo sind die Frauen? Sie können doch nicht noch schlafen, wenn ihre Männer schon zur Arbeit gehen. Wer kauft das ofenfrische Frühstücksbrot, den Frühstückskäse? Warum sind nur so wenige Menschen unterwegs?

Sie bemerkte ein paar Fußgänger, die alle in die gleiche Richtung eilten, und folgte ihnen. Sie erreichten kurz darauf einen Platz, an dem sich eine große Menschenmenge versammelt hatte. Malihes Herz begann wild zu schlagen, als sie näherkam. In der Mitte des Platzes war ein eingezäuntes Gelände, das von bewaffneten Soldaten bewacht wurde. Innerhalb des abgezäunten Gebiets waren vier Menschen nebeneinander an Pfähle gefesselt. Ihre Augen waren verbunden, ihre Hände in Handschellen, ihre Beine zusammengebunden, und alle vier trugen sie weiße Leichengewänder. Vier bewaffnete Soldaten standen ihnen gegenüber und warteten auf die Befehle des Offiziers. Immer mehr Menschen drängten von allen Seiten auf den Platz und blickten teilnahmslos zu den vier zum Tode verurteilten Menschen hinüber. Die Soldaten standen stramm, die Gewehrkolben auf dem Boden aufgesetzt, die Läufe in ihren Fäusten. Die Minuten verrannen.

Malihe stand mit weit aufgerissenem Mund da, sie war wie versteinert vor Entsetzen. Was ging hier vor? Was hatte das zu bedeuten? Fragen, die sie nicht laut stellen durfte.

Der Offizier brüllte den Schießbefehl heraus. Die Soldaten knieten nieder, legten die Gewehre an und feuerten auf die vier Gefangenen. Die Menge johlte. Malihe schrie entsetzt auf, vergaß, ihren Schleier festzuhalten, vergaß sich selbst.

»Was habt ihr getan? Was hat ihr aus dieser Stadt gemacht! Ist Teheran die Hauptstadt der Rechtlosigkeit?«

Ihre Rufe gingen in dem Beifallsgeschrei für die Soldaten und die Leichen, denen die Köpfe auf die Brust gesunken waren, unter.

Plötzlich wurde ihr bewußt, was sie da soeben gesagt hatte, wie sie dastand mit dem heruntergerutschten Schleier und wo sie sich befand – in unmittelbarer Nähe der Soldaten! Schnell wickelte sie den Tschador wieder fest um sich und nahm ihre Taschen auf.

War sie verrückt geworden? War sie genauso wahnsinnig, wie all die anderen Umstehenden es zu sein schienen? Hatte die Furcht und das Entsetzen vor dieser kugelgeladenen Atmosphäre ihr das Hirn aus dem Schädel gepustet? Sie durfte sich nicht einmal einen kurzen Augenblick lang erlauben, ihre Fassung zu verlieren. Sie mußte nüchtern bleiben, um am Leben zu bleiben. Furchtsam blickte sie sich um. Niemand schien bemerkt zu haben, was sie ausgerufen hatte und daß ihr Tschador heruntergeglitten war. Alle waren sie so von der öffentlichen Hinrichtung gefesselt gewesen.

Sie beschloß, zum Bahnhof zu gehen und lieber mit dem Bus nach Hause zu fahren. Was sie in der kurzen Zeit in dieser Stadt mit angesehen hatte, reichte ihr für diesen Tag. Mit gesenktem Kopf – um nicht Zeugin von weiteren Greueltaten werden zu müssen – lief sie weiter.

Erst als sie den Bahnhofsplatz erreichte, sah sie wieder auf und erblickte vor sich eine lange Reihe von Soldaten. Auf einem Schild am Kopf dieser Schlange stand zu lesen: ›Soldaten für den Krieg gegen die fremden imperialistischen Ungläubigen, hier anstellen‹. Die Schlange reichte bis zu den Marmortreppen des Bahnhofsgebäudes. Eine weitere Menschenreihe hatte sich hinter einem anderen Schild aufgestellt: ›Soldaten für den Krieg gegen die *monafegheen*, hier anstellen‹. Dieses Wort hatte sie das letzte Mal in ihrer Kindheit gehört, als sie noch die Koranschule besucht hatte, ein altes arabisches Wort, das nur dann verwendet wurde, wenn der Prophet gegen die Ungläubigen in seinem eigenen Land, gegen den inneren Feind, Krieg führte. Tausende von Männern hatten sich hier angestellt, alle trugen sie eine grüne Armee-Uniform mit einem schwarzen Ledergürtel sowie schwere Stiefel. Jedem der Männer wurde eine Nummer und eine Fahrkarte in die Hand gedrückt, und damit begaben sie sich zu den bereitstehenden Sonderzügen. Hinter einem Schild mit der Aufschrift: ›Kriegsfreiwillige für Hilfsarbeiten, hier anstellen‹ hatten sich zahllose Frauen angestellt, die von Kopf bis Fuß in Schwarz gekleidet waren und darüber zusätzlich einen weißen Überwurf trugen. Sie erhielten ebenfalls Nummern und Fahrkarten und wurden durch ein anderes Tor zu den wartenden Zügen dirigiert. Ein Offizier achtete darauf, daß die Frauen schön in Reih und Glied blieben. Auch sie wurden in das Kriegsgebiet entsandt: freiwillig ließen sie sich für die Sache einspannen. Weitere Plakate warben mit Parolen wie: ›Freiwillige für den Krieg gegen Drogen, Alkohol und Glücksspiel‹; ›Selbstschutzgruppe gegen korrupte imperialistische Einflüsse, hier anstellen‹; ›Anti-Make-up-Kommandos‹; ›Pro-Schleier-Truppe‹; ›Kommando islamische Jugend – Auge und Ohr unserer Gesellschaft‹.

Unter diesem Banner stand schweigend eine lange Schlange von Jungen im Alter zwischen acht und vierzehn Jahren und daneben eine weitere Reihe, in der sich lauter Mädchen angestellt hatten. Hier also sind die Kinder, dachte Malihe. Die Angst stand ihnen ins Gesicht geschrieben, und auch an ihrer Haltung erkannte man, wie eingeschüchtert sie waren. Ist das ihr neues Spiel? Sie ging zu einem kleinen, dünnen Jungen hinüber, der so tat, als sei er älter, als er wirklich war, und berührte ihn am Arm.

»Sag, mein Junge, warum stellt ihr euch hier an? Was habt ihr vor?«

Der Junge warf ihr einen trotzigen Blick zu. »Wir sind die Augen und die Ohren unseres Landes. Wir entlarven die Staatsfeinde. Wir sorgen dafür, daß Gesetz und Ordnung eingehalten werden. Wir sind die Soldaten der Zukunft. Wir werden dieses Land und seine überlegene islamische Ideologie mit aller Kraft verteidigen.«

Malihe traute ihren Ohren nicht. Hatte sie recht gehört? Sie hätte den Jungen am liebsten in den Arm gezwickt, um herauszufinden, ob er darauf reagierte. Wie in Trance lief sie weiter.

Ein paar Meter weiter erblickte sie plötzlich ein großes Feuer. Während sie mit der Absicht, sich aufzuwärmen, darauf zuging, schlug ihr Herz immer höher vor Angst, bekam sie eine Gänsehaut. Von Kopf bis Fuß in schwarze Gewänder gehüllte Frauen standen um das Feuer herum; neben ihnen lagen Stöße von Büchern und Zeitschriften. Sie nahmen diese Schriften und schleuderten sie in die Flammen: Frauenschriften, sozialistische Schriften wie ›Die Rolle der Frauen in der iranischen Revolution‹, Bücher und Hefte gingen in Flammen auf. Die Einbände hielten zunächst stand, dann verschmorten die Titel, und die Buchseiten begannen in der Hitze zu knistern. Die Zeitschriften brannten schneller, ihre Farbseiten verglühten durch das Feuer zu einem diabolisch-schönen Farbenspiel. ›Kunst und Gesellschaft‹, ›Frauen in der persischen Kunst‹, ›Musikinstrumente und ihr Einfluß‹, ›Moderne Malerei‹ – die Seiten flatterten in der heißen Luft, als sie Feuer fingen, Frauen fuchtelten und huschten eifrig vor den Flammen hin und her. Malihe war entsetzt über dieses Bild, war entsetzt über das Feuer, die Hitze und über diese Frauen.

Sie stand inmitten der Menge, umgeben von Beamten in grünen Uniformjacken, jungen und alten Männern in Zivilkleidung; müde, aber entschlossene Männer, mit leeren, stummen Gesichtern und starren, ausdruckslosen Augen. Die Frauen schienen noch fanatischer zu sein als die Männer. Sie hatten sich freiwillig für den Kriegsdienst gemeldet, sowohl für den Kampf mit der Waffe als auch für Hilfsdienste; und jetzt mußten sie sich bewähren. Sie wollten wohl beweisen, daß sie besser waren als die Männer, deshalb würden sie immer mehr Engagement zeigen, größere Opfer bringen und größere Risiken auf sich nehmen als die Männer, nur um von denen anerkannt zu werden – und sei es auch nur in untergeordneter Stellung. Eine Frau ist gut genug, um zu kämpfen, gut genug, um die Bedürfnisse der Männer zu befriedigen, gut genug, um zu sterben – aber sie würde niemals gut genug sein, um als gleichberechtigt anerkannt zu werden, um eine leitende Position als Offizier oder dergleichen übertragen zu bekommen.

O ihr Frauen – wie lange schon
ertragt ihr schweigend diese brennenden Schmerzen?
Werft das Gewand der Sklaverei ab
wie die Nomadenfrau.
Stolz liegt allein in der Unabhängigkeit.

Während Malihe das alte Lied leise vor sich hin murmelte, versagten ihr plötzlich die Beine den Dienst, und sie kauerte sich auf den Boden. Dies ist also das neue Leben, dachte sie, die neue Stadt. Die Erinnerung an Dinge, die sich während der Revolution an diesem Platz und in den angrenzenden Straßen ereignet hatten, lenkten ihre düsteren Gedanken einen Augenblick lang ab und munterten sie ein wenig auf. Auf den gleichen Straßen hatten genau die gleichen Menschen für Freiheit, Gleichheit und Gerechtigkeit demonstriert. Meilenweit, stundenlang waren sie im Schneegestöber hier entlangmarschiert. Wir hatten Energie, Tausende von Ideen und waren voller Elan. Wir trugen Protestplakate, keine Leichengewänder! Wir Frauen waren aktiv, progressiv, hatten die Zeichen der Zeit erkannt.

Wir ließen uns nicht einschüchtern! Was ist mit diesen Menschen bloß geschehen? Wir halfen den Männern, sich zu befreien, bloß damit sie jetzt ihren Kugeln freien Lauf lassen können, die uns als Zielscheibe haben! Wo sind unsere Macht, unsere Lebensfreude und unser Witz geblieben? Und unsere Träume? Was haben sie aus unserer Stadt gemacht? Bildnisse des Todes, Märtyrergesichter auf den Plakatwänden, erhängte Menschen, von Kugeln durchlöcherte Leichen, die unterwürfige Haltung der Menschen und die Atmosphäre von Resignation – all das setzte ihr zu. Was für ein trauriger Kreis von Betrug und Verrat schloß sich nun an diesem Platz. Es schneite nicht einmal.

Eine rauhe Stimme schreckte sie aus ihren Gedanken und aus der warmen Sicherheit ihres Schleiers. Vor ihr stand ein unrasierter junger Soldat.

»Mutter, du kannst hier nicht hockenbleiben. Du versperrst uns den Weg!«

»Ist gut, mein Sohn. Ich war so müde. Nirgendwo kann man sich mehr hinsetzen, und das an einem solch traurigen Tag... Aber ich gehe gleich weiter.«

»Ist dein Sohn in den Krieg gezogen? Mach dir keine Sorgen, er ist in den Händen der Revolution gut behütet.«

Malihe dachte an ihren Sohn und an ihre Tochter... Gott sei Dank waren sie nicht in diese Todesfalle zurückgekehrt, in dieses Land, in dem Sterben zum Lebensziel erhoben wurde. Aber selbst das war kein großer Trost, denn schließlich waren auch sie an Kämpfen gegen einen anderen heiligen Glauben beteiligt...

Sie richtete sich langsam wieder auf, müde und niedergeschlagen angesichts so vieler potentieller Leichen, so vieler Todesanbeter, angesichts so vieler menschlicher ›Billigangebote‹, die einem grausamen Gott geopfert wurden. Diese Männer und Frauen begrüßten es, das Rad der Zeit um 1300 Jahre zurückzudrehen. Wütend, haßerfüllt und verächtlich wandte sie sich ab und spuckte auf den Boden. Dicht an die Hauswände gedrückt, den Blick auf den Boden gesenkt, um niemanden ansehen zu müssen, lief sie zur Bushaltestelle. Dennoch fielen ihr die mit Kriegsparolen und Pro-Schleier-Slogans verschmierten Wände ins Auge. ›Wir sind Männer des Krieges!‹ stand in großen Lettern auf einem Plakat mit dem Bild lachender Soldaten in Schützengräben. ›Schwester! Dein Schleier ist meine Ehre!‹; ›Schwester! Dein Schleier ist dein Schützengraben!‹. Auf einem Werbeplakat für die Zeitschrift ›Zän-Ruz‹ (Die Frau von heute) hieß es in fetten Buchstaben:

›Erhaltet den Krieg in allen Bereichen für die zukünftigen Generationen am Leben!‹ Dann folgten Poster und Fotos mit den Gesichtern und Namen von Märtyrern. Düstere Gesichter von getöteten Jugendlichen, leere Parolen und nichts als die Gesichter von Toten. An vielen Häusern hing eine schwarze Flagge, das Zeichen der Trauer. Und hin und wieder eine grüne Flagge, die Farbe des Propheten. Die Fußgänger beachteten die Gesichter der Märtyrer nicht, ignorierten auch die Parolen. Teilnahmslos und gleichgültig gingen sie daran vorbei. Was war mit den Menschen geschehen? Haben sie keine Augen mehr im Kopf? Können sie nicht mehr lesen, haben sie keine Gefühle mehr? Warum sind sie so gleichgültig, wo ist ihre Freundlichkeit geblieben? Was haben sie den Frauen angetan? Wer hat ihre Güte und Menschlichkeit gestohlen? Warum? Wie konnte das geschehen?

Mit nach unten gebeugtem Kopf, mit gesenktem Blick und hängenden Schultern schlich sie zur Bushaltestelle. Sie kaufte sich eine Fahrkarte und reihte sich in die Herde anderer ängstlicher, dumpfer Menschen ein, die auf den Bus warteten. Ein mit Männern vollgepfropfter Bus hielt vor ihnen an. Die in der Reihe wartenden Männer drängelten sich vor und stürzten sich auf die frei gewordenen Sitzplätze. Wenn sie großzügig waren, boten sie einer alten Frau oder einer Mutter ihren Platz an. Sie würde mit ihren Taschen völlig zerdrückt werden. Alle fünf Minuten ein Bus, in dem ein Sitzplatz für sie frei wäre, das war auch so ein verlorener Traum. Wie viele Revolutionen muß man überstehen, um in einem Bus einen Sitzplatz zu bekommen?

Sie stieg am Seh-Rahe-Jaleh-Platz aus. Auch hier hatte sich alles verändert. Der kleine Kreisverkehr sah anders aus, auch die Marktstände waren verschwunden; statt dessen war in der Mitte des Platzes ein kleiner Schrein errichtet worden, umzäunt mit einer niedrigen Eisenkette, über dem schwarze und grüne Flaggen flatterten.

Sie lief in Richtung ›Ziba Style‹, in der Hoffnung, Zareen dort anzutreffen und sie in die Arme schließen zu können. Alle paar Meter sah sie ein zerstörtes oder niedergebranntes Haus. Das Viertel sah aus, als hätte hier eine Schlacht getobt. ›Ziba Style‹ war mit Brettern zugenagelt, Glassplitter lagen auf dem Bürgersteig. Das Haus war voll mit roten Wandschmierereien: ›Haus der Sünde‹, ›Hurenhaus‹, ›Von hier aus geradewegs zur Hölle‹ ... das Ladenschild war halb heruntergerissen.

Malihe wurde bang ums Herz. Warum hatte ihr niemand etwas davon gesagt? Wo war Zareen? Sie spähte durch die Latten und die zerbrochene Fensterscheibe hinein. Das Innere war vollkommen verwüstet, die Spiegel zerbrochen, die Trockenhauben und das restliche Zubehör zertrümmert. Sie wandte sich ab und machte sich auf den Weg nach Hause. Auch die Straße, in der sie wohnte, erkannte sie nicht wieder. Nichts stand mehr da, wo es gewesen war, alles war vollkommen verdreckt, zerbrochen und verwüstet.

Das Haus, in dem sie gewohnt hatte, stand nicht mehr. Es war abgerissen worden. Sie klopfte an ein paar Türen, suchte ihre ehemaligen Nachbarn, jemand, irgend jemand, der ihr sagen konnte, was mit dem Haus geschehen war. Als sie an eine Tür klopfte, öffnete ihr eine junge Frau, die mit Leila, der Tochter ihrer Vermieterin, befreundet war. Die junge Frau geleitete sie zu dem Haus, in dem ihre Vermieterin jetzt wohnte. Leila, mittlerweile auch eine junge Frau, öffnete die Tür und trommele sofort die übrigen Familienmitglieder zusammen. Sie begrüßten sie herzlich, umarmten und küßten sie. Ein wenig später, als sie allein waren, erzählte Leila ihr rasch, daß es Zareen und den anderen gut gehe und daß sie sich so schnell sie konnten mit ihr in Verbindung setzen würden. Die anderen Neuigkeiten und der Bericht über ihre Zwangsumsiedlung müßten warten, bis sie sich ausgeruht habe.

Malihe ließ sich mit überkreuzten Beinen nieder. Sie hielt ihre Füße in ihren Händen, massierte sie und sagte, sich in der vertrauten, freundlichen Atmosphäre entspannend: »›Ihr könnt euch nicht vorstellen, wie weit diese kleinen Boote heute gesegelt sind, wie weit sie diesen müden Passagier getragen haben und gegen wie viele hohe und niedrige Wellen sie angekämpft haben...‹«

21

Einige Tage später überbrachte Laila ihr die Nachricht, daß Zareen, Goli und Fatima sie beim nächsten Freitagsgebet vor der Universität treffen wollten. An allen anderen Orten seien entweder Abhöranlagen eingebaut oder Frauen sei der Zutritt verboten. Frauen durften nicht mehr ohne Männerbegleitung in Parks, Restaurants oder Clubs gehen. Das Gebet war eine Ausnahme – dort durften sie auch allein hingehen; Frauen brauchten allerdings Ausweise, wenn sie die um die Universität verlaufenden Straßen betreten wollten, und wurden zudem einer Leibesvisite unterzogen.

Jeden Freitag, am Feiertag der Moslems, wurden die Straßen um die Universität für Verkehr und Passanten gesperrt. Zutritt bekamen nur diejenigen, die am Gebet teilnehmen wollten. Die Männer versammelten sich auf dem Universitätsgelände, zwischen den Blumenrabatten und Sträuchern des Gartens. Einige von ihnen kamen aus den entferntesten Vororten der Stadt hierher. Arbeiter wurden mit Bussen aus ihren Fabriken herangekarrt. Die Frauen durften nur von der Straße aus zuhören. Frauen und Kinder saßen auf den harten Gehsteigen und Straßen und lauschten den ganztägigen Predigten und Gebeten, die aus riesigen, an Bäumen und Gebäudedächern befestigten Lautsprechern übertragen wurden.

Sobald die Predigt begann, tönte die Stimme des Geistlichen kilometerweit durch die Gegend. Die Anwohner waren gezwungen mitzuhören, ob sie wollten oder nicht – ihr einziger Ruhetag wurde durch dieses Lautsprechergedröhne und elektronisches Gequietsche gestört, das direkt in ihre Wohnzimmer drang. Durch die Übertragung sollte die ganze Stadt zu einer einzigen frommen Gemeinde werden, alle sollten die Arbeitsruhe einhalten und sich den heiligen Geboten eines moslemischen Feiertags unterwerfen.

Die vier Freundinnen hatten vereinbart, sich am frühen morgen zu treffen. Fatima sollte einen Ausweis für Malihe besorgen. Sie warteten außerhalb des abgesperrten Geländes aufeinander. Fatima erklärte Malihe zunächst den Ablauf und den Umfang der Überwachung bei diesem Gebetstreffen. Sobald sie sich im Frauenbereich befänden, würden sie kaum noch überwacht werden, da die Frauen sich gegenseitig bespitzelten. Außerdem werde eine solche Versammlung von Frauen nicht für eine Bedrohung des Regimes gehalten.

Sie ließen sich an einer Straßenkreuzung unter einem Baum nieder, in dessen Nähe mehrere Frauen mit lärmenden Kindern saßen, die ihrem eigenen Treffen und ihrer Unterhaltung ein harmloses Aussehen geben würden. Zareen hatte einige Süßigkeiten und Cremetörtchen gekauft und für diesen speziellen Anlaß *zolbia* gebacken. Sie war als erste da, kurz darauf gesellte sich Goli zu ihr, und schließlich kamen auch Malihe und Fatima.

Es war eine zurückhaltende Begrüßung, denn sie alle waren nicht nur wegen der äußeren Umstände, die ihr Wiedersehen überschatteten, besorgt, sondern auch aus anderen Gründen: Hatten sie sich sehr verändert? Waren sie noch Freundinnen? Wieviel hatten sie noch gemein? Sie freuten sich darüber, wieder zusammen zu sein, waren aber trotzdem ein wenig unsicher. Sie umarmten sich flüchtig, küßten sich höflich auf die Wange und verhielten sich auch sonst reserviert. Sie konnten zwar miteinander reden, mußten aber jedesmal, sobald jemand in ihre Nähe kam, schnell das Thema wechseln. Je mehr Lärm die Kinder machen würden, um so besser wäre das für sie.

Zareen packte die Süßigkeiten und die Kuchen aus, Goli holte Tee bei dem in der Nähe stehenden Straßenverkäufer, und – wie es bei solchen Gebetsversammlungen üblich war – sie boten auch den umstehenden Frauen und Kindern von ihrem Proviant etwas an. Während sie dann schweigend dasaßen und selbst etwas aßen und tranken, musterten sie sich gegenseitig. Sie alle waren gealtert, mehr als es ihrem Alter entsprach; auf ihren Gesichtern und den Händen hatten sich viele neue Falten gebildet. Aber sie sahen gesund und munter aus – soweit sie das vom Äußeren her beurteilen konnten. Malihe hatte einen dunkleren Teint bekommen, hatte abgenommen, war lebhafter und körperlich in besserer Form als die anderen drei.

»Wie schön, dich nach so vielen Jahren wiederzusehen! Du bist braun geworden, dunkelbraun, beinahe schon kohlrabenschwarz«, wisperte Zareen ihr zu.

»Ja, ich finde es auch herrlich, wieder mit euch zusammen zu sein. Als ich in Teheran ankam, glaubte ich schon, ich sei auf einem anderen Planeten gelandet!«

»Was meinst du, wie oft wir uns dasselbe fragen!« Fatima sah reifer aus und nicht mehr so schüchtern wie früher. Malihe fragte sich, ob sie und Zareen immer noch so eng befreundet waren.

»Warum hast du dir eigentlich nicht inzwischen ein paar Kinder zugelegt?« wandte sich Malihe lächelnd an Goli. »Sei so gut und reiche mir die *zolbia* herüber... mmh... köstlich...«

»Ich habe das Gebäck speziell für dich zubereitet. Ich habe einen Coupon für ein Hähnchen gegen einen Zukkercoupon eingetauscht – alles ist hier inzwischen rationiert, ganz besonders Zucker«, sagte Zareen.

»Weißt du, Malihe, die Standesämter sind jetzt immer so gerammelt voll von Heiratswilligen, weil die Regierung neuerdings für Neuvermählte eine Prämie ausbezahlt. Und ich habe es einfach nicht geschafft, mich auch hineinzudrängeln! Was meinst du, kann ich noch hoffen, oder ist der Zug für mich schon abgefahren und muß ich als alte Jungfer sterben?« fragte Goli grinsend. Trotz ein paar neu hinzugekommener Falten um die Augen sah sie immer noch sehr jung aus.

»Das steht zu befürchten! Ich werde dich wohl unter meine Fittiche nehmen und höchstpersönlich verkuppeln müssen.«

»Jetzt mal ganz im Ernst: Ich stand vor der Alternative, ins Ausland zu gehen, wie es meine Eltern nach der Ermordung meines jüngeren Bruders getan haben, oder zu heiraten und ein paar süße Babys in die Welt zu setzen, wie es viele meiner Freundinnen getan haben. Aber ich wollte weder das eine noch das andere«, schloß Goli.

»Erzählt mir, was in der Zwischenzeit sonst noch alles geschehen ist«, bat Malihe. »Was um Himmels willen ist mit ›Ziba Style‹ passiert, Zari?«

»Nun, wie vieles andere auch gilt es mittlerweile als ungesetzlich und unsittlich, anderen Frauen die Haare zu schneiden. So etwas soll gegen die heiligen Prinzipien des Islam verstoßen, und ich kann meinen Beruf nicht mehr ausüben!«

»Und was machst du jetzt? Wovon lebst du?«

»Frauen sollen kein eigenes Geld verdienen – finanzielle Unabhängigkeit ist jetzt ungesetzlich –, die Frauen sollen von den Männern abhängig sein. So lautet das neue Gesetz – hast du das denn nicht auch im Radio gehört?«

»Nein, im Dorf gab es kein Radio, und ich habe es ehrlich gesagt auch nicht vermißt. Aber warum mußtet ihr alle eure Häuser verlassen?«

»Jedesmal, wenn sich irgendwo Protest regte, wurde die gesamte Bevölkerung aus dem betroffenen Gebiet zwangsumgesiedelt. Das ist mittlerweile etwas ganz Alltägliches«, antwortete Zareen.

»Du kannst dir nicht vorstellen, was wir in dieser Stadt inzwischen alles gesehen haben«, flüsterte Goli. »Wir haben Aasgeier gesehen. Wir haben Ratten gesehen... in der Stadt wimmelt es nur so davon... sie nagen an unserem Gemüt und an jeder Straßenecke!«

»Wir haben gesehen, wie *Dieve*, das Monster aus unserer Kindheit, wieder zum Leben erweckt wurde – es wird jetzt als Prophet dargestellt, wird wie ein Gott verehrt«, sagte Fatima.

»Ich habe das Schweigen der Frauen beobachtet, habe darin ihren Kummer und ihre verlorenen Hoffnungen wahrgenommen. Wir leben unter einem Gewehrlauf. Mir fällt auf, wie die Frauen immer mehr zusammenschrumpfen, bis sie nur noch die Größe eines Fingerhuts haben und schließlich ganz verschwunden sind. Lange, bittere Jahre sind das gewesen«, klagte Zareen.

»Und das Schlimmste von allem waren die Denunziationen: Schwestern verrieten ihre eigenen Schwestern, Brüder schwärzten sich gegenseitig an, die jüngsten, hübschesten und intelligentesten unserer Genossinnen werden überall auf offener Straße erhängt«, fügte Fatima hinzu. »Und speziell auf dem Azadi-Platz finden Massenhinrichtungen von Frauen, von Prostituierten und Ehebrecherinnen statt.«

»Wir haben Nachbarn als Spione erlebt, Polizisten als Ladenbesitzer, haben erlebt, daß Freunde, die auf den Zäunen saßen, uns bespitzelten und Mitglieder von Selbstschutzgruppen unsere Kinder indoktrinierten. Sie haben uns zum Verstummen gebracht.« Zareen rang verzweifelt ihre Hände in ihrem Schoß. »Ich habe gesehen«, fuhr sie fort, »wie in den Gesichtern der Frauen die Falten an den Augen und an den Mundwinkeln von einer Woche auf die andere tiefer wurden – wie durch einen tiefen Messerschnitt verursachte Verletzungen...«

Goli bemerkte einen herannahenden Polizisten in Zivil, der in sein Sprechfunkgerät sprach. Obwohl die Predigt sehr laut war, wechselte Zareen abrupt das Thema, nahm sich ein Cremetörtchen und plauderte über belanglose Dinge.

»Ich habe Frauengesichter gesehen«, fuhr sie fort, als der Mann wieder verschwunden war, »die wie Schlachtfelder aussahen. Frauen, denen ich einst ihre wunderschönen Augen geschminkt habe, die ich damit zum Leuchten brachte. Nun werden ihre Augenhöhlen immer tiefer von den unzähligen Tränen, die sie vergießen, nachdem sie aus dem Gefängnis, aus Folterkammern, von Verhören zurückgekehrt sind. Ich stelle keine Fragen, sie geben keine Auskunft, aber wir wissen auch so, was ihnen widerfahren ist.«

»Wieviele Gefangene gibt es mittlerweile?« fragte Malihe.

»Keiner weiß die genaue Zahl«, erwiderte Fatima. »Aber es sind so viele, daß sie neue Erlasse herausgegeben haben – Massenexekutionen und Massengräber sind heutzutage etwas Alltägliches.«

»Man erfährt so wenig, weil den Leuten verboten wird, über bestimmte Themen zu reden – das eben angesprochene gehört ebenfalls dazu«, sagte Goli.

»Wir haben so viel mitgemacht, daß ich gar nicht weiß, wo ich anfangen soll«, sagte Zareen. »Es kam so weit, daß Friseurbesuche gar nicht mehr verboten werden mußten, weil die Frauen so etwas gar nicht mehr in Anspruch nahmen. Den Frauen begannen die Haare auszufallen, über Nacht wurden ihre Haare weiß oder von einer Sekunde auf die andere, wenn ihnen schreckliche Nachrichten überbracht wurden, wie zum Beispiel, daß ihre Töchter oder Söhne verschwunden seien. Manchmal war ich innerlich so verkrampft, daß meine Hände zu zittern begannen, während ich Frauen die Haare wusch. Ich entdeckte kahle Stellen auf ihrem Schädel, ich konnte die Haare zählen, so dünn waren sie geworden, als ob – wie im Mittelalter – ein Folterknecht ihnen die Hälfte ihrer Haarpracht herausgerissen und die andere Hälfte als Mahnmal übriggelassen hätte. Und die Hände der Frauen, die ich immer so sorgfältig manikürt hatte – wenn du wüßtest, wie ihre Hände jetzt aussehen: rauh, ungepflegt und knochentrocken, als hätten sie jahrhundertelang ihre eigenen Gräber geschaufelt – wie die mexikanischen Rebellen.«

»Und wie gebeugt die Rücken der Frauen geworden sind, wie verkrampft und verhüllt ihre Körper«, sagte Goli traurig. »Wie bei den vietnamesischen Kriegsgefangenen, die in Käfigen gefangengehalten wurden. Und aus der Universität ist jetzt eine Stätte der Predigt statt der Lehre geworden«, fuhr sie fort, »eine nationale Predigtstation. Für einen Universitätsabschluß braucht man jetzt zehn statt drei Jahre. In der gleichen Zeit könnten wir bis zum Mond hochklettern! Die Hälfte aller Bücher in der Bibliothek sind der Zensur zum Opfer gefallen. Wir müssen still an unseren Tischen sitzen, dem Dozenten zuhören und auswendig lernen, was er uns erzählt. Wir dürfen keine Fragen stellen, wir bekommen keine Antworten, und einen Zweifel zu äußern wird als Frevel betrachtet. Der einzige Grund, warum wir die Universität überhaupt noch besuchen, ist der, daß es zu langweilig ist, nur zu Hause herumzusitzen.«

»Mein Vater ist wieder im Gefängnis«, berichtete Fatima. »Man wirft ihm vor, er sei ein zu liberaler Mullah und er unterstütze die Revolution zu wenig. Und unser Haus ist beschlagnahmt worden – es war für einen fundamentalistischen Staat zu luxuriös eingerichtet und mit zu vielen Kunstwerken ausgestattet. Meine Mutter und ich wohnen jetzt in einer kleinen, kahlen Wohnung. Wir leben von staatlicher Unterstützung. Der Radikale Islam ist in den Untergrund gegangen, und man hört nichts mehr von ihm.«

Malihe schwieg. Das düstere Bild, das ihre Freundinnen beschrieben hatten, erschütterte sie zutiefst. Fatima schien zu spüren, wie ihr zumute war und sagte aufmunternd: »Aber wir haben überlebt. Wir haben viele traumatische Situationen, im persönlichen, gesellschaftlichen und familiären Bereich überlebt. Es gibt uns immer noch!«

»Ja, wir sind immer noch am Leben und leisten immer noch Widerstand«, fügte Goli hinzu.

»Wir haben einen Plan ausgearbeitet«, flüsterte Zareen.

»Wir haben kaum geglaubt, daß du nach so langer Zeit überhaupt noch zurückkehren würdest«, wandte sich Goli an Malihe.

»Ja«, gab Malihe zögernd zu. »Ich habe mir tatsächlich überlegt, ob ich nicht in Anarak bleiben und dort die Kinder unterrichten sollte, ob ich meine Kenntnisse von Banus Kräutermedizin vertiefen und in ihre Fußstapfen treten sollte. Ich fühlte mich dort einfach sicher, es herrschte ein viel stärkerer Gemeinschaftsgeist, der vom Staat und den religiösen Fanatikern noch nicht angetastet und zerstört worden war. Vielleicht weil es eine so abgelegene, arme ländliche Gemeinde ist. Doch gegen Ende meines Aufenthaltes stieg eine Ahnung in mir auf, daß die *pasdaran* bald auch dort auftauchen und die Kontrolle übernehmen würden. Ich habe hin und her überlegt, ob ich bleiben oder zurückkehren sollte, doch als ihr mir eure Nachricht zukommen ließt, daß ihr bereit seid, beschloß ich, mich euch anzuschließen. Tief in meinem Inneren hatte ich das Gefühl, daß es nicht genug wäre, Lehrerin oder Pflanzendoktor zu spielen. Die Krankheit dieses Staates kann mit dieser Art Medizin nicht geheilt werden. Aber der Abschied ist mir sehr schwergefallen. Übrigens: Ich habe das, weswegen ich dorthin gefahren bin, gefunden!«

»Gut. Dann bist du jetzt eine von uns«, sagte Goli.

»Ja«, sagte Malihe leise, aber nachdrücklich. »Was machen deine Kinder, Zari, sie müssen inzwischen doch schon beinahe erwachsen sein, nicht wahr?«

»Ja, sie sind herangewachsen – das ist direkt verwunderlich bei der Mangelernährung! Die Schulausbildung hat jetzt zum Ziel, eine Untertanengesellschaft, ein unterwürfiges Volk heranzuziehen. Leider teilen meine Kinder meine kritische Einstellung zur Regierung nicht. Meine

Ansichten und die meiner Tochter gehen weit auseinander. Wir sprechen gar nicht mehr miteinander über dieses Thema, aus Furcht, uns gegenseitig in die Haare zu geraten. Es war eine schlimme Zeit für Mütter und Töchter. Aber ich werde mich nicht unterwerfen! Meinen Kindern hingegen blieb keine andere Wahl.«

»Islam heißt ›sich unterwerfen‹ – sich dem Willen Gottes und dem seiner Vertreter auf Erden zu unterwerfen«, sagte Goli.

»Ich verstehe das anders«, widersprach Fatima. »In der reinen Lehre des Islam bedeutet das Wort zwar ›sich unterwerfen‹, aber keineswegs mit Gewalt. Es ist ein geistiger Ausdruck – im Sinne von ›sich hingeben‹, wie es beim Gebet geschieht. Für mich heißt das, seine materiellen Bindungen aufzugeben und sich eins zu fühlen mit seinem Geist. Das verstehe ich unter dem islamischen Glauben – diese Barbarei hat nichts mit dem Islam zu tun!« Fatima sah verärgert aus.

»Wir sollten unsere Zusammenkunft allmählich beenden«, meinte Zareen, nachdem sie ein paar Minuten schweigend dagesessen hatten. »Wir müssen uns ein anderes Mal wieder treffen. Malihe, wir geben dir Bescheid, wann und wo das möglich sein wird. Es ist alles nicht mehr so einfach, wie es einmal war. Dann wirst du auch die anderen Mitglieder unserer Gruppe kennenlernen. Aber wir müssen uns Zeit lassen, wir dürfen nichts übereilen.«

Malihe verabschiedete sich von den anderen und machte sich auf den Heimweg. Ihr fiel wieder ein, wie sie sich das erste Mal hier getroffen hatten. Es war auf einer Demonstration gewesen, am Internationalen Frauentag. Damals hatte es geschneit. Damals waren sie zu den vier geworden, die sie heute waren. Irgend etwas war nicht mehr so wie früher – sie konnte nicht genau sagen, was es war. Der Abstand zwischen ihnen war größer geworden, sie alle schienen sich verändert zu haben. Das Wiedersehen nach so langer Zeit war nicht so herzlich gewesen, wie sie es erwartet und erhofft hatte. Auch an ihnen hatten die grausamen Zeiten ihre Spuren hinterlassen. Waren auch sie kälter, härter, gefühlloser geworden? Aber es war gut, daß sie immer noch fest entschlossen waren, Widerstand zu leisten und sich zu wehren. Darüber war sie froh und dankbar.

Ihr nächstes Treffen fand in einem Park statt. Sie ›borgten‹ sich für diesen Tag vier Kinder von Verwandten oder Nachbarn aus: Goli und Zareen nahmen jeweils eine Nichte mit, Malihe hatte zwei Kinder aus der Nachbarschaft dabei, die sie des öfteren betreute. Die vier Kinder waren im Alter zwischen drei und fünf Jahren – somit noch nicht schulpflichtig und noch zu klein, als daß man ihnen schon das Spionieren beigebracht haben könnte.

Am Eingang zum Park mußten sie ihre Pässe vorzeigen und sich und die Kinder in ein Register eintragen. Sie hatten einen Mittwochnachmittag ausgewählt, eine Zeit, zu der die meisten anderen Frauen, die keine kleinen Kinder hatten, in der Moschee sein würden und es somit im Park ruhig sein würde. Der Zweck dieses Treffens bestand darin, Malihe in alles einzuweihen, was sich seit ihrer Abreise getan hatte. Die vier setzten sich in die Nähe der Rutsche. Während Goli ein Auge auf die spielenden Kinder behielt, informierten Fatima und Zareen Malihe. Sie mußten ständig auf der Hut sein, ob andere Parkbesucher oder Gärtner in ihre Nähe kamen.

Zareen begann ohne große Einleitung.

»Kurz nachdem du abgereist warst, brach der Bürgerkrieg aus. Die Fundamentalisten bauten eine kleine, starke Elitetruppe auf, die Partei Gottes. Die Zahl ihrer Mitglieder wuchs innerhalb kürzester Zeit enorm an und wurde zu einer Art Regierung innerhalb der Regierung. Sie berieten und lenkten die gewählten Parlamentsmitglieder und setzten sie ab, wenn sie sich querlegten. Sie stellten eine strenge Verfassung auf, die sich auf vier Grundgesetze stützte: Es gibt nur einen Gott; es gibt nur eine heilige Schrift – den Koran; Frauen haben nichts als Mütter zu sein; Häretiker werden mit dem Tode bestraft. Sie – die Partei Gottes – wählt Gottes Vertreter auf Erden und überwacht die Einhaltung seiner Gebote. Der gewählte Vertreter – der allein Gottes Wort auslegen darf – ist ihr Führer. In der Verfassung gibt es auch einen langen Passus, in dem die Rolle der Frauen definiert wird. ›Frauen sollen nicht nein sagen‹ ist er überschrieben, ist zweihundert Seiten lang und enthält nichts als Verhaltensregeln für die Frauen: wie sie ihre Rolle als Mutter am besten ausfüllen, warum sie sich zum Wohle der Gesellschaft und der Menschheit den Männern unterwerfen sollen, warum sie niemals nein sagen sollen. Frauen dürfen keinen Sport treiben, dürfen keine höheren Schulen besuchen, sie sind nicht erbberechtigt und dürfen keinen Grundbesitz haben...«

Sie brach abrupt ab, denn sie hatte einen Jungen entdeckt, der auf sie zuschlenderte.

»Er ist zu alt dafür, um sich hier ohne eine bestimmte Absicht im Park aufzuhalten«, murmelte sie. »Und schaut, er hat eine Hand in seiner Jackentasche versteckt.« An Malihe gewandt fuhr sie fort: »Das bedeutet, daß ihm entweder ein Finger oder die ganze Hand fehlt. Es ist inzwischen üblich, jemandem, der etwas gestohlen hat oder ungehorsam war, die Hand abzuhacken. In jeder Moschee steht jetzt mindestens eine Guillotine. Außerdem werden einige Jungen in den Dienst der Partei Gottes gestellt.«

Der Junge ließ seinen Blick über den Spielplatz schweifen, beobachtete eine Weile die spielenden Kinder und marschierte dann auf das im Park gelegene Café zu. Zareen löste Goli ab und spielte mit den Kindern, während Goli nun die Berichterstattung übernahm.

»Den Frauen wurde untersagt, sich in der zur Männerdomäne erklärten Öffentlichkeit blicken zu lassen, sie dürfen nicht mehr allein im Parks, Kinos und dergleichen, ausgenommen in Begleitung von Kindern oder wenn sie Einkäufe erledigen müssen. Frauen dürfen nur noch schwarze, graue, braune oder blaue Kleider tragen. Weiße Kleidung ist nur bei Beerdigungen oder im Kriegseinsatz zugelassen. Es wurden sogar bestimmte Tage festgesetzt, an denen Frauen das öffentliche Badehaus besuchen dürfen, an welchen Tagen ihrer Periode, und es wurde festgelegt, welche Schattierung ihres Menstruationsblutes anzeigt, daß sie wieder für den Geschlechtsverkehr mit ihren Ehemännern rein sind.

Es war ein grausamer Bürgerkrieg. Die Partei Gottes hatte einen ausgeklügelten Plan entwickelt, wie sie alle Oppositionsparteien spalten und damit beherrschen konnte. Dadurch brachte sie sich in den Besitz der Regierungsgewalt, doch niemand nahm sie ernst. Zunächst schlossen sie sich mit der größten marxistischen Partei zusammen und versprachen ihnen eine partnerschaftliche Teilung der Macht, unter der Bedingung, daß sie der Partei Gottes dabei helfen würden, die restlichen Konkurrenten – die anderen linken Gruppen – loszuwerden. Die Marxisten stimmten zu, und so nahm die Geschichte von Bündnissen und Betrugsmanövern ihren Lauf, bis eine Oppositionspartei nach der anderen ausgeschaltet war und einzig die Partei Gottes übrigblieb. Seitdem ist die ehemals bürgerliche Gesellschaft nur noch eine Gesellschaft gehorsamer Gläubiger. Es war den Herren egal, wie viele Menschen hingerichtet wurden – ein paar Millionen waren gar nichts –, so lange das endgültige Ziel erreicht wurde: ein Land mit einer gleichgeschalteten Bevölkerung. Sie haben sich damit gebrüstet, sich allein in Teheran einer Million ungehorsamer Frauen entledigt zu haben. Eine wahrhaft tugendhafte Gesellschaft...«

Sie brach plötzlich ab. »Psst! Zainab-Schwestern«, zischte sie. Zareen, die gerade ein Kind auf der Schaukel anschubst, macht eine so ruckartige Bewegung, daß das Kind beinahe hinuntergefallen wäre, und auch Malihe zuckte vor Schreck zusammen. Aber sie hatten sich rasch wieder unter Kontrolle, setzten gleichgültige Mienen auf und plauderten über den schönen Park und über die Fortschritte, die ›ihre‹ Kinder machten. Die zwei schwarz gekleideten Frauen, von denen nur die Gesichter und Hände sichtbar waren, steuerten direkt auf sie zu. Als sie fast bei ihnen angekommen waren, bemerkten die vier, daß sie kleine Mikrofone an ihrer Kleidung befestigt hatten.

»Gott segne euch«, sagten die beiden Schwestern im Vorbeigehen und warfen prüfende Blicke auf den Spielplatz.

Goli machte eine ehrfurchtsvolle Verbeugung in ihre Richtung, wobei sie ihren Schleier dicht vor ihr Gesicht zog. Sie gingen ohne ein weiteres Wort und ohne anzuhalten weiter.

»Sie werden die lebenden Märtyrerinnen genannt. Sie haben sich der Partei Gottes vollkommen verschrieben und sind verdammt gefährlich! Wenn du sie siehst, sei auf der Hut, fürchte um dein Leben!« Goli überlief ein Frösteln.

Sie alle verspürten das Bedürfnis nach einem Glas Tee, aber sie waren unschlüssig, ob sie in das Café gehen sollten. Der Junge müßte es inzwischen wieder verlassen haben, aber würden die Zainab-Schwestern dort sein? Da es auf dem Spielplatz immer noch ziemlich ruhig war, beschlossen sie, lieber noch eine Weile dort zu bleiben.

Malihe war erschüttert darüber, welche Forderungen nach Konformität und Unterwerfung den Frauen jetzt zugemutet wurden. Sie kam sich selbst vor wie eine Schaukel, die, beladen mit einem fremden Gewicht, vor und zurück gestoßen wurde. Sie wollte lieber nichts mehr hören. Es war mehr, als sie verkraften konnte, und sie war erstaunt, daß die anderen drei diese entsetzlichen Zeiten überlebt hatten.

Fatima ergriff erneut das Wort.

»Aber keine Bange, wir sind nicht zu passiven, unterwürfigen Gläubigen geworden, wie sie das gerne hätten. Wir haben widerstanden – wie, das ist eine lange, zu lange Geschichte! Ich kann dir jetzt nur einen Teil davon erzählen. Wir haben an vielen Fronten gekämpft, aber meistens haben wir mit aller Kraft nur dafür gekämpft, um am Leben zu bleiben, wenn auch nur mit dem Ziel, weiterhin Widerstand leisten und Ungehorsam zeigen zu können. Während dem Bürgerkrieg, als die Frauen für Arbeiten außerhalb ihrer Häuser eingezogen wurden, haben wir sogar *für* das System gearbeitet – ich war Parkwächterin, Goli eine Reinigungsfrau in einer Moschee – sie hat uns mit wertvollen Informationen versorgt –, und Zari arbeitete als Teefrau und lernte dabei einige gleichgesinnte Frauen kennen. Unser Hauptziel war es, das System zu unterwandern und für unsere eigenen Aktivitäten eine Tarnung zu schaffen.

Auch Frauenorganisationen gerieten in die Mühle des Betrugs. Eine Gruppe nach der anderen, die Marxistinnen, die Gruppe ›Menschenrechte für Frauen‹ und so weiter, sie alle wurden zerschlagen – sowohl jene, die in der Öffentlichkeit arbeiteten, als auch jene, die im Untergrund tätig waren.

Einer der tragischsten Fälle war die Zerstörung eines Frauendorfs. Ein wohlhabender *modschtahed* war gestorben und hatte sein ganzes Vermögen seiner einzigen Tochter vermacht. Aber da diese ja nichts erben durfte, beschloß sie, es für einen guten Zweck zu stiften. Hier wurden wir aktiv: Ich kannte sie recht gut und schlug ihr vor, das Vermögen – der größte Teil davon bestand aus Grundbesitz in einem kleinen Dorf – kranken Frauen und deren Kindern zugute kommen zu lassen. Sie stimmte dem Projekt zu, aber nur unter der Bedingung, daß die Regierung ihr gestattete, die Leitung des Dorfes zu übernehmen. Sie ernannte mich zu ihrer Assistentin, und ich übernahm die Aufgabe, gemeinsam mit ein paar anderen Frauen aus meiner Gruppe alles in die Wege zu leiten. Wir bauten ein schönes Dorf auf für ›geistig verwirrte Frauen‹, wie sie genannt wurden. Mit allem drum und dran – Sanatorien, in denen es einschließlich Sport- und Kunsttherapie alles gab, was zur Heilung geistig und emotional gestörter Frauen und zur Erziehung ihrer Kinder nötig war.

Unsere Patientinnen waren meist Frauen, die Verhöre über sich hatten ergehen lassen müssen, die inhaftiert worden waren, weil sie Make-up oder bunte Kleider getragen hatten, die ihren Männern oder Brüdern gegenüber ungehorsam gewesen waren und so fort. Kein Wunder, daß die Zahl der Frauen mit seelischen Problemen immer mehr anstieg. Da es an geeigneten Therapiestätten überall fehlte, hatte die Regierung anfangs nichts gegen dieses Projekt einzuwenden, solange die Frauen nur außer Sichtweite und dem Vergessen anheimgestellt waren. Sie wollte allerdings keine Mittel dafür zur Verfügung stellen.

Gemeinsam mit einigen arbeitslosen Ärztinnen, Therapeutinnen, Krankenschwestern und ein paar anderen engagierten Frauen bauten wir das Zentrum auf. Du kannst dir nicht vorstellen, was für eine große Quelle der Macht und Unabhängigkeit sich daraus entwickelte: ein kleines autonomes Frauendorf – es war einfach fantastisch!

Fünf Monate lief alles glatt, doch dann wurde das Dorf umstellt und überfallen – zweimal haben wir uns gewehrt und die Angreifer erfolgreich zurückgeschlagen. Unser Kommunikationssystem im Untergrund und unsere Notquartiere in einem Bunker boten effektiven Schutz. Aber wir hatten nicht mit der chemischen Bombe gerechnet! Die fiel am hellichten Tag aus heiterem Himmel, einige Monate nach dem zweiten Überfall. Das Dorf wurde dem Erdboden gleichgemacht, dreihundert Frauen und Kinder kamen ums Leben. Ich selbst war zu diesem Zeitpunkt nicht im Dorf, weil der Angriff außerhalb meiner Dienstzeit erfolgte und ich nicht im Dorf wohnte, sondern jeden Tag zur Arbeit dorthin fuhr.

Wir hielten uns erst einmal eine Zeitlang versteckt, und als wir uns dann wieder trafen, gründeten wir die ›Elburs-Fraueneinheit‹, die immer noch existiert. Wir wechselten mehrere Male unser Standquartier, und mittlerweile sind wir eine straff organisierte, gut ausgebildete weibliche Elitetruppe, die im Untergrund arbeitet. Außerhalb von Teheran, im Elbursgebirge, haben wir eine geheime Operationsbasis. Wir sind mit Computern, Waffen und Fernmeldesystemen ausgestattet. Wir verfügen über ein Kommunikationsnetz, eine Reihe von konspirativen Häusern und ein leistungsfähiges Transportsystem. Wir sind nun eine starke Untergrundbewegung, und jetzt da du zurück bist, gehörst du auch dazu. Deine Kenntnisse in der Kräutermedizin sind für uns unentbehrlich«, schloß Fatima.

Es war schon spät geworden. Die Kinder waren durstig und wollten etwas zu trinken.

Das Café war groß. An einigen Tischen saßen Frauen mit ihren Kindern, an einem anderen saß eine Gruppe kleiner Jungen mit ihren Tischtennisschlägern und -bällen. In einer Ecke saß eine Gruppe von Zainab-Schwestern – es sah aus, als hielten sie eine Konferenz ab. In einer anderen Ecke hockten ein paar junge Männer, die alle ihre Hände in den Taschen versteckt hielten und den Eindruck erweckten, als seien sie Spione.

Die vier Frauen bestellten den Kindern etwas zu trinken, für sich selbst jeweils ein Glas Tee und saßen mit angespannten Nerven an dem Ecktisch, während die Kinder ihre Getränke schlürften und laut herumalberten.

Malihe machte sich auf den Nachhauseweg zu Leilas Eltern. Sie wollte unbedingt zur Operationsbasis mitgenommen werden und die anderen Frauen der Einheit kennenlernen. Sie wollte wissen, wie sie ihre Kräutermedizin einzusetzen gedachten. Aber es stand noch nicht fest, wann ein Treffen möglich sein würde; es könnte eine Zeitlang dauern, bis es organisiert sei, hatten ihr die anderen gesagt. Ihr blieb nichts anderes übrig, als zu warten. Und das war das Schlimmste – zu warten und gleichzeitig allein zu sein.

Sie fühlte sich fehl am Platz, heimatlos und völlig auf sich allein gestellt. Die vertraute, freundliche Atmosphäre von ›Ziba Style‹ und das Leben, das sie damals geführt hatten, waren Vergangenheit... nichts als Staub war davon geblieben. Ihre Niedergeschlagenheit nahm von Tag zu Tag zu, sie sah nicht einmal mehr einen Sinn in dem, was sie vorhatten. Diese innere Leere hielt an, bis Goli es endlich wagen konnte, sie zu besuchen. Sie würde erfreuliche Nachrichten mitbringen, hatte sie angekündigt.

Zunächst überlegten sie, welcher Teil des Hauses wohl der sicherste sei. Leila schlug das Badezimmer vor. Sie selbst wollte mit der restlichen Familie einen Nachmittagsgottesdienst besuchen, damit die beiden ungestört miteinander reden konnten. Malihe fühlte sich erleichtert und atmete auf, nachdem Leila, ihre Mutter und ihre jüngeren Brüder das Haus verlassen hatten. Goli und sie setzten sich in die Nähe der Dusche, die sie aufgedreht hatten, damit das Wasserrauschen ihr Gespräch übertönte. Sie machten es sich nebeneinander auf dem Boden bequem, bei Tee und Süßigkeiten.

»Was für eine Rolle spielt eigentlich Leila?« begann Malihe. »Gehört sie auch zu eurer Einheit?«

»Sie ist eine sogenannte ›Sympathisantin‹«, erklärte Goli. »Wir haben etliche solcher ›Sympathisantinnen‹ strategisch gut verteilt. Sie haben die Aufgabe, Botschaften weiterzuleiten, sich um unsere Mitglieder zu kümmern, die in Missionen unterwegs sind oder sich verstekken müssen, und dafür zu sorgen, daß sie außer Gefahr sind. Es sind Frauen, die sich nicht aktiv an unserem

Kampf beteiligen wollen oder aus anderen Gründen nur indirekt mitarbeiten möchten... Aber erzähl mir lieber, wie es dir geht, Malihe, und ob du deine Rückkehr nicht etwa schon bereut hast!«

»O Goli, mir hat es vollkommen die Sprache verschlagen! Warum herrscht in dieser Stadt jetzt solch ein frostiges Klima, warum ist alles so lieblos?«

»Tja, es wurde staatlich verfügt, daß sich die Liebe auf die Familie beschränken muß – als ob man eine Mauer um die Liebe errichten oder sie in einen Käfig sperren könnte, um sie nur den eigenen Verwandten zu schenken!« Goli war zornig. »Natürlich funktioniert das nicht! Eingesperrte Liebe muß ersticken, und an ihre Stelle treten dann Autorität, Furcht und Haß. Wir sind jetzt ein haßerfülltes Land, und der Haß richtet sich nicht nur gegen die Frauen.

»Aber was ist denn mit euch geschehen? Warum ist euer Umgang miteinander jetzt so kühl und reserviert? Warum habt ihr euch nicht etwas von dem Zauber bewahrt, der uns einst umgab?«

»Ich weiß es auch nicht«, antwortete Goli traurig. »Hast du den Eindruck, daß wir uns sehr verändert haben? Ich glaube, wir selbst bemerken das gar nicht... wir... haben uns daran gewöhnt... wir konnten nichts dagegen tun... Wie hätten wir diesen Zauber denn bewahren sollen? Wie? Nach all dem, was wir durchgemacht haben! Nach all dem, was wir mit ansehen mußten! Das Blutbad in unserem Frauendorf, der grauenvolle Anblick eines in den verkohlten Ästen eines Apfelbaums hängenden verbrannten Kinderkörpers, von Gehsteigen voller verbrannter Frauenkörper, mit zerfetzten Gehirnen, ihre Erinnerungen zu Asche verbrannt – wie hätten wir das fertigbringen sollen, nach all dem, was wir gesehen haben? Wir hatten keine Hoffnung mehr. Die Menschen haben resigniert, die Frauen haben sich in Sklavinnen verwandelt. Warum noch weiterkämpfen? Wozu? Für ein besiegtes, willenloses und unterdrücktes Volk? Malihe, in solch einer Atmosphäre mußten wir leben und arbeiten. Sag so etwas nicht! Mach uns keine Vorwürfe! Wenn du wüßtest... wenn du gesehen hättest... dann würdest du dich wundern, daß wir überhaupt noch hier *und* gewillt sind, weiterzuleben... daß wir immer noch entschlossen sind, unsere Ziele weiterzuverfolgen. Bitte, mach uns keine Vorwürfe!«

Gedankenverloren tranken die beiden Frauen ihren Tee. Goli war sich nicht sicher, ob Malihe sich in sie hineinversetzen konnte. Sie machte einen neuen Versuch, die Distanz zwischen ihnen zu verringern.

»Erzähl mir etwas über Anarak. Wie war es dort? Hat sich das Dorf sehr verändert? Und wie war deine Wüstentour?«

Mit diesen Fragen gelang es ihr, Malihe auf andere Gedanken zu bringen. Zum ersten Mal seit ihrer Rückkehr nach Teheran erschien wieder ein Lächeln auf ihrem Gesicht, und mit wachsender Wärme erzählte sie Goli von ihrem Heimatdorf und von Banu. Sie entspannte sich. Goli war fasziniert von Malihes Bericht über ihr Pflanzenstudium, über Banus Alter und Erfahrung und ihre beschwerliche Reise durch die Salzwüste, die sie auf sich nahmen, um die giftige Pflanze zu finden. Sie befragte Malihe nach den Eigenschaften und Wirkungen dieser Pflanze.

»Am wirksamsten ist sie, wenn sie in Wasser verdünnt wird«, erwiderte Malihe. »Mit der Menge, die ich gesammelt habe, kann man zweitausend Mann in den Tod schicken. Das Gift führt unmittelbar zum Tod – die Herren gelangen so ohne Verzögerung in ihren geliebten Himmel. Aber erzähl mir endlich, wie euer Plan aussieht, erzähl mir von der Frauenbrigade und was ihr seit dem Brandanschlag auf das Frauendorf unternommen habt.«

»Als die Kulturelle Revolution ausbrach, gingen wir in den Untergrund. Die Regierung schloß die Universitäten und alle anderen Berufsfachschulen und ernannte ein aus Mullahs bestehendes Komitee, das die Aufgabe hatte, eine neue islamische Kultur für die jüngere Generation aufzubauen: es verfaßte neue Bücher und schrieb die Geschichtsbücher um. Während dieser Periode wurden alle nicht-religiösen Frauenzentren und Frauenzeitschriften offiziell verboten. Wir begannen mit den Vorbereitungen für einen bewaffneten Guerilla-Kampf und Sabotage-Aktionen.

Aber das Frauendorf eröffnete uns neue Möglichkeiten, und wir investierten viel Energie, setzten große Hoffnungen in dieses Projekt. Fatima war überzeugt davon, daß wir dort für mindestens sechs Monate sicher sein würden, denn kaum etwas von dem, was wir dort taten, konnte als anti-islamisch eingestuft werden. Aber immerhin waren wir dort selbständig, verwalteten uns selbst... Ich vermute, daß dies letztendlich der Grund war, das Dorf zu zerstören.

Danach konnten wir lange Zeit so gut wie nichts tun. Unsere politischen und subversiven Aktionen beschränkten sich in jenen kummervollen Monaten darauf, die Stadt gelegentlich mit einer der verbotenen Farben anzumalen – gelb oder rosa.

Später führten wir dann wieder ein paar kleinere Angriffe gegen ein paar besonders widerwärtige Mullahs aus, aber das war uns nicht genug. Seitdem versuchen wir, einige alte Freunde und Verbündete zurückzugewinnen, unsere Kommunikationsnetz auszuweiten und die Zahl unserer Helfer im Inland und auch im Ausland zu vergrößern. Und wir planen seitdem unser erstes größeres Attentat auf die Regierung.«

Malihe könne in Kürze der Untergrundeinheit beitreten und bei den Vorbereitungen für diesen Angriff mithelfen, informierte Goli sie, aber sie müsse sich noch ein paar Wochen gedulden, bis die Fahrt zur Operationsbasis arrangiert sei. In der Zwischenzeit würden sie ihr dabei helfen, eine Arbeit zu finden, da sie ja ihren früheren Beruf nicht mehr ausüben könne – Damenschneiderinnen würden nicht mehr benötigt, seit die Regierung den Frauen die Kleidung vorschrieb: einheitliche Säcke für alle – vom Alter von fünf Jahren an aufwärts. Goli machte Malihe den Vorschlag, in der örtlichen Moschee auszuhelfen. Dort könne sie ihre Augen und Ohren offenhalten, um Informationen über die Veränderungen innerhalb der Reihen des Klerus zu bekommen, bis Zareen in der Lage sein würde, sie zum Hauptquartier zu fahren. Als Goli gegangen war, dachte Malihe deprimiert an die nun wieder vor ihr liegende zermürbende Zeit des Wartens.

Schließlich war es soweit. Durch eine Botin erhielt sie eine Nachricht, in der ihr Datum und Uhrzeit des Treffens mitgeteilt wurden. An dem angegebenen Tag fuhr Malihe mit dem Bus zur Sina-Klinik und begab sich dort ins Wartezimmer, wo Zareen – als Zainab-Schwester verkleidet – auf sie wartete. Mit einem Krankenwagen, dessen Fahrerin die gleiche Verkleidung trug wie Zareen – einen schwarzen Tschador und darüber einen kurzen weißen Überwurf –, fuhren sie quer durch das Stadtzentrum bis zu einer psychiatrischen Klinik in einem der Vororte. Dort legte auch Malihe die Kluft einer Zainab-Schwester an. Sie wechselten in einen Kleintransporter und fuhren damit in Richtung Elbursgebirge.

Am Fuß der Berge bogen sie in einen ungeteerten Feldweg ein und hielten neben einem baufälligen alten Schuppen, in dem ein Motorrad untergestellt war. Hier ließ die Fahrerin sie aussteigen und fuhr davon. Während der ganzen Fahrt hatte keine von ihnen auch nur ein Wort gesprochen. In dem Schuppen zogen sich die beiden alte Bauerntrachten an, Malihe zog ihre Schuhe aus und steckte sie in eine Tasche, die sie sich um den Hals hängte. Zareen schob das Motorrad aus dem Schuppen, stieg auf und half Malihe auf den Sozius.

Sie fuhren auf schmalen, staubigen und steinigen Pfaden bergaufwärts. Nach ungefähr einer Stunde hielten sie an, und Zareen versteckte das Motorrad in einer Höhle. Den restlichen Weg legten sie zu Fuß zurück.

Die Operationsbasis befand sich in einer Höhle. Zwei Frauen hießen sie willkommen und führten sie durch einen langen, schmalen Felsentunnel in eine kleinere Höhle. Dort ließen sie sich auf Steinbänken nieder. Malihe war schwindelig von der ungewohnten Höhe und vor Aufregung. Die zwei Frauen stellten sich als Azar und Bahar vor.

»Endlich lernen wir dich kennen!« wandte sich Bahar an Malihe. »Wie ich hörte, bringst du uns ein kostbares Geschenk mit«, sagte sie lächelnd. Bahar war unverschleiert – eine große, gutaussehende Frau.

»Ich bin eine der fünf Frauen, die in dieser Basis stationiert sind«, fuhr Bahar fort. »Es gibt noch eine zweite Basis, zu der ebenfalls fünf Frauen gehören. Wir wechseln unsere Stützpunkte ständig. In dieser Basis sind wir nun seit zwei Monaten. Ich bin die Operationsleiterin, Azar ist meine Assistentin. Unsere Landkarten und Computer befinden sich in der benachbarten Höhle.« Sie wies auf den Stollen, der tiefer ins Berginnere führte. »Sobald ihr euch etwas ausgeruht habt, gehen wir weiter. Wir haben eine Menge zu besprechen!«

Malihe erhob sich nach ein paar Minuten. Bahar ging mit einer Taschenlampe voran durch den engen Gang. Nach etwa zweihundert Metern kamen sie an ein Tor, das in eine andere Höhle führte.

»Diese Höhle ist unser Planungs- und Computerraum, in der angrenzenden Höhle stehen unsere Funkgeräte, mit denen wir den Kontakt mit der Außenwelt aufrechterhalten, und in dem dritten und größten befindet sich unser Waffenlager.«

Malihe war von den vielen technischen Geräten beeindruckt. Erstaunlich, dachte sie, vor nicht allzu langer Zeit bestand das einzige Stück Technik, das den Frauen zur Verfügung stand, aus einer Schreibmaschine, und die hatte ihnen nicht einmal gehört!

»Komm, ich zeige dir jetzt unsere Zimmer«, forderte Bahar sie auf.

Das Wort ›Zimmer‹ ist für diesen tonnengewölbten Raum ja wohl wenig geeignet – ebensogut könnte man ein Vogelnest einen Palast nennen, dachte Malihe.

»Habt ihr denn wenigstens einen Tisch und ein paar Stühle?« fragte sie.

»Nein«, gab Azar zur Antwort.

»Und wo schreibt ihr und zeichnet eure Lagepläne?« wollte Malihe wissen.

»Das machen wir alles am Bildschirm, manchmal übernimmt der Computer für uns sogar die Denkarbeit! Es wäre schön, über einen Tisch, Stühle oder ein Bett zu verfügen und sich einmal wieder so richtig gemütlich ausstrecken zu können. Manchmal träume ich davon.«

Dicht an einer Felswand lagen ein roter Schlafsack und ein gelbes Kissen, daneben einige Bücher in englischer Sprache, eines davon mit dem Foto von Awan Dam auf dem Bucheinband. In einer Ecke lagen ein Stoß Kleider, ein kleiner Spiegel und daneben eine Schminkkassette. Sie gingen hinüber in Azars Raum und setzten sich dort auf den Steinboden. Zareen und Azar breiteten eine Karte aus.

»Das ist unser Ziel: die Erschad-Moschee.« Azar deutete mit dem Finger auf ein auf der Karte eingezeichnetes rotes Kreuz. »Es handelt sich um eine große Moschee, die vor der Revolution erbaut wurde und nun das ideologische Zentrum der Regierung ist. Zweitausend Mann finden darin Platz, und in knapp einem Monat wird dort der ›Tag der Islamischen Republik‹ gefeiert. Alle Minister, die Führer der Partei Gottes, hohe Offiziere der Armee, der Polizei und der Revolutionsgarde sowie viele führende Mullahs werden daran teilnehmen. Wir haben uns den

Programmablauf, die Teilnehmerliste, die Rednerliste und eine Beschreibung der Sicherheitsvorkehrungen besorgt. Genau an diesem Tag werden wir zuschlagen.«

»Vor der Revolution war ich als Bauingenieurin am Bau des Assuan-Staudamms beteiligt«, erklärte Bahar. »Azar war Physikerin an der Sorbonne in Paris. Wir sind zurückgekommen, um die Revolution und die Sache der Frauen zu unterstützen. Wir begegneten uns zufällig in den Glanztagen der Frauendemonstrationen an der Universität wieder – wir sind nämlich zusammen zur Schule gegangen, mußt du wissen. Wir beschlossen, uns gemeinsam an der Kampagne gegen die Entlassung berufstätiger weiblicher Angestellter zu beteiligen. Wir mußten lange Zeit in den Untergrund gehen. Diese Gruppe hier ist erst zwei Jahre alt – wir traten ihr bei, als Fatima und Goli sie aufbauten. Wir haben dann ein paar andere unserer alten bewähren Aktivistinnen und weitere Frauen mit für unsere Zwecke nötigen Spezialkenntnissen angeworben.«

»Unser Plan hängt von den Fähigkeiten unserer Sprengstoffexpertinnen ab – sie haben im Ausland bereits Erfahrungen gesammelt – und von deinen Pflanzenkenntnissen, Malihe«, fuhr Azar fort.

Malihe dachte an ihre Kinder – nicht wehmütig, sondern nunmehr voller Stolz. Azar deutete wieder auf die Karte. »Dies sind unsere Angriffsziele: in erster Linie die Erschad-Moschee, dann das in der Nähe gelegen Justizministerium und das sogenannte Rehabilitationszentrum, in dem Frauen ideologiekonforme Verhaltensregeln für Ehe und Mutterschaft beigebracht werden«, erklärte sie.

Azar faltete eine andere Karte auseinander, eine Karte in großem Maßstab, und legte sie über die andere. Bahar übernahm jetzt die Erläuterungen.

»Wir haben vor, einen Tag vor der Feier die Hauptwasserversorgung zur Erschad-Moschee abzudrehen und deine Kräutermedizin in die Leitung zu mischen. Wir haben Spioninnen in der Moschee – Verwaltungspersonal:

die Teefrau und die Köchin – an dem Tag, an dem wir die Moschee in die Luft springen wollen, werden sie beide krank sein. Das soll der letzte Durst sein, den diese Männer löschen werden!«

Es entstand eine kurze Pause. Azar ergriff wieder das Wort.

»Wir wollen diese drei Gebäude gleichzeitig hochgehen lassen – kurz nach dem Mittagessen – wenn die Kräutermedizin zu wirken begonnen hat. Wir wollen hundertprozentig sichergehen, daß keiner der Männer am Leben bleibt.« Sie faltete die zwei Karten zusammen. »Nach der Explosion werden unsere Fahrerinnen uns von unserem Beobachtungspunkt in sichere Häuser verfrachten. Um vierzehn Uhr wird unser Anschlag ausgeführt sein, und wir werden uns dann schon in Sicherheit befinden.« Azar verschränkte ihre Arme über ihrem rosafarbenen Pullover und lehnte sich triumphierend zurück.

Malihe war vor Verblüffung einen Moment sprachlos. Doch dann sprudelte es aus ihr heraus: »Das ist ja unglaublich! Das geht über meinen Verstand! Mit so etwas habe ich nicht im Traum gerechnet! Alle Aktionen, die wir in der Vergangenheit durchgeführt haben, waren ja wirklich primitiv dagegen ... kein Vergleich zu diesem ausgeklügelten Plan, den ihr euch da ausgedacht habt, nicht wahr, Zari?«

»Ja, das stimmt«, sagte Zareen, »aber uns blieb auch keine andere Wahl. Die Methoden der Regierung wurden immer raffinierter und brutaler, und darum mußten wir uns auch etwas besonders Spitzfindiges einfallen lassen, um uns zu schützen. Wir mußten dazu auch Hilfe von außen in Anspruch nehmen. Unsere Kontaktpersonen und Komplizen im Ausland, ja sogar die iranischen Emigrantinnen aus so fernen Gegenden wie Vietnam, Mosambik und London, haben uns sehr geholfen. Sie garantierten uns vor allem die Lieferung der neuesten Ausrüstungen und Waffen, die wir für einen Guerillakrieg brauchen.«

»Und euer Nachrichtensystem mitsamt den konspirativen Wohnungen funktioniert einwandfrei? Ist auf die Fahrerinnen des Krankenwagens und des Transitwagens Verlaß?« fragte Malihe.

»Über das Frauendorf bekamen wir eine Menge Kontakte zu Krankenhausangestellten in vielen Teilen der Stadt«, erklärte Bahar. »Viele von ihnen übernahmen zunächst einmal Botendienste für uns und wurden schließlich feste Mitarbeiterinnen. Nach der Zerstörung des Dorfes haben wir Überlebenden unsere Kontakte aufrechterhalten und sie sogar ausbauen können. Dabei kam uns die zunehmende Zahl von Nervenheilanstalten und Straflagern für Frauen zugute – durch die Tatsache nämlich, daß die Regierung sie nicht alle lückenlos überwachen kann – weder die Angestellten noch die Insassinnen. Und viele Ärzte und Krankenschwestern wurden verfolgt und hingerichtet, weil sie ›imperialistische‹ Verhütungsmittel verschrieben, Abtreibungen vornahmen und so fort. Dadurch wurde dieser Personenkreis zu unseren natürlichen Verbündeten.«

»Wir haben drei Gruppen von Verbündeten: Beschaffer, Boten und Sympathisanten«, erklärte Azar. »Die Beschaffer sind Frauen, die durch ihre Stellungen besonders gut an alle möglichen Dinge herankommen – insbesondere an Ausrüstungsgegenstände; einige haben Kontakte zum Schwarzmarkt, andere leben im Ausland. Die Boten überbringen uns Nachrichten, halten die Verbindung zur Stadt aufrecht und informieren uns über die neuesten Ereignisse. Einige arbeiten als Funkerinnen, andere als Fahrerinnen. Und schließlich die Sympathisanten: Frauen, die sich nicht direkt an unseren Aktionen beteiligen wollen, die uns aber ihre Unterstützung anbieten, soweit das ihre familiäre Situation zuläßt. Leila zum Beispiel ist eine solche Sympathisantin.«

Malihe lehnte sich an die harte, unbequeme Felswand zurück. Hoffnung glühte in ihr wie ein Leuchtfeuer. Sie genoß es, diesen starken, schönen Frauen zuzuhören und sie zu betrachten.

»Die vertrauliche Atmosphäre hier ähnelt ein bißchen der in deinem Friseursalon, findest du nicht auch, Zari?«

Zareen nickte. »Du hast recht. Ich hatte das schon alles längst vergessen – mir blieb keine andere Wahl, denn die Erinnerung daran war einfach zu schmerzhaft.«

»Ich werde diese schöne Zeit niemals vergessen«, erwiderte Malihe. »Mir fehlt das alles sehr, all die Frauen, unsere endlosen Gespräche, die Freundschaft, das gegenseitige Vertrauen, selbst unsere Meinungsverschiedenheiten. Und das Make-up«, sagte sie und zeigte dabei auf Bahar. »Seit langer Zeit sehe ich endlich einmal wieder eine Frau, die sich geschminkt hat. Ich finde es schön, wenn Frauen Make-up tragen.«

»Weißt du, was sie bekommen würde, wenn sie so in Teheran angetroffen würde?« fragte Zareen Malihe.

»Ich schätze sechs Monate Gefängnis allein für die Farbe ihres Lippenstiftes. Oder? Ist das zu kurz?«

»Nein, noch schlimmer. Die Wächter der Moral haben jetzt eine neue grausige Strafmethode eingeführt. Im Laderaum ihrer Streifenwagen haben sie Käfige stehen, in denen Ratten oder Spinnen eingesperrt sind. Wenn sie eine geschminkte Frau auf der Straße entdecken, sperren sie diese in den Laderaum, öffnen den Käfig und setzen sie den Viechern aus, solange es ihnen paßt.«

»Spinnen, Ratten... o mein Gott!« Malihe schlug entsetzt die Hände vors Gesicht.

»Ich hoffe, wir kommen da durch«, sagte sie bedrückt.

Sie saßen eine Weile schweigend beieinander. Malihe durchzuckte es, als ihr plötzlich eine Frage einfiel, die sie noch gar nicht bedacht hatte.

»Ihr habt bislang gar nicht erwähnt, ob sich unter euren Mitgliedern auch Männer befinden. Haben euch denn gar keine Männer geholfen oder sich an eurem Kampf beteiligt?«

»Was für Männer? Meinst du damit etwa Mitglieder der Linksparteien? Oder männliche Familienangehörige? Intellektuelle? Was für Männer meinst du bloß?« Was Azar da sagte, klang nicht nach einer Frage, sondern eher wie eine spitze Bemerkung.

»Na irgendwelche eben«, meinte Malihe und zuckte hilflos die Achseln.

»Tja, das ist eine traurige Sache«, erklärte Zareen. »Wir haben versucht, einige unserer männlichen Genossen dazu zu bringen, sich uns anzuschließen und uns zu unterstützen – Kameraden aus linken, liberalen und intellektuellen Kreisen. Aber es dauerte nicht lange, bis wir merkten, daß wir uns *ihnen* hätten anschließen müssen, da sie immer selbst die Anführer sein möchten und für uns Frauen das Aktionsprogramm festlegen wollen. Sie sind nicht bereit, sich nach jemand anderem zu richten, und schon gar nicht nach Frauen!«

»Hat die Ermordung einer Prostituierten oder die Steinigung einer Ehebrecherin denn jemals einen Dichter dazu gebracht, darüber ein Gedicht zu schreiben?« sagte Azar anklagend. »Oder wurde je ein männlicher Künstler dazu bewegt, seiner Mutter oder Schwester eine Geschichte, ein Gemälde oder ein Lied zu widmen, das ihre Wut und ihre Schmerzen wegen des Schleierzwangs zum Thema gehabt hätte? Denkt an Eshqis Gedicht:

> Wenn zwei oder drei Dichter
> in meinen Gesang einstimmen,
> wird schon bald
> das ganze Volk dieses Lied summen.

Nun, was haben sie getan? Nichts! Dabei ist es schon fünfzig Jahre her, seit Eshqi diese Zeilen schrieb. Haben Studenten und Dozenten, die die Plätze der Frauen an der Universität eingenommen haben, Solidarität gezeigt? Hat auch nur einer von ihnen eine ihm angebotene Stelle abgelehnt, die nur deshalb frei geworden war, weil man vorher eine Frau entlassen hatte? Habt ihr je Protest von Seiten der Geschichtslehrer vernommen, oder habt ihr gehört, daß sie sich weigern, ideologisch eingefärbte Geschichte zu lehren? Wohl kaum! Die iranischen Intellektuellen der Mittelschicht, ob sie nun zum linken oder rechten Lager gehören, sind die größten Chauvinisten der Welt«, endete Azar bitter.

»Über dieses Thema haben wir schon so oft geredet. Ich kann Azars Verallgemeinerungen so nicht zustimmen...«

Das war die gute alte Zari, wie man sie kannte, dachte Malihe.

»Es ist meine persönliche Ansicht, aber ich empfinde es nun einmal so«, betonte Azar.

»Ich sehe die Sache anders...«, fuhr Zareen fort. »Es ist gut, daß wir dies alles allein organisiert haben. Männer sind sowieso nur eine Last – stellt euch vor, wie viele Hemden wir zusätzlich zu waschen hätten!«

Malihe lachte. Das war ganz die alte Zari.

»Ihre Hemden zu waschen wäre mir egal. Aber ihr protziges Ego kann ich auf den Tod nicht ausstehen«, fiel Bahar ein.

Ein kurzer elektronischer Signalton unterbrach ihr Gespräch.

»Es tut mir leid, Malihe, aber wir haben jetzt Dienst und müssen Mina und Paris ablösen.«

»Ich danke euch für alles. Es war schön, euch kennenzulernen und dies alles hier zu sehen.« Während sie sprach, nahm Malihe ihre Schuhe aus der Tasche, schraubte mit einem kleinen Schraubenzieher einen Absatz ab und holte aus dem Hohlraum darunter ein winziges Päckchen heraus.

»Hier, das ist es! Ich hätte es nie im Leben für möglich gehalten, daß es mir einmal Genugtuung bereiten könnte, Menschen umzubringen.«

Sie überreichte Bahar das Päckchen. »Das können wir

dir nachfühlen. Danke, es ist bei uns in sicheren Händen«, sagte diese.

Auf dem Weg zum Ausgang blieben Malihe und Zareen in der Höhle stehen, in der das Motorrad untergestellt war.

»Sag mir, Zari«, fragte Malihe, »was ist eigentlich deine Aufgabe innerhalb dieser Gruppe? Und Golis und Fatis? Sind Fati und du noch zusammen? Meine Güte, ich habe so viele Fragen an dich. Endlich können wir wieder offen miteinander reden!«

»Oh«, entgegnete Zareen lächelnd, »wir drei sind Boten. Natürlich sind wir noch zusammen, aber ich habe längst vergessen, wie schön das sein kann. Wir haben so viel mitgemacht. Erinnerst du dich an Marjan, Golis beste Freundin? Sie ist nach zehn Monaten Gefängnis gestorben. Niemand durfte sie während dieser Zeit besuchen. Sie wurde in einem Massengrab verscharrt, niemand weiß, wo... Und erinnerst du dich an Azadeh, das junge Mädchen, das von *pasdaran* vergewaltigt und gefoltert wurde? Sie starb bei der Geburt ihres Kindes. Ich glaube, sie wollte einfach nicht mehr leben. Sie wollte lieber sterben, als ein Baby von diesen Bestien großzuziehen. Tja, und wer war da sonst noch?« sagte sie nachdenklich und bitter. »Meine Stammkundinnen arbeiteten entweder für das System oder verschwanden oder starben...« Zareen brach ab, ihre Stimme klang ruhig und emotionslos.

»Ich kann mich nicht daran gewöhnen, Zari«, rief Malihe aus. »Als ich vor ein paar Tagen meine Witwenrente abholte, sah ich wieder zwei Frauen, die an einem hohen Holzpfahl erhängt worden waren. Auf den Plakaten, die ihnen um den Hals hingen, stand, daß die eine Sängerin gewesen sei und die andere Musikerin. Ein paar Meter weiter peitschten sie auf einem Platz Männer aus, weil diese Alkohol getrunken hatten – ihre Rücken waren blau geschlagen und bluteten. Ich hielt mir die Hände vors Gesicht und rannte weg; aber andere Leute hatten sich dort versammelt und schauten dem grausigen Schauspiel zu. Ist das nicht entsetzlich? Wie eine Versammlung von Lemmingen. Haben sie sämtliche Gefühle verloren? Zari, was ist bloß aus den Menschen geworden? Wohin soll das noch führen? Wie konnte das geschehen, daß wir jetzt von dieser Männerkaste, von diesen Mullahs regiert werden? Die Jahrhunderte unserer Geschichte sind voll mit Beispielen über ihre Ignoranz, ihre wissenschaftsfeindliche Haltung, ihre Geldgier, über ihre Machenschaften, ihre Brutalität und mehr. Unsere Literatur ist voll von Geschichten, Gedichten und Zitaten über ihre Unredlichkeit, Scheinheiligkeit und ihren Frauenhaß! Wie konnte es nur zu solch einer Regierung kommen?«

»Malihe, wir sinken und sinken immer tiefer, ich weiß nicht, wieviel tiefer es noch geht! Wir sind jetzt alle an solche grauenvollen Szenen gewöhnt, wir empfinden gar nichts mehr dabei. Wen kümmern Geschichte und Literatur, wenn das höchste Ziel darin besteht, in den Himmel zu kommen? Wir sind vollkommen abgestumpft. Eine empfindungslose Nation. Goli würde sagen, daß Menschlichkeit noch nie existiert hat, am allerwenigsten in diesem alten Land. Ich selbst glaube, daß Gott daran schuld ist. Er braucht Opfer, und Frauen waren schon immer diejenigen, die zuerst geopfert wurden. Frag mich nicht, wohin das noch führen soll! Ironischerweise nennen viele Leute – sogar solche aus der Arbeiterschicht – die Plätze und Straßen jetzt wieder bei den Namen, die sie vor der Revolution, während des Schah-Regimes hatten. Die Leute rufen den Taxifahrern zu ›Zum Schahyad-Platz, bitte‹ nicht etwa ›zum Azadi-Platz‹ ... und sie nennen die Regierungszeit des Schahs ›Das Goldene Zeitalter‹. Hätten wir so etwas in unseren kühnsten Träumen für möglich gehalten?«

»Eine erhängte Sängerin ... erdrosselt ... ihre Musik, ihre Lieder erstickt. Das scheint die Hexenjagd unserer zeit zu sein ... eine neue Hexenjagd ...«, murmelte Malihe. »Zari, was soll bloß aus uns werden? Wir stehen allein auf weiter Flur, sind so isoliert. Es sieht nicht so aus, als ob wir jemals wieder normale Freunde sein könnten, so wie früher.«

»Wer weiß, vielleicht ist das ein Teil des Opfers, das wir bringen müssen: der schlimmste Teil. Aber du darfst nicht so mutlos sein. Wir haben unsere Hoffnung nun so lange nicht sinken lassen und dürfen sie auch jetzt nicht aufgeben!«

Zareen ergriff Malihes Hände und streichelte sie.

»Wir dürfen jetzt nicht aufgeben!«

22

Schließlich war es soweit. Der ›Tag der Islamischen Republik‹, ein Nationalfeiertag zur Erinnerung an die Proklamation der Republik, war gekommen. Er fiel in jenem Jahr auf einen Sonnabend. Die ganztägigen offiziellen Feiern fanden in der Erschad-Moschee statt. Regierungsbeamte, hohe Armee- und Polizeioffiziere sowie Mitglieder des Klerus wollten zu einem Tag des Jubels, der Staatsbankette, der feierlichen Reden und der Selbstbeweihräucherung zusammenkommen. Den Höhepunkt sollte eine Rede von Mojtahed Emami, dem Premierminister und Führer der Geistlichkeit, bilden, die für dreizehn Uhr anberaumt war. Das Gebäude und das angrenzende Gebiet wurde von Revolutionsgardisten überwacht.

Während der vier vorangegangenen Wochen waren die Vorbereitungen der Frauen in der Operationsbasis auf Hochtouren gelaufen. Botinnen, Bauingenieurinnen und Sprengstoff-Expertinnen hatten Tag und Nacht gearbeitet, damit alles reibungslos verlaufen würde. Die *pasdaran* hatten sogar unwissentlich Hilfestellung geleistet, indem sie die umliegenden Bewohner am Tag vor der Feier aus ihren Häusern evakuiert hatten – eine normale Sicherheitsvorkehrung bei solchen Veranstaltungen. Dadurch wurde ihnen die Aufgabe, die Bombe zu legen, wesentlich erleichtert.

Kurz vor dreizehn Uhr dreißig trafen sich die vier Frauen auf einer Anhöhe vor der Stadt, von der aus sie die Erschad-Moschee übersehen konnten. Jede von ihnen trug über den bunten Frauenkleidern eine Verkleidung, und alle außer Malihe hatten ein Gewehr dabei. Die wollte unbewaffnet bleiben und trug wie immer ihren schwarzen Tschador. Goli war in einen neuen Herrenanzug geschlüpft, der ihr hervorragend paßte.

Es war fast dreizehn Uhr dreißig. Die Wirkung der Giftpflanzen mußte mittlerweile bereits eingesetzt haben. Die Droge müßte bereits durch die Adern der feiernden Männer wandern, sich in ihren Nerven festsetzen – und in dem Augenblick, da sie sich satt vom Essen bequem zurücklehnen und das Programm für nach Nachmittag überfliegen würden, würde sie wie bei einem leisen Herzinfarkt schnell und lautlos der Tod ereilen, eine stille, rote Explosion. Und dann würde eine andere, diesmal endgültige Explosion alles in Rauch auflösen.

Zitternd vor Erregung sahen sie auf die Moschee hinunter. Tickende Uhren und Herzen, nervöses Zucken der Hände und Füße. Die Haut spannte sich zur Gänsehaut. Die Augen rasten, beobachteten, kontrollierten. Malihe sah kurz zu Zareen hinüber und richtete ihren Blick dann sofort wieder auf die goldenen Minarette, die gen Himmel ragten, die heilige Hand auf der Turmspitze. Sie trommelte mit ihren Fingern. Zareen spielte unruhig in ihrem Haar herum. Nervöses Nägelkauen. Die Zeit kroch wie eine Schnecke, ihr Blut kochte, der Puls pochte und hämmerte. Zitternde Hände, ans Gesicht gepreßt und wieder fallengelassen. Heftig Atemzüge, dann wieder Atemlosigkeit. Glühende Vorfreude erfüllte die heiße Luft. Fatima ergriff Zareens Hand, drückte sie und ließ sie wieder los. Unter den raschelnden Hosen und Röcken zuckten ihre unruhigen Körper. Goli und Malihe lehnten sich Rükken an Rücken, Schulter an Schulter. Die Erde um sie herum war kahl, ungeheuer nackt und kahl. Nur ein paar Telefonkabel zwitscherten über ihnen in der Luft. Unter ihren Füßen krümmte sich der Hügel. Ihr Blick war starr auf die goldenen Minarette gerichtet. Ihre Mägen krampften sich zusammen, entkrampften sich wieder. Ein salziger Geschmack machte sich in ihnen breit. Jeder Augenblick steigerte den Schmerz der Spannung zu rauher

Angst. Die Nerven peitschten vor Erregung. Die letzten Sekunden vor dem erlösenden Knall.

Ein Augenzwinkern später – die rote Explosion: Ein riesiger Feuerball brüllte, zischte, donnerte und riß die Hand mit sich weg. Die goldenen Minarette flogen in die Luft, zerfielen in tausend Stücke. Ziegelsteine, Zementbrocken, Holzbalken und goldene Kacheln – alles platzte auseinander, die heilige Hand wurde vor ihren Augen hinweggeschleudert. Der Lärm war ohrenbetäubend. Riesige Furcht und riesige Erleichterung befielen sie gleichzeitig. Flammen schossen in die Höhe, wirbelten in endlosen roten und schwarzen Spiralen nach oben. Die Trümmer sausten mit Lichtgeschwindigkeit überall herum, wurden in alle Winde verstreut. Die zweite und die dritte Explosion würden noch folgen, doch sie waren zu weit weg, als daß sie ihre Augen und Ohren erreichen könnten. Doch bald würden sie es wissen.

Ein Lächeln erschien auf ihren Gesichtern. Die Freude über den Sieg war riesengroß, war wie die Flammen, die in die Höhe stiegen, immer höher und größer werdend. Goldschwarze Wolken bauschten sich auf und fielen kurz darauf wieder zusammen. Der Rauch, der Staub, die Trümmer und der Ruß stiegen bis zu den Himmelspforten auf. Das Feuer dehnte sich bis zum fernen Horizont, dem weiten Himmel und den Häusern, schwärzte sie, löschte die Grenze zwischen Himmel und Erde und verbarg das Tageslicht. Ein Fleck von roter Dunkelheit, von der Sonne beleuchtet, glühte und schien: die Flamme der Feier.

Goli und Zareen sprangen vor Freude in die Luft, Fatima seufzte vor Erleichterung, nur Malihe saß still da, erstaunt über ihren Triumph.

Eine Botschafterin kam auf einem Fahrrad herangeradelt, hielt eine Hand in die Höhe, Zeige- und Mittelfinger V-förmig abgespreizt, das Zeichen des Sieges. Zareen brach in Tränen aus, Tränen der Freude.

»Wir haben es geschafft!« schrie sie. »Wir Frauen haben es geschafft!«

»Zweitausend fettbäuchige, korrupte Parasiten, sind mitsamt ihren *amamehs* und *abas* in Stücke gerissen worden, ihre verrotteten Gehirne ausgebrannt«, sagte Malihe langsam und ließ jedes Wort auf der Zunge zergehen.

»Wir haben gesiegt«, murmelte Fatima. »Wir haben es geschafft. Ich gratuliere euch allen, mir...«

»Ein kleines Geschenk für eine Schwester. Für Azadeh. Ich hoffe, sie kann uns hören«, rief Goli leidenschaftlich.

»Einige Mütter werden uns verurteilen, einige werden uns verdammen, einige Frauen werden an uns denken, einige werden uns bejubeln und manche uns unterstützen.« In Zareens Stimme schwangen allerdings Zweifel mit.

»Wir haben das doch nicht getan, um bejubelt zu werden. Wir haben es wegen unserer eigenen Schmerzen und dem erlittenen Leid getan.« Goli sah aus, als kämen ihr dunkle Erinnerungen.

»Ich habe es für meine Enkelkinder getan, damit sie ihre Haare im Regen waschen können und mit nackten Füßen an den Ufern des Karun und am Strand des Kaspischen Meeres tanzen können.« Zareen glühte.

»Wir haben bewiesen, daß der Staat nicht allmächtig ist«, sagte Fatima. »Ebenso wie wir ihn erschaffen können, so können wir ihn auch zerstören.«

»Sagen wir, wir haben ihn ein bißchen geschüttelt, ein paar seiner Säulen umgestoßen. Wir müssen vielleicht wiederkommen, es gibt wahrscheinlich noch mehr zu tun.«

»Laßt uns dieses Durcheinander verlassen und an einen sicheren und besseren Ort gehen«, schlug Malihe vor.

»Ja, jetzt folgt der nächste Schritt«, sagte Goli.

»Zari und ich fahren eine Weile nach Meschhed, wo wir bei Freunden meines Vaters wohnen können. Meine Mutter wird in ein paar Monaten nachkommen. Wir werden nichts weiter tun als essen und trinken und den ganzen Tag im Bett liegen! Zareen möchte von mir bemuttert werden. Sie sagt, es sei an der Zeit, daß ich auch einmal Hausarbeit verrichte. Ich habe zugestimmt, was soll's!« sagte Fatima und lachte.

»Was ist mit deinem Alten und den Kindern?« fragte Malihe.

»Ich habe ihm gesagt, er sei jetzt einmal an der Reihe, die Kinder zu hüten«, erwiderte sie. »Er meinte, er habe das doch noch nie getan. Er kann es sich nicht vorstellen, es zu tun. Ich sagte ihm, es werde langsam Zeit, daß er mal seine Fantasie einsetze.«

»Was denkt ihr über den heiligen Schrein dort?« fragte Malihe. Sie wunderte sich darüber, daß sie ausgerechnet Meschhed, eine heilige Stadt, ausgewählt hatten.

»Meiner Meinung nach sollte ein Museum daraus gemacht werden. Es ist ein wunderschönes Gebäude.« Fatima war immer noch ehrfürchtig.

»Wenn du mich fragst, dann sollte es zerstört werden«, protestierte Zareen. »Das ist solch ein großes Grundstück mit einem wunderschönen Garten. Man könnte dort statt dessen einen geräumigen und schönen Friseur- und Schönheitssalon errichten – nur für Frauen.«

»Das ist eine gute Idee! Warum boxt ihr das dort nicht durch?« fragte Malihe. »Ich werde nach Anarak fahren. Goli will mitkommen, sie möchte in die Pflanzenheilkunde eingeführt werden. Wir werden zusammen etwas aufbauen. Wenn ihr mit euren Zukunftsplänen Glück habt, kommt einfach nach!«

»Nicht daß ihr den Golf überquert und in der Wüste von Arabien landet!« warnte Fatima sie.

»Keine Bange, gewiß nicht!« erwiderte Goli. »Wir haben hier immer noch viel zu tun. Sie hingegen kommen auch ohne uns zurecht.«

»Nein, in erster Linie erden wir es uns gutgehen lassen

und zunächst einmal lange Ferien machen«, fügte Malihe hinzu.

»Die Fahrzeug werden gleich hier sein – habt ihr eure Codeworte auch nicht vergessen?« fragte Zareen. »Wißt ihr sie noch? Du nahmst die Regenbogenfarben und wir die Jahreszeiten, angefangen beim Herbst.«

»Nein, haben wir nicht«, antworteten Malihe und Goli gleichzeitig.

Die schöne Moschee brannte nieder. Ihre goldenen Minarette und die heilige Hand waren in den Flammen verglüht. Vier Frauen standen paarweise zusammen, mit und ohne Schleier, standen wie an einer Wartestelle, um in zwei verschiedene Richtungen zu fahren.

»Nimm meine Mundharmonika und lerne darauf zu spielen. Ich habe mir eine neue gekauft – besser gesagt, habe eine sehr alte günstig auf dem Musikerschwarzmarkt erstanden.« Fatima gab Malihe das Instrument.

»Ich habe auch etwas für dich«, sagte Malihe zu Zareen. »Ich wollte es dir eigentlich schon viel früher geben.«

Sie überreichte Zareen einen Seidenschal aus Yazd. Zareen faltete ihn auseinander und bewunderte seine leuchtenden Farben. Dann wickelte sie das Tuch wie ein Armband um ihre Hand.

»Wir werden es abwechselnd tragen«, sagte sie zu Fatima.

Die Autos erreichten die Anhöhe. Sie sahen sich gegenseitig an, blickten einander tief in die Augen und schüttelten sich die Hände. Die Hände umklammerten sich, waren letzte Bindeglieder. Auf Wiedersehen und alles Gute, Lächeln, dann ließen sie sich los, winkten noch einmal, während sie auf die wartenden Autos zugingen. Der Staub der roten Erde wirbelte unter ihren Schuhen. Aus den abfahrenden Fahrzeugen klang die Melodie der neuen Harmonika.

Glossar

aba – Umhang der moslemischen Priester
addasi – Eintopf aus grünen Linsen
amameh – schwarze oder weiße Kopfbedeckung (Turban) der moslemischen Geistlichen; ein schwarzer Turban wird nur von den Nachkommen des Propheten Mohammeds getragen
ash reshteh – eine Art Spaghettisuppe mit vielerlei Zutaten
ayatollah – ein arabisches Wort mit der Bedeutung »Zeichen Gottes«; Titel eines hohen moslemischen Geistlichen
Bahai – eine schiitische Sekte mit einer fortschrittlichen Einstellung gegenüber den Frauen; sie wurde im 19. Jahrhundert im Iran gegründet; ihre Mitglieder werden besonders seit der Revolution verfolgt
dayereh – bedeutet »rund«; eine von Frauen gespielte Handtrommel. Sie wird mit den Fingerspitzen der einen Hand angeschlagen und dabei über der linken oder rechten Schulter gehalten
Dieve – eine mythologische Figur, ein schreckliches Monster, das Kinder entführt, die nicht artig gewesen sind
Farvardin – Name einer Straße und der erste Monat des Frühlings
gaz-Baum – ein Wüstenbaum
ghaleh – ein Aussichtsturm in der Wüste
ghanat – unterirdisches Kanalsystem, über das Grundwasser in die zu bewässernde Oase geleitet wird
hammam – ein öffentliches Badehaus
hejab – islamische Bezeichnung für den Schleier
houz – kleines Wasserbecken im Innenhof der iranischen Häuser
Kadscharen – Dynastie, die im Iran im 18. und 19. Jahrhundert bis zu Beginn der Pahlavi-Dynastie 1920 herrschte

kafan – ein Leichentuch
Komiteh – Hauptquartier der Milizen während und nach der Revolution
korsi – Kohlefeuer, mit dem früher die Wohnungen im Winter beheizt wurden
modschtahed – hochrangiger Mullah, Rechtsgelehrter
mullah – moslemischer Geistlicher
Nouruz – heißt wörtlich »neuer Tag«; der erste Tag des persischen Jahres (21. März)
Ordibehesht – Name einer Straße und der zweite Frühlingsmonat
pasdaran – Angehörige des milizähnlichen Wachkommandos »Wächter der Revolution«
roseh – eine Predigt
sangak – ein handgroßes, flaches und sehr beliebtes Brot, das dreimal täglich gebacken wird
shahpasand – eine Blume
Schia – es gibt zwei Hauptsekten des Islam: Schia und Sunniten; die Schia ist die Minderheitssekte, ausgenommen im Iran, im Libanon und im Irak
sofreh – ein Baumwolltuch, das als Tischtuch auf den Boden gelegt wird
sohan – eine Art Süßspeise, Spezialität aus Ghom
Schahid – bedeutet Märtyrer; der Jaleh-Platz in Teheran heißt seit der Revolution Märtyrer-Platz
tagh-Baum – ein Wüstenbaum
Täbris-Teppich – Perserteppich, der nach der Stadt Täbris, in der er hergestellt wird, benannt ist
Tschador – ein langes Gewand, das den Körper einer Frau von Kopf bis Fuß einhüllt; das Wort bedeutet »Zelt«
ulama – bedeutet »gelehrt« und ist der Titel für moslemische Korangelehrte
zolbia – eine Süßspeise
ziba – hübsch (wie in »Ziba Style«)

Im Interesse der Leser werde ich die Bedeutung einiger Namen von Personen und Straßen erklären. Die meisten persischen Frauennamen stammen von Begriffen aus der Natur: »Goli« leitet sich von dem Wort »gol« (Blume) ab, Zareen von »zar« (Gold), Schabnam heißt »Tau« usw.; Männernamen stammen häufig von religiösen Gestalten oder Heiligen. Ich habe die Namen meiner weiblichen Charaktere bis auf zwei jedoch nicht nach ihrer Bedeutung ausgewählt, sondern nach ihrer gesellschaftlichen Position, nach der die Menschen auch heute noch tatsächlich benannt werden. Schah-Abad, Schah-Reza, Schah-Dokht usw. waren Straßenbezeichnungen, die während des Schah-Regimes galten. Die meisten Straßen wurden nach der Revolution umbenannt – sie erhielten die Namen männlicher Märtyrer.

Hier einige Namen und ihre Bedeutungen:

Malihe – die Gütige

Banu – Frau

Azadeh – freie Frau

Ein iranischer Linguist machte mich darauf aufmerksam, daß die persischen Bezeichnungen für »Mann« und »Frau« von den Begriffen »Leben« und »Tod« hergeleitet werden. »Zän« (Frau) ist der Wortstamm von zände, zändegi – lebendig/leben, Leben etc.; »mard« (Mann) ist der Wortstamm von marg, morde, mordän – Tod, tot, sterben.

HEYNE BÜCHER

Leonie Ossowski

Leonie Ossowski ist eine der herausragenden deutschen Erzählerinnen der Gegenwart.
Neben anderen literarischen Auszeichnungen erhielt sie für ihr Gesamtwerk den Schillerpreis der Stadt Mannheim.

01/7817

01/7835

01/7922

01/7954

01/8037

01/8183

01/8255

Wilhelm Heyne Verlag München